W0015981

Irina Korschunow

EBBE UND FLUT

Roman

Hoffmann und Campe

Die Deutsche Bibliothek – CIP-Einheitsaufnahme
Korschunow, Irina:
Ebbe und Flut : Roman / Irina Korschunow.
– 1. Aufl. – Hamburg : Hoffmann und Campe, 1995
ISBN 3-455-04002-0

Copyright 1995 by Hoffmann und Campe Verlag, Hamburg
Lektorat: Jutta Siegmund-Schultze
Schutzumschlag: Lo Breier/Kai Eichenauer
unter Verwendung eines Gemäldes von Fritz Overbeck
Satz: Utesch Satztechnik GmbH, Hamburg
Druck und Bindung: Graphischer Großbetrieb Pößneck
Printed in Germany

Irina Korschunow · Ebbe und Flut

Die Sturmflut in dieser Nacht, die erste des Herbstes, traf den Weststrand mit einer Wut, die stärker war als alles, was man seit Menschengedenken auf der Insel erlebt hatte. Selbst Jens Karlsen, hundertjährig, aber nach wie vor hellen Geistes und eine wandelnde Chronik, wußte sich an dergleichen nicht zu erinnern. Jetzt würde sich der blanke Hans wieder seinen Teil holen, prophezeite er mit zitternder Greisenstimme, und im Hotel vorn auf der Düne konnte man von der wirren Alten, die sich plötzlich zwischen die verängstigten Gäste drängte und zusah, wie das tobende Wasser gegen die Strandmauer anrannte, ähnliches vernehmen. Sie starrte aus dem großen Fenster des Speisesaals, ein graues, murmelndes Gespenst, bis einer der Herren den Geschäftsführer holte, wer die Person denn sei, sie mache die Menschen ja ganz und gar verrückt. Da wurde sie fortgebracht, Hedel, die Schwester von Jakob Nümann, der das Hotel gebaut hatte, erst das Haus auf der Düne, davor dann die Mauer aus Eisenbeton, um es zu schützen. Nun kam das Meer.

Was untergeht, hat eine Geschichte, und die Geschichte hat einen Anfang, und vor jedem Anfang liegt wieder ein Anfang, womit also beginnen? Mit der Eröffnung des Hotels vielleicht, das, wäre Vernunft im Spiel gewesen, sicher einen anderen Platz bekommen hätte, hinter den Dünen, wo seit eh und je die Inselhäuser standen, und nicht oben im Sand, ausgesetzt dem Zugriff der Nordsee. Wahnsinn, sagten die Einheimischen, doch Jakob Nümann wollte nicht darauf hören, zu lange hatte seine Phantasie das Hotel dorthin gebaut, es eingerichtet, mit Gästen und Personal bevölkert, und wer läßt sich halten, wenn aus Träumen ein festes Haus werden kann.

Daß er damals auf die Insel gekommen war, 1913, gerade zwanzig geworden, lag an einer Bronchitis, die seine Lungen bedroht und, schlimmer noch, ihn daran gehindert hatte, die beladenen Tabletts elegant und sicher durch den Speisesaal zu balancieren, unmöglich für den Kellner eines Berliner Grandhotels, unmöglich allein schon der Husten. »Bitte nicht in die Suppe«, hatte einer der Herren indigniert bemerkt und den Maître verlangt, vielleicht ein Anfang der Geschichte, es sei denn, man blickt noch weiter zurück ins vorige Jahrhundert, zu jenem Tag im Frühling 1873, an dem zwei Brüder die Armut ihres schlesischen Dorfes hinter sich lassen auf der Suche nach einer Zukunft, die sie satt machen soll.

Da gehen sie, jeder sein Bündel über der Schulter, gehen von Osten in nördliche Richtung, tagelang, Zeit ist billiger als die Eisenbahn. Gemeinsam erreichen sie die Hauptstadt des Reiches, dann trennen sich die Wege. Franz, der jüngere, streitbar und bedenkenlos, läuft der Taube auf dem Dach hinterher, Bremen das Ziel, ein Schiff nach Amerika. Sein frommer, genügsamer Bruder hingegen bleibt in Berlin, Joseph Nümann, zwanzig Jahre alt, Jakob Nümanns künftiger Vater.

»Schreib mir, wenn du in Amerika bist«, sagte er beim Abschied am nächsten Morgen und nannte die Herberge,

in der sie übernachtet hatten, als Adresse für den ersten
Brief. Doch wer von ihnen schrieb schon Briefe. Auch die
Liebe war nicht allzu groß, und besser vielleicht, allein zu
bleiben, dachte er, der ewige Verlierer beim Messen ihre
Kräfte. Dennoch überkam ihn Furcht, als der Bruder am
Ende der Straße verschwand und es nun keinen mehr gab
zwischen ihm und der Fremde, von der er nicht wußte, ob
sie ihn annehmen oder abweisen würde. Sein Geld ging
zur Neige, er brauchte Arbeit, ein Dach über dem Kopf,
und die Aussichten, hieß es, seien gut. Gründerjahre, die
Franzosen besiegt, der preußische König zum Kaiser aus-
gerufen und Berlin Hauptstadt des Reiches, nicht schwierig, hier Lohn und Brot zu finden. Siemens und Borsig,
hatte er im Schlafsaal gehört, suchten Leute, auch die vielen neuen Fabriken am nördlichen Stadtrand, dort wollte
er es versuchen.

Arbeit in der Fabrik, das bedeutete Zwölfstundentag,
Mietskaserne, Hinterhofschluchten, nichts für einen vom
Dorf. Gut also, daß er, obwohl jede Stunde zählte und
Umwege sonst nicht seine Sache waren, plötzlich die Richtung änderte. Von Preußens Glanz und Gloria war am
Abend in der Herberge die Rede gewesen, vom Lustgarten
und der Residenz, von Schlössern, Paraden, prächtigen
Straßen, und das Verlangen, diese Wunder zu sehen, einmal wenigstens, bevor der tägliche Trott begann, veränderte nicht nur sein Leben, sondern ist auch, wenn man es
genau nimmt, der eigentliche Anfang der Geschichte.

Um die Mittagsstunde nämlich, als er, halb betäubt vom
Getümmel und Gepränge, Unter den Linden entlangging,
geschah es, daß Herr Kreienkamp, der Besitzer des Hotel
Bellevue, aus der anderen Richtung kam, über seinen

Stock stolperte und ihm unversehens vor die Füße fiel. Die Straße hatte sich geleert, nur er war zur Stelle, ratlos für einen Moment, was zu tun sei angesichts des vornehmen Herrn im Paletot, der weiße Spitzbart makellos gestutzt, die Brille goldumrandet, einer, dem er ausgewichen wäre normalerweise. Die Augen indessen baten um Beistand, und so versuchte er ihn aufzurichten, vergeblich, wie sich zeigte. Herr Kreienkamp stieß einen Jammerlaut aus, der Knöchel schmerze, man möge Hilfe holen aus dem Hotel dort hinten an der Ecke.

Joseph Nümann schob seine Bedenken beiseite. Es nieselte, wenig nur, aber zuviel, fand er, um einen alten Mann hier noch länger liegen zu lassen. Ohne weitere Worte also nahm er Herrn Kreienkamp auf den Arm und trug ihn wie ein Kind Unter den Linden entlang zum Bellevue, dem Prachtbau mit den vielen Fensterreihen und den Säulen vorm Portal, den Kronleuchtern in der Halle, dem Portier in Schwarz und Gold. Ein Schloß, dachte er ehrfürchtig, schon wieder auf dem Sprung. Doch man ließ ihn nicht gehen.

Vielleicht lag es an der Zuverlässigkeit seiner Arme, vielleicht auch an dem erschrockenen Kopfschütteln, mit dem der Lohn für die gute Tat, ein Goldstück, mehr, als Joseph Nümann je besessen hatte, zurückgewiesen wurde, dem ehrlichen »Das ist zuviel«. Herr Kreienkamp jedenfalls begann, sich nach seinem Namen zu erkundigen, nach Herkunft, Vorhaben und Fähigkeiten, beiläufig zunächst, dann immer aufmerksamer. Glasbläser also, Tagelohn gelegentlich auf dem gräflichen Gut, Umgang mit Pferden, in der Schmiede geholfen, beim Mauern, beim Tischlern und Dachdecken, »tüchtig, tüchtig«, befand Herr Kreienkamp und brachte noch die Religion zur Sprache, evangelisch, gut, sehr gut, und gut auch die imponierende Statur, die Arbeitshände, das biedere Gesicht. Hausknecht, sagte er, man benötige einen Hausknecht, von ihm aus könne Nümann bleiben, und Joseph Nümann blieb.

Keine Fabrik also, keine Mietskaserne. Statt dessen der Hof des Bellevue, ein großes Karree mit dem Gesindehaus, der Werkstatt und der Schmiede, und gegenüber der Einfahrt die Ställe und Remisen für jene Gäste, die in ihren eigenen Kutschen reisten. Joseph Nümann, nunmehr Herr des Hofes, mußte aus- und einspannen, die Pferde füttern und striegeln, sie notfalls beschlagen, ein Trinkgeldposten, den andere neidvoll beäugten, während ihm dieser Vorteil eher verächtlich vorkam. Im übrigen hatte er, ohne viel zu fragen, auch noch die Werkstatt übernommen, wo nun oft bis in die Nacht hinein Licht flackerte. Er hämmerte, hobelte, schraubte, lötete oder wanderte mit seinem Werkzeugkasten durch die Gästezimmer, um die Schäden des Vortages zu beseitigen, schlackernde Klinken, zugige Fenster, klemmende Schubladen. Er sah alles, konnte alles, ein Segen für das Haus, befand Herr Kreienkamp, und sogar der sonst eher unwirsche Portier Krause, ein einflußreicher Mann in den unteren Bereichen, lobte ihn über den Klee, dies um so mehr, als Joseph Nümann ihm seine Talente auch privat zugute kommen ließ, ohne Entgelt, versteht sich. Frau Krauses Graupensuppe dagegen akzeptierte er gern, und das Vergnügen, mit dem er vor sich hin löffelte, sorgte für weitere Sympathien.

Nebensächlichkeiten vielleicht. Doch was ist nebensächlich in einer Geschichte? Auch Joseph Nümann, der das Hotel zu seinem Dorf machte, eine Heimat mit Herren und Knechten, wußte nicht, welche Folgen das Krausesche Wohlwollen einmal haben sollte, für ihn und seinen Sohn Jakob, der im Dunstkreis des Bellevue aufwachsen wird, später, viel später, doch die Jahre vergehen schnell, und Male Schumm steht schon bereit.

Male Schumm aus der Hotelküche, nicht viel zu sagen über sie, Jakobs Mutter, das ist es, was zählt. Eine blasse, schweigsame Person, kaum wahrzunehmen an ihren Abwaschtrögen, hartnäckig jedoch und von Anfang an scharf auf Joseph Nümann. Er war groß und ansehnlich, ein wenig bärenhaft mit seinem schweren Gang, einer, der den Frauen gefallen konnte. Doch schon zum Spott seines draufgängerischen Bruders hatte er seit eh und je einen Bogen um sie gemacht, immer die Sünde im Kopf, der liest lieber in der Bibel, höhnten auch die Mädchen im Hotel. Nur Male ließ sich nicht beirren, so daß er die Sache schließlich hinter sich brachte, schlechten Gewissens und eher mißvergnügt zu Wiederholungen bereit, und ausgerechnet Herr Kreienkamp mußte auftauchen, als sie sich wieder einmal an ihn gedrängt hatte oder er sich an sie, egal.

Wer denn das Frauenzimmer neulich abend hinter den Glashäusern gewesen sei, wollte Herr Kreienkamp bei der nächsten Ausfahrt in seinem Landauer wissen, nun mal raus mit der Sprache, und Joseph Nümann oben auf dem Kutschbock errötete vor Verlegenheit.

»Sie wollte Dill holen«, sagte er.

»Holt sie öfter Dill?« fragte Herr Kreienkamp.

»Na ja«, lautete die zaghafte Antwort, und das Gespräch schien beendet. Doch nach einer Weile nahm Herr Kreienkamp, der keine Unordnung dulden wollte und im übrigen wußte, daß ein Mann mit Frau und Kindern dem Hotel nicht so leicht verlorenging, den Faden wieder auf. Wie alt Nümann eigentlich sei? Bald fünfundzwanzig? Donnerwetter, da werde es aber Zeit.

»Heiraten, Nümann«, sagte er in seinem strengsten Ton. »Ein anständiger Kerl muß wissen, wo er hingehört. Sie kriegen einen Anzug von mir und eine Wohnung im Gesindehaus und fünf Taler für die Hochzeit, und nun mal dalli.«

Also nahm er, mehr oder minder im Bewußtsein, daß sich Besseres nicht bieten würde, Male Schumm zur Frau und teilte fortan mit ihr Stube und Küche und die Nächte im Ehebett, endlich ohne Beigeschmack von Sünde. Gottes Wille, daß der Mensch Kinder zeuge, und ebendies taten sie, wenn auch mit kümmerlichem Erfolg.

Auf Hedwig, die erste Tochter, Hedel im schlesischen Zungenschlag, folgte eine Fehlgeburt nach der anderen, Unterleibsschwäche, meinten die mit einer Unzahl von Kindern geschlagenen Frauen in der Hotelküche neidvoll, während Joseph Nümann, der sich einen Sohn gewünscht hatte, von fehlendem Segen sprach. Doch näher betrachtet war eher das Ausbleiben des Segens ein Segen, denn wie hätte man so viele Münder stopfen sollen bei dem geringen Lohn. Zu dritt hingegen, Male in der Küche und immer scharf auf Reste, ließ sich sogar noch einiges erübrigen. Sie legten es beiseite fürs Sparbuch, Male mit noch größerem Eifer als er, verbissen geradezu in ihrer Pfennigfuchserei, haushälterisch bis zum Geiz. Selbst sonntags, wenn Joseph Nümann sich Zeit nahm, der kleinen Hedel Geschichten aus seiner Bibel vorzulesen, stand sie drüben im Hotel beim Abwasch, ungerührt, daß man sie geldgierig nannte, »geldgierig, ja, ich bin geldgierig, ich will nicht in Armut sterben«, und steckte ihn an mit ihrer Angst vor dem Alter.

Herr Kreienkamp hatte sich zurückgezogen, sein Nachfolger galt als erbarmungslos, nicht in Armut sterben, darum ging es im Leben. Auch Joseph Nümann legte jetzt öfter die Bibel beiseite, um andächtig in dem schmalen roten Sparbuch zu blättern, und ein Schock geradezu, als zehn Jahre nach Hedels Geburt eine Schwangerschaft, statt sich in gewohnter Weise wieder aufzulösen, Males Leib gnadenlos anschwellen ließ. Ein Schock allerdings nur am Anfang. Denn plötzlich, von einem Tag zum nächsten, freute er sich und wartete ungeduldig auf den Sohn, kein Zweifel, er würde einen Sohn bekommen, und er sollte Jakob heißen wie der Sohn des Isaac. Jakob, der Kluge, Bedenkenlose, der seinem Bruder den Segen abgelistet hatte für ein Linsengericht, Joseph Nümanns liebste Geschichte seltsamerweise, vielleicht im Gedenken an den eigenen Bruder, obwohl er fast aus seiner Erinnerung verschwunden war nach all den Jahren ohne irgendein Lebenszeichen, verschwunden vermutlich auch aus der Welt, gestorben und verdorben im fernen Amerika.

Werde klug und stark, dachte er, als die Hebamme ihm das Kind zeigte, ein Wunsch, der sich erfüllen sollte. Jakob Nümann, stark, klug, bedenkenlos, man wird sehen.

Er kam im August zur Welt, August 1893, ein Sonntag, das sollte Glück bringen. Male nahm sich kaum Zeit fürs Wochenbett. Den Gedanken, ihre Arbeit in der Küche vorerst aufzugeben, hatte sie weit von sich gewiesen, warum denn, man habe doch Hedel, und da aus der flachen Brust keine Milch fließen wollte, sah Jakob seine Mutter nur selten, vermißte sie auch nicht. Er war an Hedel gewöhnt, an ihre Stimme, ihren Geruch nach Schweiß und Kernseife, ihre schon jetzt rauhen Hände. Wenn sie kam, hörte er auf zu weinen und kuschelte sich zufrieden an den mageren Kinderkörper. »Hette«, sagte er, »Hette.«

Sie war elf damals, ein Schulmädchen, das nicht mehr zur Schule gehen durfte, obwohl es zu den Pflichten gehörte im Kaiserreich. Doch mit Arme-Leute-Kindern hatte man es noch nie allzu genau genommen, schon gar nicht bei den Mädchen. Man sah es ja ein, daß eine Tochter die kleinen Geschwister hüten mußte.

Was Hedel betraf, so sollte sie, wenn Jakob groß genug war, Stubenmädchen werden im Bellevue, mit weißer Schürze, Staubwedel, Trinkgeld, ein begehrter Posten, weitaus besser als die Küche, die Hitze vom Herd und die ewige Zugluft. Sein Gönner Krause, der Portier, hatte versprochen, zu gegebener Zeit ein gutes Wort für sie einzulegen, und das, sagte Joseph Nümann, sei wichtiger als das Einmaleins von vorn und von hinten.

»Stimmt's, Hedel?« fragte er, und Hedel nickte. Kein Wort davon, daß ihr das Einmaleins lieber gewesen wäre, kein Wort von eigenen Wünschen, weiterlernen, Verkaufsfräulein werden in der neuerbauten Kaiserpassage Ecke Friedrichstraße, wo sie manchmal unter dem gläsernen Kuppeldach stand, um sich in die Zukunft hinter einem der Schaufenster hineinzuträumen. Nein, sie nickte, und der Vater versprach ihr ein schönes Konfirmationskleid, sogar teuer dürfte es sein, weil die Mutter ja weiterhin Geld verdiente in der Küche.

Hedel und die verpaßten Gelegenheiten. Sie war ehrgeizig und schnell im Denken, auch hübsch anzusehen, wer weiß, was sich ihr geboten hätte in so einem Laden. Aber sie mußte Jakob hüten, ihren Bruder, ihr Kind, ein warmes, schnellvergängliches Glück, und als die weißen Schürzen, die Staubwedel und Trinkgelder kamen, konnte sie Worte wie diese nicht richtig schreiben. Das blieb zeitlebens ein Stachel.

Mit dem Kleid im übrigen wurde es auch nichts, denn bei der Konfirmation war Male Nümann längst tot, gestorben 1894, vierzehn Monate nach Jakobs Geburt. Ein Grippeherbst, naß und neblig, auch sie fing an zu husten. Der Husten, das Fieber, das Ende, vorbei und vergangen, nicht einmal in Jakobs Erinnerungen gab es sie noch. Nur Hedel sprach manchmal von ihr. Aber es war wenig zu berichten.

Wenn Jakob an seine Kindheit dachte, sah er den Vater in seiner Werkstatt, und er, der Sohn, hält einen Hammer in der kleinen Hand, schlag zu, Jaköppel, schlag zu, wenn du groß bist, sollst du Tischler werden, doch er trifft immer nur den Daumen. Ein graues Bild, im Nachhinein noch vom Unbehagen verschattet, und um so heller das andere: Wieder er und der Vater, aber nicht mehr die Werkstatt, sondern ein großes, schönes Zimmer, Teppiche, Stuckgirlanden, blauer Samt an den Fenstern. Die erste Begegnung mit der glänzenden Welt des Bellevue, das noch prächtiger geworden war, ein Grandhotel für die Kaiserstadt Berlin mit Salons, Cafés, eleganten Läden und sogar privaten Bädern in den Zimmern und Suiten.

Eine weiße, auf Löwenpranken ruhende Wanne. Überwältigt stand der kleine Jakob davor, »möchte ich auch haben«, sagte er, Gedanken, die der Vater ihm verbot mit Redensarten wie »hoch hinaus, tief gefallen« oder dergleichen. Ohnehin bereiteten die Neuerungen ihm Mißbehagen, zu groß das Ganze und zu undurchschaubar, die elektrische Beleuchtung etwa, deren Schäden er nicht beseitigen konnte. »Die da oben kriegen den Hals nicht voll«, sagte er und erzählte Jakob von dem Turmbau zu Babel und vom Herrn, der nichts ungesühnt lasse, keine Sünde, keinen Übermut, und der Sohn solle fleißig sein und die Tischlerei erlernen, das wolle er sich auch etwas kosten lassen. Ein Tischlermeister habe zwar keine Badewanne, ganz bestimmt aber sein gutes Auskommen, der könne es zu einem Mietshaus bringen, »und das möchtest du doch, stimmt's, Jaköppel?«

Aber Jakob war nicht Hedel. Er nickte nicht und wollte auch nichts von Babel hören. Er bestand auf der Badewanne, selbst dann noch, als Joseph Nümann in seiner Sorge zum Stock griff, um ihm die Fisimatenten auszutreiben.

Portier Krause, im Rang weit über ihm und zudem Jakobs Pate, blickte mißbilligend auf so viel Verbohrtheit. Warum ausgerechnet Tischler, wenn der Junge keinen Hammer zur Hand nehmen wolle? Ein gewitzter kleiner Bursche, er könne ja Kellner werden.

Kellner, ein Trinkgeldberuf, nichts Solides. Joseph Nümann schüttelte heftig den Kopf, was Herrn Krause nicht davon abhielt, Jakob bei Gelegenheit noch mehr vom Hotel zu zeigen, die Halle im Schein der Kronleuchter, die Salons, den Ballsaal, und abends dann ein erster Blick durch den Türspalt in das große Restaurant mit seinen weißen, rotgepolsterten Stühlen, mit Blumen, Silber und Kristall und den schwarzweißen geschmeidigen Kellnern. Das Loch im Vorhang. Er war vier oder fünf damals, Zeit, um Träume zu horten.

»So ein Hotel kauf' ich mir später auch mal«, verriet er

Hedel, die ihm durchs Haar fuhr, »was du dir so denkst«. Der verschwörerische Krause aber gab ihm einen versteckten Platz hinter seinem Pult, an dem in endlosem Defilee die Uniformen, Schleppkleider, Federhüte vorbeizogen, sich begegneten, verbeugten, wieder entfernten, und darüber die hohen und tiefen Stimmen, liebenswürdig im Miteinander, herrisch, wenn sie sich an den Portier wandten. Atemlos stand Jakob in seiner Nische, jede Bewegung, jeden Ton speichernd, wie man ging, lachte, um es später vor dem Spiegel zu wiederholen. Und abends, ehe der Schlaf kam, machte er sich zum Teil dieser Märchenwelt.

Ein Ärgernis für Joseph Nümann, ein wachsendes Ärgernis, weil das, was er anfangs noch kindliche Grillen genannt hatte, sich keineswegs verflüchtigte. Im Gegenteil, seit Jakob zur Schule ging, hatte er sein Spielfeld im Hotel mehr und mehr erweitert. Statt sich mittags beim Vater zu melden, verschwand er sogleich in den Wirtschaftsräumen, sah den Köchen in die Töpfe, half den Kellnern beim Silberputzen oder trug den Stubenmädchen die Besen hinterher, um sie ihnen mit drolligen Verbeugungen zu überreichen. Hedels kleiner, feiner Bruder, immer brauchbarer mit den Jahren. Man gewöhnte sich an seine Gegenwart und entbehrte sie, als er nach dem zwölften Geburtstag dank Herrn Krauses Fürsprache in die Halle einziehen durfte, Jakob der Page. Rot livriert, auf dem Käppi das goldene *Bellevue*, so stand er fortan von mittags bis abends parat, trug Koffer und Pakete, führte Hunde aus, besorgte Briefe, Botschaften, Blumen, voller Eifer und doch nicht unterwürfig. Ein kleiner Herr, hieß es allenthalben, auch das zu Joseph Nümanns Verdruß.

»Werde ein Kerl und kein Pflaumenaugust«, sagte er, erbittert in seiner Wehrlosigkeit, denn was vermochte er, der Hausknecht, gegen Autoritäten wie Krause auszurichten oder den mächtigen Maître vom Restaurant, der schon ein Auge auf Jakob geworfen hatte. Zudem war bei seinem letzten Versuch, dem Sohn Vernunft einzubleuen, Hedel laut schreiend auf ihn losgegangen, mit Augen, die ihn so verstört hatten, daß er von nun an nicht mehr zum Stock greifen mochte. Im Reden aber war Jakob ihm überlegen, und wenn er ebenso wortreich wie plausibel darlegte, warum gute Manieren keineswegs von Schaden seien, sondern im Gegenteil der erste Schritt über die Grenze zwischen Knechten und Herren, wußte Joseph Nümann dem nichts entgegenzusetzen als eine seiner Redensarten, »Hochmut kommt vor den Fall« oder daß vom Quasseln noch keiner satt geworden sei. Rückzugsgefechte, im Grunde hatte er es längst erkannt. Denn was nützte es, daß Jakob weiterhin jeden Morgen zur Schule ging, was nützten die guten Zeugnisse und das Lob seines Lehrers, der sogar vorschlug, ihn bei der Bank unterzubringen. Jakob hörte nicht einmal zu. Er wollte nur eins, Kellner werden im Bellevue.

»Wozu das Gemähre, Nümann«, brachte Krause die Sache schließlich zu einem Ende.« Der Junge ist wie geschaffen für unser Haus. Sie wissen doch, der Maître will ihn haben«, und so ließ Joseph Nümann es geschehen.

»Wenn du dein Leben lang buckeln willst, von mir aus«, sagte er, als der Lehrvertrag auf dem Tisch lag, und kein Gedanke daran, daß einmal andere vor Jakob buckeln könnten. Ob es seinen Beifall gefunden hätte? Man weiß es nicht. Drei Jahre später starb er. Ein schnelles Sterben von innen her, »ich faul' ab«, nannte er es. Als die Schmerzen begannen, bat Jakob den alten Dr. Hauff, der seit dreißig Jahren eine Praxis in der Behrenstraße betrieb und gegebenenfalls auch ins Hotel gerufen wurde, nach ihm zu sehen. Das Personal mochte ihn nicht. Er ekle sich, hieß es, Leute ohne dickes Portemonnaie anzufassen. Auch auf diesen Patienten im Gesindehaus warf er nur einen kurzen Blick und empfahl die Charité, doch dort, davon war Joseph Nümann überzeugt, müsse man erst recht sterben. Und so rief er den Gott seiner Bibel um Gnade an und starb, wo er gelebt hatte, nahe der Werkstatt und den Ställen. Hedel lief tagsüber zwischen Hotel und Wohnung hin und her, Jakob stand ihm in den Nächten zur Seite, wobei es häufig zu Tränen kam, »so ein guter Sohn, und den habe ich verprügelt«. »Laß nur«, sagte Jakob dann jedesmal, »du bist ein guter Vater gewesen.«

Bei der Beerdigung wehte ein kalter Wind. Dezember, der Pastor machte es kurz. Das Hotel hatte durch Portier Krause einen Kranz aus Tannenzweigen und weißen Papierrosen niederlegen lassen, außerdem die Kosten für die Beerdigung übernommen und zum Leichenschmaus für den langjährigen treuen Hausknecht geladen. Eisbein mit Sauerkohl und Erbsenpüree, wie üblich bei solchen Gelegenheiten.

Joseph Nümann, geboren 1853, gestorben 1910. Ein Schlußstrich unter sein Leben, gerade rechtzeitig, könnte man meinen, für Jakob zumindest, obwohl er diesen Gedanken weit von sich gewiesen hätte. Und keine Frage, er betrauerte ihn, alle, die um seines Vaters willen in die Kälte hinausgegangen waren, konnten es sehen, sogar hören, denn am offenen Grab hatte er aufgeschrien, vor Schmerz, meinte man etwas verwundert. Aber es lag nicht am Schmerz, es lag an einer Maus, die über den Sarg huschte, hin und her und wieder weg, der Moment, in dem er begriff, daß dieser Tod endgültig war. Ein Gefühl, als ob tausend Knoten platzten, und so, wie der junge Joseph Nümann seinerzeit dem entschwindenden Bruder hinterhergeblickt hatte, Tränen im Gesicht und dann gleich der Aufbruch ins Neue, ließ auch Jakob seine Träume frei.

Der Leichenschmaus war vorüber, Hedel hatte Kaffee gekocht, was nun werden solle, fragte sie.

Auf dem Küchentisch stand das Sonntagsgeschirr, ein Relikt aus Male Schumms kargem Heiratsgut. Jakob sah die Kanne an, den dunkel verfärbten Sprung, das verwaschene blauweiße Muster, Symbol geradezu für die ganze schäbige Behausung. Gut genug für unsereins, hörte er seinen Vater sagen, gut genug die fleckigen Wände, das Linoleum voller Risse, der Küchenschrank, von dem die Farbe abfiel, und wichtig allein das Sparbuch. Alles fürs Sparbuch, sogar Hedels armseliger Lohn, aber er, Jakob, hatte immer nur ein paar Groschen vom Trinkgeld hergegeben und den Rest bei Herrn Krause deponiert, auch den neuen Anzug, die neuen Schuhe, und jetzt brauchte er nichts mehr zu verstecken, und das Sparbuch gehörte ihm, zur Hälfte jedenfalls.

»Wir können eine neue Kanne kaufen«, sagte er in die Luft hinein, da riß ihn das Splittern von Porzellan aus den Gedanken heraus. Die Kanne lag zerschmettert auf dem Linoleum, und Hedel, die Hand noch erhoben, starrte die Scherben an.

»Na hör mal«, sagte er, denn was sonst sollte ihm einfallen in seiner Verblüffung, Hedel, die Schwestermutter, so selbstverständlich in ihrer stillen Ergebenheit, nie hatte er darüber nachgedacht, ob sie glücklich war oder nicht, Wünsche hatte, Hoffnungen, Träume womöglich wie er.

Sie fing an zu weinen, »eine neue Kanne, und du wirst bald Soldat, und ich muß hier weitermachen in alle Ewigkeit, und das ist mein Leben«.

Jakob legte den Arm um ihre Schulter, »schon gut«, der gleiche Ton, mit dem Hedel früher ihn getröstet hatte, »schon gut«, bis sie, ruhiger geworden, zum Besen greifen wollte. »Laß nur«, sagte er und brachte sie zu ihrem Stuhl. Dann kehrte er die Scherben zusammen, wischte den Boden trocken und schüttete das Schmutzwasser draußen in die Grube.

Als er zurückkam, hatte Hedel frischen Kaffee gebrüht. »Setz dich hin«, sagte sie, wieder mit der vertrauten Stimme, im Gesicht kaum noch Spuren des Tumults. Aufrecht und adrett saß sie da in ihrer schwarzen Bluse, den blonden Zopf auf dem Scheitel zusammengesteckt, ein paar Fransen über der Stirn. Hübsch, dachte Jakob erstaunt, sie ist ja hübsch, und bemerkte zum ersten Mal, wie jung sie noch war trotz ihrer dreißig Jahre.

»Warum bist du eigentlich nicht verheiratet?« fragte er.

Ihre Hände klammerten sich an die Kaffeetasse. »Wann denn? Zwölf Stunden Arbeit, dann noch die Wohnung, die Wäsche, der Vater, da geht man nicht zum Tanzen.« Sie griff nach einem Rosinenbrötchen und fing hastig an zu kauen. »Ich hatte ja nicht mal ein Kleid dafür.«

»Es gibt doch auch genug Männer im Hotel«, sagte er.

»Ja«, sagte sie. »Aber ich wollte keinen, der auf den Boden spuckt.«

»Alle spucken nicht auf den Boden«, sagte er.

»Von denen wollte mich keiner«, sagte sie, und um ihr eine Hoffnung zu geben, fing er an, über seine geheimen Wünsche zu sprechen: Nicht mehr der alte Kindertraum von löwenfüßigen Badewannen, nein, das nicht. Keine Luftschlösser, aber, immer noch vermessen genug, ein Restaurant, sein eigenes, und er sein eigener Herr, frei von Bevormundung und Schikanen.

Er war ein guter Kellner, umsichtig und gewandt, immer bedacht darauf, mehr als das Nötige zu lernen. Die Köche ließen ihn wie früher in ihre Töpfe blicken, und der alte Sommelier brachte ihm bei, kenntnisreich über die Angebote auf der Weinkarte zu plaudern. Sogar der Maître, ein Monument in seiner Eleganz und Autorität, nahm ihn hin und wieder beiseite für ein Privatissimum in der Kunst der richtigen Schritte und Bewegungen beim Begrüßen, Servieren, Kassieren und wie man, die Linke auf dem Rücken, einen alten Burgunder so zeremoniös in die Gläser fließen läßt, daß es zum Ereignis wird.

Jakob sog auf, was sich ihm bot. Das Beraten und Bedienen machte ihm Spaß, Bedienen ohne Bedienern, höflich, aber nicht devot, eher wie ein Gastgeber, der für angenehme Stunden sorgen möchte. Immer häufiger wurde nach ihm gefragt, Herr Jakob, wo ist Herr Jakob, zum Ärger altbewährter Kollegen, die es anmaßend nannten, wie er sich gab, ein kleiner magerer Commis, siebzehn gerade und noch nicht trocken hinter den Ohren, spiel dich nicht auf, bilde dir nichts ein, putz lieber noch mal das Silber, nicht mal ordentlich Silber putzen kann er, der Herr Baron.

»Neid«, sagte Herr Krause. »Das Trinkgeld. Und weil du besser bist und der Maître große Stücke auf dich hält«, wenig hilfreich, dies alles, wenn jeder Esel ihn schinden durfte. Doch nun hatte die Welt sich gedreht. Er war nicht mehr arm. Er würde bekommen, was er sich wünschte, ein Restaurant, klein und fein, mit der besten Küche von Berlin, »und das ist kein Wahnwitz und keine Spintisiererei, wir haben das Sparbuch, und in ein paar Jahren ist es soweit«.

Hedel hörte ihm zu, lächelnd wie früher, als er auf ihrem Schoß saß, »was du dir so denkst, geh erst mal zu den Soldaten«.

»Ich will nicht«, fuhr er sie an.

»Ach Gott«, sagte sie, »du wirst es wohl müssen.«

Aber Jakob blieb im Bellevue. Und dann ging er auf die Insel.

Endlich die Insel. Ein neues Kapitel, und am Anfang jener Husten, der wie ein Unwetter aus blauem Himmel kam, drei Jahre nach Joseph Nümanns Tod.

Jakob war, von Mumps und Masern abgesehen, kaum jemals krank gewesen. Auch seine Untauglichkeit fürs Soldatenleben war nur dem Hörfehler eines Stabsarztes zu verdanken, der bei der Musterung irgendwelche Geräusche im Brustkasten kurzerhand mit Unregelmäßigkeiten am Herzen erklärt hatte, ein glücklicher Irrtum, denn im Sommer danach war er zum Oberkellner aufgerückt. Neunzehn erst und schon Chef de Rang im blauen Salon, was kümmerten ihn nun noch die Neider.

Auch äußerlich hatte er den mageren Commis hinter sich gelassen, war breiter geworden in den Schultern und fast so groß wie Joseph Nümann, nur ohne dessen bärenhafte Tapsigkeit. Wenn er, gut anzusehen im Frack, seine

Gäste an den Tisch führte, um ihnen die Nuancen des jeweiligen Menüs, den Charakter eines Chablis oder Mosel
nahezubringen, beflügelte allein dies schon den Appetit,
und nicht nur die Blicke des Maître folgten ihm mit Wohlgefallen. Der Umsatz stieg, auch das Trinkgeld, manchmal
auf eine Weise, die eher verlegen machte. Dr. Hederhoff
etwa, Herr über Gütersloher Spinnereien, aber offenbar
Berlin und dem Bellevue mehr zugetan. Stets eine Nuance
zu modisch gekleidet, saß er in einer Aura von Melancholie an seinem Tisch, trank den teuersten Wein und brachte
es fertig, Jakob mit Tränen in den Augen zwanzig Mark
unter die Serviette zu legen, zum Glück diskret genug.
Und ein alter, heftig zitternder General bestellte Abend für
Abend das große Menü, nur in der Hoffnung, ein paar
Worte mit ihm reden zu können. »Ich wünschte, ich hätte
einen Sohn wie Sie«, sagte er dann, und vielleicht war es so.
Aber wie auch immer, peinlich oder rührend, Trinkgeld
ließ sich nicht zurückweisen. Dem Konto zumindest tat es
wohl, und über kurz oder lang, sagte Jakob zu Hedel, könne man wohl nach Räumlichkeiten für das Restaurant suchen – da kam der Husten. Als Folge einer Beerdigung,
hieß es, und wenn es so war, hätte Portier Krause noch
einmal in Jakobs Leben eingegriffen. Aber vielleicht lag die
Krankheit ohnehin auf der Lauer.

Eine Beerdigung also, schon wieder. Es wurde viel gestorben zu jener Zeit. Obwohl dem stabilen und nach wie
vor tätigen Herrn Krause nicht der Berliner Herbst den
Tod brachte, sondern nur ein kleiner Schnitt in den Daumen, ein wenig Schmutz am Messer. »Helfen Sie ihm!«
hatte seine Frau den Arzt angefleht, aber Penicillin gab es
noch nicht, überhaupt nichts gegen die Sepsis, was sollte

man tun. Nun wurde er zu Grabe getragen, in einem ansehnlichen Eichensarg mit Messingbeschlägen, für den er gesorgt hatte zu Lebzeiten, und kaum etwas davon kam zur Geltung, so erbarmungslos schüttete es vom Himmel herunter. Auch die zahlreichen Trauergäste, zwischen ihnen eine Anzahl Portiers der großen Berliner Hotels, konnten sich, ihre Regenschirme vor Augen, gegenseitig nicht wahrnehmen, so daß viele schon vor dem letzten Segen verschwanden, Richtung Bellevue, zum Leichenschmaus.

Jakob hatte, obwohl ihm das Wasser in die Schuhe lief, das Ende abgewartet, um seinem alten Freund eine Schaufel Erde hinterherzuwerfen, und schon in der Nacht war das Fieber aufgeflammt, erst das Fieber, dann der Husten, ein trockenes Bellen aus der Tiefe des Brustkastens heraus, gegen das weder heiße Wickel noch Hedels widerlich schmeckender Zwiebelsaft etwas vermochten. Dr. Hauff, vom Maître ins Gesindehaus beordert, machte die Sache eher schlimmer. Die Praxis in der Behrenstraße war bereits verkauft, er absolvierte seine letzte Arbeitswoche, und die Roßkur, die er noch lustloser als sonst verordnete, drei Schwitzpackungen täglich, vertrieben den Husten zwar für kurze Zeit. Dann jedoch kam er wieder, nistete sich ein, blieb. Hüsteln, nannte es Jakob, ich hüstele, als versuche er, das drängende Tier in seiner Brust mit milden Tönen zu besänftigen. Vergeblich bei Nacht, nur am Tag ließ es sich mühsam halten, eine Weile noch, bis zu dem Eklat mit der Suppe.

Es war November, drückender Nebel lag über Berlin. Im Restaurant war jeder Tisch besetzt, ein spätes Souper nach der Traviata-Premiere in der Königlichen Oper, und

Jakob hatte den Kopf gerade noch abwenden können, bevor der Krampf ihm den Atem abschnürte, ausgerechnet, als er dem Kommerzialrat von Schröder nebst Gattin, Tochter und Schwiegersohn die Consommé servieren wollte. Bei drei Tassen gelang es noch, die vierte fiel ihm aus der Hand. Dann stand er da, vom Husten geschüttelt, und selbst wenn der Bräutigam des Fräulein von Schröder sein »Bitte nicht in die Suppe« unterdrückt hätte, wäre es vorbeigewesen mit dem Bellevue.

Nicht gleich, noch blieb ein Rest Zuversicht, noch sprach der Maître, der ihn schon als Nachfolger im Auge hatte, von Auskurieren, »kurier dich aus, Junge, das wird schon wieder«. Er wollte ihm Dr. Vinzelberg schicken, der die Praxis des alten Dr. Hauff übernommen hatte, aber der Krampf verging, die Nacht blieb ruhig. Jakob konnte sich sogar jene ekelhafte Tortur ersparen, die ihm von dem jetzigen Hausknecht, einem Mann aus Ostpreußen, als garantiert wirksamstes Mittel empfohlen wurde: den eigenen Urin nämlich, Schlag Mitternacht getrunken. Ein paar Tage nur, dann ging er ins Hotel zurück, voller Zuversicht, zum letzten Mal. Denn kurz vor dem Diner, die Tische waren gedeckt, fiel die Krankheit wieder über ihn her, schlimmer denn je. Er glaubte zu sterben, und Dr. Vinzelberg, der nun doch noch geholt werden mußte, sagte ihm, daß es sich um Asthma handele, asthmatische Bronchitis.

Er hatte eine weiche, leicht schleppende Sprache, mit winzigen Intervallen zwischen den Silben, wie Singsang, dachte Hedel und fand es schön, ihm zuzuhören, trotz seiner schwarzen Botschaft, von deren Tragweite sie freilich keine Vorstellung hatte, schon gar nicht von den Folgen der Begegnung mit ihm. Schicksalhaft nannte Jakob sie späterhin, wenngleich es schwerfällt, anzunehmen, daß Dr. Vinzelberg die Hauffsche Praxis eigens deshalb kaufen mußte, um von Stettin nach Berlin zu kommen und sich in die Angelegenheiten der Nümanns zu drängen. Er war ein Mann um die dreißig, nicht sehr groß, etwas füllig, mit dunklen, melancholischen Augen, »ich bin Dr. Vinzelberg«, sagte er, und alles änderte sich.

Er kam erst spät am Abend, zwei Stunden nach dem Anfall. Jakob lag auf dem Küchensofa, voller Angst vor dem Ersticken, voller Angst auch vor dem Leben und was daraus werden sollte nach dem Verlust seiner Selbstgewiß-heit, mit der er, das Tablett auf der erhobenen Hand, durch den blauen Salon geglitten war, ein Jongleur, noch im Schlaf seiner Sache sicher. Es war alles so leicht gewesen bisher und er so gedankenlos im Nehmen, nur Geld im Sinn und Weiterkommen, das Restaurant, immer das Re-staurant, doch was galt es noch, wenn er tot sein würde und nichts gesehen hatte von der Welt, keinen Berg, kein Meer, und warum war er nicht Steward geworden auf ei-nem Schiff, warum nicht Kellner an der Riviera, verpaßte Chancen, und nun vielleicht die Schwindsucht in der Brust, an der schon so viele gestorben waren, auch die schöne Baronin, deren Hündchen er ausgeführt hatte als Page, und auch von der Liebe wußte er nichts und was sie wirklich war, nur das rüde Treiben hinterm Zaun, von dem die Köche redeten, oder sanfte Zärtlichkeit von Händen und Blicken. Eine Frau, dachte er, eine Frau im Spitzen-kleid, Blumen im Haar, bäumte sich auf, weil neue Krämp-fe den Atem blockierten, und auch Hedel, die ihm weinend heiße Tücher auflegte, sah schon den Tod am

Bettrand sitzen, als endlich Dr. Vinzelberg die Dinge in die Hand nahm.

»Die Umschläge«, sagte er mit seiner angenehmen Stimme, »sind nutzlos, und weinen Sie nicht, hier stirbt keiner, atmen, Herr Nümann, ganz ruhig, gleich wird es leichter«, öffnete, während er sprach, seine bauchige Arzttasche, warf Holz ins Herdfeuer, füllte graues Pulver in einen Tiegel, stellte ihn auf die heiße Platte und rührte darin herum, bis Rauch aufstieg, scharfe, beißende Schwaden, die Jakob in seine Lungen holen mußte, atmen, atmen, weiteratmen, und dann, als würde ein Tor geöffnet, hatte der Krampf sich gelöst.

»Stramonium«, sagte Dr. Vinzelberg, »aus zerstoßenen Stechapfelblättern, enthält Atropin, das weitet die Gefäße. Früher haben die Hexen es unter ihre Salben gemischt.«

»Habe ich Schwindsucht?« fiel Jakob ihm ungeduldig ins Wort, worauf Dr. Vinzelberg den Kopf schüttelte und mit der Untersuchung begann, Abhorchen, Abklopfen, Fragen, eine endlose Prozedur vor dem Urteil, nein, Schwindsucht nicht, aber Asthma, und das sei auch kein Vergnügen.

Hedel hatte Tee gekocht, nun saßen sie am Tisch, auch Dr. Vinzelberg, der eine Tasse nach der anderen trank und von allem möglichem redete, nur nicht vom Asthma. Er schien sich wohlzufühlen in der warmen Küche, gemütlich, sagte er, gemütlicher als bei ihm in der Behrenstraße, wo noch nichts geordnet sei seit dem Umzug, nicht mal um ein Dienstmädchen habe er sich kümmern können.

»Und die Frau Doktor?« fragte Hedel zaghaft.

»Meine Frau ist gestorben«, sagte er. »Bei unserem ersten Kind.«

Hedel sah ihn verwundert an. »Sie sind doch Doktor!«

»Auch Arztfrauen sterben«, sagte er. »Aber Sie haben recht, in solchem Fall ist es besonders schlimm, wenn man nichts mehr tun kann«, der Moment, in dem Jakob ihn unterbrach. »Und ich, was kann man bei mir tun?«

Dr. Vinzelberg blickte auf die Teeblätter in seiner leeren Tasse. Asthma, sagte er schließlich, bedeute keine unmittelbare Lebensgefahr, auch nicht bei den Anfällen. Hingegen würden sie wiederkommen, vermutlich oder vielmehr bestimmt, so wie es aussehe und sich anhöre, und das Stechapfelpulver bringe zwar Linderung, aber gegen die Ursache, das müsse er ihm leider sagen, gebe es bis jetzt noch kein wirksames Medikament. Aber vielleicht vertrage er auch das hiesige Klima nicht. Chronisch entzündete Bronchien könnten die Asthmaanfälle auslösen. Und die Stadt mit den Schornsteinen und Fabriken sei ganz gewiß Gift für ihn, auch der Zigarrenrauch im Hotel.

»Soll ich etwa aufs Dorf ziehen?« rief Jakob. »Ich verdiene mein Geld in der Stadt, ich will ein Restaurant eröffnen, mein eigenes Restaurant, soll das alles vorbei sein?«

Dr. Vinzelberg hob erstaunt den Kopf. Ob Jakob denn Mittel besäße für ein Restaurant, fragte er, so kam die Insel ins Spiel, die Heilkräfte von Luft, Salzwind und Meer.

»Nehmen Sie Ihr Geld«, sagte Dr. Vinzelberg, »fahren Sie los. Vielleicht können Sie auf der Insel gesund werden.«

Nur vielleicht, aber es wog schwer gegen die Hoffnungslosigkeit. »Ich gehe«, sagte Jakob.

Damit war es entschieden, vorerst allerdings nur im Kopf. Sechs Monate hatte Dr. Vinzelberg veranschlagt, eine Ewigkeit, ein Aufbruch ins Ungewisse. Geh, sagte die

30

eine, bleib, die andere Stimme, auch dann noch, als der Zug mit ihm davonfuhr, bereits acht Tage nach dem Anfall, viel zu kurz für einen Konsens. Jakob lehnte am Fenster, sah Hedels flatterndes Taschentuch, glaubte, das Falsche zu tun, und gab ihr die Schuld, zu Recht gewissermaßen, denn zumindest die überhastete Abreise war Hedel anzulasten. Gleich nach Dr. Vinzelbergs Visite nämlich hatte sie, ohne Rücksprache mit Jakob, einen Reisekorb beschafft und war auch weiterhin, statt sich wie gewohnt fremden Entschlüssen zu fügen, plötzlich ihren eigenen gefolgt, so vehement, als drohe die Zeit über sie hinwegzurollen.

Es lag an Dr. Vinzelberg, an seiner Diagnose, seiner Stimme, seinen Augen. Zunächst war es nur die Angst gewesen, die durch ihre Schlaflosigkeit geisterte, Angst um Jakob und noch größer die Angst vor dem, was werden sollte mit ihr, wenn er ging und sie zurückließ, allein, ohne Guten Morgen und Gute Nacht. Ein alterndes Mädchen, von allen verlassen, von keinem gebraucht, der Moment einer schrecklichen Gewißheit, in den sich plötzlich die Stimme und die Augen gemischt hatten, tröstlich und verheißungsvoll, und so war sie am nächsten Tag in die Behrenstraße geeilt, zu dem Haus mit dem Messingschild: Dr. Vinzelberg, praktischer Arzt und Geburtshelfer.

Mittagszeit, sie lief in die zweite Etage hinauf, klingelte, dann stand er da und glaubte, daß etwas mit dem Bruder sei.

Sie zog das Tuch fester um die Schultern, nein, es ginge um ihre Belange, um die Dienstmädchenstelle bei ihm. »Ich kann fast alles im Haushalt«, sagte sie, »saubermachen, waschen, plätten, nähen. Kochen nicht so gut, aber das lerne ich noch, und vielleicht bin ich trotzdem genehm.« Genehm. Sie hatte lange nach dem Wort gesucht und es passend gefunden.

Er war nicht groß, mußte aber den Kopf senken, um Hedel anzusehen, das vor Aufregung fast weiße Gesicht, die weit geöffneten Augen voller Entschlossenheit.

»Sie zittern ja«, sagte er, »kommen Sie herein«, so daß sie zum ersten Mal die Wohnung sah, die ihr Zuhause werden sollte für das nächste Jahrzehnt, denn selbst wenn ihr Ansinnen nicht genehm gewesen wäre, wie hätte einer wie er sie abweisen können. Aber sie war ihm genehm. Eine ehrliche Person, dachte er, ehrlich, gutmütig, sicher auch fleißig, mehr brauche ich nicht, teils richtig gesehen, teils falsch, aber es fing ja erst an.

»Ich bin übrigens Jude«, sagte er. »Keiner von den frommen, aber Sie sollten es wissen.«

»Warum?« fragte sie.

»Manche stört das«, sagte er.

Hedel schüttelte den Kopf, nein, es störte sie nicht, eher Jakob, dem jeder Einwand zupaß kam. Denn nun mußte er zusammen mit Hedel die Wohnung im Hotel räumen und ohne weitere Bedenkzeit seinen Reisekorb packen. Er verstand die Eile nicht, und warum dieser Doktor, man kenne ihn doch kaum.

»Er war gut zu dir«, sagte sie, »und er braucht jemand, der für ihn sorgt, und ich tu's«, was ihn ärgerte. »Ich weiß nicht«, sagte er, »ob es Vater recht gewesen wäre, daß du zu dem Juden gehst, und noch nicht mal eine Frau im Haus.«

»Ein Doktor!« sagte sie, »und ich bin doch schon alt, bald zweiunddreißig.«

»Und wenn ich wieder zurückkomme?« fragte er, doch

statt einer Antwort fing sie vom Geld an, Joseph Nümanns
Sparbuch, das seit seinem Tod unter Jakobs Namen geführt wurde. Er hatte fast vergessen, daß es auch Hedel
gehörte. Nun wollte sie ihren Teil haben, ausgerechnet
jetzt, ohne Rücksicht auf sein Unglück, und daß er keine
Einnahmen mehr hatte, nur Ausgaben.

»Es ist mein Geld«, sagte sie. »Ich will es parat haben im
Notfall.«

Du kannst mir dann ja schreiben, wollte er einwenden,
doch sie kam ihm zuvor, »schreib mir, wenn du etwas
brauchst, ich laß dich nicht sitzen«.

Er zuckte zusammen, so sehr traf es ihn, und nur, weil
ein neuer Anfall ihn in Panik versetzte, hatte er aufgehört,
sich weiter gegen die Insel zu sträuben. Der Weg zu Hedel
aber schien vermauert in den nächsten Tagen, die er mit
Einkäufen verbrachte, warme Sachen, zu denen Dr. Vinzelberg dringlich geraten hatte, auch ein neuer Mantel und
ein Anzug aus gutem Tuch. Erst ganz zuletzt, die Wohnung war schon leer, und nie wieder würden sie zusammen
an diesem Küchentisch sitzen, überwand die Trauer seinen
Groll.

Am nächsten Morgen brachte Hedel ihn zum Lehrter
Bahnhof. Sie hielt seine Hand so fest, daß er sich losreißen
mußte. »Ich komme wieder«, rief er, als der Zug anfuhr.
Dreizehn Stunden später, am 11. Dezember 1913, betrat er
die Insel.

Eine lange Reise, umsteigen in Hamburg, dann mit dem
Dampfer »Germania« übers Wattenmeer, dazwischen
endloses Warten auf die Flut. Dr. Vinzelberg hatte von
dem Damm erzählt, der gebaut werden sollte für den

schnellen Weg vom Festland zur Insel, nur noch ein Katzensprung in vier oder fünf Jahren, und kaum zu glauben, was der Mensch fertigbringe, Triumph der Technik.

Fünf Jahre. Was soll mir das nützen, dachte Jakob, als er das Schiff verließ und sich dem kalten Wind entgegenstemmte, eine leere, lichtlose Nacht, aber vielleicht war das die Fremde. Außer ihm hatte die »Germania« nur wenige Passagiere an Bord gehabt, Einheimische offenbar, die sich mit seltsamen Lauten verständigten, und er allein vor ihrer geschlossenen Front. Er folgte ihnen an das Gleis, wo die Inselbahn wartete, und fuhr von der Ost- zur Westseite nach Grothum.

Grothum, hatte Dr. Vinzelberg gesagt, sei auch im Winter nicht völlig tot, und ihm einen Empfehlungsbrief für die Kapitänswitwe Broersen geschrieben, Paulina Broersen, Kirchenstraße Nummer zwei, bei der er einstmals gewohnt hatte als hustender Student. Die Leute im Abteil allerdings schienen ihren Namen nicht zu kennen. Sie starrten Jakob an und blieben weiterhin stumm, genau wie der Beamte am Grothumer Gepäckschalter. Paulina Broersen, erklärte er schließlich mit rollendem R, hätte man hier nicht, kniff dann jedoch die Augen zusammen und fragte, ob etwa Paulina Neelke gemeint sei, die gebe es in der Kirchenstraße.

Jakob zog Dr. Vinzelbergs Brief aus der Tasche, worauf der Mann, nachdem er lange und sinnend die Adresse betrachtet hatte, Jakobs Reisekorb auf eine Schubkarre beförderte. Der Gepäckwagen, sagte er, käme erst im Mai wieder, nun solle der junge Herr man schieben, es sei ja nur ein kurzes Stück, und schöne Grüße an Paulina Neelke. Verwirrend dies alles für einen, der noch nicht wußte, daß

Broersen einzig von amtlicher Bedeutung war, Neelke dagegen der allgemein gebräuchliche Name, den eine imposante Vorfahrin namens Cornelia, kurz Neelke genannt, der Familie aufgeprägt hatte, für immer und ewig sozusagen.

Erst geradeaus, dann rechts in die Kirchenstraße, immer gegen Wind und Regen bis zur Nummer zwei, ein rotes Backsteinhaus mit tiefgezogenem Reetdach und kleinen Fenstern im Erdgeschoß und oben unter der Gaube. Broersen an der Tür, der Messingklopfer darunter, und dann stand Paulina Neelke vor ihm, schwarzgekleidet, groß und starkknochig, ein Medaillon auf dem Busen und den Zopf über dem grauen Scheitel zusammengedreht. Sie musterte Jakob mit strengem Blick, sichtlich bereit, die Tür wieder zuzuschlagen, was, nachdem er ihr den Brief ausgehändigt hatte, auch umgehend geschah. Doch gleich darauf war sie wieder zurück, ein anderes Gesicht, freundlich, voller Zutunlichkeit, dieser nette Doktor, sagte sie, jedes Jahr eine Weihnachtskarte, und nun man schnell rein ins Haus, zwar sei die Gaubenstube nicht geheizt, doch sie würde heiße Steine ins Bett legen, und wenn der junge Mann was Vernünftiges in den Magen kriege, Bratkartoffeln, einen Teepunsch hinterher, würde ihm schon warm werden, und überhaupt, er solle es gut bei ihr haben.

Ein Redeschwall, untypisch für die Inselbewohner. Friesen, hieß es, seien schweigsam, Paulina Neelke hingegen redete viel und gern, hin und wieder jedenfalls. Friesisch aber, ganz und gar friesisch an ihr war, daß man auf jedes der Worte bauen konnte: Schwarz war schwarz, weiß nichts als weiß, und hätte sie Regen versprochen, er wäre vom Himmel gefallen. Doch sie versprach nur, was sich machen ließ, und so bekam Jakob sein warmes Bett oben im ersten Stock und hatte es gut unter ihrer Obhut, solange er blieb. Eigentlich schenkte sie ihm die Insel.

Die Bratkartoffeln übrigens waren unvergleichlich, viel Speck, ein wenig Zwiebel, und dank der genau bemessenen Wärmezufuhr außen knusprig, innen weich. Paulina Neelkes Bratkartoffeln, er wird sie mitnehmen in das Hotel auf der Düne, eine Spezialität des Hauses, trotz Austern, Seezunge und Deichlamm in Rosmarin. Gegenwart voller Zukunft, und wenn Jakob etwas davon spürte, so war es das Wohlbehagen in diesem Haus. Bleib, sagte jetzt auch die eben noch skeptische Stimme, und er wird bleiben.

»Ich bin angekommen«, schrieb er an Hedel. »Ich glaube, es gefällt mir gut.«

Die Düne, jene Düne, die seinen Kindertraum wieder wecken sollte, fand er schon am Tag danach, ein Morgen, der still und klar begann, kein Regen mehr, kaum noch Wind. So sei das hier, hatte Paulina Neelke beim Frühstück gesagt, immer wieder wechselndes Wetter, manchmal von einer Minute zur nächsten, und wenn die Sonne käme, sollte er nur gleich an den Strand gehen, mittags um eins gebe es Dorsch mit Senfsoße, also reichlich Zeit zum Durchatmen. »Laufen und durchatmen«, sagte sie, »immer an der Flutkante lang, Richtung Diekum oder Noerum und zurück, das hält die beste Krankheit nicht aus. Passen Sie man auf, im Sommer verdienen Sie schon wieder was, und bis dahin mache ich es billig, kommen ja sowieso keine Gäste vor Mai, zwanzig Mark im Monat für Kost und Logis, das geht wohl.«

Zwanzig Mark, fast geschenkt, und am liebsten hätte sie es umsonst gemacht für den Jungen, der so alt war wie ihr

Sohn, als die See ihn geholt hatte, auch die gleiche Größe, die scharf blickenden grauen Augen, das dichte helle Haar. In der Art jedenfalls sah es Paulina Neelke, »und essen Sie noch ein Wurstbrot, Herr Nümann«, sagte sie, »und heißen Sie nicht Jakob? Ein schöner Name, spricht sich auch gut, und nennen Sie mich man Paulina, ist so Sitte bei uns, wir halten es hier nicht mit den Nachnamen. Mögen Sie Grünkohl?«

Jakob zögerte, nickte dann aber, irritiert und gleichzeitig bereit, sich dieser neuen überraschenden Welt anheimzugeben. Mullgardinen vor den Fenstern, blauweiße Kacheln an der Wand, in der Eckvitrine allerlei exotische Hinterlassenschaften von Kapitän Broersens Reisen über die Meere. Doch, er mochte Grünkohl, mochte diese Frau und ihr Haus, und während er sich auf den Weg machte, um das unbekannte Land rundherum zu entdecken, trug sie einen Sessel in seine Stube unter der Gaube, eine Tischlampe mit gelbem Schirm und den bunten Teppich, der ihn fortan begleiten sollte. Dann ging sie in die Kaiserstraße, wo es Dorsch zu kaufen gab und Schweinebacke für den Grünkohl.

Jakob war ebenfalls die Kaiserstraße entlanggeschlendert, an den Läden vorbei, an den Restaurants, Logierhäusern und Hotels, kümmerliche Etablissements gemessen an Berlin und allesamt geschlossen, kein Wunder, wer wollte hier in der Öde den Winter verbringen. Das einzige menschliche Wesen zu dieser frühen Stunde war der fast sechsundachtzigjährige Kapitän Carl Jansen, der, seine Mütze mit dem goldenen Anker auf dem erinnerungsschweren Kopf, so wie jeden Tag durch die Kaiserstraße zum Strand wanderte, hin und zurück in immer gleichem

Rhythmus, um Katastrophen kommen zu sehen und gegebenenfalls anzukündigen. Käpt'n Carl könne Stürme riechen und noch mehr, sagte man respektvoll, unter anderem auch deshalb, weil er beim ersten Unwetter im Januar stets prophezeite, daß ein Jahr mit solchem Anfang auch böse enden müsse, und, da es bei Saisonende nie ohne Klagen abging, jedesmal recht behielt. Belächelt freilich wurde seine finstere Skepsis dem Fortschritt gegenüber, und daß er in allem, was mehr Gäste bringen sollte, den Untergang der Insel witterte, wollte niemand hören.

Jetzt stand er vor dem Laden von Schlachter Larsen, musterte Jakob mit wasserhellen Augen, fragte nach seinem Woher und Wohin und riet ihm, auf einem Schiff anzuheuern, da habe er gesündere Luft als hier, wo es bald genauso viele Schornsteine geben würde wie in Berlin, und überhaupt, drei Sorten Mettwurst, wofür das wohl gut sei, die Leute würden sich noch das Gedärm verrenken mit der ganzen Feinschmeckerei. Dann wandte er sich wieder Larsens Schaufenster zu, und Jakob ging weiter, bis die Straße sich im Sand verlor und eine Treppe zu der langgestreckten hölzernen Plattform hinaufführte, wo während der Saison die Gäste promenierten, in den Pavillons ihren Kaffee nehmen konnten oder vor der Musikmuschel den Klängen des Kurorchesters lauschten. Sommerleben, doch jetzt war es hier oben so leergefegt wie in der Kaiserstraße.

Man könnte schwermütig werden, dachte Jakob, legte die Arme aufs Geländer und sah unter der kalten Wintersonne das Meer liegen, blau bis zum Horizont, mit funkelnden Mustern aus Wellen, Schaumkämmen, schwirrenden Möwen. Er lief zum Strand hinunter und an der Flutkante entlang, Niedrigwasser, der Boden noch fest, lief weiter nach Süden und von Süden nach Norden, wie betrunken, sagte er später beim Dorsch, so daß Paulina Neelke warnend den Finger hob. Die Salzluft, der Ozon, das ginge ans Gemüt, und im übrigen brauche er Fischerstiefel, die könne man im Laden von Boy Thönniessen kriegen.

Dann, bei Sonnenuntergang, entdeckte er die Düne. Schon am Morgen hatte er sie wahrgenommen, hell und glitzernd, von Strandhafer überweht, Teil des endlosen Massivs. Nun, im Abendlicht, schien sie sich daraus zu lösen. Wie eine Bühne lag sie vor ihm, und müde, wie er war von diesem Tag, begann er sich durch den lockeren Sand zu quälen bis zu ihrem höchsten Punkt. Er sah über die See und in die Farbenspiele des Himmels hinein, hier möchte ich ein Haus bauen, dachte er und erzählte es Paulina Neelke, die den Kopf schüttelte, was man auf die Düne baut, holt sich das Meer. Hotel »Seestern« wäre keine zwanzig Jahre stehengeblieben, obwohl man den ganzen Grund unter dem Haus abgerammt habe, ein Pfahl neben dem andern, alles umsonst, da könne man die Steine ebensogut gleich ins Wasser schmeißen.

Praktische Argumente, nicht brauchbar für die Phantasie. Da oben ein Haus, dachte er jeden Morgen und jeden Abend, flüchtige Gedanken zunächst, doch während des langen einsamen Winters zwischen Ebbe und Flut, zwischen Diekum im Süden und Noerum im Norden wuchs daraus der alte neue Traum: Ein Hotel wie das in Berlin, das Bellevue auf der Düne.

Träume sind Schäume, sagte Maleen, wenn seine Phantasie mit den Flügeln schlug, Maleen, endlich ein Mädchen für ihn, es wird auch Zeit. Er traf sie Ende Februar, nach der Rückkehr von einem Besuch bei Pastor Nielsen, aus dessen vollen Regalen Jakob sich dank Paulina Neelkes Vermittlung Bücher holen konnte für die langen Abende, obwohl man ihn nur selten in der Inselkirche sichtete. Pastor Nielsen, ohnehin milde und zudem von der Lektüre theologisch etwas lädiert, nahm es nicht übel. Gott, sagte er, ließe sich allerorten finden, sogar in Büchern, und versah Jakob mit Werken über Kunst, Natur, Geschichte, auch mit Romanen sehr weltlicher Art. Er las, was ihm in die Hände geriet, zuviel, wie Paulina inzwischen fand. »Stopf dir das Gehirn nicht so voll«, warnte sie ihn, »es macht bloß unzufrieden«, und schüttelte den Kopf über seine Meinung, daß Unzufriedenheit nicht das Schlechteste sei.

Diesmal hatte er ein mehrbändiges Lexikon mitgenommen, und als er in die Wohnstube kam, saß Maleen am Tisch, klein und zierlich wie Hedel, aber dunkle, lockige Haare, hoch aufgetürmt, und die Augen in dem blassen Gesicht von klarem, intensivem Grün. Grüne Augen, grüne Bluse, eine Nixe, dachte er und verliebte sich in sie, Liebe auf den ersten Blick, aus welchen Gründen auch immer. Möglich, daß es weniger an dem Mädchen lag als an dem richtigen Moment.

Paulina Neelke jedenfalls sah es so. Ein junger Mann und immer bloß den Strand rauf und runter, da mußte ja mal was passieren, meinte sie, wenngleich es ihr gegen den Strich ging, daß ausgerechnet Maleen die längst fälligen Gefühle ausgelöst hatte und nicht die eigentlich dafür vorgesehene Ingeline Thomsen aus dem Neelke-Clan, die, wie Paulina ihm angedeutet hatte, ein ordentliches Stück Land mitbekommen würde. Aber Ingeline Thomsen verbrachte die Wintermonate auf dem Festland, und, Paulina sah es ein, wer nicht kommt, ist nicht da.

Maleen aber war dagewesen. Maleen Petersen, Tochter von Mette Petersen, die bei den Einheimischen Mette Kattun hieß, weil ihr Vater Jan wie schon dessen Vater einen Handel von Haus zu Haus betrieben hatte, mit Stoffen nebst Nadeln, Nähgarn, Knöpfen und sonstigem Zubehör. »Jan Kattun kommt«, riefen die Leute, wenn er samt seiner Kiepe auftauchte, so was blieb hängen. Auch Mette hatte die Kiepe nehmen sollen, war aber auf und davon gegangen, nach Hamburg angeblich, doch Genaues wußte man nicht. Erst nach Jan Kattuns Tod sah man sie wieder, vierzig inzwischen, ohne Ehemann, nur mit der siebzehnjährigen Maleen und gerade genug Geld für einen kleinen Laden in dem Haus am Ende der Strandbadstraße, das nun ihr gehörte. Hüte, Taschen, Handschuhe, kein schlechtes Geschäft im Sommer, vor allem wegen der Hüte, die, von ihr selbst verfertigt, einen besonderen Schick besaßen und dank spezieller Halterungen auch bei stärkerem Wind nicht gleich davonflogen.

Dennoch, der Verdienst reichte kaum über den Winter, so daß auch Maleen gezwungen war, ihr Talent einzubringen, ein weit von jeglichem Kattun entferntes Talent: Klavierspielen, ungewöhnlich für ein Kind der Insel. Aber das war sie ja auch nicht, kein echtes jedenfalls. Denn eigentlich hieß sie Madeleine, und ihr Vater, erzählte man sich, sei ein französischer Musikmensch gewesen, verheiratet natürlich, der ihr statt seines Namens nur seine Kunst mit auf den Weg gegeben habe, was in etwa der Wahrheit entsprach. Nur daß er sich nach langjährigem, von Mettes Hüten finanziertem Familienleben klammheimlich verab-

schiedet hatte, blieb im dunkeln, ebenso wie Maleens un-
gebrochene Schwärmerei für ihn und alles Französische.
Aber da ihr Äußeres keinerlei friesische Merkmale zeigte,
hieß es, sie wäre wohl nach dem Vater geraten, pariserisch,
womit man auch eine gewisse Eleganz meinte, nicht nur
ihrer Kleider, sondern vor allem ihre Art, sich darin zu
bewegen. Und obwohl Mette, geschickt wie sie war, jedes
Stück eigenhändig nähte, dazu noch aus Stoffresten, die sie
billig von einer Hamburger Fabrik bezog, herrschte die
Ansicht vor, einem Mädchen in solcher Lage würde etwas
mehr Bescheidenheit gut zu Gesicht stehen.

Doch weil sie nun einmal da war und aufgenommen als
Jan Kattuns Enkelin, ließen die besseren Logierhausbesitzer und Geschäftsleute Pianos vom Festland herüber-
schaffen, damit die Töchter lernen konnten, mit so einem
Instrument umzugehen, möglichst wohlklingend, was nur
selten gelang. Klavierlehrerin, ein mühsames Brot, und
doch nicht genug. Und so saß sie während der Saison auch
noch im Hotel Augusta, dem ersten Haus am Platz, um
der plaudernden Teegesellschaft allerlei Eingängiges ins
Ohr zu spielen, Wiener Lieder, Operettenmelodien, dazwischen Chopin oder Tschaikowsky zum eigenen Vergnügen, immer voller Heimweh nach Hamburg, wo sie
Madeleine gewesen war und keine Enkelin.

Jakob hatte Maleen unten am Strand wiedergetroffen,
vor seiner Düne, die im übrigen Niels Söncksen aus Paulina Neelkes weitverzweigter Sippschaft gehörte. Einen
Teil von der Kette, dort, wo jetzt die Plattform war, hatte
schon sein Großvater an die Gemeinde verkauft, und der
Rest, sagte Paulina, liege nun da für die Ewigkeit, und das
sei gut so.

Es war März, einer von jenen Tagen, die sich wie Seide über die Insel breiteten, windstill und frühlingswarm. Tage für Gäste, aber nur Möwen am Wasser. Die schnellen Bäderzüge von Berlin, Hannover und Hamburg verkehrten erst ab Juni, und wer wußte schon, daß es hier auf der Insel im März schöner sein konnte als im Sommer.

Mein Bellevue dort oben, dachte er, ein Hotel mit Eleganz und Komfort, das würde sie herbringen, die Reichen und den Adel, sogar im Winter, und er sah das fertige Haus auf der Düne stehen, den weißgoldenen Ballsaal, die Salons, Billard- und Bridgezimmer und die Halle ganz modern in Art deco, eins der neuen Worte aus Pastor Nielsens Büchern, mit denen er seine Träume füllte, Schäume laut Maleen, die ihm nun entgegenkommt, ein ferner Punkt noch auf dem menschenleeren Strand, und dann stehen beide sich gegenüber.

Erst nach einer Schrecksekunde konnte Jakob fassen, daß sie es war, so wenig hatte er damit gerechnet, es sich nur vorgestellt bei seinen einsamen Wanderungen, Maleen mit den dunklen Haaren und der grünen Bluse, von Diekum kommend, immer von Diekum seltsamerweise, und nun kam sie aus der entgegengesetzten Richtung, mit Hut und Schleiertuch gegen den Wind und selbstverständlich im Mantel, es war ja noch März.

»Sie?« sagte Jakob perplex. »So ein Zufall.«

Maleen klopfte den Sand von ihrem pelzbesetzten Mantelsaum, damit man nicht sah, wie sie errötete, denn keine Rede von Zufall, unvermeidlich geradezu, daß man hier auf der schmalen Spur von Sand und Flut zusammenstieß, und außerdem hatte sie es so eingerichtet, nach langem Zögern und Kopfzerbrechen.

»Ich wollte dich treffen«, gestand sie ihm später, »ich konnte nicht anders«, ganz gewiß keine Lüge. Doch andererseits, auch ihre Zeit war gekommen in der festgefügten Inselwelt, wo es nicht allzu viele junge Männer gab, schon gar nicht für eine wie sie. Und nun Jakob, der Fremde, der ihr gefiel, wie er aussah, wie er sprach und sich gab, nur ein Kellner, aber ein Herr. Es ging ihr wie ihm, nur daß er gewartet und sie ihn gesucht hatte.

»So schön heute«, sagte sie. »Ich gehe gern hier am Wasser spazieren.«

»Ich jeden Tag«, sagte er. »Und fast immer allein am Strand.«

Sie nickte. »Ich bin vor fünf Jahren aus Hamburg gekommen und kann mich immer noch nicht an die Einsamkeit gewöhnen. Alles ist so leer, die Winter sind schrecklich, und der Damm wird wohl nie gebaut.«

Er bückte sich, hob einen goldglänzenden Stein auf und ließ ihn wieder fallen. »Berlin kann auch schrecklich sein bei Regen und Nebel.«

»Aber dort gibt es noch etwas anderes«, sagte Maleen. »Paulina hat mir erzählt, daß Sie in einem Grandhotel gearbeitet haben, das kann man doch nicht mit der Insel vergleichen«, und da war es, sein Stichwort, sein Thema, das Hotel, an dem er in Gedanken baute.

Sie blickte auf die Düne, lächelnd wie einstmals Hedel. »Ich glaube, Sie sind ein Träumer.«

»Eigentlich nicht«, sagte Jakob. »In Berlin wollte ich ein Restaurant eröffnen, das war nicht nur geträumt.«

»Träume sind Schäume«, sagte sie. »Ich träume auch beim Klavierspielen.«

»Wovon?« fragte er.

»Ach, ich weiß nicht«, sagte sie.

»Aber das weiß man doch«, sagte er, und sie fragte, ob er Clara Schumann kenne, die Pianistin.

»Pianistin?« fragte er. »So wie Sie?«

Maleen lachte, hörte aber gleich wieder auf. »Clara Schumann war berühmt und hat Konzerte gegeben. Mein Vater hatte ein Bild von ihr. Ich müßte viel üben, hat er gesagt. Ich hätte Talent.«

»Und haben Sie geübt?« fragte er.

Sie zuckte mit den Schultern. »Clara Schumann, das ist so etwas wie Ihr Hotel da oben.«

Er dachte nach. »Nicht dasselbe. Für das Hotel braucht man Geld. Wenn man nur Talent haben müßte ... «

Maleen hob eine Muschel auf und warf sie ins Meer. »Talent ohne Geld reicht auch nicht immer. Ich würde gern aufs Konservatorium gehen, aber wovon?«

Sie sah hübsch aus in ihrem hellen Mantel und mit dem unterm Kinn verknoteten Schleiertuch. Er hätte ihr gern gesagt, wie schön ihre Augen seien, gerade jetzt im Sonnenlicht, brachte aber nicht den Mut auf und sagte statt dessen: »Vielleicht schaffen Sie es noch.«

»Vielleicht kriegen Sie noch Ihr Hotel«, gab sie im gleichen Ton zurück, so fing es an, und Zufall hin oder her, sie hatten sich getroffen, sie trafen sich wieder, am Strand zunächst und dann, als das Reden nicht mehr genügte, im Dünental zwischen Ekhum und Weederup, wo der von Globben und Heidekraut überwucherte Sand sie aufnahm zu dem, was sie »unser Spiel« nannten, das Spiel, bei dem immer weniger Worte gebraucht wurden.

Heimlichkeiten, sorgsam im dunkeln gehalten, obwohl er bisweilen vor dem Haus einer Klavierschülerin auf Maleen wartete und auch schon bei ihrer Mutter zum Sonntagskaffee gewesen war, zusammen mit Paulina Neelke und eigentlich gegen Mette Petersens Willen.

Jakob behagte ihr nicht. Ein charmanter junger Mann, keine Frage, aber aus guten Gründen mißtraute sie männlichem Charme. Sie wünschte sich etwas Solides für ihre Tochter, nicht irgendeinen, der offensichtlich aus dem Nichts gekommen war, zu krank angeblich, um auf ordentliche Weise Geld zu verdienen.

»Paß auf, daß dir nicht dasselbe wie mir passiert«, hatte sie gesagt, als Maleen auf die Einladung drängte und ihr nur in der Hoffnung zugestimmt, Jakob bei dieser Gelegenheit zu verscheuchen. Und so bekam er zwar Kaffee und Zuckerkuchen, aber das war auch alles, und während Maleen mit Schumanns »Träumerei« beschäftigt war, fragte sie ihn, wie man das denn aushalte, immer bloß spazierengehen, und ob er denn jemals richtig gearbeitet hätte.

Jakob merkte sich die Beleidigung für später, unfähig im Moment, sich damit zu befassen, so hingerissen war er von Maleen am Klavier, den huschenden Händen, dem Spiel ihres Körpers unter der grünen Bluse. Maleen, sein Mädchen, das er immer wieder haben wollte und immer wieder bekam draußen in den Dünen. Wir lieben uns, sagten sie, das ist die Liebe, glaubten daran und vertrauten darauf, und wenn Maleen seine Träume Schäume nannte, folgte sogleich der Zusatz, daß er es schaffen würde, wohl nicht hier und mit dem weißgoldenen Ballsaal, aber ganz gewiß in der Stadt, ganz gewiß bald. »Dein Restaurant«, sagte sie, »ich weiß, du schaffst es, und was ist diese öde Insel gegen Berlin.«

Merkwürdig, er hörte es mit wachsendem Unbehagen. Berlin, das war der Dunst von tausend Schornsteinen, und was kannte er dort schon außer dem Bellevue. Die Insel war ihm vertraut geworden, die Endlosigkeit an der Flutkante, das Auf und Ab der Dünenkette, die leere Heide, die Ostseite mit dem Blick übers Watt. Er fühlte sich wohl hier im Wind, unbehelligt von der Krankheit und der Angst davor. Bei der ersten Untersuchung im Dezember hatte der Badedirektionsarzt Dr. Scheepe seinen Zustand als katastrophal bezeichnet. Aber die Asthmaanfälle waren ausgeblieben, und schon nach wenigen Wochen am Strand fing der Schleim an, sich zu lösen, unter nächtelangem Husten, den Paulina Neelke, wenn sie ihm, ihr großes Tuch über der Nachtjacke, heißen Tee ans Bett brachte, zu Recht einen Segen nannte. Jetzt im Frühling waren die Bronchien fast frei, ein neuerlicher Beweis für die Heilkraft der Insel, sagte Dr. Scheepe. Von der Rückkehr nach Berlin jedoch wollte er noch nichts hören, Gott allein wisse, wann es soweit sei, und warum nicht bis zum Herbst bleiben, ein Kellner könne hier doch Arbeit finden im Sommer.

»Himmel«, rief Maleen, »womöglich auch noch einen zweiten Winter!«

Jakob hatte in der Strandbadstraße auf sie gewartet, vor dem Logierhaus Pohl, wo sie sich einmal pro Woche bemühte, der Tochter Maike die weißen und schwarzen Tasten nahezubringen. Eine Qual beiderseits, aber der Vater bestand darauf, »nun mach mal, Maleen, ich bezahl doch dafür«, und nur weg von hier, sagte sie, lieber Stubenmädchen im Bellevue als noch länger mitten im Meer sitzen, und immer diese Herablassung. Maleen Musik würde man sie manchmal schon nennen, Mette Kattun und Maleen

Musik, und noch einen Winter lang sei das nicht auszuhalten, er müsse doch auch an sie denken.

»Ich werde erst einundzwanzig im August«, sagte er, aufgeschreckt von dem, was plötzlich im Raum hing, Heirat, ein Wort, das er weit weggeschoben hatte bisher, trotz Maleens Augen und der Weederuper Dünen.

»Ich weiß, daß ich älter bin«, sagte sie.

»Zwei Jahre«, sagte er, »als ob es darauf ankäme. Aber die Krankheit hat mich aus dem Tritt gebracht. Vielleicht kann ich niemals mehr so arbeiten wie früher.«

»Warum nicht, du bist doch gesund«, sagte sie. »Probier es aus im Sommer. Ich spreche mit Herrn Riebeck vom Augusta, der leckt sich die Finger nach einem wie dir. Dein Bellevue bestimmt auch, wenn du im Herbst zurückkommst, und ich kann in Berlin Klavierstunden geben, es macht mir ja Spaß, nur nicht hier, und wir lieben uns doch.«

»Ja«, sagte er überwältigt, das war die Verlobung, worauf Hedel zum erstenmal etwas von Maleen erfuhr, von ihrer Schönheit, dem Klavierspiel, ihren Manieren und der liebenswürdigen Art. Eine Dame offenbar. Hedel erschrak.

»Schön ist nicht wichtig, Hauptsache gut«, schrieb sie zurück und begann wie in jedem ihrer Briefe, Dr. Vinzelberg zu preisen, der so freundlich zu ihr sei, als ob, dies wörtlich, »ich ein Mensch wie er bin«. Sogar Rechtschreibung wolle er mit ihr üben, »und hoffentlich ist deine Braut nicht hochmütig und nimmt mich als Schwester an, und Dr. Vinzelberg wünscht dir viel Glück«.

»Viel Glück«, sagte auch Mette Petersen, mehr oder minder schulterzuckend allerdings. Sie hatte ihre Illusionen gehabt, etwa die, daß ein wohlhabender Kurgast sich in das hübsche Mädchen am Klavier verlieben könnte, und Maleen ermahnt, sich nicht gar so spröde zu geben. Umsonst, sie sei, sagte Maleen, keine Amüsierdame, sondern Pianistin und hatte jeden vor den Kopf gestoßen, der ihr im Hotel Augusta Avancen machte. Also sollte sie von ihr aus Jakob Nümann nehmen, kein ganz armer Mann offenbar, möglicherweise tüchtig, und es wurde ja Zeit. Auch im Ort sah man die Neuigkeit gelassen, ohne das aufgeregte Palaver, wie es sonst, wenn echte Inselpaare sich fanden, von Klöntür zu Klöntür ging, und nur Paulina Neelke äußerte eine gewisse redensartliche Skepsis, drum prüfe, wer sich ewig bindet, Ehen würden nicht immer im Himmel geschlossen, und eine Heirat sei kein Pfänderspiel.

»Ich weiß, du magst sie nicht«, sagte Jakob, was Paulina weit von sich wies, auch seinen Verdacht, daß sie Maleen womöglich zu fein für ihn fände, dumme Rede, er sei viel feiner, fein und stark, da würden die Leute noch staunen.

»Maleen ist nicht wasserfest«, sagte sie. »Muß denn alles so Hals über Kopf gehen?«

»Ich werde auf dich warten, Paulina Neelke«, sagte er lachend, und ohnehin, von Hochzeit wollte Mette Petersen noch nichts hören. Man müsse erst sehen, ob er seine Frau ernähren könne, erklärte sie, eine neuerliche Kränkung, die ihn jedoch aufatmen ließ. Im übrigen blieben seine Qualitäten nicht mehr lange verborgen. Wilhelm Riebeck vom Hotel Augusta merkte schon beim ersten Gespräch, wer vor ihm stand. Kaum, daß Jakob in seinem Berliner Frack angefangen hatte, dem Speisesaal einen Hauch Bellevue zu verleihen, offerierte er ihm für das nächste Jahr den Posten des Maître, zu Paulina Neelkes

Genugtuung und Maleens Ärger. Vehement rannte sie dagegen an, drohte sogar, die Insel ohne ihn zu verlassen, und
wußte nicht, wie dünn das Seil war, auf dem sie balancierte.
Nur ein anderes Vabanquespiel verhinderte den sofortigen
Absturz: August 1914, der Krieg begann.

Seit längerem schon hatte er in der Luft gelegen. Aber niemand wollte etwas davon hören mitten in der Saison, nicht
die Gäste in ihren schwarzweißrot beflaggten Strandbur-
gen und schon gar nicht die Vermieter oder die Gemeinde-
verwaltung. Endlich wieder ein Bilderbuchsommer nach
zwei verregneten Jahren, auch mit dem Dammbau sollte
ernst gemacht werden, dem Katzensprungprojekt, das
der Insel Gästeströme und Wohlstand versprach. Auf fast
jedem Haus lasteten Schulden, und die letzte schwere
Sturmflut, die sämtliche Strandanlagen verwüstet hatte,
Plattform, Pavillons, Musikmuschel, Treppen, war noch
nicht verwunden, man brauchte Geld. Doch nun wurden
die Fahnen eingeholt, das Kurorchester legte die Instru-
mente beiseite, die Gäste verschwanden. Statt dessen übernahm das Militär die Insel samt Hotels, Logierhäusern,
Privatzimmern und bestückte den Strand mit Kanonen,
ein Bollwerk gegen den englischen Feind. Verständlich,
daß man sich in Grothum und den anderen Badeorten
weniger begeistert zeigte als die jubelnden Massen auf
dem Festland. Auch die jungen Männer ließ man ohne
Hochrufe ziehen, nach Kiel die meisten, zur Marine.
Man wußte, was Seefahrt bedeutete, das machte nüchtern.

Jakob, kein Gast mehr, sondern fester Mieter bei Paulina Neelke und zudem untauglich für den Wehrdienst, hatte die Wahl zwischen Bleiben und Gehen. Er blieb. Wohin

wohl in Berlin, erklärte er Maleen, die alte Debatte, bis man ihn wie die anderen noch halbwegs brauchbaren Männer zur Inselwache holte, eine Art militärischer Hilfsdienst mit Feldmütze und Armbinde. Eine Zeitlang pendelte er als Meldegänger zwischen der Nord- und Südspitze hin und her, täglich nach Noerum oder Süderup und wieder zurück, die gewohnten Strecken, jetzt aber per Rad, kehrte dann aber ins Hotel Augusta zurück. Dort nämlich befand sich außer der Kommandantur auch noch das Offizierskasino, wo man einen wie ihn benötigte, als Chef de Rang sozusagen, nur nicht im Frack, und den Umständen entsprechend Ordonnanz genannt.

Ein guter Entschluß also, auf der Insel zu bleiben, allein schon wegen der kommenden Hungerjahre, in denen die Reste aus der Kasinoküche auch Paulina Neelke, Maleen und ihre Mutter leidlich über die Runden brachten. Und überhaupt ein angenehmer Posten, vergleichsweise jedenfalls: Tische decken, servieren, Wünsche entgegennehmen, alles wie gewohnt, nur daß es sich jetzt um Befehle handelte und der Ton weniger zivilisiert war als seinerzeit im blauen Salon. Eine Nebensächlichkeit, an sich gab es, vom Überdruß abgesehen, nichts zu erdulden auf diesem Kriegsschauplatz, so wie auch sonst die Nöte der Zeit ihn verschonten, ein Fremder, wohnhaft auf der Insel, aber ohne Wurzeln, ohne Bruder, Vater, Freund. Jeder hier bangte einer schlechten Nachricht entgegen, Angst überall, auch in Hedels Briefen, denn Dr. Vinzelberg diente als Stabsarzt in einem Feldlazarett und war, wie sie es ausdrückte, von Kugeln umschwirrt. Jakob dagegen mußte an keinen dort draußen denken, und nur die Besorgnis, daß jederzeit englische Schiffe am Horizont auftauchen könnten, teilte er mit den anderen. Aber Monat um Monat, Jahr um Jahr ging dahin, und noch war der Krieg nicht an den Strand gekommen. Unbehelligt lag er da, verwüstet nur von den Verteidigern, ihren Bunkern, Befestigungen, Manövern, ein täglicher Leerlauf, Krieg und kein Ende, selbst die Furcht stumpfte ab. Wenn Jakob gelegentlich durch die Sperren ans Meer gelangte, holte er sich sein Phantom auf die Düne, ockerfarben, mit weißen Fensterbögen. Er sprach nicht mehr davon, baute und formte es aber weiter, eine Zuflucht, wenn er, von Zweifeln überfallen, auch sich selbst ins Leere laufen sah. Frieden, Krieg, Frieden, und für ihn immer das gleiche, Tabletts voller Teller und Gläser, Lächeln nach allen Seiten, Geld kassieren, das anderen gehörte, und Wünsche und Hoffnungen verblaßten allmählich. Vielleicht habe ich wirklich zuviel gelesen, dachte er, wollte aber lieber auf der Insel unzufrieden sein als in Berlin, und noch einmal: Gut, daß er geblieben war.

Einmal geblieben, immer geblieben, hatte Maleen bei Kriegsausbruch vorausgesagt, ohne es ernst zu meinen freilich und ihrer Zukunft fern der Insel trotz allem so sicher, als gäbe es einen Vertrag. Doch was sich erfüllte, war die Voraussage, und falls Jakob etwas anderes versprochen hatte, dann im Rausch. Nun aber galt es, die Dinge nüchtern zu sehen.

Der Grund war ein Kind, das Kind und die Heirat, für deren Aufschub sich bis dahin stets neue Argumente gefunden hatten, Krieg, Wohnungsnot im überfüllten Grothum, keine Butter für den Hochzeitskuchen, seltsam, dieses Brautpaar. Auch Hedel fragte in jedem Brief, wann denn der Tag komme, »euer groser Tak«, wie sie schrieb, denn ihre Bemühungen um die Orthographie waren, seitdem man Dr. Vinzelberg nach Frankreich geschickt hatte, ebenfalls vom Krieg gekappt worden.

Im Frieden, antwortete Jakob dann ebenso stereotyp und fügte hinzu, daß sie dabeisein solle, die Insel aber weiterhin gesperrt sei für Fremde. Doch auch solche Ausflüchte galten nicht mehr. Das Aufgebot mußte bestellt werden, ob es paßte oder nicht. Eigentlich paßte es keinem, schon gar nicht Mette Petersen, deren Abneigung gegen den Schwiegersohn ihr inzwischen so herzhaft zurückgegeben wurde, daß sie angesichts der vielen Soldaten rundherum bereits wieder auf etwas Besseres für ihre Tochter zu hoffen begann. Ein Leutnant der Reserve zum Beispiel, Ingenieur in zivilen Zeiten, machte ihr deutlich den Hof, nicht ganz ohne Erfolg offenbar, und während Jakob versuchte, sein Mißbehagen vor sich herzuschieben wie die Hochzeit, sah Maleen bei den Träumereien am Klavier gelegentlich schon andere Augen als die ihres Bräutigams.

Vielleicht lag es an der Unverbindlichkeit, jahrelang nur das Spiel in den Dünen, sonst nichts. Vielleicht hätte ein gemeinsames Leben, das Nötige von Tag zu Tag, aus der hastigen Liebe etwas für die Dauer gemacht. So aber blieb jedem das Seine und beiden zusammen nur die Gewohnheit. Alles abgewetzt, der Reiz, die Gefühle, die Worte, alles getan, alles gesagt.

Und nun das Kind. Jakob erfuhr es in einer der hellen Juninächte, draußen bei Weederup, wo sonst. Militärisches Sperrgebiet, Zutritt verboten, jeden Moment konnte eine Streife kommen. Aber die Männer der Inselwache suchten inzwischen lieber nach brauchbarem Strandgut als nach Spionen. Drei Jahre Krieg, keine Gäste, keine Einnahmen, nur Zinsen und immer weniger auf dem Teller, das verdarb die Moral.

»Was würdest du sagen, wenn ich ein Kind bekäme?« fragte Maleen, als er anfing, ihre Bluse zu öffnen, achtzehn winzige Knöpfe, Mette Petersen hatte ein Faible für derlei Raffinessen.

»Lieber nicht«, sagte er arglos.

Sie fing an zu weinen, es sei aber so, und einen Moment lang verlor er die Fassung. Sei still, hätte er am liebsten gerufen, laß mich in Ruhe, nahm sie statt dessen aber in die Arme, sprach von Liebe und Heirat und daß es, Krieg hin oder her, sowieso an der Zeit sei, und eine Wohnung würde man auch noch finden, ganz egal wo, in Noerum oder Diekum von ihm aus.

»Diekum«, schluchzte Maleen, »Noerum«, unnötige Tränen, denn Paulina Neelke, da es nun einmal sein mußte, verschaffte ihnen Stube und Küche am Rand von Grothum, und schon acht Wochen später fand die Hochzeit statt, still, ohne Aufwand, der Krieg und die Umstände sprachen dagegen.

»Du kannst immer wieder herkommen«, hatte Paulina Neelke beim letzten gemeinsamen Frühstück zu Jakob gesagt, nicht ganz passend so kurz vor der Trauung und trotzdem tröstlich. Doch als er mit Maleen in Pastor Nielsens Grothumer Kirche einzog, hob die Feierlichkeit der Stunde ihn über alle Bedenken hinweg.

Ein hübsches Paar, fand die zu Ehren von Jan Kattuns Enkelin versammelte Gemeinde, eine schöne Braut. Sie trug weiß, und ihre Mutter hatte auf Kranz und Schleier bestanden, unstatthaft eigentlich. Aber da der Grund für den Verstoß gegen Sitte und Inselordnung noch verborgen blieb, konnte man ohne Arg »So nimm denn meine Hände« anstimmen.

Auch Maleen schien abends in der neuen Wohnung alle Vorbehalte hinter sich zu haben. Weiße Gardinen am Fenster, ihr Klavier mit dem Notenschrank, vor dem Bett der bunte Teppich aus Jakobs Gaubenstube. Endlich ein Bett statt der Dünen. Jetzt wird alles gut, glaubten beide. Aber jeder dachte dabei an etwas anderes.

Das Kind kam im März 1918 zur Welt, eine schwere Geburt, Stunden um Stunden, beinahe tödlich für die Mutter. Sie hatte einen Jungen haben wollen, aber es wurde ein Mädchen, Claire. Kein Name nach Jakobs Geschmack, dazu noch französisch, ausgerechnet jetzt im Krieg. Maleen indessen bestand darauf, und als sich zeigte, daß Mette Petersen ihm zustimmte, änderte er sofort seine Meinung, glücklicherweise, dachte er später. Claire, ein schöner, zarter Klang, zart und schön wie das Kind mit den dunklen, seidigen Haarfäden. Er sah die kleinen Finger an, die Augen, die noch nichts spiegelten als sich selbst. Niemand soll dir etwas tun, versprach er ihr.

Claire, das Kriegskind. Erst acht Monate nach ihrer Geburt fand der Schrecken ein Ende, rechtzeitig noch, die englischen Schiffe, schon sichtbar am Horizont, drehten wieder ab, Frieden, endlich Frieden. Das Militär verschwand, die Männer der Küstenwache konnten nach Hause gehen. Schluß mit Kommandantur und Kasino, Schluß auch mit kaiserlichem Glanz und Gloria, kein sonderlicher Schlag jedoch für die Menschen hier draußen im Meer. Sie hatten zwar ihre Straßen und Hotels nach dem Herrscherhaus benannt, aber ohne große Emotionen, so wie sie jetzt die neuen Verhältnisse, die Republik, das kurze revolutionäre Zwischenspiel der Arbeiter- und Soldatenräte mit Bedacht angingen. Man betrauerte die Toten, das war es, was zählte, die Trauer und die Ordnung zwischen Nord- und Südspitze. Berlin lag fast auf einem anderen Stern.

Weniger für Jakob allerdings, obwohl auch er die Ereignisse an sich vorüberziehen ließ, als hätten sie mit ihm nichts zu tun. Schon in den Zeiten der Monarchie hatte ihn mehr der Abglanz des Höfischen rund ums Bellevue gefesselt als die politischen Hintergründe, und auch jetzt blieb ihm das öffentliche Für und Wider gleichgültig. Erst viel später, als die Politik sein Glück zerstörte, sollte er begreifen, daß man sich ihr nicht entziehen kann.

Noch aber war anderes von Belang, Berlin, der alte Streit mit Maleen. Die Wege dorthin standen wieder offen, und vielleicht hatte Maleen recht. Vielleicht sollte er die Luft wenigstens ausprobieren, ihr zu Gefallen und auch um Hedels willen, denn Dr. Vinzelberg war zwar aus dem Krieg zurückgekehrt, aber ohne sein linkes Bein. »Ich bin da und kann ihm beistehen«, hatte sie geschrieben, »ich weiß nur nicht, ob das reicht.« Hedel, die seine Hilfe brauchte. Und möglicherweise ließ sich in Berlin auch leichter Arbeit finden als hier auf der Insel, wo alles ramponiert war, die Hotels, die Strände, und Kellner kaum gebraucht wurden.

Überlegungen, die Paulina Neelke geradezu in Rage versetzten. »Tu's doch«, rief sie, »geh doch, wenn dir nichts an uns liegt«, und konnte über seine Befürchtungen nur lachen. Da kenne er die Grothumer schlecht, die seien schon dabei, ihre Ärmel hochzukrempeln, und was den

56

Strand beträfe, über den gehe der Wind und die Flut, und die Gäste würden sowieso kommen.

Sie hatte recht. Bereits im Juni 1919, hatte der Gemeinderat beschlossen, sollte die Insel für das Badepublikum bereitstehen, Jakob konnte im Augusta bleiben, als Maître und Berater, wie es Herr Riebeck, endlich wieder Herr im eigenen Haus, formulierte. Nur ein halbes Jahr bis zur Saison, die Spuren der Einquartierung mußten beseitigt, Möbel, Wäsche, Geschirr erneuert werden, »und Sie, Nümann«, sagte er, »verstehen wirklich was vom Geschäft, das habe ich gleich gemerkt, und es soll Ihr Schade nicht sein«. Ein angenehmer Mensch, auch war die Bezahlung gut. Wie hätte Jakob dieses Angebot ablehnen können, mit Frau und Kind, und das nächste schon unterwegs.

»Ich werde etwas daraus machen«, sagte er zu Maleen, die, als er nach Hause gekommen war, in der ungeheizten Stube Klavier geübt hatte, stundenlang vermutlich, und nun, in eine Decke gewickelt, am halbwegs warmen Küchenherd kauerte, denn Feuerung war weiterhin knapp, alles war knapp, was man zum Leben brauchte. Er sah die Blässe in ihrem Gesicht, der dritte Monat, Übelkeit morgens und abends, dazu die Angst. Der Schock von Claires Geburt saß immer noch fest. Beim zweiten Mal, versicherte man ihr, wäre es leichter. Aber das glaubte sie nicht.

Jakob ging zu dem Kinderbett. Claire schlief, den Daumen im Mund und leise vor sich hinschmatzend. ˙

»Für die Kleine ist es hier auch besser als in der Stadt«, sagte er, auf Maleens Reaktion vorbereitet. Aber die Frage, ob ihm das Augusta tatsächlich genüge, traf ihn trotzdem. Genügen, was hieß das.

»Wir müssen leben«, sagte er. »Und die Luft ...«

»Dir fehlt doch nichts mehr«, unterbrach sie ihn. »Der Rauch im Kasino, hat der dir geschadet?«

»Und Maître«, sagte er, »für das ganze Restaurant verantwortlich, ist das etwa nichts?«

»Wenn es das Bellevue wäre«, sagte sie. »Du könntest es doch wenigstens versuchen«, und er rief, daß sie endlich aufhören solle. Das Bellevue, als ob man dort auf ihn warte, ausgerechnet in diesen Zeiten, und er könne doch nicht mit der ganzen Familie auf gut Glück nach Berlin gehen.

Maleen stand auf und zog die Decke fester um die Schultern. »Ich liege jetzt oft so lange wach, aber das merkst du ja nicht. Ich kann nicht schlafen und stelle mir vor, daß es dort Konzerte gibt und Theater und einen Zoo für die Kinder und daß ich Stunden nehmen könnte im Konservatorium und mit anderen zusammen Musik machen, Klavier, Geige, Cello, und hier schreien nur die Möwen.«

Sie ließ die Decke fallen, nahm den Kartoffeltopf vom Herd und goß das Wasser ab. »Wer was verspricht und es bricht ...«

»Ich habe nichts versprochen«, fuhr er sie an. »Und ich habe den Krieg nicht gemacht und meine Krankheit auch nicht. Meinst du etwa, ich hätte keine anderen Wünsche, als Herrn Riebecks Augusta in Schwung zu bringen? Manchmal denke ich, daß ich explodieren müßte, weil ich soviel tun könnte und sowenig darf. Aber wir haben ein Kind und bald noch eins, und was willst du eigentlich, es geht uns gut, und außer dir gibt es hier noch andere Menschen, nicht nur Möwen. Das ist ja schon wahnwitzig, dieser Haß auf die Insel.«

Sie griff nach einem Stück Speck, Beute aus den letzten Kasinotagen, und begann es hastig in Würfel zu schneiden. »Und du? Mit deinem Luftschloß im Kopf? Wenn das keine Wahnidee ist«, warf aber plötzlich das Messer hin und wandte sich ihm zu, erschrocken, Tränen in den Augen. »Ich will dich nicht kränken. Mir ist nur schlecht.«

»Ich weiß«, sagte er. Sie sah hilflos aus mit den dunklen Haaren über dem fast weißen Gesicht. »Hör auf zu weinen. Wir könnten doch glücklich sein.«

»Sind wir doch auch«, sagte sie, beruhigte sich aber erst, als Claire nach ihr rief.

Es war der letzte Streit, sofern es die Insel betraf. Ruhe fortan, jeder machte, was ihn jenseits der alltäglichen Abläufe bewegte, mit sich selber aus, und Alltag gab es genug, die Kinder etwa, Claire und Michel, immer ein Thema.

Michel war kurz nach Beginn der ersten Nachkriegssaison zur Welt gekommen, eine Sache von wenigen Stunden, möglich, daß Maleen ihn deshalb so liebte. Auch der Name, diesmal Jakobs Vorschlag, gefiel ihr, Michael. Sehr klangvoll, fand sie und war entschlossen, ihn gegen jegliche Verballhornung zu verteidigen, mit der gleichen Hartnäckigkeit, die verhindert hatte, daß man Claire zu Klärchen verkommen ließ. Diesmal jedoch scheiterte sie, und zwar an Jakobs neuerlichem Entzücken über die winzigen und doch so vollkommenen Gliedmaßen, abwegig geradezu, dieses Miniaturgeschöpf derart feierlich anzureden. »Michel«, sagte er, »kleiner Michel«, dabei blieb es, Michel für ihn, Michel für die Insel und schließlich auch für Maleen, nur daß sie sich in den französischen Akzent rettete, Mischell.

Der blonde Michel, ihr letztes Kind erklärtermaßen,

kein drittes mehr, auf keinen Fall. Ihn und Claire indessen hütete sie mit Sorgfalt, eine hübsche und stolze Mutter, wenn sie sich mit ihnen auf der Strandpromenade zeigte, die Kinder wie aus dem Ei gepellt und sie selbst nach wie vor pariserisch in ihren modischen Kleidern, weichfließend, Korsetts passé, und die Röcke, ebenfalls vom Wandel erfaßt, nur noch bis zur Wade. Auch dies wieder Mette Petersens Kreationen aus Hamburger Fabrikresten, die es trotz der andauernden Notzeiten gab, alles gab es, nur das Geld war knapp. Aber Maleen, ungeachtet ihrer Abscheu gegen die Klimperei, verdiente sich ihre Kleider mit Klavierstunden, und Jakob ging es gut im Augusta.

Paulina Neelke hatte es vorausgesagt: Die Strände waren termingerecht geglättet worden, Plattform, Musikmuschel, Pavillons wieder aufgebaut und die Hotels halbwegs für den Empfang gerüstet, als die Gäste erschienen, nur wenige im ersten Nachkriegssommer, viel zuwenig. Die Folgen des verlorenen Krieges ließen Steuern und Preise steigen, das Wort Inflation ging um, wovon wohl, fragte man sich, sollten die Leute einen Badeurlaub bezahlen. Aber schon ein Jahr später begannen sie die Insel wieder zu erfüllen, solche vor allem, die inmitten des Elends zu Vermögen gekommen waren und es nun leichten Herzens verstreuten. Kriegsgewinnler, murrten die Inselbewohner mit ihren weiterhin wachsenden Schulden und hätten manchen, der über ihre bescheidenen Reetdachhäuser die Nase rümpfte, lieber aufs Festland zurückgejagt. Aber auch dieses Geld stank nicht. Folglich profitierte man davon, so gut es ging, besonders Herr Riebeck in seinem Augusta, weil Jakob ihm begreiflich machen konnte, daß nicht randvolle Teller, sondern gehobene Qualität dieses

Publikum anlocke, außerdem zu teurem Essen auch erst-
klassiger Wein gehöre und sich im übrigen an einer hoch-
preisigen Flasche mehr verdienen ließe als an der doppel-
ten Menge von der billigen Sorte. Herr Riebeck war, ehe
ihm das Augusta zufiel, Gastwirt in Flensburg gewesen,
kein Fachmann also in punkto feinere Hotellerie und auf-
geschlossen für die Ideen seines Maître. Der tägliche Tanztee, die Blaue Stunde an der Theke, jetzt Bar genannt, aber
auch das kleine feine Menü »für den eiligen Strandgast«
waren voll eingeschlagen, und wenn es so bliebe, überlegte
er, könne man in spätestens zwei Jahren den Speisesaal auf
einen wirklich eleganten Stand bringen, »was meinen Sie,
Nümann?«

»Zwei Jahre?« Jakob blickte vage vor sich hin. »Bis dahin kann viel passieren«, worauf Herr Riebeck, um ihn zu
halten, der Familie eine größere Wohnung überließ, in einem Logierhaus am Luisenplatz, das ihm gehörte. Darüber hinaus gestand er ihm gewisse Prozente vom Umsatz
zu, eine hübsche Summe mit den Trinkgeldern. Man konnte zufrieden sein, und Mette Petersen, stolz auf die Ach-
tung, die der Familie und damit auch ihr inzwischen galt,
leistete im stillen Abbitte.

»Die ziehen jetzt alle den Hut vor uns«, sagte sie zu
Maleen. »Von wegen Kattun!«

Maleen glaubte es nicht. Einmal Kattun, immer Kattun.
»Mischell«, rief sie, wenn sich Einheimische im Umkreis
befanden, »Mischell, komm zu Maman.«

»Hör auf damit«, sagte Jakob. »Es ist lächerlich.«

»So lächerlich wie Madeleine?« fragte sie.

Da ließ er es laufen. Er hatte das Seine. Und Maleen, von
den Albernheiten abgesehen, machte das Ihrige gut, nicht

61

nur den Haushalt und die Kinder. Möglich, daß sie zuviel am Klavier saß. Aber es war Sommer, er merkte nichts davon, und wenn er nach dem langen Tag die Wohnungstür aufschloß, kam sie ihm in einem spitzenbesetzten Nachthemd entgegen, weich und nach Veilchen duftend. Er liebte Spitzen und Parfüm, angenehm, das Bett mit ihr zu teilen, das Bett, das Haus, das Leben, wenn auch nur bis zu jenem Punkt, wo das andere begann, das Ungeteilte, sein Luftschloß etwa, an dem er weiterbaute in Gedanken. Wahnidee hatte Maleen es genannt, deine Wahnidee. Was also ging es sie an.

Im übrigen war es ja nur ein Spiel, ein buntes Spiel gegen die Eintönigkeit der Realität, genau wie die Lotterielose in seinem Schreibtisch, immer nur Nieten und trotzdem immer wieder erneuert.

Ein kleiner Gewinn wenigstens, dachte er manchmal, gerade genug, um ein Restaurant zu eröffnen. Aber Restaurants lohnten sich kaum in der kurzen Saison, und warum nicht Maître bleiben im Augusta, was war schlecht daran. Sogar Wintergeld wollte Herr Riebeck ihm zahlen.

»Wenn der Winter nur nicht so lang wäre«, sagte Jakob zu Paulina Neelke, als die zweite Saison auslief, unter einem Regenhimmel, der die Gäste noch schneller vertrieb. »Ich hätte Lust, nach Berlin zu fahren, Hedel besuchen, und vielleicht nehmen sie mich im Bellevue für die paar Monate. Spazierengegangen bin ich doch genug.«

»Der Winter ist zum Ausruhen da«, sagte sie.

Er lachte. »Ich bin erst siebenundzwanzig. Ausruhen! Du weißt doch was vom Leben, Paulina.«

»Ich weiß, daß die Männer keine Ruhe geben«, sagte sie. »Die haben ihr Geld verdient und könnten es gut haben an

Land, aber nein, es treibt sie auf See, und dann saufen sie ab, und so ist das. Leg dir ein paar Schafe zu. Lies in deinen Büchern. Spiel mit den Kindern.«

Jakob lachte wieder. »Vater spielt mit den Kindern, Mutter spielt Klavier, das wird ein lustiger Winter.«

Aber im Winter war schon alles anders.

Seltsam, wenn Träume zu Tatsachen gerinnen. Man hält sie in der Hand, ungläubig und aus der Balance geraten, fliegt davon für einen Moment, sucht wieder Boden unter den Füßen und macht weiter, als sei das Wunder normal geworden. Aber nichts ist wie früher.

Die Nachricht kam Anfang Oktober, termingerecht könnte man sagen, am selben Tag nämlich, an dem die Saison 1921 auch im Augusta zu Ende ging. Herr Riebeck, der die toten Monate in Flensburg verbringen wollte, war bereits abgereist, der größte Teil des Personals entlassen, und nur eine kleine Gruppe von Einheimischen zurückgeblieben, um unter Jakobs Aufsicht das Hotel für den Winter zu rüsten. Nun standen die Stühle auf den Tischen, es gab kein Wasser mehr im Haus, kein Licht, und vor den Kellerfenstern stapelten sich Sandsäcke zum Schutz gegen mögliche Katastrophen, ohne Gewähr freilich, wer wußte schon, was die Herbststürme bringen würden. Die Leute hatten ihren Lohn bekommen, noch eine letzte Kontrolle der Türen und Jalousien, dann konnte auch Jakob nach Hause gehen, zum Luisenplatz am Ende der Kaiserstraße.

Eine Wohnung im Erdgeschoß, drei Zimmer, und die Küche mit einer Klöntür zum Hintergarten. Das ganze war eher klein, wie üblich in den alten Friesenhäusern, aber üppig geradezu gegen die erste Bleibe und wohl auch groß genug für ein Büfett und zwei Klubsessel, Maleens dringlichster Wunsch, der demnächst in einem Husumer Möbelgeschäft erfüllt werden sollte.

Jakob hatte eine goldene, mit Amethysten besetzte Brosche für sie mitgebracht, eine Fundsache aus dem Restaurant, die nicht reklamiert worden war und nun ihm gehörte. Er freute sich auf ihre Freude und war enttäuscht, als sein Ich-bin-da ohne Echo blieb. Stille rundherum, kein Klavierspiel, keine Kinderstimme, und die Wohnung war glatt und glänzend wie immer, trotz Michel und der wilden Claire. Reinlichkeit, Stolz der Inselfrauen. Maleen haßte es, mit dem Lappen in der Hand über die Dielenbretter zu rutschen. Aber niemand sollte sagen, daß sie ihr Haus verkommen ließ.

Auf dem Küchentisch stand ein Obstkorb mit roten Äpfeln, gelben Birnen, ein paar Herbstblättern. Hübsch, dachte Jakob, während er nach dem Brief griff, der daneben lag, hübsch, wie sie das machte, hier der Korb, da der Asternstrauß, im Fenster eine Schale voller Steine und Muscheln. Mit einem Messer schlitzte er den Brief auf und begann zu lesen, erst den Absender, dann den Text. Er kam von einem Hamburger Anwalt, Dr. Justus Adler, Neuer Wall 45, der Herrn Jakob Nümann, falls identisch mit dem Sohn des verstorbenen Joseph Nümann, ehemals Hausknecht im Hotel Bellevue zu Berlin, dringend ersuchte, einer Nachlaßangelegenheit wegen in seiner Kanzlei vorzusprechen. Die Unkosten könnten erstattet, Tag und Stunde telefonisch vereinbart werden, und bitte Papiere bereithalten, einschließlich Geburtsschein des Vaters, wenn vorhanden.

Nachlaßangelegenheit, was hieß das. Eine Verwechslung, dachte Jakob und lief zum Postamt, um sich mit Hamburg verbinden zu lassen. Aber keine Verwechslung offenbar, alles habe seine Richtigkeit, versicherte ihm eine Frauenstimme am anderen Ende der Leitung, verweigerte jedoch jegliche Auskunft, das sei allein Sache des Herrn Rechtsanwalts.

Ob der Herr Rechtsanwalt, fragte Jakob ärgerlich, auch das Recht habe, ihn nach Hamburg zu befehlen, worauf ein Gemurmel entstand. Nein, sagte die Stimme dann, es sei keineswegs ein Befehl und die Angelegenheit ließe sich auch auf anderem Wege erledigen. Aber der Herr Rechtsanwalt erlaube sich die Bemerkung, daß es ganz außerordentlich im Interesse des Herrn Nümann liege, Verzögerungen zu vermeiden, und wenn man den Termin ausmachen könnte, würde sich die Kanzlei um ein Hotelzimmer bemühen.

Es war Montag. Zwei Tage darauf, am Mittwoch, fuhr er nach Hamburg.

Es sei ihm, sagte Jakob später, schon bei dem Telefongespräch ein Schauer über den Rücken gelaufen, und vermutlich war es auch so, obwohl bezweifelt werden muß, daß ihn bereits jetzt die Ahnung überfallen hatte, irgendein Simsalabim des Schicksals wolle plötzlich alle Türen öffnen. Aber das Wort Nachlaß verlor zumindest an Unwirklichkeit. Ein größerer Nachlaß womöglich, einer, der das Leben auf den Kopf stellen konnte – Grund genug für seltsame Gefühle. Und wer wohl, wer irgendwo in der Welt sollte ihm so viel hinterlassen haben, daß es die Reise nach Hamburg lohnte?

»Einer von den Herren aus dem blauen Salon eventuell«, mutmaßte er bei Paulina Neelke, seiner Anlaufstelle,

65

bevor er Maleen aus der Wohnung von Mette Petersen holte. »Der alte General zum Beispiel. Oder dieser komische Fabrikant mit seinen wahnwitzigen Trinkgeldern«, lauter Unfug für Paulinas nüchternen Sinn. Er solle gefälligst auf dem Teppich bleiben, auch der Sparstrumpf einer unbekannten Tante sei was wert, und »laß dich bloß nicht von Maleen verrückt machen«.

Maleen, in der Tat, geriet außer sich. »Reich«, rief sie, »wir werden reich«, sprach von Weltreisen und bezog in Gedanken bereits die weiße Villa in Blankenese. Und selbstverständlich wollte sie Jakob nach Hamburg begleiten, um in der großen Stunde an seiner Seite zu sein und ihm danach ihre Kindheit zu zeigen, das Haus, in dem sie gewohnt, die Elbe, an deren Ufer sie mit ihrem Vater gesessen hatte, »und die Schiffe sind vorbeigezogen, und er hat mir von fremden Ländern erzählt, Amerika, Australien, China, und irgendwann, Madeleine, wirst du das alles sehen, als Pianistin kommt man herum in der Welt. Mein Gott, wenn er wüßte, wie ich hier festgenagelt war«, und Jakob, die Bemerkung auf der Zunge, daß ihr Vater, wenn es ihn interessiert hätte, wohl nicht auf und davon gegangen wäre, schwieg, auch das war schon so oft gesagt worden, wozu die Wiederholungen. Statt dessen sprach er von den Unkosten der Reise, sieben Stunden hin, sieben zurück, dazwischen die Besprechung, ob sich das denn lohne.

»Es lohnt sich«, sagte sie entschlossen. »Und auf das Geld kommt es ja nun wirklich nicht mehr an.«

Am Dienstag jedoch bekam Michel Fieber und rote Flecke auf der Brust, Masern vermutlich, und keine Frage, daß Maleen, wenn auch weinend vor Enttäuschung, das kranke Kind nicht ihrer Mutter überlassen konnte.

Ob es Jakob wenigstens leid tue, wollte sie wissen.

»Ja, sehr leid«, sagte er, meinte damit aber Michels Masern. »Sehr leid«, beteuerte er noch einmal und erschrak über sich selbst, so erleichtert war er, daß sie ihn allein in dieses seltsame Abenteuer ziehen ließ. Erst spät abends, beim Ordnen der Papiere, kam ihm wieder die Amethystbrosche in den Sinn. Er spielte mit dem Gedanken, ein Mitbringsel von der Reise daraus zu machen. Doch dann ging er ins Schlafzimmer und legte sie auf ihr Kopfkissen.

Zwei Stunden mit dem Dampfer, fünf mit der Bahn. Es war Mittag, als er in Hamburg aus dem Zug stieg, an derselben Stelle vielleicht wie damals vor dem Krieg. Acht Jahre, eine Ewigkeit, und nur der Bahnhof war gleich geblieben, das graue Pflaster, das rußige Gewölbe aus Stahl und Glas, das Gedränge in der Halle. Für einen Moment spürte er wieder die Verlorenheit von ehedem, als er der Insel entgegengefahren war, sogar im selben Anzug, wie ihm erst jetzt voller Unbehagen bewußt wurde. Ohne Bedenken hatte er ihn am Abend zuvor aus dem Schrank genommen, ein wohlerhaltenes Stück, kaum strapaziert während der vergangenen Jahre. Selbst in Maleens kritischen Augen war er noch gut genug, erst recht gemessen an den abgerissenen Uniformen der Elendsgestalten auf dem Bahnhof.

»Eine Zigarette für mich, Herr Kamerad?« fragte einer von ihnen in beiläufiger Höflichkeit, den Rücken so gerade wie seinerzeit die Leutnants Unter den Linden. Jakob zog eine angebrochene Packung Juno aus der Tasche. »Bitte sehr«, sagte er beschämt. Der andere nahm zwei Zigaretten heraus, zögerte und griff, als die Hand ihm noch weiter entgegenkam, nach der ganzen Schachtel. Eine

abrupte Bewegung, dann sah Jakob ihn davongehen.
Strandgut, vom Krieg ausgespuckt, nicht das, woran er
sich messen wollte. Angesichts der eleganten Herren, die,
von Gepäckträgern eskortiert, vorübereilten, kam er sich
vor wie in der falschen Haut, das Tuch zu grob, die Jacke
zu füllig geschnitten, und nur arme Schlucker offenbar
trugen noch so weite Hosen. Am Anzug erkennst du den
Herrn, hatte Portier Krause ihm schon bei der Vorberei-
tung auf den Pagendienst eingeschärft. In der Kanzlei würden sie ihn für hinterweltlerisch halten, einer, den man in
die Irre führen konnte mit verklausulierten Redensarten.
Er war unbedarft in juristischen Dingen, angewiesen also
auf Respekt, und schon während er mit der Menge zum
Ausgang trieb, sich in Richtung Ballindamm durchfragte,
zum Jungfernstieg und dort in den Neuen Wall einbog,
festigte sich der Entschluß, daß dieser Tag, was immer er
bringen mochte, nach einem neuen Anzug rief.

Man erwartete ihn um drei. Noch gut zwei Stunden,
das reichte, auch das Geld in seiner Brieftasche. In den
Alsterarkaden stieß er auf die Auslagen von Ladage &
Oelke, ging durch die Glastür und erwarb zwischen
Mahagoni, Messing und hohen Spiegeln einen grauen,
modisch schmalen Anzug, das Hemd dazu, die passende,
rotweißblaugestreifte Krawatte und, nach kurzem Zögern, auch noch einen Mantel aus feinem Marengo, ebenfalls grau, nur etwas dunkler. Er sah gut darin aus. Er sah
immer gut aus, doch nun wie ein Herr, der es nicht
nötig hat, irgendwelcher Nachlässe wegen aus der Fasson
zu geraten. Nie wieder war er so zufrieden mit seinem
Spiegelbild.

»Die Hosen müssen etwas gekürzt werden«, sagte der

Verkäufer. »Und das Jackett wirft eine kleine Falte. Keine Affäre, bis morgen kann alles fertig sein.«

Jakob blickte auf die Standuhr. »Nicht morgen. In einer Stunde.«

Das sei leider unmöglich, erklärte der Verkäufer.

»Rufen Sie bitte den Geschäftsführer«, sagte Jakob im Ton der Herren von Schröder und ihrer Schwiegersöhne, immer noch wirksam trotz gewandelter Zeiten. Und so stand er Punkt drei neu eingekleidet vor der Tür von Dr. Adler.

Ein vornehmes Haus, die Treppen breit und geschwungen, grüne Kacheln an den Wänden, deren Ornamente sich an dem Messinggeländer und im Fensterglas wiederholten. So etwas, dachte Jakob, müßte sich auch gut in der Hotelhalle machen, verwarf den Gedanken aber wieder und zog die Kacheln nur noch für den Windfang in Erwägung.

Die Tür wurde von einer jungen Frau geöffnet, hochgewachsen, schlank, in einem dunklen, schmucklosen Schneiderkostüm, die ohne jedes Lächeln auf die noch nicht beendete Mittagspause hinwies und, als er seinen Namen nannte, völlig überrascht schien. Er nahm an, ihren Vorstellungen vom Sohn eines Hausknechts nicht zu entsprechen, hörte dann aber, daß man erst eine Stunde später mit ihm gerechnet habe, und kam sich albern vor.

Die Zeit wäre wohl falsch vermerkt worden, entschuldigte sie sich auf dem Weg zum Empfangszimmer, doch ihr Bruder müsse bald eintreffen, und inzwischen würde sie ihm gern etwas Tee anbieten. Eine Weile blieb er allein, dann kam sie mit dem Tablett zurück, Kanne, Zucker, Sahne, zwei Tassen, und fragte, ob ihm ihre Gesellschaft angenehm sei, in einem Ton, der zu erkennen gab, daß es sich ihrerseits um bloße Pflichterfüllung handelte, keine Rede von angenehm. Hochnäsige Person, dachte Jakob und blickte ohne jedes Wohlgefallen auf den viel zu kleinen Busen unter der Kostümjacke. Auch das Gesicht, bräunlich, mit etwas schräggestellten Augen und ausgeprägten Backenknochen, gab wenig her nach seinem Geschmack. Von ihm aus hätte sie gehen können.

»Es wäre mir ein Vergnügen, gnädiges Fräulein«, sagte er mit betonter Höflichkeit, worauf sich die Falte zwischen ihren Brauen vertiefte. »Frau bitte, Frau Kapell. Und lassen Sie das gnädige beiseite, was soll das, nicht mal Gott ist gnädig, und wir sind hier nicht im Restaurant.«

Ein Schlag geradezu. Wie konnte man ihn derart beleidigen.

»Sie glauben«, sagte er, »daß mir als Kellner dieses Wort nur beruflich zusteht?«

»Großer Gott!« Von einem Moment zum anderen fiel sie aus ihrer abweisenden Kühle heraus. »Nein. Daran habe ich überhaupt nicht gedacht. Es ist so eine Redensart von mir. Ich habe das Getue satt, und im Restaurant …, aber jetzt sage ich schon wieder das Falsche.«

Er sah ihre Verlegenheit und mußte lachen. »Schwierig manchmal, mit den niederen Ständen umzugehen, nicht wahr? Und selbstverständlich …«

»Jetzt sind Sie auf der falschen Fährte«, unterbrach sie ihn.

»Ich weiß, was Sie meinen. Aber das Getue gehört dazu in meinem Beruf, sonst gerät alles aus der Form. Es ist wie beim Menuett, künstlich, aber hübsch. Man muß nur die richtigen Schritte kennen«, und fragte, warum sie so ein erstauntes Gesicht mache. Weil ihm das Wort Menuett geläufig sei? Nun, er habe es gelesen, auch Kellner könnten lesen, und fügte, als ihre Tasse auf den Teller klirrte, hinzu: »Haben Sie sich gewundert oder nicht?«

Zum erstenmal ein Lächeln. »Also gut, es stimmt. Aber von nun an werde ich mich nicht mehr über Sie wundern.«

Eigentlich hat sie hübsche Augen, dachte Jakob und sagte, daß er im übrigen bereits Maître sei, ein Fortschritt immerhin.

»Und was kommt danach?« fragte sie.

»Wieso danach?« Er hob die Hände und ließ sie wieder fallen. »Danach kommt nichts mehr. Fortschritt und Endstation, so ist das. Es geht mir gut, ich bin selbständig, verhältnismäßig jedenfalls, werde gebraucht und sogar anerkannt, alles bestens, es reicht nur nicht. Du hast Ideen, du gibst sie einem andern ... Aber warum erzähle ich Ihnen das.«

»Warum nicht?« fragte sie.

»Normalerweise«, sagte er, »würde ich Ihnen die Suppe servieren. Ein Kellner hört sich die Geschichten der Gäste an und behält seine eigenen für sich.«

Sie spielte mit dem Siegelring an ihrer linken Hand. »Mein Mann war Arzt. Wir haben zusammen eine Klinik gründen wollen, er zuständig für die Medizin, ich für Wirtschaft und Verwaltung. Er ist 1917 gefallen, da war ich zwanzig. Nun führe ich hier für meinen Bruder die Geschäfte, auch eine Endstation.« Sie blickte auf die Uhr. »Er muß längst da sein. Ich werde ihm sagen, daß Sie warten.«

Als sie das Zimmer verließ, sah er eine graue Strähne in dem dunklen, hochgesteckten Haar. Er hätte gern nach ihrem Namen gefragt. Aber erst am Abend erfuhr er, daß sie Sophia hieß. Sophia Kapell, seine zweite Liebe. Auch ihr wird er Treue geloben in guten und in schlechten Tagen, es versprechen und wieder brechen, weil sein steingewordenes Traumbild es so will, der Moloch, der, während sie die ersten Worte tauschen, schon begonnen hat, in die Wirklichkeit hineinzuwachsen. Was für ein Tag, dieser Mittwoch im Oktober 1921.

Dr. Adler sah seiner Schwester sehr ähnlich. Der ältere Bruder, etwas kleiner zwar und salopper, mit schnellen nervösen Bewegungen, aber das gleiche Gesicht, die gleichen Augen vor allem, obwohl sie hinter den Brillengläsern eher ironisch blickten.

Er saß an seinem Schreibtisch, Jakob ihm gegenüber. Ein großer heller Raum, Stiche an den Wänden, Bücherregale, eine Vitrine mit chinesischem Porzellan. Es war still, nur das Papier raschelte, die Geburts-, Tauf-, Konfirmations- und Sterbeurkunden der Familie Nümann.

»Von meiner Schwester«, sagte Dr. Adler, die Akte zur Seite schiebend, »höre ich, daß sie sich mit Ihnen verplaudert hat. Erstaunlich, sie ist sonst eher schroff. Aber Sie sind uns natürlich sehr vertraut geworden in den vergangenen Monaten, unser Morgen- und Abendgebet gewissermaßen, die Stecknadel im Heuhaufen. Deutschland ist groß, wie wir jetzt wissen. Über das Hotel Bellevue schließlich haben wir Sie ausfindig gemacht – voilà, da sind Sie.« Er legte die Arme auf die Schreibtischplatte, beugte sich weit nach vorn und sah Jakob ins Gesicht, mit glitzernden Augen hinter der Brille. »Joseph Nümanns Sohn! Tatsächlich! Was würde Ihr Onkel dazu sagen, und wissen Sie überhaupt, daß es einen Onkel gab?«

Jakob merkte, wie etwas in ihm zu flattern begann, ja,

ein Onkel, gelegentlich habe sein Vater von ihm gesprochen, selten allerdings und nur widerwillig. Der einzige Bruder, Franz. Er sei ausgewandert und wohl irgendwie verlorengegangen. Gestorben und verdorben, hätte sein Vater es immer genannt, weil er die Taube auf dem Dach haben wollte und nicht den Spatz in der Hand wie andere Leute.

»Francis Newman«, sagte Dr. Adler, die Arme ausgebreitet wie bei einer Verkündigung, »amerikanischer Staatsbürger, vor zwei Jahren begraben in Philadelphia.« Dann begann er, das Testament zu verlesen, ein kompliziertes Schriftstück voller Klauseln und Paragraphen, Einschränkungen, Zusätzen, doch klar und unumstößlich die Tatsache, daß Francis Newman den größten Teil seines Vermögens den männlichen Nachkommen seines Bruders Joseph Nümann in Deutschland, gebürtig aus dem schlesischen Oberlawitz, vermacht hatte, »und der einzige männliche Nachkomme«, schloß Dr. Adler, »sind Sie. Meine amerikanischen Kollegen haben mich mit den Nachforschungen beauftragt und nun ermächtigt, Ihnen dies zu eröffnen, hiermit ist es geschehen.«

Jakob versuchte, seine Gedanken festzuhalten. »Und meine Schwester?«

»Männlich«, sagte Dr. Adler. »Männlich unterstrichen. Francis Newman muß etwas gegen Frauen gehabt haben. Wollen Sie nicht wissen, wieviel es ist?«

»Wieviel?« fragte Jakob.

»Sehr viel«, sagte Dr. Adler. »Zweihunderttausend. Etwas über zweihunderttausend sogar. Dollars natürlich. Ihr Onkel Franz ist nicht verdorben in Amerika.«

Franz und die Taube auf dem Dach. Jakob schloß die

Augen, eine große Leere um ihn herum, durch die sein Leben huschte, tausend Bilder in einem, die Küche mit dem blätternden Putz, der Hof, die Werkstatt, schlag zu, Jaköppel, schlag zu, und die löwenfüßige Badewanne, Herr Krause in seiner Loge, eine Maus läuft über den Sarg, bitte nicht in die Suppe, ruft der blaue Salon, ockerfarben wächst sein Hotel aus dem Dünensand.

Er hob den Kopf, »ist es wahr?«

Dr. Adler holte seine Cognacflasche aus dem Wandschrank und füllte zwei Gläser. »Ja, es ist wahr. Aber erst, wenn Sie daran glauben, wird es Sie nicht mehr aus den Schuhen heben. Gefährlich, diese Erberei. Mein Bruder ist daran kaputtgegangen, in drei Jahren alles dahin, auch er, und ich liege allein in meinem Bett, weil ich bei jeder Frau denke, daß sie nur mein Geld will, und meine Schwester ...«

»Ihre Schwester wollte eine Klinik bauen«, sagte Jakob.

»Hat sie Ihnen das auch erzählt? Es scheint, Sie machen uns gesprächig. Ja, die Klinik, und nun trauert sie schon vier Jahre lang, und immer, wenn sie an der Bank vorbeigeht, muß sie weinen. Sie hat mir gesagt, daß Sie sehr intelligent sind, und, verzeihen Sie, aber dies ist nicht die Stunde, in der man um die Dinge herumreden sollte, viel kultivierter, als wir erwartet haben. Man hat so seine Vorstellungen.«

»Kultiviert?« Jakob lachte. »Ich habe mir extra einen Anzug gekauft, um Ihnen zu imponieren.«

»Diesen da? Sehr anständig. Kein rausgeschmissenes Geld. Trotzdem, passen Sie auf sich auf. Ich wäre Ihnen gern dabei behilflich, falls Sie mir trauen.«

Wem hatte er getraut bisher? Hedel vielleicht und Paulina Neelke. Maleen? Nein, Maleen nicht.

»Ich habe nie einen Freund gehabt«, sagte er, »jetzt könnte ich einen gebrauchen«, erstaunt, wie selbstverständlich es über seine Lippen kam.

»Auf diese goldenen Worte werden wir heute abend eine Flasche leeren« sagte Dr. Adler. »Wir haben ein Zimmer für Sie bestellt, im Hotel Atlantic, das ist so etwas wie das Bellevue. Brauchen Sie einen Vorschuß auf Ihr Erbe?«

Jakob nickte. »Damit ich Sie und Ihre Schwester zu der Flasche einladen kann«, sagte er, schon wieder verwundert über sich selbst.

Verwunderung, das war es, was ihn begleitete, ein zweites staunendes Ich, als er bei Ladage & Oelke weitere Einkäufe tätigte, einen dunklen Anzug für den Abend, Hemden, Krawatten, Wäsche, alles ins Atlantic beordert, und nur seine abgelegten Hüllen verpacken ließ, um sie am Jungfernstieg einem Bettler vor die Füße zu legen. Und dann das Hotel, die Leichtigkeit des Seitenwechsels, so, als habe er schon immer dem Portier Aufträge erteilt, ohne Skrupel nach dem Etagenkellner geklingelt, ein Zimmer bewohnt wie dieses, mit Stuck, Samtvorhängen und schwarzweißgefliestem Bad, und draußen die Alster. Ich bin es nicht, dachte er, ich tue nur so, und konnte sich schon nicht mehr vorstellen, die Flügel abzuwerfen und zurückzukriechen in den Kokon. Es klopfte, der Page brachte die Lieferung von Ladage & Oelke, ein Junge in rotgoldener Livree, das Käppi über der Stirn. Fünf Mark Trinkgeld, zuviel, hör auf, dich selbst zu sehen. Der dunkle Anzug paßte vorzüglich. Er klingelte nach dem Zimmermädchen, gab ihr das graue Jackett zum Bügeln und setzte sich in die Halle, bis seine Gäste erschienen.

»Haben Sie schon Pläne?« fragte Dr. Adler beim Aperitif, Champagner zur Feier des Tages, wann gab es wieder eine solche Gelegenheit. Jakob hatte einen guten Tisch ausgewählt, am Fenster, abseits der Türen, und auch das Menü zusammengestellt, so kenntnisreich, daß der Chef de Rang die Küche zu besonderer Sorgfalt mahnte. Vorzüglich alles, von der Vorspeise bis zum Dessert, abgesehen vielleicht von dem eine Spur zu lange gebratenen Chateaubriand, das aber sogleich entfernt und durch ein anderes Stück ersetzt wurde.

»Man sollte immer mit Ihnen essen gehen«, sagte Dr. Adlers Schwester, Sophia, wie Jakob sie von nun an nennen wird, vorerst noch in Gedanken. Die dunkle Sophia, obwohl nicht ganz so dunkel wie am Nachmittag, sondern in mattgrauer Seide mit Spitzen am Ausschnitt.

»Dann müßten Sie die Kanzlei auf die Insel verlegen«, sagte Jakob zu ihrem Bruder, der jedoch abwehrend die Hände hob, um Himmels willen, dann schon eher ein Wechsel in umgekehrter Richtung, von der Insel nach Hamburg nämlich, und warum eigentlich nicht. Maître im Augusta wolle er ja wohl nicht bleiben.

»Nein«, sagte Jakob, »ich baue mir mein eigenes Hotel«, erstarrte und horchte den Worten hinterher. So viele Stunden waren vergangen, jetzt brach es sich Bahn, »das Hotel, mein Hotel, seit acht Jahren weiß ich, wo es steht und wie es aussieht, jedes Fenster, jedes Zimmer, die Halle, das Restaurant, heute nachmittag habe ich noch die Fliesen für den Windfang ausgesucht. Ich muß mit einem Architekten sprechen, sofort, ich will nicht mehr warten, ich will anfangen«, und dachte, daß er gleich weinen würde, großer Gott, ich darf es nicht, griff nach seinem Glas, trank es aus und sah, daß Sophia Tränen in den Augen hatte.

»Ich habe Sie so beneidet um diesen Anfang«, sagte sie am nächsten Tag, als er noch einmal mit ihr im Hotel zusammensaß, nach einem Einkaufsbummel, bei dem sie ihn beraten hatte, Stoffe für Maleen, Spielzeug, eine Brillantnadel, die er Paulina Neelke schenken wollte, und einen Koffer aus Juchtenleder zum eigenen Gebrauch. »So ein Anfang, und kein Krieg mehr, der alles zerstört.«

Fünf-Uhr-Tee, im Nachbarraum wurde getanzt. Er sah, wie ihre Beine im Rhythmus der Musik zuckten und sagte ihr in Gedanken, daß gewiß wieder etwas Neues wartete auf eine Frau wie sie, jung, klug, reich, hübsch, ja, hübsch, er beschloß, sie hübsch zu finden, anders als alles zwar, was ihm bisher gefallen hatte, aber vielleicht gerade deshalb.

»Was ist los?« fragte Sophia. »Sie lächeln so seltsam.«

»Sie dürften nicht so strenge Kleider tragen«, sagte er. »Wie eine Nonne.«

»Was soll das?« sagte sie.

»Tanzen Nonnen?« fragte er, nicht ohne sich vergewissert zu haben, daß es sich bei der Melodie nebenan um einen Slowfox handelte, dessen langsam schlurfende Schritte Maleen ihm im vorigen Winter beigebracht hatte, für den Silvesterball der Inselfeuerwehr, umsonst allerdings, das Fest war einer Sturmflut zum Opfer gefallen. »Sie tanzen doch gern?«

»Was soll das?« sagte sie schon wieder.

»Also doch Getue«, sagte er.

Sie schüttelte heftig den Kopf, schien nach einer Erwiderung zu suchen, stand aber plötzlich auf und ließ sich in die Musik hineintragen, spröde zunächst und hölzern, doch mehr und mehr im Gleichklang mit ihm, so selbstvergessen, als sei es ein ganz anderer Tanz. Jakob hörte, wie sie atmete, und las etwas in ihrem Gesicht, das ihn aus dem Takt warf, ein Moment ohne Bewegung, ihre Augen in seinen. Dann machte sie sich los und lief zum Tisch zurück, »ich will nach Hause«.

Schweigend gingen sie nebeneinander her, an der Alster entlang zum Neuen Wall. Die Straßen waren leer geworden, glitzerndes Lichterspiel drüben am anderen Ufer, Windstöße über dem Wasser. Warum das Getue, dachten beide und schwiegen.

Im Hotel ließ Jakob ein Telegramm an Maleen schicken, »Komme erst übermorgen«, schon das zweite an diesem Tag. Im ersten hatte er um ihren Anruf gebeten und nach der Gewißheit, daß Michel fieberfrei war, ihr seine um einen Tag verzögerte Abreise mitgeteilt. Nun mußte er sie nochmals vertrösten, denn weitere Gespräche in der Kanzlei standen bevor, Verhandlungen mit der Bank, und dann noch der Architekt, ein renommierter Mann, der eventuell auch für den Bau in Betracht kam, weil er, so Dr. Adler, zwar Jakobs Hotel, nicht aber sein Geld in den Sand setzen würde.

Jakob wußte inzwischen, was die Erbschaft bedeutete. Zweihunderttausend Dollar, ein goldener Regen in dieser Zeit, selbst wenn man die rund vierzig Millionen Papiermark, die sich umgerechnet daraus ergaben, nicht für bare Münze nahm. Inflationäre Seifenblasen, die Mark verfiel, der Dollar blieb fest, wer Dollars besaß, dem gehörte die Welt, und Jakob solle unbedingt auf seinem Nibelungenschatz sitzen bleiben, hatte Dr. Adler ihm geraten, am besten alles in Amerika lassen und nur den jeweiligen Bedarf abrufen, eine Methode, die auch seitens der Bank empfohlen wurde, etwas widerstrebend, aber wohl in der Hoffnung, daß Herr Nümann sich später dieser Selbstlosigkeit erinnern möge.

Aufgeblasene Millionen also, aber auf solider Basis. Das Hotel würde ihn, den Dollarmann, nur ein Minimum kosten, darauf hatte Dr. Adler ihn schon vorbereitet. Und trotzdem kaum zu fassen, was die Berechnungen des Architekten zutage brachten, als Jakob ihn in Begleitung von Dr. Adler aufsuchte. Runde fünfunddreißigtausend Dollar Baukosten, ein Witz geradezu.

Sein Büro lag am Harvestehuder Weg, eine moderne schmucklose Villa, und auch der Arbeitsraum von kühlem Zuschnitt, weiß und glatt, an den Wänden Fotografien der von ihm errichteten Bauten, Villen am Elbufer, Schulen, Ämter, Hotels, darunter eins der gehobenen Klasse an der Binnenalster, das Jakob schon besichtigt hatte, ohne Begeisterung allerdings. Doch als er seine Wünsche darlegen wollte, »eher klassisch, es gibt ein Hotel in Berlin Unter den Linden, so etwa«, winkte der Architekt ab, das sei nicht sein Stil und vorerst gehe es ja wohl nur um die Kosten, wie groß also bitte solle das Gebäude sein und in welcher Qualität, seine Zeit sei leider begrenzt.

Nicht sehr entgegenkommend, wie er sich gab, eher lustlos und desinteressiert, so, als mute man ihm die Planung von Luftschlössern zu.

»Drei Etagen für die Gästezimmer«, sagte Jakob irritiert, »sechzig etwa, geräumig, zumindest die Hälfte mit privaten Bädern. Im Parterre Halle, Restaurants, Salons, Wirtschaftsräume, Luxusausstattung, beste Qualität«, worauf der Architekt wortlos ein Blatt Papier mit Zahlen füllte, auch noch ein zweites benötigte und von sechs bis sieben Millionen sprach, das Zwanzigfache vom Vor-

kriegspreis nach dem derzeitigen Index, eine Summe allerdings, die man nur als Berechnungsgrundlage für künftige
Entwicklungen sehen könnte, und sollten tatsächlich irgendwelche Bauabsichten bestehen, so könne er nur zu
größter Eile raten, die Mark falle von Tag zu Tag tiefer
bei diesen erbarmungslosen Reparationen und niemand
könne voraussagen, zu welchen Abstürzen die Inflation
noch führe.

Inflation, ein Leitmotiv offenbar dort, wo mit Geld jon-
gliert wurde. Auch auf der Insel stand das Wort als Menetekel an der Wand, seitdem die Preise unaufhörlich stiegen,
Logiskosten, Kurtaxe, Eintrittskarten, die Tassee Kaffee
im Restaurant, ganz zu schweigen von Dingen des täglichen Bedarfs oder Mette Petersens windfesten Hüten.
Aber Leute wie sie, Paulina Neelke, Schlachter Larsen
nahmen es nur ungern in den Mund. Sie zogen Teuerung
vor, schon wieder alles teurer geworden, muß ja wohl mal
besser werden, während man hier in Hamburg von einer
Art Salto mortale zu reden schien, und kein Zweifel,
meinte der Architekt mit müdem Schulterzucken, daß irgendwann die ganze Chose in sich zusammenfalle, wozu
überhaupt noch Pläne machen, und hoffentlich sei Herrn
Nümann klar, worauf er sich einlasse, Jakobs Stichwort für
die magische Formel: Dollarbasis, man könne auf Dollarbasis bauen.

»Ach«, sagte der Architekt, hob den Kopf, straffte die
Schultern und ließ die Augen funkeln, ein Mann plötzlich
voller Feuer und Tatkraft, der mit schnellen, kundigen
Strichen Jakobs Bellevue aufs Papier fliegen ließ, die Idee,
die Urform, und keinerlei Hemmnisse mehr, es gen Himmel wachsen zu lassen, in welchem Stil auch immer.

Gleich nach Neujahr, falls das Wetter mitspiele, könne man anfangen, Maurermeister habe er genug an der Hand, fünfzig, sechzig Arbeiter, soviel, wie auf die Gerüste gingen. Spätestens im nächsten Herbst würde das Hotel stehen, ein Elan, den Jakob nun seinerseits zu dämpfen suchte, unter Hinweis auf das Grundstück, Sand, reiner Sand. »Die Inselleute«, sagte er, »haben eine spezielle Technik dafür entwickelt, abrammen, auf Pfähle bauen, wenn ich es richtig verstehe, und falls wir zu einer Übereinkunft kommen, müßten Sie mit den dortigen Meistern zusammenarbeiten. Eine absolute Bedingung. Ich lebe dort, ich kann die Menschen nicht vor den Kopf stoßen, man kränkt sie nur einmal.« Der Architekt sah pikiert aus, aber Jakob hatte bereits gelernt, daß er in seiner jetzigen Position auf solche Empfindlichkeiten keine Rücksicht zu nehmen brauchte.

»Sie sind bemerkenswert«, sagte Dr. Adler draußen auf der Straße. »Als wären Sie in Ihre Dollars hineingeboren.«

Jakob lehnte sich an die Gartenmauer. »Pflaumenaugust. Ich bin ein Pflaumenaugust. Wenn Sie heute abend noch einmal mit mir essen, erzähle ich Ihnen, warum. Eine lange Geschichte. Vielleicht hätte auch Ihre Frau Schwester Lust, wieder dabeizusein.«

Die Schwester indessen war anderweitig unterwegs, und so saßen sie zu zweit in Cöllns Austernkeller und tranken, vom Wein und ihren Geschichten beflügelt, Brüderschaft, worauf Dr. Adler, Justus, wie er von nun an genannt werden kann, eine Rede hielt, schwerzüngig, aber klaren Geistes. »Jakob«, sagte er, »Jakob auf der Himmelsleiter, nicht nur sieben, acht ganze Jahre hast du um dein Bellevue gedient, nun kriegst du es geschenkt, herzlichen

Glückwunsch, aber ich würde es nicht wollen in diesem verdammten Land, gerade erst Frieden, und am liebsten möchten sie gleich mit dem nächsten Krieg anfangen, diese verdammten Lüttwitzens und Kapps und Ehrhards, und die verdammte Reichswehr schlägt den verdammten Kommunisten die Schädel ein, und mein Lungenschuß von Verdun ist noch nicht verheilt, da sagen sie im Klub schon wieder, die Juden sind an allem schuld, und sehen mich dabei an. Nein, ich will kein Hotel, ich will nach Amerika wie Onkel Franz und bleibe trotzdem hier in meinem verdammten Hamburg, hol mich raus, Nümann, wenn sie mich in den Brunnen werfen.«

Der letzte Abend. Am nächsten Morgen fuhr Jakob auf die Insel zurück. Im Gepäcknetz lag der Koffer, den er mit Sophia gekauft hatte. Jedesmal, wenn sein Blick darauf fiel, hörte er ihre Stimme und sah ihr seltsames Gesicht unter dem dunklen Haar, bis die Düne sich dazwischenschob und er anfing zu berechnen, was ihn der Grund für sein Hotel kosten würde. Jakob, kein Mann nur für die Liebe.

Es war schon dunkel, als die Inselbahn in Grothum hielt, bei Regen und schneidendem Ostwind wie vor acht Jahren, und statt nach Hause ging er auch diesmal in die Kirchenstraße zwei. Er klopfte, Paulina Neelke kam an die Tür, ein Blick auf den Koffer, den neuen Mantel, sonst nichts, nur Schweigen. Mit steinernem Gesicht, die Brillantnadel in der Hand, ließ sie am Stubentisch das Unglaubliche über sich ergehen, dann trat sie vors Fenster und sagte in das vernebelte Laternenlicht: »Millionäre ziehen nach Nizza, hat die Zeitung geschrieben. Das wird Maleen freuen.«

»Was soll ich in Nizza«, sagte Jakob. »Setz dich her, Paulina, du mußt mir helfen.«

Sie kam an den Tisch zurück und hörte ihm zu, voller Widerstand zunächst, bau auf die Düne, und du baust für die See, glaubte auch nicht, daß sich mit Geld Schutz gegen das Wasser kaufen ließ, ob Mauern aus Eisen oder Stein oder was immer, glaubte überhaupt nichts, sah ihm aber an, daß er sich holen würde, was er brauchte, mit ihrer oder anderer Hilfe. Es sei dringend, sagte Jakob, alles müsse schnell geregelt werden, vor allem Maleens wegen, und so führte sie ihn ins Haus von Niels Söncksen, dem die Düne gehörte. Eine Nacht-und-Nebel-Aktion.

Der Hof lag auf dem Geestrücken östlich von Grothum, dort, wo der Weg nach Ekhum führt. Ein breites, behäbiges Anwesen, aber Schulden unterm Reetdach und die Seuche im Stall, und er solle sich von Nils nur nicht reinlegen lassen und über Preis zahlen, sagte Paulina, während sie neben Jakob herstapfte, in der langen Jacke aus Ölzeug gegen den Regen. Für ihn hatte sich nur ein alter Umhang gefunden, so daß er um seinen Mantel fürchtete, unsinnigerweise, was bedeutete noch ein Mantel.

Niels Söncksen saß in der Stube, schlafend, und, nachdem seine Frau ihn wachgerüttelt hatte, fern jeder Umgänglichkeit. Sei ja wohl schon spät, murrte er, und Paulina laufe wohl gern im Schietwetter rum, wobei sein Blick über ihren Begleiter hinwegging, bis Paulina Neelke die Verhandlungen mit der Frage eröffnete, ob Niels ihn kenne. Nur eine Floskel, sie waren zusammen bei der Inselwache gewesen, und jeder wußte den anderen einzuordnen.

»Natürlich kennst du ihn«, fuhr Paulina fort, »Jakob Nümann, und wenn Anna uns einen Teepunsch zum Auf-

wärmen gibt, können wir über die Düne neben der Plattform reden, die will er dir abkaufen.«

Niels Söncksen richtete sich auf. »Wer? Der Kellner?
Na, denn man zu.« Er schloß die Augen, wurde aber wieder wach, als Jakob sagte, preislich habe man ja einen An-
haltspunkt, die zwanzigtausend Mark nämlich, die sein
Vater damals bekommen habe.

»Woher weißt du das?«

»Weiß doch jeder«, sagte Paulina.

»Geh du mal mit Anna in die Küche«, fuhr er sie an,
ohne Erfolg, und Jakob wiederholte die Zahl. »Zwanzigtausend. Das war vor dem Krieg, da hat die Kurtaxe zwölf
Mark gekostet. Jetzt muß man schon fast zehnmal soviel
dafür bezahlen, und für die Düne gebe ich dir das Zwanzigfache, vierhunderttausend.«

Die Frau stieß einen Schrei aus. Niels hingegen starrte
stumm vor sich hin, Stille in der Stube, nur das Pendel der
Standuhr war zu hören und noch ein anderes Geräusch,
Anna Söncksen, die mit den Fingern knackte.

»Laß das, Anna«, brach Paulina Neelke schließlich das
Schweigen, »ist ja nicht auszuhalten. Und damit ihr Be-
scheid wißt, er hat was geerbt, und wird schon ein reeller
Preis rauskommen.«

Niels Söncksen lachte laut. »Dann man los, bau in den
Sand. Für fünfhunderttausend kannst du ihn kriegen.«

»Vierhunderttausend«, sagte Jakob. »Der Preis ist ordentlich, mehr zahle ich nicht für den Sand, und du kannst
dir neue Kühe kaufen.«

Niels Söncksen sprang auf, »was gehn dich meine Kühe
an«, und Paulina Neelke griff nach Jakobs Arm, aber nicht,
um ihn aus dem Haus zu zerren, sondern nur in die Küche,

wo sie sich auf einen der hölzernen Stühle fallen ließ, die gefalteten Hände ineinandergepreßt.

»Hör mir mal zu, Jakob Nümann«, sagte sie. »Ich habe dich für einen anständigen Menschen gehalten, und das warst du ja auch, und nun denkst du, Geld regiert die Welt. Aber ich laß nicht zu, daß du dich wegen Geld zum Halunken machst.«

Wie sie das meine, wollte Jakob wissen. Halunke sei ja wohl ein bißchen happig, was?

»Das«, sagte Paulina Neelke, »meine ich so. Ich hatte einen Kapitän zum Mann, der ist bis nach Amerika gefahren, und ich weiß, was der Dollar wert war vor dem Krieg, gute vier Mark, und wenn Niels Vater zwanzigtausend Mark gekriegt hat für das Plattformstück, dann wären das fünftausend Dollar. Gestern hast du mir erzählt, daß er jetzt auf hundertachtzig steht, und fünftausend Dollar sind nicht vierhunderttausend Mark, sondern neunhunderttausend, und so viel mußt du ihm geben.«

Aufrecht stand sie da, die Augen streng und strafend wie noch nie, seitdem sie ihn ins Haus genommen hatte an Sohnes Statt. Du hast recht, lag ihm auf der Zunge, oder nicht ihm, sondern dem Jakob von ehedem, der wie Paulina kalkuliert hatte, nach dem redlichen Kurs des kleinen Geldes. Aber er rief sich zur Ordnung, Geschäft war Geschäft, und führte den Preisindex ins Feld zu seiner Rechtfertigung und was sonst noch er in Hamburg gelernt hatte. Auch sie sollte es begreifen, gerade sie.

Preisindex. Hamburg. Kein Maßstab für Paulina Neelke.

»Hört sich ja alles ganz schlau an«, sagte sie. »Bloß bei uns macht man es immer noch auf die reelle Weise, und fünftausend Dollar, das wäre reell. Aber viertausend tun es auch, immer noch billig für dich, daß weißt du genau«, und warum streite ich mich mit ihr, dachte Jakob und sagte, auch auf der Insel habe zu gelten, was überall gelte. Trotzdem, viertausend Dollar, Paulina zuliebe, und Niels Söncksen sei gut bedient.

»Jakob Nümann noch besser«, sagte sie.

Er nickte. »Mal hat der eine Glück, mal der andere. Jetzt bin ich dran.«

Eine Stunde später stand Jakob vor dem Haus am Luisenplatz, in der Tasche Niels Söncksens Zusage, daß die Düne zum Preis von viertausend Dollar ihm gehören sollte. Er war gerüstet für den Kampf mit Maleen.

Die Kinder schliefen längst, eng aneinander gekuschelt, nur so ließen sie sich zur Ruhe bringen. Zwei kleine Köpfe, dunkel und hell. Jakob trug Michel in sein Gitterbett und legte die Decke über ihn. »Ich fange an«, sagte er zu dem Schlafgesicht, »du machst weiter, dann kommt der nächste und wieder der nächste, immer ein anderer, was bleibt, ist das Hotel«, und anmaßend, über alle guten und bösen Geister hinweg von Dauer zu reden inmitten der Vergänglichkeit. Aber er gehörte nicht zu denen, die beim Anfang ans Ende denken. Auch mit Geistern, guten oder bösen, hatte er wenig im Sinn, schon damals, als sein Vater ihm die Geschichte vom Turm zu Babel erzählt hatte. Was er fürchtete, trug einen anderen Namen: Maleen, die wartend in der Stube saß, außer sich über seine Verspätung und daß er erst seinen Koffer geleert und zu den Kindern gegangen war, statt ihr endlich Auskunft zu geben.

Er wußte, was bevorstand, kannte alle Forderungen, Klagen, Anklagen, ihre so gut wie seine, und die Beschwichtigungen nach jedem Konflikt, immer das gleiche bisher. Doch nun, in der veränderten Kulisse, änderte sich auch der Dialog.

»Früher hatten wir kein Geld für einen Umzug«, sagte sie. »Jetzt haben wir genug, aber du willst es nicht. Du hast es nie gewollt.«

»Du hast gewußt, was ich wollte«, sagte er.

»Deine Wahnideen«, sagte sie. »Doch nicht ernst zu nehmen.«

»Ein Traum«, sagte er. »Aber was hat es dich gekümmert.«

»Und meine Träume?« Sie sprang auf, so schnell, daß der Stuhl umfiel. »Hast du etwa danach gefragt?«

»Ach, Maleen«, sagte er. »Für alle Millionen dieser Welt kannst du nicht Clara Schumann werden.«

Sie hob die Fäuste und trommelte in die Luft. Laut atmend, mit dunkelgrünen Augen vor Zorn, stand sie vor ihm. Er sah, wie die Brust sich hob und senkte und dachte an die kleinen, harten Knospen, den bräunlichen Hof. »Komm«, sagte er, »komm« und wollte weiter nichts als das, was ihr Spiel gewesen war, unser Spiel, das einzige noch, das sie zusammengefügt hatte, dieses langsame Hin und Her und Auf und Ab in die Bewußtlosigkeit hinein. »Komm«, sagte er und zog sie aus wie damals in den Weederuper Dünen, noch einmal das Spiel, und als es vorbei war, war es vorbei, nun auch dies.

»Du denkst immer nur an dich«, sagte sie.

»So ist das nun mal«, sagte er. »Der Mann sorgt fürs Weiterkommen, die Frau sorgt für die Familie. Aber geh aufs Konservatorium, geh, wenn du willst.«

»Nicht ohne die Kinder«, sagte sie.

»Warum nicht? Mach's doch wie dein Vater«, sagte er, und Maleen rief: »Ich hasse dich, ich hasse dich«, Worte, die keiner von ihnen mehr löschen wollte. Schmerzhaft? Ja, schmerzhaft zunächst, dabei war es ja nur eine Gewohnheit, die zerbrach. Doch sie werden sich daran gewöhnen, eigene Wege zu gehen, endgültig. »Arme Leute«, so Paulina Neelkes Kommentar, »müssen zusammenbleiben. Reiche können auseinanderlaufen.«

Eingeleitet wurde die Trennung, die mutmaßliche, noch kaum beim Namen genannte, bereits am nächsten Morgen in einem langen Gespräch, das Maleen mit ihrer Mutter führte: Klagen und Anklagen, warum ist er, wie er ist, warum bin ich, wie ich bin, während Mette Petersen nach nutzlosen Rettungsversuchen der Tochter dazu riet, ein monatliches Nadelgeld von Jakob zu fordern, »und dann bring soviel wie möglich beiseite, eine Frau ohne Geld ist ein Dreck. Hör auf zu heulen, Eingebrocktes muß gegessen werden, notfalls soll er dir den Laden ausbauen, aus dem Laden läßt sich was machen.«

»Dann kann ich ebensogut bei ihm bleiben«, weinte Maleen.

»Solange er dich noch will«, sagte Mette Petersen, realistisch wie sie war, aber mit schlechtem Gewissen, des Vaters wegen, den sie ihrer Tochter gegeben hatte.

Auch Jakob tat das Seine, ein Brief an Hedel, um ihr den Stand der Dinge zu erläutern und daß nun auch für sie gesorgt werden sollte. »Jetzt kann ich es, und am liebsten wäre mir, wenn Du auf die Insel kommst. Mit mir und Maleen stimmt es nicht mehr. Ich weiß noch nicht, was daraus wird, aber ich möchte dich gern in der Nähe haben, auch für die Kinder. Demnächst habe ich in Berlin zu tun,

88

dann können wir es besprechen.« Ganz selbstverständlich, Hedel komm, und keinerlei Zweifel an ihrem freundlichen Nicken, so als kenne sie nur die Pflicht, dem Ruf ihres Bruders zu folgen.

»Ach, Jakob«, wird sie sagen, »was du dir so denkst«, ein erster Hinweis, daß selbst für Dollars nicht alles zu haben ist. Aber noch gehört ihm die Welt. Er wirft den Brief in den Kasten und macht sich auf den Weg, um das Nötige für den Erwerb seiner Düne vorzubereiten.

Hedels Antwort kam postwendend, eine Absage. Dr. Vinzelberg, schrieb sie, brauche ihre Pflege, wie könne sie ihn im Stich lassen. Jakob wollte es nicht hinnehmen. So etwas müsse man von Angesicht zu Angesicht regeln, sagte er sich, und reiste nach Berlin, allerdings auch noch aus anderen Gründen. Vor acht Jahren hatte er das Bellevue Unter den Linden zum letzten Mal gesehen. Nun, da es als Vorbild für sein eigenes Hotel dienen sollte, mußte die Erinnerung überprüft werden.

Berlin lag im Novembernebel, als er auf dem Lehrter Bahnhof ankam, eine fremdgewordene Stadt, fremd die Gesichter im Bellevue, auch die Halle nicht mehr ganz wie ehedem, allenfalls das Zimmer mit den grünen Vorhängen, in das man ihn führte. Zweite Etage, einstiges Revier von Marie, »Jakob«, hörte er sie rufen, »bring mir den Bohnerblock«. Er erkundigte sich bei dem Boy nach ihr, Marie mit dem großen Muttermal am Kinn. Kopfschütteln, Schulterzucken, »Marie?«

Und dann, in dem blauen Salon, schien die Zeit stehengeblieben: blaue Teppiche, blaue Seidentapeten, Polster, Damastdecken und der Maître am gewohnten Platz neben dem hohen Spiegel. Elegant und makellos in seinem Frack kam er auf ihn zu, stockte aber bei dem üblichen »Haben Sie reserviert, mein Herr« und fragte, völlig aus dem Rahmen fallend: »Was willst du denn hier?«

Der Maître, sein alter Gönner. »Essen«, sagte Jakob, schon nicht mehr unbefangen, »und ein Glas mit Ihnen trinken«, begriff aber angesichts der sich versteinernden Miene, daß nun er einen Fauxpas begangen hatte. Der Diener war zum Herrn geworden, die Kameraderie vorbei nach dem Seitenwechsel. Er bat um den Tisch, an dem er seinerzeit Herrn von Schröder fast in die Suppe gehustet hatte, und bestellte ein exquisites Menü. Aber es war kein Triumph, hier zu sitzen, mit einer Vergangenheit, die ihn abgestreift hatte wie er sie. Auch der Wein half nicht weiter, also ging er in die Behrenstraße, zu früh, Hedel rechnete erst am nächsten Morgen mit seinem Besuch.

Sie schrak zusammen, als er vor der Tür stand, vermutlich wegen ihrer fleckigen Schürze, und auch er brauchte Zeit, um das zarte Bild in seinem Kopf durch das der schwerfälligen Frau mit grauer Haut und grauem Haar zu ersetzen. Erst als sie ihn umarmte, spürte er wieder die Vertrautheit von früher, der Geruch, es lag am Geruch, Schweiß und Kernseife.

»Komm rein«, sagte sie, »der Doktor ist krank.«

Doktor Vinzelbergs Leiden, die ewige Klage in ihren Briefen, es war das Bein, der Rest des abgeschossenen Beins. Da lag er nun, noch schwerer wiederzuerkennen als sie, ein Totenkopf mit dunklen Bartstoppeln, die Lippen zitternd vor Kälte trotz der aufgetürmten Federbetten, aber morgen, erklärte er in hektischer Beredsamkeit, sei es vorbei mit dem Zähneklappern, da würde das Fieber noch weiter in die Höhe gehen, mindestens vierzig, eine Höllenhitze, so sei es jedesmal, wenn der Stumpf wieder aufbreche, chronische Knochenmarkseiterung, nichts zu machen, und er würde Gott auf Knien danken für so ein nettes solides Asthma wie das von Jakob, ab auf die Insel und alles in Butter, und dazu noch der warme Regen aus Amerika.

»Beruhige dich doch, David«, sagte Hedel und strich ihm über die kahle Stirn, mit so viel Zärtlichkeit, daß Jakob es kaum ertrug. David, Du, und neben dem Bett ein zweites mit zerknitterten Bezügen.

»Schläfst du etwa bei ihm?« fragte er, als Dr. Vinzelberg ihn und Hedel endlich ins Wohnzimmer geschickt hatte.

Sie errötete nicht einmal mehr, »ja, er braucht mich in der Nacht«.

»Dann sollte er dich heiraten anständigerweise«, sagte Jakob, worauf sie ihre wilden Augen bekam, Anstand, wie er das meine, ein todkranker Mensch, die Praxis geschlossen, Schmerzen bis zum Wahnsinn, wer da wohl noch von Anstand rede. »Ich bin nicht jüdisch, Schickse nennen sie so was, und wenn er mich heiratet, gibt ihm sein Vater kein Geld mehr, dann müssen wir verhungern.«

»Ich habe auch jüdische Freunde«, sagte Jakob. »So etwas ist dort nicht üblich.«

»Hier so, da so«, sagte sie. »Und du tauchst plötzlich auf in deinem feinen Anzug und redest von Anstand.«

Aber sie wisse doch, wie es gewesen sei, verteidigte sich Jakob, der Krieg und kein Geld, und daß er sie jetzt mitnehmen wolle auf die Insel und ob Dr. Vinzelberg denn nicht zu seiner Verwandtschaft gehen könne. Aber er kannte die Antwort, »ach, Jakob, was du dir so denkst«, nur das Lächeln fehlte in dem aufgequollenen Gesicht.

Ungerecht, dachte Jakob, es ist ungerecht, sie hat es besser verdient. Er griff nach ihrer Hand, »wenn er dich heiratet, werde ich für euch sorgen«, und Hedel, zum ersten Mal lächelnd: »Sonst nicht?«

»Doch«, sagte er in einer Wolke von Mitleid und versprach ihr fünfzig Dollar im Monat, und später würde man weitersehen. Später, was immer das hieß, Glück oder Unglück oder beides in einem. Es war ihr Leben, nicht seine Sache, sich einzumischen.

Hedel fing an zu weinen, »mein kleiner Bruder, und so ein Herr geworden«, und Jakob ging der Gedanke durch den Kopf, ob fünfzigtausend Dollar nicht gerechter wären, ein Anteil an der Erbschaft, trotz Francis Newmans Verfügung. Aber dann, ins Bellevue zurückgekehrt, wandte er sich wieder der eigenen Sache zu, der Ausstattung von Halle, Restaurant und Salons, des blauen vor allem, der kopiert werden sollte. Teuer, sehr teuer. Doch er wußte, dies ist es, was ich will, und für Hedel war gesorgt.

Die Nacht brachte eine weitere Gewißheit. Ein Tier schreckte ihn aus dem Schlaf, ein Tier auf seiner Brust, das ihm die Luft nahm. Asthma, da drohte es wieder, und kein Zweifel mehr, daß er sich zu Recht für die Insel entschieden hatte, gegen Maleen und alles andere. Also floh er zum zweiten Mal aus Berlin, und auch die aufgefrischten Erinnerungen hätten zurückbleiben können. Denn im Frühling, die Baugrube war ausgehoben und abgerammt, sagte Sophia Kapell: »Um Himmels willen, nicht diesen Schwulst.«

Eigentlich, frostfreies Wetter vorausgesetzt, hatte man

schon im Januar mit der Arbeit beginnen wollen, und weder der Hamburger Architekt noch Maurermeister Claaßen und seine Truppe waren schuld an der Verzögerung. Auch die Behörden machten keine Schwierigkeiten. Im Gegenteil, der sozialdemokratische Bürgermeister von Grothum namens Prager, ein ehemaliger Artillerie-Feldwebel, sah nur Vorteile in dem Projekt. Eher zum Schaden freilich, denn er gehörte zu jenen Fremden, die, vom Krieg auf die Insel geschwemmt, nun fast ein Drittel der Einwohner ausmachten. Ein Habenichts, hieß es, von Habenichtsen gewählt, und kein Wunder, daß die Einheimischen dazu neigten, alles, was er förderte, abzulehnen. Darauf konnten Jakobs Gegner rechnen.

Die heftigsten Proteste gegen seine Pläne waren von den Logierhausbesitzern und Hoteliers gekommen, voran ein gänzlich aus den Fugen geratener Herr Riebeck, der mit seinem erstklassigen Maître auch die Zukunft des Augusta entschwinden sah. »Dieser Mann wird uns alle kaputtmachen«, prophezeite er auf einer eiligst einberufenen Katastrophensitzung und ließ, um die Baugenehmigung zu hintertreiben, durch einen Gewährsmann alte Vorkriegsprotokolle in die Zeitung lancieren. Die Plattform, hieß es dort, solle bei entsprechender Finanzlage um Niels Söncksens restliche Düne erweitert werden, nur ein Vorschlag, längst vom Tisch, aber brauchbar zur Mobilisierung von Heimatgefühlen und der ortsüblichen Abneigung gegen Fremde, sofern sie keine Kurtaxe zahlten. Der neureiche Berliner Kellner, verbreitete man unter der Hand, wolle nicht nur die einheimische Bevölkerung eines Vorrechts berauben, sondern darüber hinaus mit seinen Dollars nach und nach die ganze Grothumer Dünenkette an sich bringen, worauf Leserbriefschreiber zu schäumen begannen. Immer neue Gerüchte kursierten, Amtspersonen gerieten unter Druck, die Krise schwappte bis nach Kiel. Und als einige Abgeordnete auf die Idee verfielen, den Stil des geplanten Hotels preußisch-monarchistisch zu nennen, bemächtigten sich auch die großen Festlandblätter des »Inselkrieges« mit so deutlicher Häme, daß die sonst eher gelassenen Friesen noch mehr aus dem Gleichmut fielen.

Doch dann, mitten im Tumult, kam es zu einem abrupten Stimmungswandel, beflügelt durch Jakobs Angebot, der Gemeinde Grothum den Dünenabschnitt zwischen Hotel und Plattform zu schenken, sogar befestigt und gepflastert. Plötzlich rückte wieder das Positive in den Vordergrund, Steueraufkommen, Zustrom wohlhabender Gäste, Lohn und Brot vor allem für das notleidende Handwerk der Insel. Also konnten die Pfähle aus Eichenholz in den Dünensand gerammt werden, und Maurermeister Claaßens Leute kletterten auf die Gerüste, um gemeinsam mit Mörtel- und Ziegelträgern vom Festland die Mauern hochzuziehen, im Eiltempo, es war schon März.

Der alte Käpt'n Carl, der jeden Tag zur Inspektion erschien, prophezeite mit seiner durchdringenden Greisenstimme, daß dieser ganze moderne Kram sowieso bald wieder zusammenfallen werde. Er war weit über neunzig inzwischen, aber ungebrochen in seiner rüstigen Beharrlichkeit, und um weitere Unruhe zu vermeiden, holte Jakob ihn in die Bauhütte, füllte zwei Gläser mit Klarem und begann, den Plan zu erläutern. Eine lange Prozedur, Käpt'n Carls Augen waren durchdringend, die Fragen ebenfalls.

»Hat ja man alles seine Richtigkeit«, sagte er schließlich.

»Wie auf einem ordentlichen Schiff. Mein letztes, das hättest du mal sehen sollen.«

»Ein Segler?« fragte Jakob, was zurückgewiesen wurde, »Dampfer natürlich, Mann, und was für einer«.

»Na bitte«, sagte Jakob. »Und so ist das auch mit den Häusern. Die alten mit dem Reet obendrauf sind schön und gemütlich, aber man kann doch nicht immer so weiterdümpeln.«

Käpt'n Carl kniff die Augen zusammen, »du bist ja ganz fix mit dem Mund, sieh man zu, daß du auch gut um Kap Horn rumkommst«, beschränkte sich aber an der Baustelle künftig auf fachmännische Hinweise, wohl mehr aus Sympathie als der Überzeugung wegen. Ohnehin hatte niemand Zeit, ihm zuzuhören.

Zwölfstundentage bei schrumpfender Währung. Das Geld, am Anfang einer Woche verdient, war an ihrem Ende kaum noch etwas wert, so daß Jakob, um die Arbeitslust zu fördern, den Lohn schon bald täglich auszahlte, mit drei Dollar Monatsprämie und nochmals fünf Dollar zum Richtfest. Er wußte, was Trinkgeld bedeutete. In Berlin hatte es Kellner gegeben, die geizigen Gästen in die Schüsseln spuckten, warum nichts Entsprechendes beim Bau. Vor ihm zogen selbst sogenannte Rote respektvoll die Mützen, sein Haus würde von Dauer sein. Und während es wuchs von Tag zu Tag, begannen auch frühere Gegner, wenn sie ihn auf der Kaiserstraße trafen, wieder zu grüßen, sogar Herr Riebeck. Der Sturm war vorüber, er lebte hier.

Richtfest war im September, die festliche Einweihung im April, zehn Jahre, nachdem er die Düne mit den Augen in Besitz genommen hatte. Nun stand das Haus hier oben, ockerfarben, hohe weiße Fenster mit Ornamenten am Gesims, ein breiter Fries auch über dem Portal, sein Traumbild, äußerlich jedenfalls. In der Halle dagegen, den Salons und Gästezimmern, waren die Berliner Erinnerungen unter Sophias kritischem Blick auf der Strecke geblieben.

Sophia, Justus Adlers trauernde Schwester, die sich Jakob ohne viele Worte zugesellt hatte, seit er an einem Winterabend über den Bauplänen und Beschaffungslisten in Panik geraten war, so viele Räume, die man einrichten mußte, wo fing man an, wo hörte man auf. »Aussichtslos«, sagte er, »nicht zu schaffen. Und wenn ich es anderen übergebe, ist es nicht mehr mein Hotel.«

Er kam häufig zu den Adlers in dieser Zeit. Hamburg war nähergerückt, immer wieder Besprechungen mit dem Architekten, der Bank, den Lieferanten, und die Abende dann am Neuen Wall, oft zu dritt, Sophia, so schien es, hatte den Zwischenfall im Atlantic gestrichen. Essen und reden mit Freunden, etwas, das er nicht kannte bisher, Freunde dazu wie diese, aufgewachsen mit Büchern, Bildern, Theater. Wo sonst wohl hätte er etwas hören sollen von moderner Kunst und Literatur, von den ideologischen Kämpfen und Wirren der Zeit, den Gefahren für die Republik mit allem, was sie an Hoffnung bedeutete. Eine neue Welt, die sich für ihn öffnete, neue Gedanken, neue Worte, neue Sicht auf Menschen und Dinge. »Meine Universität«, sagte er manchmal.

An diesem Abend hatten sie über die Ermordung des Außenministers Rathenau gesprochen. Ein Resultat, meinte Justus Adler, nicht nur der rechtsradikalen Hetzkampagnen, sondern auch der allgemeinen antisemitischen Grundstimmung, und Jakob erzählte von Paulina

Neelke, die erklärt hatte, daß dieser Rathenau ja wohl drauf aus gewesen wäre, Deutschland an die Zionisten zu verkaufen, und eigentlich selbst schuld an seinem Ende sei. »Ausgerechnet Paulina«, sagte er. »Vermutlich hätte sie Rathenau notfalls im Keller versteckt, aber dieses Zeug plappert sie nach, weil es schon ihr Vater nachgeplappert hat und der Großvater«, womit er Sophia fast zum Weinen brachte. »Lauter gute Menschen, und hin und wieder bringt man uns um, aber warum nicht, es war ja immer so«, rief sie, und Jakob, um von dem Thema wegzukommen, hatte seine Pläne auf dem Teppich ausgebreitet.

So war es dann geschehen. Als er mit dem Finger die Stockwerke entlangwanderte, ratlos, wie man dies alles bewältigen sollte, Küche und Keller, Halle, Restaurant, Salons, Gästezimmer, kniete Sophia plötzlich neben ihm, die Augen auf den schwarzen Linien, aus denen ein Hotel werden sollte.

»Ich wüßte es schon«, sagte sie und war fortan in den Einrichtungshäusern, Fabriken, Werkstätten an seiner Seite, schon bald unentbehrlich mit ihrem Sinn für Qualität und Proportionen, dem Instinkt für das Richtige. Nicht immer vergnüglich, dieses naserümpfende »Plüsch und Pleureusen«, und warum eigentlich, fragte er, muß ich mich für mein Geld dauernd selbst verleugnen. Doch während sie argumentierten, stritten, Positionen hielten oder aufgaben – Bauhaus gegen Bellevuerismus, nannte es Sophia –, lernte Jakob, mit ihren Augen zu sehen. Sie auch mit seinen, das machte es leichter.

Nähe und Distanz, durch strenge Grenzen markiert. »Wir sind ein gutes Gespann«, hatte er nach einem der vielen Kompromisse gesagt und bei ihrem kühlen »zwei

Gäule, die schließlich zum gleichen Tritt finden« wieder an den Fünf-Uhr-Tee im Atlantic denken müssen, mit einem kleinen inneren Aufruhr, schnell weggeschoben, was sonst, am Tag jedenfalls, denn daß die Erinnerung daran gelegentlich durch die Nächte spukte, ließ sich nicht verhindern. Aber wozu die Freundschaft gefährden und alles, was ihnen gemeinsam gelang. Ein gutes Gespann. Ein schönes Haus. Nun, da es fertig eingerichtet war und bereit für die Einweihung, sah er mit immer neuem Entzükken auf das Gemisch aus Tradition und Moderne: schwere Teppiche, glänzendes Mahagoni, Messing, Marmor, aber strenge glatte Formen, keinerlei Schnickschnack, von der Rezeption bis zum Ballsaal mit den Wänden aus Lack und Spiegelglas, auch der blaue Salon zum Glück keine Kopie des Berliner Vorbilds. Nur die Stühle im Restaurant, weiß und rot, der erste Eindruck damals an Portier Krauses Hand, hatte er sich nicht nehmen lassen, trotz Sophias spöttischem »Erdbeeren mit Sahne«. Wahrscheinlich hatte sie recht, aber manchmal ging es um anderes. Vielleicht würde ihr das rotweiße Restaurant sogar gefallen, so groß und hell, wie es war, mit den breiten geschwungenen Fenstern. Er freute sich, es ihr zu zeigen, und irgendwann würden sie auch wieder zusammen tanzen.

Die Eröffnungsfeier sollte um elf beginnen. Er war noch einmal durch alle Räume gegangen, hatte mit dem Küchenchef gesprochen, dem Maître, den Kellnern und die Tische im Restaurant überprüft. Vor den Fenstern lag die See, derselbe Blick wie damals von der Düne. Mitte April, der Strand war noch leer, das Muster, das die zurückrollende Flut in den Sand gezeichnet hatte, unbeschädigt. Trotzdem, im Bellevue fing die Saison schon an, vielleicht ein

Risiko, es würde sich zeigen. Man mußte den Anfang wagen, um weiterzukommen.

So ähnlich jedenfalls drückte Jakob sich aus in seiner Rede vor dem großen Kreis geladener Gäste, Honoratioren, Handwerksmeister, Lieferanten von der Insel und dem Festland. Auch Herr Riebeck und einige andere Hoteliers waren gekommen, Pastor Nielsen und Dr. Scheepe, Paulina Neelke selbstverständlich und, obwohl nicht gebeten, Käpt'n Carl. Seine Mütze mit dem goldenen Anker auf dem Kopf, hatte er sich in der ersten Reihe aufgebaut, neben dem Architekten samt Gefolge, den Vertretern der Bank und zwei Herren vom Kieler Regierungspräsidium. Justus und Sophia mit einigen Freunden, die inzwischen auch Jakobs geworden waren, standen hinter ihnen, Sophia in Braun, die dunkle Witwe. »Machen Sie sich hübsch«, hatte Jakob gesagt und ein abweisendes »Was soll das« zurückbekommen, schade, gelb würde gut passen zu dem dunklen Haar.

Aber gelb trug Maleen, die hübsche Maleen, ein leerer Rahmen, soweit es ihn betraf. Seit einigen Tagen wohnte die Familie oben im dritten Stock, und nur unter Protest – »Was geht mich dein Hotel an?« – war sie in die Halle heruntergekommen. Doch nun hatte sie sich in ihre Rolle gefunden und versuchte, die von einem Bein aufs andere hüpfende Claire während Jakobs Rede ruhig zu halten, vergeblich, Mette Petersen mußte sie vor sich her durch die Tür schieben, während Michel regungslos dastand, die großen hellen Augen auf seinen Vater gerichtet, ein kleiner Prinz in Samthöschen und mit weißem Jabot. So verschiedene Kinder. Claire vibrierte, wollte alles wissen, über alles reden, alles tun, ein ständiger Kampf mit Maleen, die sich ein gesittetes kleines Mädchen wünschte. Michel hingegen nahm auf, was er sah und hörte, um es in seinen stillen, nachdenklichen Spielen zu wiederholen.

Jakob lächelte ihm zu, konzentrierte sich dann aber auf die Rede. Er mußte es gut machen, vor allem der großstädtischen Journalisten wegen, die sich seinerzeit am Inselkrieg delektiert hatten und nun fast komplett der Einladung gefolgt waren, ein Gratisurlaub am Meer. Er hoffte, daß sie den Komfort des Hotels nicht nur genießen, sondern auch darüber berichten würden, und nannte sie in direkter Ansprache Pioniere der Vorfrühlingssaison in diesem Haus, ein stilles Haus noch, ohne Schritte, Stimmen, Musik, das müsse hinzuerfunden werden, er baue auf die Macht der Phantasie, die letztlich auch das Bellevue geschaffen habe an einem sonnigen Dezembertag. Jakob Nümann und die Phantasie, ein Thema, eine Geschichte. Die Journalisten horchten auf und hörten zu, der Anfang des Erfolgs.

Erfolg, um den sich alles drehte in den kommenden Jahren. Nach Erfolg streben, um Erfolg kämpfen, Erfolg haben, erhalten, festigen, Erfolg hat seinen Preis. »Erfolgsmenschen zahlen mit ihrer Seele«, wird Sophia ergänzen, später, zu gegebener Zeit, wenn das Glück, das jetzt beginnt, wieder auseinanderbricht. Aber noch soll nicht von später geredet werden, nicht jetzt, da es endlich zu dem kommt, was ihr Bruder Justus die Explosion nannte, das richtige Wort, fand Jakob, denn eigentlich hatte er sich ja schon bei der ersten Begegnung in Sophia verliebt, auf eine diffuse, sich mehr und mehr verdichtende Weise, bis zu diesem Augenblick. »J. + S. 15. 4. 1923« ließ er schon wenige Tage danach in den Ring mit den beiden Saphiren ritzen, die gleichen Zahlen wie über dem Hotelportal.

Der Ring für Sophia, obwohl es Maleen noch gab, die Ehefrau, bis jetzt ein Phantom für die Freunde in Hamburg. Nur die Kinder waren in Jakobs Erzählungen vorgekommen, wie sie aussahen, was sie taten, sagten, konnten, nur die Kinder, nie die Mutter, und selbst dem hartnäckigen Justus war es nicht gelungen, einen Blick über die Mauer zu werfen, in den Irrgarten dieser Ehe.

Ob sie denn zwei Köpfe habe oder sonst irgend etwas Seltsames, hatte er gefragt, als immer neue Gründe für ihre Abwesenheit aus der Luft gegriffen wurden, und nun, nach der Rede und dem obligatorischen »Meine Frau und ich danken Ihnen, daß Sie gekommen sind« gab es keine Ausflüchte mehr, Jakob mußte sie zusammenbringen, Sophia, mit der es anfing, und Maleen, mit der es vorbei war. Endgültig vorbei, obwohl bis zum Umzug ins Bellevue noch die Ehebetten existiert hatten, in denen sie nebeneinander lagen, hin und wieder auch in einem, so wie der Teufel zur Not Fliegen frißt. Sonst mied man sich, so gut es ging, »ich hasse ihn«, sagte Maleen, wenn sie sich bei ihrer Mutter ausweinte, und von ihr aus könne die Flut sie mitnehmen, dummes Gerede für Mette Petersen. Sie solle sich lieber einen trockenen Platz in Hamburg suchen, Scheidung sei heutzutage nicht mehr halb so schlimm wie früher und Jakob kein Unmensch, er würde sie schon nicht verkommen lassen.

»Und die Kinder?« fragte Maleen. »Was wird aus den Kindern?«

Aber das war nicht der Punkt, nicht die Versorgung, auch nicht die Kinder, die jetzt ohnehin immer häufiger zu ihrer Großmutter in die Strandbadstraße wanderten, der stille Michel neben der quirligen und dennoch sorgsam auf den kleinen Bruder bedachten Claire. Der Punkt war das Scheitern, die Angst vor der Nachrede, Maleen Musik, gescheitert wie Mette Kattun. Wenn sie gehen würde, dann in Ehren, hatte sie zu ihrer Mutter gesagt und weiterhin alle Pflichten erfüllt, in der Küche, im Bett, sonst aber am Klavier gesessen, um Läufe und Griffe zu üben, Czernys Etüden und Chopin, wieder und wieder Chopin für den ehrenvollen Abgang. Verbiesterte Träume, sie wußte doch, was sich darauf reimte, und ein Jammer, daß sie nicht die Koffer packte, rechtzeitig, bevor man sie davonjagte. Arme Maleen, deren wenig ehrenvoller Abgang gerade eingeleitet wird, jetzt, an diesem 10. April, während der Begegnung mit Sophia.

Jakob sah sie nebeneinander stehen, die eine in Gelb, die andere in dunklem Braun, der Moment, in dem ihn die Gewißheit überfiel, daß er Sophia haben wollte, nicht nur für Einkäufe und Gespräche, sondern auch für sein Haus, für das Leben mit ihr, und nichts anderes zählte. Er suchte Sophias Augen, meinte, sie müsse das gleiche empfinden, wollte mit ihr sprechen und konnte es nicht, weil der Maître zum Essen in das rotweiße Restaurant bat, drei quälende Stunden. Das Menü war vorzüglich, gute Köche, die lange Suche nach ihnen hatte sich gelohnt, und dennoch kaum auszuhalten, diese sechs Gänge neben Maleen, und Sophia an der Seite des Architekten, der, von Lob und Anerkennung beflügelt, sie mit seinem Witz offensichtlich amüsierte, zunächst jedenfalls, bis die Redner sich mehr mit dem Bauherrn befaßten und er anfing, mißmutig auf seinen Teller zu starren.

Als erster, zwischen Vorspeise und Suppe, hatte Bürgermeister Prager an sein Glas geklopft und wohlgesetzte

Worte vom Blatt gelesen über Stürme und Flauten im menschlichen Leben und überhaupt, »und wenn nun mitten in der Wirtschaftskrise ein Hotel wie dieses seine Pforten öffnet, möge es ein Zeichen dafür sein, daß nach den schlimmen Jahren wieder friedlicher Wohlstand auf unserer Insel einkehrt. Gegen die Wogen des Meeres wollen wir uns dann schon selber schützen, so wie Jakob Nümann sein Haus mit der festen Strandmauer, die ohne Schaden der schweren Februarflut getrotzt hat, ein nachahmenswertes Beispiel für wirksamen Inselschutz«, was bei den Einheimischen Unruhe auslöste. Man sollte das Meer nicht reizen, und ob Nümanns Mauer wirklich von Nutzen war, mußte sich noch erweisen, einmal war keinmal, und womöglich wollte Prager, der aus Dessau stammte und die See nicht im Blut hatte, voreilig Geld aus dem Fenster werfen. Als er auch noch von dem Damm anfing, verstärkte sich das Gemurmel. Ein ewiger Streitpunkt, der Eisenbahndamm, Segen für die einen, Fluch für die anderen, das Ende aller friesischen Eigenständigkeit, und Käpt'n Carl, sogar bei Tisch im Schmuck der Ankermütze, nutzte wieder einmal die Gelegenheit, lauthals den Untergang der Insel zu verkünden. Doch dann brachte die Holsteinische Frische Suppe wieder Eintracht an die Tafel, und nach dem Zander in Zitronenbutter erhob sich Justus Adler, um über das Glück zu reden, dieses launische Wesen, das durch die Straßen streicht wie eine Katze, an einem Haus vorbeiläuft, ins andere hineinschlüpft, niemand weiß, warum, und, wenn dort mit ihm Schindluder getrieben wird, wieder verschwindet. »Manchmal aber«, fuhr er fort, »findet das Glück die richtige Tür, den richtigen Gefährten, meinen Freund

Jakob Nümann zum Beispiel, der alles vorbereitet hat für den Empfang. ›Da bist du‹, sagt er, ›es soll dir gut bei mir gehen‹, und das Glück macht es sich bequem und bleibt. Dies ist es wohl, was das Sprichwort meint, wenn es vom Glück des Tüchtigen redet. Du, lieber Jakob, bist ein Tüchtiger. Und so wollen wir die Gläser auf dein Glück leeren, ein dauerhaftes Glück für dich und dein schönes Bellevue hier oben auf der Düne.«

Eine hübsche Rede, auch treffend in gewisser Weise, obwohl noch anmaßender als die von Bürgermeister Prager über das Meer. Aber wer auch immer solchen Gedanken nachhing, wohlmeinend oder mißgünstig, ließ nichts davon merken, sondern stieß mit Jakob an, »viel Glück, alles Gute«.

»Viel Glück«, sagte auch Sophia.

»Uns beiden«, sagte Jakob.

Sie runzelte fragend die Stirn, konnte aber keine Erklärung bekommen, denn nun trat Herr Riebeck auf ihn zu, »mein lieber Nümann«, und auch das Sorbet und der Rehrücken mußten überstanden werden, Weincreme, Käse, Mokka und weitere Redner. Der, wie man hoffte, endgültig letzte, ein Vorstand vom Holsteinischen Hoteliersverein, nannte das Bellevue ein wegweisendes Exempel für fortschrittliche, aber Traditionen nicht verleugnende Hotelbaukunst und holte damit den Architekten aus seiner Depression heraus, so daß er schnell noch einen kleinen Vortrag hielt, sehr zum Mißfallen der gesättigten Runde. Doch auch das fand ein Ende, man dankte und ging, Aufbruch, Ruhe, nur Justus war übriggeblieben und Sophia, die sich am offenen Fenster den Wind durch die Haare wehen ließ.

Jakob hatte der Küche seine Anerkennung ausgesprochen. Als er zurückkam, fragte Justus: »Wollen wir noch
ein Glas zusammen trinken?«

»Das möchte ich eigentlich mit deiner Schwester tun«,
sagte Jakob.

»Weiß sie es schon?«

»Noch nicht.«

»Und was hast du vor?«

»Du wirst mein Schwager«, sagte Jakob.

»Weiß deine Frau das schon?«

»Sie wird es erfahren.«

»Wenn du Sophia weh tust, bringe ich dich um«, sagte
Justus, bevor Jakob mit ihr in sein neues Büro ging, endlich Schluß mit allem Getue, »hör auf, Sophia, hör auf, die
trauernde Witwe zu spielen, du bist es nicht mehr, und
dein Mann würde es nicht wollen, und wenn er es wollte,
hätte er die Trauer nicht verdient, hör auf, dich in die
Pflicht zu nehmen«.

»Was soll das?« fragte sie noch einmal, ließ aber zu, daß
er sie in die Arme nahm und küßte, ließ zu, daß er ihr das
braune Kleid öffnete, ließ alles zu und wollte es genauso
wie er, endlich war es soweit.

»Ich liebe dich«, sagte Jakob.

»Seit wann?« fragte Sophia.

»Vom ersten Tag an.«

»Ich dich auch«, und beide dachten, daß es immer so
bleiben müsse, und warum nicht, bei dieser Vorgeschichte,
was stand dagegen.

»Es war die Politik«, wird Jakob sagen. Und Sophia:
»Erfolgsmenschen zahlen mit ihrer Seele.«

Aber noch nicht. Auch wenn die Politik schon beginnt,

ihren Schatten zu werfen: Erst einmal sollen sie glücklich sein.

Jakob sei kein Unmensch, hatte Mette Petersen ihrer Tochter klarzumachen versucht, wenn sie für die Scheidung plädierte, eine Einschätzung, die nach allem, was man hörte, rund um die Insel geteilt wurde. Und das war es ja auch, was er wollte: kein Unmensch sein, oder, besser noch, Mensch bleiben.

Schwierig, dieses Vorhaben, schwierig ganz besonders, wenn, wie bei ihm, Erfolg mit im Spiel ist und Wünsche in Wirklichkeit umgemünzt werden sollen. Immer häufiger geschah es, daß er, die schönen Worte im Kopf, gegen sie verstieß, bei Hedel etwa mit dem Almosen, das er ihr gab statt eines gerechteren Anteils an dem großen Erbe. Und auch dem Personal konnte man als Chef nicht immer so nachsichtig begegnen, wie es sich der kleine Commis in Berlin vorgestellt hatte. Der so sorgfältig ausgesuchte Maître, ein repräsentativer Blender, dem es nicht gelang, aus der flatternden Kellnerschar eine geschmeidige Mannschaft zu formen, mußte von einem Tag zum andern entlassen werden, ohne Erbarmen. Durchaus das übliche, niemand, von den Betroffenen abgesehen, warf ihm vor, daß er die eigenen Interessen zu wahren wußte. Er sich selbst allenfalls, kleine Knoten im Gewissen. Aber nur Nichtstuer tun immer recht, hatte irgend jemand gesagt, Paulina Neelke wahrscheinlich, und überhaupt, hier soll nicht verurteilt werden, sondern berichtet, und die lange Vorrede nur als Brücke dienen zum nächsten Kapitel: Wie Jakob Maleen los wurde.

Bisher hatte es keinen Bedarf für Eile gegeben. Ein Gefängnis, diese Ehe, aber mit offenen Türen, und Gelegenheiten genug, sich schadlos zu halten. Doch nun genügte die halbe Freiheit nicht mehr, nicht das halbe Glück mit Sophia, und zwischen ihnen die See. Der Eisenbahndamm, seit langem im Gerede und endlich in Angriff genommen, sollte in drei oder vier Jahren fertig werden, aber noch war es fast eine Tagesreise von der Insel nach Hamburg. Wenn er den ersten Dampfer nahm und nachmittags bei Sophia ankam, blieben ihnen nur die Stunden bis zum nächsten Morgen, viel zuwenig, viel zu selten, und alles im Verborgenen, immer unter dem Zeichen von bald und später und Irgendwann-wird-es-anders, und dazu noch Sophias Schuldgefühle, die weggeredet werden mußten. Kein Zustand auf die Dauer, so eine Zwischenzeit. Er wollte sich das ganze Glück holen, mit oder gegen Maleen.

»Am besten einvernehmlich«, hatte Justus, der Anwalt, ihn belehrt. »Dann hast du es im Handumdrehen hinter dir. Biete ihr eine Abfindung, einen anständigen Lebensunterhalt, auch eins der Kinder, vielleicht stimmt sie zu. Man kann nur hoffen. Denn wenn sie die Scheidung ablehnt, ist nichts zu machen. Betrügt sie dich? Nein. Verweigert sie die ehelichen Pflichten? Nein. Trinkt sie, stiehlt sie, nennt sie dich öffentlich einen Hanswurst? Nichts, gar nichts, eine Ehefrau ohne Fehl und Tadel, und ich sage dir, sobald sie etwas von Sophia erfährt, bist du verloren. Dann kann sie dich wegen Ehebruchs verklagen, dir gerichtlich verbieten lassen, die Buhlschaft zu heiraten, dich sogar ins Gefängnis bringen und mit dem gesamten Hab und Gut davonziehen. Umgekehrt natürlich genauso. Wenn sie dich betrügt, bist du aus dem Schneider. Aber sie wird sich hüten. Einvernehmlich also, alles andere kannst du vergessen.«

Einvernehmen mit Maleen. Es war Mai, als Jakob versuchte, sie dafür zu gewinnen, mitten im Trubel der Vorsaison. Wenige Wochen nur nach der Einweihung, und schon waren an die vierzig Zimmer des Hauses belegt, die Sommermonate sogar völlig ausgebucht, trotz der wildgewordenen Mark oder gerade deswegen. Wer zuviel davon besaß, trachtete es loszuwerden, und die Presseberichte über das »Bellevue auf der Insel« hatten Alt- und Neureiche angelockt. Es war fast sinnlos angesichts des Geldverfalls, den Betrieb in Gang zu halten. Doch Jakobs Devisen ließen es zu. Schon die Baukosten lagen weit hinter dem Voranschlag, und inzwischen genügten ein paar Dollarnoten, um den Tagesbedarf des Hotels zu decken, mit allem Glanz und Luxus, einem Heer von Bediensteten, dem teuren Küchenchef. Investitionen für die kommenden Jahre, nannte es Jakob und war von morgens bis mitternachts unterwegs, immer auf der Suche nach Schwachstellen in der anlaufenden Maschinerie. Nach der Entlassung des Maître war es an ihm, das Restaurant zu kontrollieren, die Gäste zu begrüßen, ihr Wohlbefinden im Auge zu haben und das Zusammenspiel von Küche und Service. Eine zusätzliche Anstrengung, kaum zu bewältigen. Doch niemand bemerkte etwas von dem Sand im Getriebe.

»Ihr Haus hat Weltstadtflair«, sagte Dr. Hederhoff, jener immer etwas zu modisch gekleidete Fabrikant aus Gütersloh, der ihm damals im blauen Salon so immense Trinkgelder zugesteckt hatte und nun als einer der ersten Gäste anreiste. Etwas peinlich, diese Begegnung, für Jakob jedenfalls, während Dr. Hederhoff ihn gerührt und herzlich wie einem alten Freund die Hand schüttelte und mehr als zwei Wochen ausharrte. Kein Liebhaber von Wind und

Wellen allerdings. Nur selten schlenderte er verloren am Strand entlang, schien aber die Stunden in der Halle mit Zeitungen, Kaffee und Cognac melancholisch zu genießen, auch die nächtliche Bar, besonders wenn Jakob sich zu ihm an den Tisch setzte. Dann schwärmte er von den Berliner Theatern und Cafés, erzählte von den Künstlern, die er dort traf, und beklagte sein Los, das ihn zum Herrn über Menschen und Maschinen gemacht hatte, der Wunsch aber, als vagabundierender Literat zu leben, unerfüllbar blieb.

»Warum unerfüllbar?« fragte Jakob, etwas ungeduldig angesichts der Wiederholungen, »Sie haben doch alle Möglichkeiten«, bekam aber nur ein trauriges Lächeln.

»Wie könnten Sie das wohl verstehen«, sagte Dr. Hederhoff. »Sie sind einer, der sich seine Wünsche erfüllt und dem sie erfüllt werden. Schon damals habe ich es Ihnen angesehen. Ein Glückskind.« Er legte seine Taschenuhr auf den Tisch, schweres Gold, der Deckel mit einem Muster aus Brillanten und Rubinen geschmückt. »Ein schönes Stück, nicht wahr?«

Jakob nahm sie in die Hand. »Für mich wäre sie zu schön.«

»Sehen Sie«, sagte Dr. Hederhoff, »Sie brauchen so etwas nicht mit sich herumzuschleppen. Sie stammt von meinem Großvater. Er hat unsere Werke gegründet, und schon als Kind ist mir eingebläut worden, was es heißt, seine Uhr einmal tragen zu dürfen.«

»Man müßte sie nur in die Schublade legen«, sagte Jakob.

»Man müßte es können.« Dr. Hederhoff steckte die Uhr wieder ein. »Sie sind die erste Generation, die hat leicht

reden«, und fiel in noch größere Traurigkeit, als Jakob auf-
stand, um sich anderen Gästen zu widmen. Auch das war
wichtig, präsent zu sein, zuzuhören, Gastgeber, nicht nur
Geschäftsmann.

Arbeitstage bis in die Nacht hinein, Maleen bekam er
kaum noch zu Gesicht in dieser Zeit. Auch die Wohnung
oben im Ostflügel war groß genug, um sich gegenseitig aus
dem Weg zu gehen, mehr ihre Wohnung als seine, ganz
nach Maleens Geschmack eingerichtet, mit einem sogenannten Musiksalon und, ohne daß darüber ein Wort verloren werden mußte, getrennten Schlafzimmern. Nur mittags saß man um der Kinder willen noch zusammen am
Tisch, und was in aller Welt, fragte er sich, konnte sie hier
noch festhalten. Das Essen wurde von der Küche hochge-
schickt, die Räume von einem Mädchen gereinigt, die Wäsche abgeholt, eine Frau ohne Pflichten, selbst Claire ent-
glitt ihr schon, Claire, das Hotelkind wie einst der kleine
Jakob. Gleich morgens nach dem Aufstehen tauchte sie
beim Portier unter, bei den Köchen und Kellnern und
Hausdienern, atemlos vor Neugier und mit gedrosselter
Quirligkeit, um geduldet zu werden. Nur wenn ihr Vater
kam, vergaß sie jegliches Ruhegebot, sprang an ihm hoch
und plapperte ihre Liebe heraus, was Jakob so rührte, daß
er die strengen Regeln ebenfalls vergaß. Nicht vorstellbar,
Claire herzugeben. Auch Michel nicht in seinen Samthöschen, der meistens zu Füßen seiner Mutter hockte, um den
Etüden und Nocturnes zu lauschen, einen Malblock auf
den Knien, den er mit Kreisen, Kringeln und geschlängel-
ten Linien bedeckte, in wechselnden Farben. Mamas
Musik nannte er das. Nein, auch Michel nicht, den Sohn
und Nachfolger.

Maleen aber forderte die Kinder.

Noch nicht gleich. Bei dem ersten Gespräch, als sie Jakob in ihrem Musiksalon gegenübersaß, zwischen den zierlichen Möbeln in Weiß, Gold und Brokat, französisch natürlich, alles französisch, ging es noch nicht um die Kinder, sondern um Ruhm. So jedenfalls drückte Jakob es aus, sie will, daß ich ihr Ruhm kaufe.

Es gebe etwas zu besprechen, hatte er nach dem Mittagessen gesagt und versucht, ihr die Scheidung schmackhaft zu machen, eine Erlösung aus der Misere, denn auch für sie sei dies doch kein Leben mehr, ohne Liebe und Pflichten und alles rundherum verhaßt, der Mann, das Hotel, die Insel, die Menschen. »Du bist noch jung«, sagte er, »warum nicht neu anfangen in Hamburg, mit einer hübschen Wohnung und gut versorgt«, und wollte noch Angenehmeres in Aussicht stellen, doch Maleen ließ ihn nicht weiterreden: »Sei still, ich gehe nicht in Schimpf und Schande.«

Aber wer, rief Jakob, wer denke denn an so etwas. Kein böses Wort würde von ihm kommen, »und Schuld, was heißt Schuld, jeder von uns hat seinen Teil daran«.

»Ich nicht.« Maleen warf den Kopf zurück. »Du bist es, der mich belogen hat von Anfang an, und scheiden lasse ich mich nur, wenn du dafür sorgst, daß ich Pianistin werde.«

Sie sah hübsch aus auf ihrem weißgoldenen Sesselchen, das Gesicht fast unberührt von den Jahren, die Augen grün und gläsern, eine alterslose Nixe, was ging in ihr vor.

»Und wie soll ich das machen?« fragte er.

»Du hast doch Geld«, sagte sie, »für Geld kriegt man alles«, worüber er nun wirklich erschrak. Ein Konzertsaal, der wäre notfalls zu beschaffen, nicht aber das Publikum, der Beifall, die guten Kritiken, und vor allem müßte man erst einmal fachkundige Urteile einholen, im Hamburger Konservatorium etwa. Er könnte dort um einen Termin bitten und auch mitkommen, wenn sie es wünsche.

Ja, sie wünschte es. Er sollte endlich hören, daß sie keinem Wahn hinterherlief, und noch einmal, arme Maleen. Da reiste sie mit Jakob nach Hamburg, die Stadt ihrer Illusionen. Sie stieg aus dem Zug, fuhr zur Blankeneser Bahnhofstraße, wo das Konservatorium stand, ging durch das Portal, über den langen Flur in das Übungszimmer, und dann spielte sie sich am Flügel, zart und jung wie ein Mädchen in dem rosa Frühjahrskostüm, ihren Chopin aus dem Leib. Spielte ein Nocturne, eine Ballade, noch ein Nocturne, wollte immer weiterspielen, doch jener Herr, den man für sie bereitgestellt hatte, Benno Kollrabe, Dozent und auch als Pianist nicht ganz unbekannt, meinte, daß es genüge. »Hübsch, gnädige Frau«, sagte er in ihre Augen hinein, »wirklich sehr hübsch, obwohl eher für den häuslichen Kreis geeignet, wenn mein Urteil nicht trügt, und es trügt ganz gewiß nicht. Das große Publikum verlangt mehr, und verzeihen Sie die Offenheit, was nützen falsche Schmeicheleien, wenn die Enttäuschung so sicher kommt wie die Coda in der Sonate. Doch warum keine Ausbildung zur Klavierlehrerin? Zwei Jahre höchstens hier im Haus bei den vorhandenen Fertigkeiten, falls eine Dame wie Sie so etwas überhaupt in Erwägung zieht.«

»Dame«, sagte er, verstand es aber, noch mehr mitschwingen zu lassen, reizend, charmant, bezaubernd, ganze Akkorde. Wie macht so einer das, dachte Jakob, der, die Arme verschränkt, an der Wand lehnte, nicht ohne

Neid. Ein gutaussehender Mensch, groß, schlank, das graumelierte Haar zerzaust von der Angewohnheit, darin herumzuwühlen. Der Künstler stand ihm im Gesicht geschrieben, auch der Frauenmann. Vielleicht ein Grund, daß Maleens Zusammenbruch sich noch bis zur Ankunft im Hotel verzögerte.

Jakob hatte, wie sonst auch, für sich ein Zimmer im Atlantic genommen, Maleen aber, ohne ein Wort darüber zu verlieren, im Hotel Prem untergebracht, ebenfalls am Alsterufer, fünfundzwanzig Taximinuten von Blankenese bis dorthin. Schweigend saß sie neben ihm, selbst die Formalitäten in der Hotelhalle stand sie noch durch. Doch als er sich verabschieden wollte, klang ihre Stimme bereits so brüchig, daß er dem »Komm mit« nichts entgegenzusetzen wagte.

Oben im Zimmer ließ sie sich laut schluchzend aufs Bett fallen, immerhin wurden Illusionen zu Grabe getragen, und vielleicht hoffte etwas in ihr auf Trost. Aber Jakob stand am Fenster und war, über die Alster blickend, bei Sophia.

Maleen richtete sich auf. »Geh jetzt nicht weg«, sagte sie, »bleib bei mir«, und begann, während er noch nach einer Antwort suchte, die Versöhnung ins Spiel zu bringen. Von vorn anfangen, es noch einmal versuchen, alles besser machen, warum soll es nicht wieder gut werden, die ganzen abgewetzten Worte.

»Ach, Maleen«, sagte er, ohne den Kopf zu wenden, »was du dir so denkst.«

Maleen schwieg, weinte noch etwas, dann hörte Jakob, wie sie das Zimmer verließ. Er legte die Stirn an das kalte Fensterglas. Es wurde schon dunkel, wozu noch warten und sich quälen. Doch da kam Maleen zurück.

Sie blieb hinter ihm stehen, so daß er ihren Atem spürte. »Bist du denn völlig ohne Mitleid?«

»Nein«, sagte er, »nein, das nicht. Ich hätte dir etwas Besseres gewünscht. Aber es ist so, wie es ist, und wir müssen uns arrangieren. Klavierlehrerin, eine gute Ausbildung, das wäre doch etwas, und du hättest ein Ziel. Ich komme gern dafür auf.«

»Sieh mich an«, sagte Maleen und, nachdem er sich umgedreht hatte: »Wirklich, willst du das? Wie großmütig. Aber ich weiß inzwischen Bescheid. Ich brauche mich nicht scheiden zu lassen. Ich habe dir meine Jugend gegeben und zwei Kinder geboren. Ich habe dich nicht betrogen und dir nichts verweigert, und wenn du die Scheidung haben willst, dann will ich die Kinder und die Hälfte von deinem Erbe.«

Ihr Gesicht war noch verschwollen, die Stimme aber fest, mit einem neuen Ton darin, »die Hälfte und keinen Pfennig weniger«. Ob sie noch bei Verstand sei, wollte Jakob wissen. Das Erbe sei längst nicht mehr vollständig, und ohne Reserve im Hintergrund ließe sich das Hotel nicht halten, und beide Kinder könne sie selbstverständlich nicht bekommen, eins vielleicht, Michel, der so an ihr hinge, darüber ließe sich reden.

»Dein Hotel«, sagte Maleen, »ist mir egal. Das halbe Erbe und die Kinder, beide. Wenn ich nicht Pianistin werden kann, will ich wenigstens reich sein. Aber von mir aus können wir auch zusammenbleiben, zusammen wohnen, zusammen schlafen. Eheliche Pflicht heißt das, ich bin dazu bereit, du hoffentlich auch, sonst könnte nämlich ich mit guten Gründen die Scheidung fordern«, Worte, die klarstellten, daß diese Verknotung nicht mehr unter der

Rubrik »ein Mensch bleiben« zu entwirren war. Und so ließ Jakob, statt Maleen um die Ohren zu schlagen, daß er lieber unterm Busch schlafen würde als wieder neben oder gar mit ihr, etwas von »darüber nachdenken« verlauten, von »erst mal zur Ruhe kommen, vielleicht wird sich ja alles noch wenden«, und möglich, daß sie es glaubte.

Dann endlich war er bei Sophia, in Sicherheit hinter Justus' Tür, der ihm riet, die Erpressung hinzunehmen, der einzige Ausweg, es sei denn, man fände plötzlich einen Liebhaber in Maleens Armen. »Gib ihr das Geld«, drängte auch Sophia, »was soll sonst aus uns werden«, und Jakob, der gewinnen wollte, ohne zu verlieren, sagte: »Nur, wenn es nicht anders geht.«

Warum er nicht mit ihr nach Hause fahre, begann Maleen zu bohren, als er sie am nächsten Morgen zum Bahnhof brachte, oder ob sie nicht auch noch bleiben könne, Fragen, mit denen er gerechnet hatte. Die Antwort lag bereit, »ich muß hier einiges erledigen, und du wirst dich um die Kinder kümmern. Wenn wir zusammenbleiben, dann tu deine Pflicht«, Lug und Trug und Vertuschungen, es fing erst an, doch wie lange konnte man Maleen noch täuschen. Tot, dachte er, sie müßte tot sein, verbot sich den Gedanken aber gleich wieder, und gut, daß der Knoten sich so schnell lösen ließ, rechtzeitig, bevor es zu spät war. Nur wie, frage nicht, wie.

Es war ein Zufall, nichts Besonderes eigentlich. Alles ergibt sich aus Zufällen: daß dieses Gen auf jenes trifft, Auto A mit Auto B zusammenstößt, und dir nur deshalb, weil du den Zug verpaßt, auch das Glück davonfährt oder das Unglück. Warum also sollte Jakob am Tag nach Maleens

Niederlage im Konservatorium nicht noch einmal Benno Kollrabe begegnen, der, um sein von der Inflation entwertetes Dozentengehalt ein wenig aufzustocken, die blaue Stunde zwischen fünf und sieben im Hotel Atlantic musikalisch untermalte. Eine Futterkrippe, die er mit mehreren Kollegen teilte, und an sich war es nicht sein Tag. Aber ein anderer hatte mit ihm getauscht, und Jakob, unterwegs zu Sophia, wollte nur schnell das Hemd wechseln, da war es passiert. Er sah das empfindsame Profil, den Haarschopf darüber, wußte, warum dieser Mann hier in der Halle saß und im selben Augenblick auch, wozu er ihn gebrauchen konnte. Eine Vision von dem, was geschehen sollte und schließlich geschah.

In der Pause stellte er sich neben den Flügel, »sehr schön, Ihnen zuzuhören«, woraus sich ein Gespräch über die Inflation ergab, über die Kunst, die nach Brot geht, dann ein gemeinsamer Kaffee, eine Einladung zum Abendessen.

Er freue sich sehr, daß man hier zusammensitze, sagte Jakob, als die Suppe serviert wurde, »und hoffentlich werden Sie nicht von Ihrer Frau erwartet«.

»Momentan habe ich keine«, sagte Benno Kollrabe mit so viel Leichtigkeit, daß Jakob Schauer über den Rücken liefen. Er begriff, was Maleen erwartete und suchte, während er die Suppe löffelte, nach Besserem für sie, eine neue Liebe mit gutem Ende oder einen Weg, ihr doch noch zur Einsicht zu verhelfen. Ausweichmanöver, wer den Bären waschen will, muß das Fell naß machen, und so kam er auf seine eigene Frau zu sprechen, und wie enttäuscht sie sei von dem Besuch im Konservatorium, und ein wenig Zuversicht täte ihr sicher gut.

Benno Kollrabe nickte bereitwillig. »Wenn es sich in Grenzen hält, pianistisch, meine ich. Sie spielt doch sehr hübsch.«

Das fände er auch, sagte Jakob, ließ den Gast dann von seiner künstlerischen Karriere und derzeitigen Misere erzählen und machte ihm bei einem alten, Wohligkeit verbreitenden Armagnac den Vorschlag, während der Sommerferien das Atlantic mit dem Bellevue zu vertauschen. »Zwei Stunden musikalische Unterhaltung zur Teezeit, dann noch eine weitere, um meine Frau zu unterrichten, die Technik verbessern, ihr etwas Mut machen, Sie wissen schon, was ich meine.« Im Gegenzug bot er ein verführerisches Honorar, ein Zimmer mit Seeblick, Essen à la carte, eventuell auch abendliche Konzerte im Kurhaus, und keine Frage, daß Benno Kollrabe zustimmte, euphorisch geradezu, sein Traum, die Insel, dies alles ein Traum, was für ein glücklicher Zufall. Er versprach, das Bellevue so mit Musik zu durchfluten, daß man die Meereswellen darüber vergessen würde, und was die gnädige Frau beträfe, so wolle er zwar nichts Unmögliches versprechen, aber fördern könne man sie gewiß.

Ein netter Mensch, mit Wärme und Witz. Jakob nahm sich vor, ihm das volle Honorar zu zahlen, auch dann, wenn die Sache sich vorzeitig erledigen sollte.

Als er mit erheblicher Verspätung am Neuen Wall eintraf, schob er geschäftliche Besprechungen vor, ungern, Sophia belog man nicht. Aber noch viel weniger konnte man eine wie sie zur Mitwisserin machen. »Ich hole dich bald«, versprach er ihr in der Nacht, als er sie festhielt und nicht loslassen wollte, »Maleen muß doch vernünftig werden.«

Aber sie wurde nicht vernünftig. Und im Juli kam Benno Kollrabe.

Juli, Hochsaison, und im Restaurant herrschte wieder ein Maître, der richtige diesmal, Jakobs alter Lehrmeister nämlich vom Bellevue Unter den Linden. Er hatte ihn bei seinem letzten Aufenthalt in Berlin engagiert, ein Blitzbesuch, um Dr. Vinzelberg beizustehen, dessen strenggläubige Familie ihn seiner Schickse entreißen und zum Sterben nach Hause holen wollte, in die Welt der alten Riten und Gebete. Hedels Hilferuf war fast zu spät gekommen. Drei Brüder samt Arzt, Rabbiner und Bahre standen, als Jakob eintraf, schon neben dem Bett, entschlossen, für den Kranken zu tun, was sie für sein Bestes hielten, und erst der von Justus Adler alarmierte Anwalt konnte erreichen, daß sie von ihm abließen, unter Vorwürfen, die ins Leere gingen. Es sei ganz egal, sagte Dr. Vinzelberg, als ihm außer dem Zorn Gottes auch noch das Ende jeglicher Unterstützung angekündigt wurde, dies alles interessiere ihn nicht mehr, er wolle in Ruhe sterben, hier bei Hedel, und sie vorher zu seiner rechtmäßigen Frau machen, hoffentlich bleibe ihm noch solange Zeit. Da verschwanden sie endlich.

Hedel folgte ihnen zur Wohnungstür, hängte die Kette ein und drehte den Schlüssel zweimal herum. Dann kam sie zurück. Ihre Hände, die über das Bett strichen, zitterten vor Anspannung. Sie war noch dicker geworden, nahezu unförmig in der geblümten Kittelschürze, das Haar dagegen dünner, graue, ungewaschene Strähnen, die am Kopf klebten.

»Es ist nicht mehr nötig«, sagte sie. »Heiraten bringt nur Unkosten.«

Aber Dr. Vinzelberg, verbissen in die Idee, sie ohne

Makel zurückzulassen, bestand darauf. Er wollte nichts anderes mehr, nur dies, so daß Jakob den Anwalt beauftragte, so schnell wie möglich alle Formalitäten zu erledigen, für die Kosten garantierte und seinem künftigen Schwager in die Hand versprach, Hedel nicht zu verlassen. Eine kalte Hand, die versuchte, ihn festzuhalten.

»Wie war ich damals, als wir uns kennenlernten? Ein starker Mann?«

Jakob nickte. »Stark, freundlich, ein guter Arzt. Sie haben mich auf die Insel geschickt. Das werde ich Ihnen nie vergessen.«

»Wer nicht vergessen wird, stirbt nicht ganz«, sagte Dr. Vinzelberg. »Nur daß es kein Trost ist. Ein Hundeleben, diese letzten Jahre, seltsam, wie man trotzdem daran hängt. Habe ich Stramonium gegen Ihr Asthma verdampft?«

»Hexenpulver«, sagte Jakob, und das Knochengesicht verzerrte sich zu einem Lächeln. »Ich würde Teufelskraut nehmen, wenn es mich kurieren könnte. Bleiben Sie gesund. Eigentlich müßten wir jetzt ja Brüderschaft trinken. Aber es lohnt sich nicht mehr.«

Hedel brachte Jakob zur Tür. »Danke, daß du gekommen bist. Die Menschen haben manchmal noch Erbarmen, Gott wohl nicht. Warum läßt er ihn nicht sterben? Er war doch immer ein guter Mensch.«

Jakob legte den Arm um sie. »Es geht zu Ende. Ich hole dich bald.«

Sie hob die Hand, um ihm übers Haar zu streichen, »es war doch schön früher im Gesindehaus«, und das, dachte er auf dem Weg von der Behrenstraße zum Bellevue, war das Traurigste, was sie sagen konnte.

Es wurde eine kurze unruhige Nacht. Der Tod, dem er gegenübergestanden hatte, schickte ihn im Traum durch die Räume der Kindheit, an die Werkbank seines Vaters, in Portier Krauses Loge, und der Maître zeigte ihm, wie ein Kellner gehen, sprechen, lächeln muß. Er sah ihn an der Tür vom blauen Salon stehen in seiner schwarzweißen Eleganz, wachsam, Strafe oder Anerkennung im Blick, das letzte Bild vor dem Aufwachen, und statt abzureisen, suchte er ihn am frühen Morgen in der Wohnung auf, um sein Angebot zu machen.

Der Lehrling und der Meister. Bei der letzten Begegnung hatte der Maître noch unbewegten Gesichts an ihm vorbeigesehen, und nun, seltsam vermenschlicht durch Hausschuhe und Hosenträger, schien die festgefügte Form auseinanderzubrechen.

»Dahin kommt es also«, sagte er nach einigem Schweigen. »Du willst mein Chef werden, oder Sie, entschuldigen Sie«, eine Hilflosigkeit, die Jakob gleichfalls verstummen ließ, auch, weil er plötzlich begriff, was es bedeutete, jung oder alt zu sein, stark oder schwach. Der Maître, an die fünfzig und grau geworden, schämte sich. Er dagegen durfte seine Schwäche zugeben. »Ich brauche Ihre Hilfe«, sagte er. »Ich weiß, wer Sie sind und was Sie können«, bot ihm ein Jahresgehalt, Wohnung im Haus, Versorgung rundum, und der Maître, aus diesen oder jenen Gründen, vor allem aber wohl, weil seine Frau gestorben war und im Berliner Bellevue Jüngere nach vorn drängten, hatte dem Wechsel zugestimmt. Der Sommer konnte kommen.

Es war der letzte vor dem großen Währungsschnitt und die Saison vollends aus den Fugen geraten. Viele der kleineren Vermieter und Wirte hielten ihre Häuser geschlossen, hilflos angesichts der wuchernden Millionen, Milliarden, Billionen, und wie sollte man wirtschaften, wenn es für das, was heute in die Kasse kam, morgen kaum noch die Frühstücksbrötchen gab, vorausgesetzt, daß überhaupt gebacken wurde. Und ausgerechnet jetzt fielen die Fremden in Scharen über die Insel her, voller Hoffnung, mit den Papiermassen in ihren Koffern noch schnell etwas Sommerfreude zu ergattern. Verbissen kämpften sie um Schlafgelegenheiten und Tische im Restaurant, um Brot beim Bäcker und Wurst beim Fleischer, um Zugang ins Tanzcafé oder Kino und am heftigsten um Plätze am Strand, ohne Kurtaxe und Kurkarten in diesem Jahr, denn auch die Badeverwaltung hatte vor den Turbulenzen kapituliert und das sonst so manierliche Publikum dem Chaos überlassen. Wasser, Sand und Promenade gratis, aber kein Aufseher weit und breit, kein Bademeister oder Kontrolleur, so daß es gelegentlich, wenn zwei Sippen sich mit ihren Burgen in die Quere gerieten, zu lautem Gezänk kam, immer öfter auch zu Handgreiflichkeiten, lauter Ärgernisse, denen sich die Bewohner des Bellevue entziehen konnten.

Abgeschirmt vom Getümmel, stand es über dem Meer, eine Enklave mit Rundum-Service von morgens bis in die Nacht, mit Tanztee und Konzerten, Bibliothek, Arzt, Masseur und Strandkörben vor dem Haus, wo man, von Kellnern umgeben, auf die grüne oder graue See blicken konnte, auf das Wolkenspiel und den Farbenrausch der Sonnenuntergänge, und der Hausdiener Heinrich die älteren Herrschaften fürsorglich in Decken wickelte, damit sie sich nicht verkühlten. Sehr angenehm, hier zu wohnen, fand man allgemein, wenngleich die Gäste von bunterer

Mischung waren als einst in Berlin: teils von Stand, wie Portier Krause es ausgedrückt hätte, eine trotz Republik feudale Gesellschaft, die weiterhin ihre alten Rituale zelebrierte, der Herr ein Herr, der Diener ein Diener, und neben ihnen die Klasse der Kriegs- und Inflationsgewinnler, nicht immer vom Feinsten, wenn auch durchweg weniger auffällig als Herr Krummholz aus Bochum. Äußerlich durchaus maßgeschneidert, sah man ihn das Restaurant betreten. Dann aber lag er mit dem Gesicht nicht nur fast in der Suppe, sondern rief auch noch laut »Wirtschaft« über die Tafel, und ob man die Kellner hier erst in den Hintern treten müsse, worauf er ans Telefon gebeten wurde und der Maître ihm mit größter Höflichkeit erklärte, daß es hier im Haus keinen Ober namens Wirtschaft gebe.

»Rutschen Sie mir doch den Buckel runter, Mann«, sagte Herr Krummholz, ein Mangel an Einsicht, der ihm keine Chance gab, jedenfalls nicht im Bellevue. »Sie sollen sich wohl fühlen bei uns, mein Herr«, ließ der Maître ihn wissen, »aber auch die anderen Gäste, und das tun sie nicht, wenn geschlürft, gerülpst und gelärmt wird, das Mädchen ist Ihnen gern beim Packen behilflich.« Dem netten jungen Ehepaar dagegen, das, wie es lautstark verkündete, schnell noch die Ersparnisse eines währungsmäßig zu spät gestorbenen Großvaters verbraten wollte, gab er diskrete Winke und unterwies es auf väterliche Weise auch noch im richtigen Gebrauch von Messer und Gabel. Keine Duldung von Exzessen also, sonst jedoch jedem das gleiche demokratische Recht, ganz wie es in der neuen Weimarer Verfassung stand und auch Jakobs Devise war. Die Standards hatten sich verschoben, alter Reichtum, junger Reichtum, man brauchte beides. Er hoffte, daß möglichst viele dieser ersten Gäste finanziell überleben würden und umwarb sie mit Küche und Keller, mit Schach-, Bridge- und Tanzturnieren, mit Sommernachtsbällen und Liederabenden von jungen hungrigen Sängern der Hamburger oder Kieler Oper. Auch mit seiner herrenhaften Liebenswürdigkeit, die vergessen ließ, wieviel man dafür zahlte. »Ich freue mich, daß Sie in mein Haus kommen«, sagte er zur Begrüßung, und es waren die Gäste, die dankbar lächelten, so wie im alten Bellevue.

Eines Morgens hatte er Claire vor dem großen Spiegel in der Halle stehen sehen, nickend, sich verbeugend, imaginäre Hände schüttelnd.

»Was machst du da?« fragte er.

»Ich übe Hotel.« Sie hielt ihm die Hand hin. »Es freut mich, daß Sie in mein Haus kommen. Ist das richtig?«

Er strich ihr übers Haar, dunkles, lockiges Haar wie Maleen, aber blaue Augen, das helle Blau ihrer Großmutter Male Schumm, deren Name längst verweht war, ihr Name, ihre Geschichte, und was die Augen betraf, so stimmten nur die Farben überein, denn im Gegensatz zu Males eher trübem Blick funkelten sie bei Claire vor Lebensdurst. Sie war gerade groß genug, um den Kopf an Jakobs Brust zu legen, »kraul mich, Papa«, und fing plötzlich an zu weinen. »Du sollst mich nicht weggehen lassen.«

»Was heißt das?« Er nahm die Finger aus ihrem Haar. »Niemand denkt daran«, so kam heraus, daß Maleen mit den Kindern schon über einen Umzug nach Hamburg sprach.

»Das hast du bestimmt falsch verstanden«, sagte er.

Sie schluchzte noch lauter. »Ich bin doch nicht dumm«,

und zum Trost mußte er ihr die Gästeliste vorlesen, Claires Märchenbuch, in dem Herr Prinz ein entzauberter Frosch war, Dr. Hasenberg die Tiere des Waldes auf wunderbare Weise von ihren Gebrechen heilte, und Frau von Siebenschön, Claire zur Freude erfunden, tanzte im Mondschein mit den Elfen.

Nach diesem Morgen begann er, Maleen auf die Ankunft von Benno Kollrabe vorzubereiten, zu spät eigentlich, aber jeder Ansatz zu diesem Gespräch war bisher an der Hoffnung gescheitert, daß irgendein Ereignis es überflüssig machen könne.

»Warum höre ich erst jetzt davon?« wollte sie sofort wissen, und Jakob schob es auf die Saison, auf die Ungewißheit, wie sie laufen würde und ob ein Pianist sich lohne oder nicht.

»Ich wollte dir die Enttäuschung ersparen«, sagte er. »Aber nun steht fest, daß er kommen kann, und ich hoffe, du freust dich auf den Unterricht.«

Ein erstaunter Blick, »warum tust du das plötzlich für mich?«

»Warum nicht?« Er zwang sich zu einem Lächeln. »Wollten wir nicht zusammenbleiben? Und hör auf, den Kindern diesen Unsinn von Hamburg zu erzählen. Es ängstigt sie, und wozu denn.«

Sie lächelte ebenfalls, die alte, von den Augen zum Mund huschende Verführung, und er fragte sich, ob womöglich noch mehr getan werden mußte und wie weit zu gehen er bereit war und was geschehen sollte, wenn seine Strategien nicht griffen.

»Ich glaube, Jakob will einlenken«, mutmaßte Maleen, als am Nachmittag Mette Petersen erschien, um Michel abzuholen, ihren Augapfel, dem sie so gern bei seinen versonnenen Stein- und Muschelspielen am Strand zusah, daß sie den Laden kaum noch öffnete in diesem Jahr des Seifenblasengeldes.

»Doch, einlenken«, wiederholte Maleen, während sie Michel einen bunten Kittel anzog, »und warum auch nicht«, so abwegig für ihre Mutter, daß sie Michel zu seinen Malstiften schickte und Näheres hören wollte. Einlenken? Mit den Klavierstunden? Lächerlich. Wenn es ihm um die Ehe ginge, würde er wohl eher versuchen, seine Frau vom Klavierhocker herunterzuholen, statt sie noch fester draufzusetzen. Wahrscheinlich denke er nur daran, sie möglichst schnell ans Konservatorium zu kriegen, vernünftig im Grunde, wozu diese ewige Zieherei, und vielleicht habe er längst eine andere.

»Nein!« rief Maleen, »nein, das nicht«, wie der Waldi, sagte Mette Petersen, der sein Futter verschmähe, es dem Nachbardackel aber auch nicht gönne. Sie solle lieber wachsam sein, eine andere Frau könne nur Nutzen bringen bei der Scheidung, und Maleen, Jakob mit der anderen vor Augen, begann nachzudenken und Pläne zu schmieden. Doch bevor sie zu irgendwelchen Schlüssen kam, traf Benno Kollrabe ein, am 10. Juli, ein Datum, das sich auch des Wetters wegen im Gedächtnis hielt.

Am Abend davor, nach einem klaren Tag, hatte es von Nordwesten her zu wehen begonnen, anfangs leicht, dann zunehmend heftiger. »Peter von Schottland« nannte die Überlieferung diesen tückischen Wind, der das Gleichgewicht von Ebbe und Flut durcheinanderbrachte, das Wasser den Strand hinaufjagte, den Rückfluß staute und bei der nächsten Flut zur Katastrophe führen konnte, im Herbst und Frühjahr vor allem, wenn die schweren Unwetter aufzogen. Aber auch jetzt im Sommer stürmten die Wellenberge unter den Schreckensrufen der Gäste bis zur Strandmauer vor, selbst dann noch, als es in der Luft längst still geworden war und der Himmel wieder blau.

Es lag an dem schottischen Peter, daß der überfüllte Nachmittagsdampfer erst bei tiefer Dunkelheit anlegte, mit grüngesichtigen Passagieren, einige von ihnen auf gut Glück angereist, so daß sie die Nacht hindurch im Grothumer Bahnhof auf ihren Koffern saßen und die Insel verfluchten. Auch Benno Kollrabe, von der Seekrankheit ausgehöhlt, wollte so schnell wie möglich wieder aufs sichere Festland zurück. »Zuviel Wasser«, sagte er zu Jakob bei der Begrüßung, Alster und Elbe reichten ihm, schlief dann aber in den nächsten Tag hinein und kam am Abend seinen musikalischen Pflichten nach, zufrieden mit der Unterbringung, dem Ambiente, dem ganzen Haus.

Jakob hatte ihn am frühen Nachmittag aus seinem Zimmer, gleich neben der Privatwohnung, abgeholt und zu Maleen geführt. Ihr zugeführt, um genauer zu sein, auch wenn er es nicht so nannte. Alles war offen, sie hatte die Wahl. »Hier ist Herr Kollrabe«, nur vier Worte, und nicht mehr seine Affäre, der Fortgang, auch nicht viel darüber zu sagen, man kennt diese Geschichten, wenngleich jede ihre eigenen Nuancen hat.

Maleen trug Grün, ihre bevorzugte Farbe, auch Jakob hatte sie damit betört. Ein hellgrünes Sommerkleid, zweiteilig, die Bluse locker über den Hüften, das Perlencollier von gleicher Länge und den Kopf hochmütig zurückgelegt, so empfing sie ihn zwischen ihren französischen Möbeln, kein verängstigter Prüfling mehr, Benno Kollrabe dagegen vom Podest herabgestiegen. »Also bitte«, hörte er sie sagen, »fangen wir an, ich hoffe, mein Mann bezahlt sie zufriedenstellend«, und es ist anzunehmen, daß diese hübsche Arroganz ihn nicht ruhen ließ.

»Ihr Herr Gemahl ist sehr großzügig«, sagte er jedenfalls mit seiner verführerischsten Modulation, »obwohl ich eine so charmante Schülerin auch gratis unterrichten würde«, und der Blick dabei, von ihrem Mund über die Brust zu den Hüften wandernd, ließ jede Überheblichkeit zusammenfallen. Seine Stimme und die dunklen weichen Augen, die Hände, die zärtlich über die Tasten glitten – schon in der Nacht dachte sie an nichts anderes mehr. Benno Kollrabe sah es ihr an, und es dauerte nur wenige Tage, bis er sie vom Klavierhocker weg in die Arme nahm, mitten im Bemühen, seiner Schülerin klarzumachen, daß Chopin nicht nur Gefühl und Hingabe verlange, sondern auch eine Prise Distanz.

»Hingabe und Distanz«, sagte Maleen, »läßt sich nicht vereinen«, so sehnsüchtig, daß es ihn hinriß, zur eigenen Überraschung, denn sein Verstand hatte ihm geraten, die zwei Inselmonate nicht leichtfertig aufs Spiel zu setzen.

»Jetzt bist du ganz weich«, sagte er, als sie bei ihm lag, am hellichten Tag hinter dem Flügel, Benno Kollrabe, ein Liebhaber wie aus dem Roman. Er verstand sich auf Frauen, auf die Kunst der lauten und leisen Töne, auf Ritardando, Allegro, con Brio. Man hätte keinen besseren finden können für Maleen.

Im übrigen, um gerecht zu sein: Auch er hatte sich verliebt. Nichts Besonderes, er verliebte sich leicht. Aber wenn es geschah, dann heftig und mit großer Intensität, ein

Gefühl wie für die Dauer jedesmal und ganz gegen seinen Willen so schnell vergänglich. »Ich kann nichts dafür«, sagte er bekümmert beim Abschied, blieb aber, so es sich machen ließ, ein guter Freund, verläßlicher als in der Leidenschaft.

Maleen liebte er auf eine zärtliche, fast mitleidige Weise, ohne genau zu wissen, warum. Vielleicht war es der Wunsch, das Unglück hinter der schönen Fassade zu verwandeln. Er tat, was er konnte, und es lag nicht an ihm, daß die Zeit so kurz bemessen war.

Maleens Veränderung ließ sich nicht übersehen. Jakob kannte den abwesenden Ausdruck in ihrem Gesicht. Er gönnte es ihr, mit Bedauern fast, weil er wußte, was kommen würde, und hoffte, daß irgendwo ein stabileres Glück auf sie wartete. Denn diesem hier mußte er ein Ende machen, bald, sehr bald. Sophia fing an, ihm den Kopf zu vernebeln. Manchmal, im Gespräch mit dem Maître oder dem Küchenchef, verlor er den Faden, weil sie plötzlich vor ihm lag, braun und seidig, kein Zustand, die Tagträumerei, und Maleen, sagte er sich zur Rechtfertigung, würde noch weniger Erbarmen kennen. Das Ende also, fragte sich nur, wann und wo.

Die Nächte schieden aus. Nur Nachmittage boten sich an für die heimliche Liebschaft, wenn Michel am Meer unter Mette Petersens Augen verschlungene Stein- und Muschelmuster in den Sand legte, Claire durchs Hotel strich und der Klavierlehrer ganz offiziell die Wohnung betrat. Aber selbst das war ein Risiko. Beide wußten, was auf dem Spiel stand, und möglich, daß es in den Dünen geschah, während der Spaziergänge, bei denen Benno Kollrabe Maleen eskortierte, mit Jakobs Konsens, seitdem ein nur not-

128

dürftig bekleideter Mann sie belästigt hatte, angeblich jedenfalls. Doch auch die Dünen, voller Leben im Sommer, ließen selbstvergessene Hingabe kaum zu, und überhaupt, wo sollte man auf die Suche gehen in dem uferlosen Auf und Ab von Sand und Heide. Und so, um Gelegenheit zu schaffen, kündigte er eine Reise nach Hamburg an, mit Vorkehrungen wie immer bei solchen Anlässen. Maître, Küchen- und Empfangschef waren instruiert, die Gästezimmer zugeteilt und die Wünsche der Kinder notiert, bunte Holzperlen für Michel, Haarspangen für Claire. Eine Farce wie im Boulevard, und Maleen fiel darauf herein.

Er würde den nächsten Dampfer nehmen, sagte Jakob beim Essen, und zwei Tage bleiben, vielleicht sogar drei, und erläuterte, als Claire Genaueres wissen wollte, geduldig sein Programm: der Delikatessenhändler, ein Ersatz für den erkrankten Pâtisseur, die Bank natürlich, Silber für das Restaurant, und Claire sah ihm auch noch beim Packen zu.

»Vier Hemden!« erzählte sie Michel, der es wiederum an seine Mutter weitergab und an die Großmutter, bei der die Kinder in dieser Nacht schlafen durften. Sie liebten Mette Petersens Reetdachhaus mit den knarzenden Betten, ihren Milchreis und die Rote Grütze und daß sie bis in die Nacht hinein Geschichten von Ran erzählte, der wilden Meeresgöttin, alles nur möglich, wenn der Vater auf Reisen war.

Auf Reisen also, Jakobs konspirative Reise in die Kirchenstraße, zu Paulina Neelke.

Fast wäre er nicht rechtzeitig aus dem Haus gekommen, einer Dame wegen, die sich erregt über das nächtliche Getöse der Brandung beschwerte und nicht weichen wollte in ihrem Zorn über die Zumutungen der See und des Hotels. Am Ende war er davongelaufen, unmöglich normalerweise, aber dies alles schien ihm plötzlich so fern, genau wie der Mittagstrubel in der Kaiserstraße, die Menschen mit den spitzen, braunen Tüten voller Krabben, der Geruch nach gebratenem Rotbarsch, fern und fremd, als habe er das Nahe und Vertraute bereits hinter sich gelassen.

Ecke Kirchenstraße, wo sich der Weg gabelte, geradeaus zum Bahnhof, rechts zu Paulina, blieben seine Füße am Pflaster kleben. Der Kreuzweg, entscheide dich, singen Teufel und Engel. Hatte sein Vater ihm das erzählt? Oder Hedel? Er schüttelte den Kopf und ging weiter. Unsinn und Aberglaube, man sollte Kinder damit verschonen.

Paulina Neelke, aus ihrer Mittagsruhe aufgeschreckt, zeigte sich nicht sonderlich erbaut über den Besuch. Seit Wochen hatte Jakob kaum noch Zeit für sie gefunden, immer in Hetze, wenn sie ihn zum Thema Inflation befragen wollte und wie das Geld sich festhalten ließe, allerdings nur, um seine Ratschläge dann zu ignorieren, unerschütterlich offenbar in ihrem Glauben, daß die kranke Mark genesen könne wie ein Mensch.

Jetzt käme er wirklich zur Unzeit, murrte sie mißvergnügt, und als Jakob sagte, daß er ihre Hilfe brauche: »Immer, wenn du was brauchst, falle ich dir ein.«

»Sonst auch, Paulina«, sagte er, »das weißt du genau. Oder soll ich wieder gehen?«

Sie gab die Tür frei, »komm rein«, und hörte sich bei Tee und Rosinenkuchen an, was er zu berichten hatte, nicht erstaunt über seinen Verdacht und auch nicht zu täuschen. Was erzählte er da? Er habe Vertrauen gehabt zu Maleen?

Daß sie nicht lache. Jedermann habe seine Frau mit dem Musikmenschen durch die Dünen ziehen sehen, und ein Mann, der so etwas zulasse, sei entweder ein Tölpel oder ganz besonders schlau.

»Ein Tölpel bist du gewiß nicht«, sagte sie. »Hör also auf mit dem Gedöns. Maleen hat einen andern. Und wen hast du?«

Paulina Neelkes scharfe Augen. »So viel, wie du nach Hamburg fährst, gibt es da gar nicht zu tun«, sagte sie, »und jetzt willst du Maleen ruinieren, da mache ich nicht mit«, und er sagte, daß es umgekehrt sei, Maleen wolle ihn ruinieren, total, bis auf den letzten Rest, ob er sich nicht wehren dürfe, und redete auf Paulina ein, als hinge sein Leben ab von ihrem Urteil.

»Sei still«, sagte sie, »ich habe dich gewarnt. Aber du mußtest ja mit ihr losziehen und dann sogar noch zum Altar.«

»Ich war zwanzig«, sagte er. »Soll ich bis an mein Ende dafür büßen?«

Paulina stand auf. Sie stellte die kleinen blaubemalten Schalen auf den Tisch, die ihr Mann, der Kapitän, aus China mitgebracht hatte von seiner letzten Fahrt, und füllte sie mit Genever, schweigend, weil sie wieder daran dachte, wie selten er mit ihr zusammen gegessen, getrunken und geschlafen hatte. Zehn Ehejahre, und er mehr auf See als zu Hause, und wer konnte wissen, wo überall in der Welt Frauen sein Andenken hüteten.

»Arme Leute müssen zusammenbleiben«, sagte sie, »aber die Reichen können heutzutage auseinanderlaufen, vielleicht gut so, vielleicht schlecht, Gott allein weiß es, ich nicht. Wie heißt sie?«

»Sophia«, sagte Jakob, »eine, die dir bestimmt gefällt«, womit er recht behalten sollte, schon der erste Blick wird Paulinas Bedenken zerstreuen, Bedenken im übrigen, die sie schon jetzt nicht daran hindern, mit ihm zusammen in der Stube die Zeit verrinnen zu lassen, bis die Stunde für den Coup gekommen ist.

Die Nacht war hell, als er zum Hotel zurückging, die Kaiserstraße entlang und zur Plattform hinauf, ein gepflasterter Weg inzwischen statt der alten Holztreppe. Die Laternen vor der neuen Strandhalle waren längst erloschen, nur das Bellevue glitzerte noch durch die Nacht. Er trat an das Geländer mit dem Durchlaß zum Strand. Zwei Möwen flogen auf, unter dem runden Mond lag das Meer wie dunkles Metall. Bald, dachte er, wohne ich hier mit Sophia, ein Gedanke, der ihm half, das zu tun, was sich nun nicht mehr aufhalten ließ.

Die Halle vibrierte noch, in der Bar wurde getanzt, der Kellner führte einen betrunkenen Gast zum Fahrstuhl. Im Restaurant waren schon die Tische fürs Frühstück gedeckt, nur der Maître saß an seinem Desk über der Abendkasse, einen Karton voller Geldscheine neben sich. »Kommen Sie mit«, sagte Jakob. »Ich brauche einen Zeugen«, und dann stand er vor Maleens Bett.

Zwei ineinandergeschmiegte Körper, Atemzüge, die sich mischten, eine wehende Gardine am Fenster. »Lieb ist mir das hier nicht«, murmelte der Maître.

»Mir ebensowenig«, sagte Jakob und drückte auf den Lichtschalter. Maleen öffnete die Augen, schwer und schlaftrunken. Sie stieß einen Schrei aus, der Benno Kollrabe weckte.

»Mein Gott, muß so was sein«, sagte er voller Verachtung. Dann beugte er sich über Maleens Gesicht, streichelte es ohne Eile, murmelte dabei etwas Tröstliches und verließ, seine Kleidungsstücke zusammenraffend, das Zimmer. Der Maître folgte ihm, Jakob und Maleen blieben allein.

»Du bist ein Schuft«, sagte sie.

»Hüte deine Zunge«, sagte Jakob. »Du weißt doch, was Ehebruch bedeutet.«

»Willst du mich ins Gefängnis bringen?« fragte sie.

»Nein«, sagte er. »Ich will, daß du bei meinem Anwalt die Vereinbarungen für unsere Scheidung unterschreibst. Du bekommst von mir Unterhalt und die Ausbildung zur Klavierlehrerin, und wenn du zustimmst, wird dies hier nicht erwähnt.«

»Und die Kinder?«

»Die Kinder bleiben bei mir.«

»Du bist ein Unmensch«, sagte sie.

»Meinst du das wirklich?« fragte er. »Wolltest du mir nicht auch beide Kinder wegnehmen? Und mein Hotel kaputtmachen? Und mich?«

Sie antwortete nicht. Sie lag da, die Schultern so weiß wie der Bettbezug, zum letzten Mal, daß er sie so sah. Er dachte an den ersten Nachmittag in den Dünen, an das Spiel, das damals begann, an das süße brennende Gefühl und wie er sich danach gesehnt hatte.

»Du kannst Michel haben, solange er klein ist«, sagte er. »Aber das Recht an ihm bleibt bei mir, er ist mein Erbe. Und hör auf, mich Unmensch zu nennen.«

Benno Kollrabe war bereits beim Packen, als Jakob zu ihm ins Zimmer kam. Er trug einen seidenen Morgenrock, dunkelgrün mit roten Punkten, J. N. auf der Brusttasche.

»Eine Leihgabe von Maleen«, entschuldigte er sich.

»Behalten Sie ihn«, sagte Jakob.

»Danke. Und was haben Sie sonst noch mit mir vor?«

»Sie können abreisen. Das vereinbarte Honorar wird bezahlt, Juli und August.«

»Sehr großzügig«, sagte Kollrabe. »Oder auch nicht. Ich war ja wohl eine gute Investition. Und sitzen Sie bloß nicht auf so hohem Roß. Mit geerbten Dollars ein Hotel bauen ist keine Kunst.«

Jakob nickte. »Sicher, der Künstler sind Sie. Nur daß ich mir Ihre Musik leisten kann, Sie sich aber kaum mein Hotel. So ist die Welt, und es tut mir leid, daß wir in dieser Weise auseinandergehen.«

»Die Welt«, sagte Benno Kollrabe, »wird notfalls ohne Ihr fabelhaftes Bellevue auskommen, aber nicht ohne Musik.« Er zog den Morgenmantel aus und warf ihn Jakob vor die Füße. »Mir tut es übrigens auch leid. Sie sind ein netter Mensch, Nümann, schade, daß Sie über Leichen gehen, wenn's sein muß. Seien Sie nicht zu rauh mit der armen Maleen.«

Gehe ich über Leichen, Sophia? Nein, sagte sie, du verschaffst dir dein Recht. Ein übler Trick, ekelhaft, aber was hättest du tun sollen? Ein Leben lang die falsche Frau? Oder auf ihre Tricks warten? Du gibst ihr Michel, du sorgst für sie, Schluß mit den Skrupeln.

Aber sie sagte es nur in seinen Gedanken, ein stummes Zwiegespräch, er wagte nicht, es laut zu führen, weder mit ihr noch mit anderen, nichts für fremde Ohren, kaum für ihn selbst. Es hat sich so ergeben, sagte er, wenn die Ereignisse dieses Sommers ihn bedrängten, und ordnete sie, obwohl er die Drehpunkte seines Lebens sonst lieber dem Schicksal zuschrieb, unter Zufall ein. Alles nur Zufall.

Mit der Scheidung gab es keine Schwierigkeiten. Von den Anwälten hieb- und stichfest vorbereitet, ging sie schon im September über die juristische Bühne, noch einmal eine Farce: Maleen führte für ihren Wunsch, die Ehe zu beenden, einige grundlos verabreichte Ohrfeigen des Ehemannes ins Feld, Jakob gab an, daß sie ihn, ebenfalls aus heiterem Himmel, mit Ausdrücken wie Idiot oder Hanswurst belegt hätte. Kein Widerspruch, beiderseitiges Verschulden also, ein kurzer Prozeß. Was Maleens Versorgung anbelangte, so hatte Jakob zugesagt, bis zu ihrem Musikexamen auch noch die Miete zu tragen für die Wohnung am Klosterstern, die er beschafft hatte, eine gute Gegend, wo die Töchter Klavierspielen lernten. Zu ihren französischen Möbeln, dem Flügel und sonstigem Inventar kam kurz vor der Übersiedlung noch ein wertvoller Teppich hinzu, aus dem Besitz zweier bejahrter Schwestern, die sich mit dem Erlös eine Weile über Wasser zu halten hofften. Jakob gab ihnen mehr Dollars dafür, als sie zu fordern wagten, immer noch wenig, aber, wie gesagt, so war die Welt.

Eine Wohnung in Hamburg, eine gesicherte Existenz jenseits der Insel – trotzdem, Maleen weinte, als sie am Landungssteg stand und sah, wie der Dampfer sich aus dem Dunst herausschob und, langsam die Priele umschlingernd, näher kam.

»Heul nicht«, sagte Mette Petersen, die für den Anfang mit nach Hamburg fuhr, »da hinten steht Greta Matthiesen, muß es noch mehr Gerede geben?«, und schob Maleen näher an Jakob heran, um die Einvernehmlichkeit der

Trennung zu demonstrieren. Aber Einvernehmen oder nicht, Gerede gab es genug. Man wußte nichts Genaues, konnte es sich aber denken, schließlich war Maleen mit diesem Benno Kohlrabsen oder wie immer er hieß durch die Dünen gelaufen. Ein Musikmensch, schon Mette Kattun war auf so einen hereingefallen, erst die Mutter, nun die Tochter, und die Sympathie galt Jakob, obwohl vermutet wurde, daß er Maleen nicht allzu schweren Herzens ziehen ließ. Was schließlich sollte man als Hotelier mit einer Frau anfangen, die ihre Tage am Klavier verdöste, statt ein Auge auf den Koch und die Wäsche zu haben.

Maleen Musik, nicht wasserfest, Paulina Neelkes Worte vor Jahren, jetzt brachte Claire sie aus der Schule mit: »Warum ist Mama nicht wasserfest? Weil sie so oft weint? Und heiratet sie Herrn Kohlrabsen?«

»Kollrabe«, verbesserte Jakob. »Unsinn.«

»Und warum ist sie nicht mehr mit dir verheiratet?« fragte Claire wißbegierig, so daß Jakob es an der Zeit fand, ihr den Begriff Scheidung plausibel zu machen, halb beruhigt, halb erschrocken über die Gelassenheit, mit der das Kind die Trennung von der Mutter hinnahm. »Ich bleibe bei Papa und dem Hotel«, hatte sie erklärt, als Maleen vor dem Gerichtstermin mit Michel zu Mette Petersen gezogen war, und nur der Verlust ihres Bruders brachte sie zum Weinen, so jammervoll, daß Jakob schon erwog, ihn doch noch zu behalten. Aber dann rannte sie mit ihrem ganzen Elan gegen den Kummer an, »Michel kommt wieder«, eine laute Beschwörung vor jedem Frühstück, jedem Mittag- und Abendessen, unermüdlich, bis er wirklich wieder neben ihr saß.

Vorerst aber ging er an Maleens Hand aufs Schiff, mit

seinen kleinen vorsichtigen Schritten, ohne zu begreifen, was hier geschah. Es ist nicht richtig, dachte Jakob und versuchte, sich mit Claires Gewißheit zu trösten, Michel kommt wieder. Er stand am Steg, winkte noch einmal und ließ, was gewesen war, hinter sich.

Maleen verläßt Jakobs Geschichte, aber sie hat ihre eigene, die weitergeht, »ein Segen«, wird sie über kurz oder lang sagen, »daß Gott alles so gefügt hat«. Warum also soll er nicht glücklich sein mit Sophia.

Sie heirateten im Januar 1924, sechs Wochen nach dem endgültigen Währungsschnitt, den Jakob ohne Turbulenzen überstand. Das Hotel war gebaut, die Dollars behielten ihren Wert. Er verlor nichts, machte aber auch keinen Gewinn wie viele Haus- und Grundstücksbesitzer auf der Insel, deren Hypothekenlasten sich zusammen mit dem alten Papiergeld in Luft aufgelöst hatten. Mette Petersen, hochverschuldet durch den Ladenbau, jubelte, wogegen Paulina Neelke zu den Verlierern gehörte, die mit ihren großen oder kleinen Ersparnissen allenfalls noch die Wände tapezieren konnten, das Heer der neuen Armen. Jakobs frühzeitiger Rat, das Reetdach und die Fensterstöcke zu erneuern, vielleicht sogar das Haus zu erweitern, war an Paulinas Angst, eines Tages mittellos dazustehen, gescheitert. Nun saß sie erstarrt über ihrem Sparbuch. So viel Geld, das Kapitän Broersen auf den Meeren eingefahren hatte, und alles fürs Feuer.

»Das liegt nur an der Republik«, sagte sie zu Jakob. »Der Kaiser hätte so ein Unrecht nie geduldet. Hoffentlich kommt er bald wieder oder irgendein anderer, der die ganze Mischpoke zum Tempel rausjagt«, und müßig, ihr zu erklären, daß die Schuld nicht die Republik treffe, sondern den Krieg und seine Folgen. »Den Krieg aber hat der Kaiser gemacht, und der Kaiser sitzt friedlich in Holland und läßt es sich gutgehen«, sagte Jakob, »darüber solltest du schimpfen.« Doch Paulina war nicht zu überzeugen, sowenig wie ihre Gefährten im Unglück auf der Insel und anderswo, die in diesen Tagen anfingen, nach einer neuen starken Hand zu rufen.

»Jetzt«, klagte sie, »kann ich Armensuppe essen«, und geriet über Jakobs Versicherung, daß er schließlich auch noch da sei, erst recht in Rage, lieber tot als Gnade und Barmherzigkeit, ließ sich dann aber um der Hochzeit willen doch noch die Fahrkarte von ihm bezahlen und das Zimmer im Hotel Prem.

Die Hochzeit in Hamburg war ganz in Jakobs Sinn. Er mochte kein zweites Mal vor dem Altar der Inselkirche Treue bis zum Tod geloben, eigentlich auch vor keinem anderen. Man sterbe doch nur einen einzigen Tod, hatte Pastor Nielsen, sein väterlicher Bücherfreund, angesichts der neuen Heirat geseufzt, könne also nicht beliebig oft darauf schwören, das wollte ihm nicht aus dem Kopf. Sophia indessen bestand auf einer Art Segen, wenngleich sie nicht recht wußte, welchem sie noch trauen sollte, seit sie ihrem ersten Mann zuliebe evangelisch geworden war. Ihr jüdischer Glaube, hatte sie Jakob erzählt, sei ganz klein gewesen, das schlechte Gewissen nach der Abkehr vom Gott der Väter dagegen riesengroß, was er verstand. Auch bei ihm war von den frommen Geschichten seines Vaters nur das Gefühl von Sündhaftigkeit übriggeblieben, und sie hatte recht, warum sollte man sich nicht vor einer höheren Instanz als der im Hamburger Rathaus das Jawort geben.

138

Ohnehin eine heikle Sache, die Heirat so bald nach der Scheidung. Um Gerede zu verhindern, hatte er, statt Sophia gleich nach Grothum zu holen, soviel Zeit wie möglich bei ihr in Hamburg verbracht, beinahe erleichtert, daß auch sein »Inselherbst im Bellevue« vom Währungsstrudel verschluckt worden war und das Hotel vorzeitig geschlossen werden mußte. Nur oben im dritten Stock blinkten abends noch ein paar helle Fenster, die Privatwohnung, in der seit den letzten Septembertagen nun auch Hedel wohnte, Frau Dr. Vinzelberg, getraut und verwitwet fast am selben Tag.

»Kann ich zu euch kommen?« hatte sie Jakob auf dem Friedhof gefragt, nun war sie da und von Claire gleich bei der Ankunft nach einem kurzen Wortwechsel adoptiert worden: »Das ist deine Tante Hedel.« – »Warum?« – »Weil sie meine Schwester ist.« – »So wie ich und Michel?« – »Genauso«, sagte Jakob, und Claire, schon in Hedels Armen, rief, sie sei so schön dick und so schön weich, zeigte ihr alle Winkel des Hotels und erzählte lange Gäste-, Koch- und Kellnergeschichten und daß sie später auch so ein Hotel haben wolle, »später, wenn ich groß bin«, vertraute Töne, »was du dir so denkst«, lächelte Hedel.

Dr. Vinzelberg, dachte Jakob schuldbewußt, war zur rechten Zeit gestorben. Wie sonst wohl wären diese Vorhochzeitstage mit Sophia möglich gewesen, Tage am Hafen, in Kunstgalerien, Cafés, und abends die Oper, immer wieder die Oper, Jakobs zweite große Entdeckung nach Pastor Nielsens Büchern. Beim Finale des Rosenkavalier kamen ihm Tränen. »Schön«, sagte Sophia, »daß du weinen kannst über das Wunderbare in der Welt«, und er dachte, daß man Zeit haben müßte für das Wunderbare mit Sophia und daß so ein Leben möglich wäre mit Francis Newmans Geld. Gedankenspielereien, sein Leben war das Hotel auf der Insel.

»Auch meins«, hatte Sophia gesagt, »wenn deine Insel mich haben will.«

Was für eine Frage. Selbstverständlich wird man Sophia haben wollen, sie aufnehmen, schätzen, mögen, dann allerdings wieder davonjagen, unweigerlich, auch wenn niemand es für möglich hält am Tag ihrer Hochzeit in der St. Michaeliskirche, schon gar nicht Paulina Neelke, die zwar von der starken Hand und einem eisernen Besen träumt, Sophia aber, der Braut ohne Kranz und Schleier, nur mit gelben Rosen im Haar, alles erdenklich Gute wünscht.

Endlich die Richtige für Jakob, flüsterte sie der weinenden Hedel zu, das sehe man auf den ersten Blick. Hedel nickte, weinte aber vom Anfang bis zum Ende der Zeremonie, schon allein wegen der Rosen. Sie selbst hatte keine einzige Blume bei ihrer Hochzeit am Totenbett gehabt, nicht einmal in der Hand. Kein Konfirmationskleid, kein Hochzeitsstrauß, und das war es.

Claire, die sie hätte trösten können, verbrachte diese Stunden bei Maleen. Nur Hedel und Paulina begleiteten Jakob durch den Tag, während Sophias Verwandtschaft fast vollzählig in der Kirche saß, liberale Hamburger Bürger, und kaum jemand darunter, der ihr den Abschied vom Glauben der Väter nachtrug. Als Trauspruch hatte sie sich einen Vers aus dem 4. Psalm gewünscht, »Ich liege und schlafe ganz mit Frieden; denn allein du, Herr, hilfst mir, daß ich sicher wohne«, für Anhänger des Alten wie des Neuen Testaments von Gültigkeit. Was jedoch nach dem Ringwechsel oben auf der Empore erklang, war seines weltlichen Charakters wegen erst nach langwierigen Diskussionen und erheblichen Spenden als zulässig für ein Gotteshaus befunden worden: das Rosenkavalier-Finale nämlich, mit den Solisten und einem verkleinerten Orchester der Hamburger Oper. Sophias Geschenk, kostspielig genug in dieser Zeit. Aber Justus hatte ihr Geld rechtzeitig in Sicherheit gebracht, so konnte sie sich diesen Aufwand leisten.

Der Trauspruch, um auch dies noch zu erwähnen, hatte den Pastor staunen lassen. »Ich liege und schlafe ganz mit Frieden – eigentlich eher für Beerdigungen geeignet«, sagte er kopfschüttelnd, und Sophia erklärte ihm, daß sie ihren ersten Mann durch den Krieg verloren habe und sich so sehr wünsche, mit Jakob alt zu werden, was er zur allgemeinen Rührung seiner Predigt einverleibte. Aber Jakob wußte, daß noch etwas anderes dahinterstand, jene unterschwellige Panik, die Justus, wenn der Alkohol seine lässige Ironie durchlöcherte, zu Sätzen wie »eines Tages werden sie mich in den Brunnen werfen« hinreißen konnte. »Das Erbe von Generationen« nannte er diese Angst in nüchternem Zustand und fragte Jakob, ob ihn die Eröffnung, daß es sich bei den netten Adlers um Juden handele, nicht schockiert habe, ein wenig zumindest. Jakob mußte es zugeben, ja, ein wenig, aber deswegen hätte er ihn und Sophia gewiß nicht in den Brunnen geworfen. Im übrigen wisse er es jetzt besser, und diese alten Vorurteile würden hoffentlich bald ausgerottet werden.

»Fabelhaft«, sagte Justus. »Vermutlich dauert es nur noch ein paar hundert Jahre, da kann ich mich ja sehr sicher fühlen«, sein spezieller Tick, meinte Jakob und gab ihm die Schuld an der Furcht, die Sophia wie ein Schatten zu begleiten schien. »Unsinn«, versuchte er, sie ihr auszureden. »Wer soll dir etwas tun? Wir leben in einem zivilisierten Staat, und außerdem bist du Frau Nümannn und evangelisch getraut. Niemand interessiert sich dafür, in welches Bethaus du früher mal gegangen bist, und wenn, dann ist es auch egal.«

Sophia dachte an die Schwester ihrer Großmutter, die mit zwei Kindern bei einem polnischen Pogrom umgekommen war, und an eine Hatz ganz neuen Datums im Scheunenviertel von Berlin, ausgelöst durch ein Gerücht, daß hinter dem Geldverfall die Juden steckten.

»Zweitausend Jahre hat man uns nicht in Ruhe gelassen«, sagte sie, »warum ausgerechnet jetzt«, und hängte den Trauspruch silbern gerahmt über das Bett, in dem sie und Jakob zusammen einschliefen und aufwachten. »Denn allein du, Herr, hilfst mir, daß ich sicher wohne«, die uralte Beschwörung.

Im übrigen war es ein Irrtum, das mit dem Bethaus. Unter den Geschenken und Gratulationen, die eine Woche später nach ihrer Rückkehr von Paris auf sie warteten, fand sich auch ein Artikel aus der Zeitschrift »Die Nordische Rasse« mit dem Titel *Prunkvolle Judenhochzeit in Hamburg:* Die Reiche Jüdin Adler, stand da zu lesen, Schwester des berüchtigten Anwalts gleichen Namens und nunmehr verehelichte Hoteliersgattin Nümann, holte zu ihrer evangelischen Trauung Orchester und Solisten des Hamburger Opernhauses in die Michaeliskirche, um unter den Klängen des Rosenkavalier, dessen Text, wie man weiß, von dem Juden Hofmannsthal stammt, zum Altar zu schreiten. Von den Kosten könnte eine verarmte deutsche Familie wohl einen Monat leben. Wie lange wollen wir uns diese jüdischen Provokationen noch gefallen lassen?

Der Brief mit dem Zeitungsausschnitt, in Grothum abgestempelt, war an Sophia vorbeigelaufen. Jakob riß ihn in kleine Stücke. Unfug, zu abwegig, um den Anfang dadurch stören zu lassen, diesen guten Anfang des gemeinsamen Lebens.

»Unser Leben«, hatte Sophia gesagt und sich so selbstverständlich wie damals, als das Hotel seine Prägung bekam, an Jakobs Seite gestellt, die Chefin, nicht weniger zuständig als er für das Wohl der Gäste und des Hauses. Sie überwachte Sauberkeit und Ordnung in den Zimmern, die Wäsche- und Silberbestände, die Rechnungen, allgegenwärtig mit ihren prüfenden Augen und manchmal auch unbedacht. Der Küchenchef, ein Meister seines Metiers, aber beim Wirtschaften in die eigene Tasche ertappt, verschwand von einer Minute zur andern, ebenfalls die erste Hausdame, der immer wieder Ränder in Badewannen und Staubflocken unter den Betten entgingen. Die Hausdame ließ sich ersetzen, wogegen in der Küche zeitweilig das Chaos ausbrach, bei vollem Haus, eine Katastrophe. Nicht jeder war ihr Freund. Es gab Widerstand und üble Nachrede hinter dem Rücken, aber noch mehr Zustimmung, so wie auch sie lieber lobte, statt zu tadeln, und trotz der Genauigkeit als großzügig galt. Sie sei anständig, hieß es allgemein, keine Leuteschinderin wie vielerorts üblich, feste Freistunden, gutes Essen, und daß sie mitten in der Saison ein Mädchen, dessen Mutter auf den Tod lag, nach Hause geschickt und, bis Ersatz eintraf, eigenhändig beim Bettenmachen geholfen hatte, blieb im Gedächtnis.

Die Aushilfe blieb mehrere Tage, doppelter Lohn, das gehe nicht an, protestierte Jakob, man müsse rentabel bleiben.

»Die Mutter stirbt«, sagte Sophia.

Ein Stubenmädchen, dessen Mutter starb. Es klang so vertraut. Damals in Berlin war es der Vater gewesen, und weder Hedel noch ihm, dem jungen Kellner, hatte man auch nur eine Minute geschenkt.

»Es sind andere Zeiten«, sagte Sophia.

»Es ist unser Geld«, sagte Jakob. »Ich bin kein Unmensch, das weiß man. Aber freie Tage bei vollem Lohn, wenn so etwas einreißt, stirbt das Hotel, heute genauso wie damals.«

Sie sah ihn erstaunt an, ein seltsamer Blick, der ihn ärgerte für einen Moment. Aber das Glück war noch jung, und so nahm er sie in die Arme, »gut, daß du bist, wie du bist«, und es stand ja außer Frage, daß Sophias Großzügigkeit der Rentabilität weniger schadete, als ihre bloße Gegenwart einbrachte. Unvorstellbar, das Hotel wieder ohne sie, alles unvorstellbar ohne Sophia. Am Tag die Arbeit, nachts die Liebe, »Glück«, sagte er, »das ist das Glück«, während Sophia, das gebrannte Kind, dabei jedesmal zusammenzuckte und die Götter, welche auch immer, um Nachsicht bat.

Hedel, erst recht eine von denen, die dem Glück mißtrauen, hatte Jakobs Heirat mit dem Gefühl entgegengesehen, als wolle man ihr schon wieder den Boden unter den Füßen wegziehen. Gleich nach ihrer Ankunft auf der Insel hatte sie die Sorge für sein und Claires Wohlbefinden übernommen, liebevoll und wie es sich gehört für ein ordentliches Haus. Das Stubenmädchen wurde fortgeschickt, und da Hotelessen ihrer Meinung nach nur den Gaumen kitzelte, fortan Hausmannskost auf den Tisch gebracht, Nahrhaftes wie Berliner Bouletten, eine kräftige Erbsensuppe oder Kartoffelpuffer mit Apfelmus. Auch die Zutaten kaufte sie selber ein, sparsam trotz der Millionenwirtschaft und mit einem kleinen Stolz im Herzen, als Schwester von Jakob Nümann vorrangig bedient zu werden. Etwas wie Glück also, aber verschattet jetzt von der drohenden Veränderung. Die neue Schwägerin, eine Dame, und sie selbst zwar Frau Dr. Vinzelberg dem Namen nach, aber doch nur ein Dienstmädchen ohne bessere Lebensart, und sicher würde Sophia das Kind an sich reißen, Claire, die ihre Unruhe spürt, und immer wieder wissen wollte, ob sie bei ihr bleibe, wenn die Neue da sei.

»Ganz bestimmt, Tante Hedel?« fragte sie, ängstlicher von Tag zu Tag, und das »Ja, Kindchen, ja« klang so zaghaft, daß Claire sich noch fester an sie drängte.

Und dann hatten beide sich gegenüber gesessen, Jakobs Frau, Jakobs Schwester, die eine im pelzbesetzten Kostüm, die andere steif und sprachlos in ihrer geblümten Kittelschürze, der lebenslangen Uniform, die Sophia abschaffen wird, demnächst, wenn die Vertrautheit groß genug geworden ist für Worte wie »Du gehörst zu uns, und ich trage so etwas auch nicht«.

Vorerst aber redeten sie noch um die Dinge herum, jede in ihrer Sprache, bis endlich das kam, worauf Hedel wartete: Arbeitsteilung nannte es Sophia, »du in der Wohnung, ich im Hotel, und gut, daß Claire an dir hängt, da bleibt mir Zeit, mich zurechtzufinden«.

»Willst du denn nicht ihre Mutter sein?« fragte Hedel beklommen und bemerkte eine Unsicherheit in Sophias

Antwort: »Geht das auf Kommando?« Schwierig, beide wußten es. Aber Claire löste das Problem auf ihre Weise.

Sie war, als der Chauffeur Schewendiek sich aufmachte, den Chef mit seiner neuen Frau vom Dampfersteg abzuholen, hinter die aufgestapelten Kanister im sogenannten Rumpelkeller gekrochen, ein fast sicheres Versteck. Es dauerte eine Weile, bis Jakob sie herausholen und Sophia präsentieren konnte, Claire im roten Sonntagskleid, mit weißen Strümpfen und Lackschuhen, alles festlich und adrett noch vor kurzem, jetzt aber bedeckt von Staub und Schmiere. Sie wollte nicht schön sein für die Neue, kein nettes, kleines Mädchen, wie Jakob ihr auf dem Weg zur Wohnung nochmals eingeschärft hatte. Und so riß sie sich, bevor er etwas sagen konnte, von seiner Hand los und ließ mit schriller Stimme vernehmen, daß sie keine neue Mutter brauche, sie habe ihre Tante Hedel.

»Tante Hedel ist Tante Hedel«, sagte Jakob. »Und Sophia ...«

»Nein«, schrie Claire. »Sie ist ja nicht mal deine Schwester.«

»Ich bin nun aber hier«, sagte Sophia nach einigem Schweigen. »Und dein Vater möchte, daß ich bleibe, und ich möchte es auch, weil wir uns liebhaben, und wie willst du mich denn nennen?«

»Gar nicht«, rief Claire, worauf wieder Stille eintrat, bis Sophia, noch rechtzeitig, bevor Jakob jeden möglichen Konsens zerstören konnte, etwas vor sich hinmurmelte, das wie »Frau Garnicht« klang, »Tante Garnicht«, »Hallo, Garnicht«.

Claire legte den Kopf schief, wie stets, wenn sie etwas interessierte, wollte es noch einmal hören und brach dann

146

in Lachen aus, ungestüm wie alle ihre Gemütsäußerungen, und als sie wieder zu sich kam, war die Frage der Namensgebung gelöst, »Sophia, du bist Sophia«.

Jakob protestierte, es gehöre sich nicht, schließlich sei sie jetzt die Mutter. Aber Claire blieb dabei. Sie begann, im Hotel neben Sophia herzulaufen, beobachtete, was sie tat und sagte, machte es sich zu eigen und kuschelte danach oben in der Wohnung mit Hedel. Zwei Mütter also, jede in ihrem Revier.

»Bei uns ist es jetzt schön«, sagte Claire, und auch Hedel wagte es, von Glück zu sprechen. Und dann, im Oktober dieses ersten Jahres mit Sophia, war Michel wieder da. Klein und blond, mit großen fragenden Augen saß er auf seinem gewohnten Platz neben Claire, unverändert, konnte man meinen, aber das erwies sich als Täuschung.

Er kam, als der »Inselherbst im Bellevue« zu Ende ging, warme, windstille Tage, das Hotel war immer noch gut besetzt, und auch mit dem Sommer konnte man zufrieden sein, weitaus mehr jedenfalls als die meisten Hoteliers und Vermieter auf der Insel. Das neue Geld, stabil zwar, aber knapp, zwang allenthalben zur Sparsamkeit, und wer sich trotzdem eine Badereise leistete, neigte dazu, die Zimmerpreise herunterzuhandeln und die Mahlzeiten statt im Restaurant auf der Bettkante einzunehmen. »Stullenleute«, nannte man solche Gäste erbittert, konnte aber ohne sie noch weniger existieren, während sich im Bellevue nach wie vor eine spendable Gesellschaft vergnügte, darunter als Novität einige Damen und Herren vom Film, die mit wehenden Schals, Esprit und schicken Extravaganzen die Luft zum Vibrieren brachten. Jakob gab ihnen Sonderkonditionen, nicht vergeblich, wie sich zeigen sollte, blieb aber sonst der einzige rundum, der weder Preise noch Löhne zu senken brauchte und trotzdem den Sommer gut überstand.

Es geschah kurz vor Ende der Saison, daß Mette Petersen im Hotel auftauchte, zum ersten Mal nach der Scheidung. Jakob war ihr bisher ausgewichen, und nur Claire hatte ihre Großmutter gelegentlich in dem Laden besucht, wo Mette Petersen trotz der lahmen Geschäfte ausharrte.

»Ich möchte zu Herrn Nümann«, sagte sie.

Der junge Mann an der Rezeption, ein Neuling vom Festland, wollte sie abwimmeln, ließ sich aber, als ihre Stimme durchdringender wurde, herbei, Jakob den Namen zu nennen. So gelangte sie in das Büro, wo er mit Sophia über den Büchern saß und nicht gestört werden wollte, speziell nicht von ihr. Sie solle es kurz machen.

Das sei nicht möglich, sagte Mette Petersen. Sie komme von Hamburg, und Maleen ...

»Für Maleen bin ich nicht mehr zuständig«, unterbrach er sie und zeigte, um den Worten Nachdruck zu verleihen, auf Sophia, »meine Frau«.

Aber Mette Petersen wußte ohnehin Bescheid, unter anderem deshalb, weil sie bei der Hochzeit in der Michaeliskirche die Neue besichtigt hatte.

»Da lernen wir uns ja mal kennen«, sagte sie und gab Sophia die Hand. »Ich habe nichts gegen Sie und Sie hoffentlich auch nichts gegen mich.«

Sie war als Verbündete gekommen, denn es ging um Michel, ihren Augapfel, eine so alarmierende Geschichte, daß Jakob den nächsten Dampfer nahm und nach Hamburg fuhr zu Maleen, die wieder geheiratet hatte, in aller Heimlichkeit. Einen Sektenmenschen, wie Mette Petersen berichtete, einen Teufel, aber Maleen nannte ihn einen Heiligen, wollte ebenfalls heilig werden und auch Michel das sündige Erbe seines Vaters austreiben, »und er darf nicht mehr malen und muß stundenlang auf dem Boden knien und seine Gebete hersagen, und wenn er nicht weiter weiß, wird er von dem Kerl verprügelt«. Mette Petersen fing an zu weinen, »du mußt etwas tun, sonst bringen sie ihn noch um«, doch Jakob hörte schon nicht mehr hin. Er griff zum Telefon, um Justus Adler zu informieren, und bei Anbruch der Dunkelheit standen sie vor der Wohnung am Klosterstern.

Maleen öffnete, eine neue Maleen, nicht pariserisch, sondern in einem schmucklosen grauen Kleid, die Haare glatt über den Kopf gezogen, das Gesicht noch bleicher als sonst.

»Das dort ist mein Anwalt«, sagte Jakob. »Gib mir Michel.«

Eine Tür ging auf, der Mann erschien und fragte, was die Leute hier wollten. Aber Jakob hörte eine andere Stimme, stieß ihn beiseite, und dann, im Wohnzimmer mit den französischen Möbeln, sah er, wie Michel neben dem Sofa kniete, das Gesicht verweint, die Hände zum Gebet erhoben und vor sich hinmurmelnd. Michel, sein Sohn. »Ich bin ja da«, sagte er und nahm ihn auf den Arm.

»Sie haben kein Recht, hier einzudringen«, rief der Mann, einer wie viele, mittelgroß, mager, unauffällig, Maleens Heiliger.

»Was haben Sie mit dem Kind gemacht?« fragte Jakob.

»Er ist ein Sohn des Teufels«, sagte der Mann. »Nehmen Sie die Finger von ihm. Er muß gereinigt werden wie seine Mutter«, der Moment, in dem Justus Michels grauen Kittel hochhob, auf die roten Striemen wies und an das Scheidungsurteil erinnerte: Alles Recht beim Vater, keine Diskussionen, das Kind werde man mitnehmen.

»Gottesrecht geht vor Menschenrecht«, sagte Maleen und wandte sich an den Mann. »Erkläre es ihnen.«

Er schüttelte den Kopf, »laß ihn gehen, wir werden bessere Kinder haben, ohne dieses sündige Blut«, worauf Justus noch erwähnte, daß Jakobs Unterhaltspflicht in Anbetracht von Maleens neuer Ehe nunmehr beendet sei.

Der Mann lächelte. »Die Heiligen schwören nur vor dem Herrn. Amtlicherseits hat meine Frau nicht wieder geheiratet.«

»Werter Herr Heiliger.« Justus ließ das Wort auf der Zunge zergehen. »Die Moneten kriegen Sie nicht mehr, so wahr ich hier stehe. Und noch ein Wort, dann wird Anzeige erstattet. Ich kann Ihnen aber auch gleich eins in die fromme Schnauze geben.« Und damit war die Sache erledigt.

Die Nacht verbrachten sie bei Justus am Neuen Wall, und erst als Jakob im Bett lag, Michels kleinen geschundenen Körper neben sich, fiel ihm ein, daß der Flügel nicht mehr an seinem Platz gestanden hatte. Nach dem Frühstück rief er im Konservatorium an. Frau Nümann, lautete die Auskunft, wäre schon seit langem nicht mehr zum Unterricht erschienen, warum, wisse man nicht.

Sie hat, dachte er, das Klavier gegen Gott eingetauscht.

Claire schrieb Michels Heimkehr allein ihrer Beharrlichkeit zu, den Beschwörungen dreimal täglich, und verstand nicht, daß er wie ein verängstigtes Tier in der Ecke saß, zusammengekrümmt, das Gesicht hinter den Händen versteckt.

»Mal doch was Schönes«, sagte sie und brachte ihm Papier und Buntstifte. Aber Michel wimmerte etwas, das wie Teufel klang, und fing an zu weinen. Was sollte man tun.

Eines Morgens, Claire war in der Schule, legte Sophia sich mit einem Zeichenblock auf den Wohnzimmerteppich und fing an, das weiße Papier mit Kreisen, Kringeln, Tupfern zu bedecken, Blatt um Blatt, eine bunte Verlockung.

Michel hockte in seinem Winkel zwischen Schrank und Bücherregal, weit weg von allem, so schien es. Sie zwang sich, ihn nicht anzusehen, keine Drehung des Kopfes, auch kein verstohlener Blick aus den Augenwinkeln. Doch irgendwann hörte sie ein Geräusch und merkte, wie er auf sie zurutschte, vorsichtige kleine Schübe, Stück für Stück.

Ohne ihn zu beachten, zog sie ein paar Linien auf das nächste Blatt. »Jetzt male ich ein Haus«, sagte sie dabei vor sich hin, »und das Haus muß ein Dach haben und das Dach einen Schornstein, und vor dem Haus steht ein Baum, und im Garten müßten Blumen blühen, schöne, bunte Blumen.«

»Weiter«, sagte Michel.

Sophia schüttelte den Kopf. »Ich kann keine schönen Blumen malen. Schade, mein Bild wird nicht fertig.«

Sie ging ins Nebenzimmer, kam wieder, kramte in einer Schublade herum. Michel saß immer noch da, still, ohne sich zu rühren. Einmal streckte er die Hand nach den Stiften aus, ein Versuch, schon vorbei, er hat es probiert, dachte Sophia, es geht nicht. Doch plötzlich, mit einem verzweifelten Seufzer, griff er nach dem Block, legte ihn auf die Knie und malte Blumen in den Garten, rote, blaue, gelbe, malte auch noch Wolken über das Haus, Vögel in den Baum, eine Katze aufs Dach. Dann sah er Sophia an.

»Schön«, sagte sie. »Wir wollen unser Bild an die Wand hängen.«

»Es ist verboten«, sagte Michel. »Gott will es nicht.«

»Aber nein«, sagte Sophia, »das ist ein Gott, den hat der böse Mann sich ausgedacht, um dir angst zu machen. Der richtige Gott freut sich über Kinder, die schöne Bilder malen. Wenn du ganz still bist, kannst du hören, wie er ›Michel, mal ein Bild‹ zu dir sagt. Heute abend vielleicht, vor dem Einschlafen.«

»Woher weißt du das?« fragte er.

»Weil er es zu mir auch schon mal gesagt hat«, behauptete Sophia. Ein frommer Trick, und ausgerechnet sie. Nicht einmal Gott ist gnädig, hatte sie zu Jakob gesagt, ihr Credo angesichts des Elends in der Welt, und eines Tages würde Michel die Täuschung erkennen.

Voller Zweifel sah er sie an. »Ist das wirklich wahr?«

Sie nickte beschämt, und Michel verließ das Zimmer. Die Buntstifte blieben zurück.

Zwei Tage vergingen. Dann, in der Nacht, sie lag neben Jakob und schlief, wurde ihr Gesicht von einem Lichtschein getroffen. Sie schreckte auf, Michel stand an der Tür.

»Ich habe es gehört«, flüsterte er, die Erlösung, und wie sonst wohl sollte man so ein Kind aus der Grube holen, und vielleicht konnte Michel, wenn seine Beine erst einmal fest geworden waren, besser die Balance halten, auch auf wackelndem Boden.

»Ist es so?« fragte sie Jakob, der, unter dem Dach von Joseph Nümanns Frömmigkeit aufgewachsen, es eigentlich wissen müßte, sich aber nur an seine Versuche erinnerte, diesem Dach zu entfliehen.

Er zuckte mit den Schultern, »es kommt wohl auf den Boden an. Und ob man eine wie dich findet. Du bist eine Zauberin«.

Es liegt an der Insel, dachte Sophia. Alles schien hier so leicht zu sein, ganz ohne Schwere, kaum begreiflich für eine, die es sich schwermachte von Haus aus. Das Licht hatte sie fast geblendet bei der Ankunft, kalte, klare Wintertage mit Wolkenfahnen und Möwenflügeln, der Strand gleißend und glitzernd und weiße Schaumkronen über dem Meer, ein Gefühl von Helligkeit, das auch den Nebel, der sich bald darauf wie ein grauer Schwamm zwischen Himmel und Erde schob, noch illuminierte. Im Frühling hatte Jakob ihr ein Rad geschenkt, mit dem sie nachmittags, bevor der Dampfer neue Gäste brachte, die Umgebung erkundete, die kleinen Orte am Weststrand, die Hünengräber in der Heide bei Weederup, die Ostdörfer mit ihren Höfen und blumenumwachsenen Kapitänshäusern und dem Blick vom grünen Kliff übers Watt. Und dann, oben an der Nordspitze, die weiße Wüste der Wanderdünen, endlos und leer unter dem tiefhängenden Himmel, unschuldig, dachte Sophia und irritierte Jakob mit der Bemerkung, daß die Insel ein Paradies gewesen sein müsse, früher, ohne Hotels und Badegäste.

»Ein Paradies der Armut«, sagte er. »Nur Frauen, Kinder und alte Männer, und die jungen auf See oder unten auf dem Grund. Romantik ist schön, aber jeder will leben. Wir auch. Und es ist doch immer noch ein Paradies.«

Ein Paradies, das war es, was sie sahen, später, beim Rückblick auf die ersten gemeinsamen Jahre, eine schöne Täuschung wie die wolkenlosen Sommer der Kindheit.

Denn schon gleich am Anfang hatte das glatte Bild Risse bekommen, an jenem Tag in Weederup etwa, vor dem breiten gemütlichen Friesenhaus mit Stockrosen in den Fenstern und dem Schild neben der Tür. Eine Gedenktafel, dachte Sophia. Sie wußte noch wenig über das Land und seine Bewohner und stieg jedesmal vom Rad, wenn es etwas Neues zu sehen gab, Neues wie die Tafel an dem Haus und die Inschrift.

Nichtchristen sind hier unerwünscht stand da zu lesen, leicht verblaßt, erst auf den zweiten Blick verständlich: Nichtchristen, Juden, ich also, sie meinen mich, und der Himmel wurde schwarz.

Jakob versuchte, sie zu beruhigen, religiöser Wahn, was hat das mit dir zu tun, du bist evangelisch, und Paulina Neelke, zu Hilfe geholt, konnte bestätigen, daß es ein fanatischer Vorgänger des guten Pastor Nielsen gewesen war, der schon zu Kaisers Zeiten, als immer mehr jüdische Gäste die Insel entdeckten, von seiner Kanzel herunter nach diesen Schildern gerufen hatte, ohne sonderlichen Erfolg, der Grothumer Geschäftssinn sprach dagegen. Dumme Menschen, sagte sie, gebe es überall, hier wie anderswo, aber die meisten Vermieter freuten sich über jeden Gast, egal, wo er bete, Hauptsache, ein volles Haus. Alle Welt kaufe ja auch in Schmuls Laden, weil es dort gut und billig sei und Samuel Schmul ein freundlicher Mensch, und wenn die Feuerwehr oder der Küstenschutz Spenden brauche, klopfe man zuerst bei ihm an.

Hastige Beteuerungen, etwas zu wortreich, denn sie wußte ja, daß nicht nur ein längst verblichener Pastor hinter den Schildern steckte und daß so mancher Vermieter hinterrücks über die Itzigs und ihren verdächtigen Wohlstand herzog und daß auch Jakob Nümanns Frau gelegentlich »die Jüdsche« genannt wurde. Dies alles versuchte sie wegzureden, »keine Sorge, Sophia, jeder hier will dir wohl, warum auch nicht, du gehörst doch zu uns und gehst manchmal sogar in die Kirche«. Ein Hinweis, der Sophia bewog, sich gleich am nächsten Sonntag beim Gottesdienst sehen zu lassen und auch noch der evangelischen Frauenhilfe beizutreten, schwankend zwischen ihrer Unruhe und dem Wunsch, Paulinas vielen Worten zu trauen.

Die ersten Risse, sie schlossen sich wieder, auch jene, die sich aufgetan hatten, wenn einer den anderen nicht mehr verstand, Sophia nicht Jakobs Härte bei der Jagd nach Erfolg, er nicht ihren Mangel an Einsicht. Die Zeiten waren schwierig geblieben, trotz fester Währung und der sogenannten guten Jahre. Man hatte wieder Schulden gemacht auf der Insel, ausgebaut und modernisiert, nun blieben die neuen Betten leer. Das Personal stand auf der Straße, Herrn Riebecks Augusta, hieß es, sollte versteigert werden, und selbst im Bellevue saß das Geld nicht mehr so locker. Die Gäste kamen noch, aber es wurde, meldete der Maître, eher Sekt als Champagner getrunken und nur selten Wein der oberen Preisklassen, ein Signal für mehr Wachsamkeit. Jakob zwang den Lieferanten höhere Rabatte ab, ruinös, erzählte man sich, und auch die Kellner und Küchenhilfen, die Hausdiener, Stubenmädchen, Wasch- und Bügelfrauen mußten Einbußen hinnehmen. Jakobs Prinzip, Service im Überfluß, ließ sich nur halten auf ihre Kosten, verminderter Lohn also, bleib oder geh. Zähneknirschend nahm man es hin. Nur Emil Rabuske rannte lauthals dagegen an, ein ehemaliger Kanonier, aus Sachsen gebürtig und wie so mancher auf der Insel hängengeblieben. Im Bellevue verrichtete er bloße Hilfsarbeiten: die Düne rund ums Haus sauberhalten, Strandkörbe, Koffer, Küchenholz schleppen, bei schlechter Witterung Koks in die Heizung schaufeln und Schlacken entfernen, alles unter Murren. Beim Personal galt er als zänkischer Grobian, und von vornherein war klar, daß sein Aufruf zum Streik ins Leere laufen würde. Man nahm es ihm sogar übel. Der Chef, hieß es, könnte womöglich auf den bloßen Verdacht hin die ganze Mannschaft feuern. Aber gefeuert wurde nur Rabuske, der, als Unruhestifter gebrandmarkt, nirgendwo mehr unterkam und sein Elend fortan Jakob in die Schuhe schob.

Sophia, hierin einig mit Rabuske, hatte den Lohnkürzungen widersprochen, der erste große Streit.

»Angebot und Nachfrage«, sagte er. »Die Leute stehen Schlange nach Arbeit.«

»Du nutzt ihre Notlage aus«, sagte sie.

»Damit wir nicht in Not kommen«, sagte er. »Denke an Riebeck.«

»Wir haben Rücklagen«, sagte sie, das nannte er naiv. »Hier ist vom Geschäft die Rede, falls du weißt, was das ist«, und Sophia, die Warnungen ihrer Kindheit im Ohr, vorsichtig, wir müssen vorsichtig sein, sagte: »Geschäft ist nicht alles.«

Sie saßen im Büro, jeder an seiner Seite des Schreibtischs, der, so schien es, immer breiter wurde.

»Wenn ich unseren Standard senke und jeden Dritten entlasse, was hilft es den Leuten?« fragte Jakob.

»Sie haben keine Wahl«, sagte Sophia. »Die hast nur du. Ich finde das unanständig.«

Jakob stand auf. »So ist das. Erfolg hat man meistens auf

dem Rücken anderer.« Er ging zur Tür und drehte sich noch einmal um. »Du warst immer ganz oben, reich geboren, reich geblieben, solche Menschen leisten sich gern ein bißchen Sentimentalität. Ich war ganz unten, sozusagen der Rücken für euren Erfolg, und wenn ich noch Kellner wäre, würde ich zu den Roten gehen und gegen Leute wie mich kämpfen. Aber jetzt stehe ich auf der anderen Seite.«

Sophia sah an ihm vorbei und schwieg.

»Bin ich ein Parvenü für dich?« fragte er.

Sie zögerte. »Ich weiß nicht …«

Er wartete auf das Ende des Satzes, von dem alles abhing.

»Ich weiß nicht genau, wer du bist«, sagte sie, »aber ich liebe dich.«

Liebe, die Brücke, auf der sie immer wieder zusammenfanden, während die Jahre ineinanderflossen von Saison zu Saison. Eröffnung im Frühling, Ende im Herbst, der gleiche Rhythmus, die gleichen Programme, der gleiche Wechsel zwischen Hektik und Ruhe. Auch der Gang der Geschäfte hielt sich in der Balance, Luxus für wenige, immer noch eine sichere Sache, und kein Wunder angesichts der wachsenden Not, daß man es mit Neid und Mißgunst sah auf diesem engen Stück Land, wo trotz aller Veränderungen noch jeder in jeden Topf blickte. Die Erbschaft, ein Sterntalersegen jenseits des Denkbaren, hatte man Jakob verziehen, den Erfolg nicht.

»Sind wir Blutsauger?« fragte Claire nach dem schweren Sturm im Januar 1927, dem ersten einer ganzen Serie, und ein Jahr, das so anfange, prophezeite der fast hundertjährige Käpt'n Carl in gewohnter Weise, würde böse enden. Das Wasser hatte sich ein Stück vom Grothumer Strand geholt, die Plattform verwüstet und die Straßen dahinter überflutet, eine Schreckensnacht auch im Bellevue, wo ein Stamm aus Mahagoniholz, von Böen durch die Luft geschleudert, die großen Fensterscheiben im Speiseesaal zertrümmerte und das halbe Dach mit Getöse davonflog. Die Mauer vor der Düne hielt wieder stand, aber Claire, zehn Jahre alt inzwischen und sturmerfahren, fürchtete trotzdem, daß sie nun allesamt ertrinken müßten.

»Ich will nicht in das kalte Wasser«, schrie sie jedesmal, wenn die Brandung herandonnerte, bis Michel sich zitternd zu Sophia flüchtete und Trost brauchte, so daß Claire ihre eigene Angst herunterschluckte. Und dann, als die Straßen sich wieder passieren ließen, kam sie mittags weinend aus der Schule. Es lag an ihrer Feindin Lisa, einer Tochter des von Jakob gefeuerten Rabuske, die wie ihr Vater alle Nümanns mit Haß verfolgte, und schade, hatte sie krakeelt, daß das Hotel nicht ins Wasser gefallen sei und samt der ganzen Mischpoke abgesoffen.

»Müschboge«, sagte Claire, denn Lisa Rabuske sprach sächsisch, und ob das ein schlimmes Wort sei, so schlimm wie Sauhund und was sonst noch verboten war, und teilte sodann die Rabuskesche Begründung mit: »Weil wir Blutsauger sind und Leuteschinder und uns mit unserem Geld den Arsch abwischen sollen. Sind wir Blutsauger?«

»Nein«, sagte Jakob, »wir besitzen nur das größte Hotel auf der Insel«, und versuchte, ihr zu erklären, was es mit Rabuske, dem Neid und dem Haß auf sich hatte.

»Wenn man wie die arme Lisa jeden Mittag Steckrüben bekommt, muß man wohl auch neidisch werden«, fügte Sophia hinzu, »und all diese schlimmen Worte«, sagte Hedel, »darf ein Kind überhaupt nie in den Mund nehmen.«

»Darf man das nur, wenn man arm ist?« wollte Claire wissen, wurde dann aber durch Michel, der ihr sein neues Bild zeigte, von dem heiklen Thema abgelenkt.

Blaues Wasser, von Fischen durchzogen, und auf dem grünen Grund zwei starräugige Gestalten. »Das sind wir beide«, sagte er.

»Tot?« fragte Claire. »Machen Tote nicht die Augen zu?«

»Wir nicht«, sagte Michel. »Wir müssen doch die Fische sehen.«

Ein schönes Bild, alle seine Bilder waren schön, zart hingetuscht, auch die Proportionen stimmten, erstaunlich bei so einem Kind, für Jakob aber ein beginnendes Ärgernis. Michel, der nur mit Farben herumspielte, statt Interesse am Hotel zu zeigen.

Jakob warf einen Blick auf die Wasserleichen, »du solltest nicht so scheußliche Sachen malen«.

»Es ist ein Inselbild, wir können es ins Büro hängen«, sagte Claire, wie immer auf Vermittlung bedacht, und begann in den Schubladen nach Reißzwecken zu suchen. Lisa Rabuskes Verfluchungen hatte sie vergessen, schneller als Sophia, die am Abend noch einmal darauf zurückkam. Es sei wohl Not, sagte sie, die solchen Haß erzeuge, und ob man dem Vater nicht wieder Arbeit geben könne. Naiv selbstverständlich, »wenn das einreißt«, erklärte Jakob, »ist im Hotel bald kein Platz mehr für Gäste«.

Vielleicht hatte er recht. Aber der Gedanke blieb haften, und möglich, daß sie deshalb im Pastorat namens des evangelischen Frauenbundes eine Suppenküche einrichtete für die wachsende Zahl jener Arbeitslosen, die, vom Festland zugewandert, bei keinem Clan Unterstützung fanden.

Statt sich mittags aufs Rad zu setzen, füllte sie nun im Gemeindesaal mit wechselnden Hilfskräften die Teller, nicht zu Jakobs Freude, aber auch nicht gegen seinen Willen. Es war ihr Geld, ihre Zeit, und sie hatte ihre Gründe.

Schuldgefühle, Furcht, Rückversicherung? Der alte Pastor Nielsen fragte nicht danach. Er sah, wie die Hungrigen gesättigt wurden, und erklärte Sophia zu einer Art heiligen Elisabeth, was, vom Mißtrauen gegen alles Katholische in dieser Gegend einmal abgesehen, keineswegs nur Zustimmung fand. Gemeinderat Freeders, ein Landwirt, der, nachdem man ihm die Kühe gepfändet hatte, vom Bürgerblock zu den Kommunisten übergelaufen war, nannte es kapitalistisches Getue, und Paulina Neelke, das Ohr am Gerede der Leute, machte sich auf den Weg, um Jakob zu warnen. Sie wußte, daß Sophia ihn gedrängt hatte, ihr Haus in der Kirchenstraße zu kaufen, gegen eine Leibrente, von der es sich leben ließ. Aber nicht nur deshalb war ihre Sympathie so groß, und wer, wenn nicht sie, sollte Jakob beibringen, Sophias Mildtätigkeit in Grenzen zu halten. Zuviel nämlich, sagte sie, könne auch Neid erregen, und Schlachter Larsen habe neulich lauthals geäußert, eine, die wie Sophia Nümann die Leute aussauge, könne sich leicht mit ihrer Suppenküche großtun.

»Sophia?« fragte Jakob. »Wie kommt er darauf?«

Paulina Neelke blickte zu Boden, eine ganze Weile. Larsen gehöre zu den Hitlerleuten, sagte sie schließlich, und die setzten ja so allerlei in die Welt.

Jakob wußte, was sie meinte, brachte es aber nicht fertig, Paulinas Botschaft weiterzugeben. Aber sie fand auch ohne ihn den Weg zu Sophia.

Es war an ihrem dreißigsten Geburtstag, Juni 1927, die Fenster im Schlafzimmer standen offen, man hörte, wie die Brandung an den Strand rollte und wieder zurück, »die Sprache des Meeres«, sagte Sophia. Sie liebte diesen Raum mit dem Blick übers Wasser und dem nächtlichen Grollen, Seufzen, Flüstern. Manchmal kam es in ihren Traum, eine große Welle, warm und tröstlich, und wenn sie auf dem Balkon stand, schien gleich hinter dem Horizont, dort, wo abends die Sonne unterging, England zu liegen, in Sprungweite sozusagen.

Weiße Möbel, blaue Wände und Vorhänge, schön, fand Jakob, hier aufzuwachen, und immer wieder schön, Sophia anzusehen, ihr ruhiges Schlafgesicht, das wirre Haar mit der breiten grauen Strähne, und wie sie die Augen öffnete, erstaunt, als sei sie an ein fremdes Ufer gekommen.

Er legte ihr die Kette aus Korallen und Perlen um den Hals, alter Schmuck, so etwas liebte sie, und dann die Frage, die sich an jedem Geburtstag wiederholen mußte, längst ein Ritual und trotzdem von Gewicht: »Bist du glücklich?«

Auch ihre Antwort gehörte dazu, ja, glücklich, die Umarmung, die Liebe an diesem Morgen. Doch heute wartete er umsonst darauf, und es ärgerte ihn, daß sie die Unstimmigkeiten der vergangenen Woche auch in diesen Tag hineintrug.

Sophias Tag, der, so das Ritual, ihnen beiden gehörte, dem Paar, das zum Meer ging und von Grothum nach Süderup wanderte, an den Burgen, Strandkörben, Sonnensegeln vorbei, und dann nur noch Wasser und Sand, Möwen und Wind, und zurück über die Wiesen und am Watt entlang, das silbrig flimmerte unter den Vogelschwärmen, bei

Ebbe jedenfalls und wenn die Sonne schien. Doch diesmal fiel Sophias Tag dem Damm zum Opfer.

Der Eisenbahndamm zwischen Insel und Festland, seit Jahrzehnten durch die Köpfe geisternd, so oft begonnen, wieder aufgegeben und schließlich doch noch ins Meer gerammt, und nun sollte er eingeweiht werden, ausgerechnet heute. Es war ein großer Tag für die Insel, die Spitzen der Republik wurden erwartet und Ehrengäste aus aller Welt. Einige wohnten im Bellevue, sie mußten begrüßt werden, mit einem Frühstück bewirtet, unmöglich, an einem solchen Tag das Haus zu verlassen. Auch bei den Feierlichkeiten, hatte Jakob erklärt, dürfe man nicht fehlen, trotz Sophias Einwand, daß man früh aufbrechen und rechtzeitig wieder zurück sein könne, und, was die Begrüßung anbelange, der junge Weber sich doch ganz ausgezeichnet mache an der Rezeption.

Den jungen Weber, Empfangschef seit Saisonbeginn, hatte Jakob in einem neuen Hotel am Jungfernstieg entdeckt. Er war aus Neugier dort hingegangen, hatte in der Halle einen Tee getrunken und den jungen Mann am Empfang beobachtet, groß, blond, im gutgeschnittenen Anzug. Es gefiel ihm auf Anhieb, wie er mit den Gästen umging, liebenswürdig und souverän, offensichtlich kompetent. Genau wie ich früher, dachte Jakob, man hat es oder hat es nicht, und war so erpicht darauf, ihn ins Bellevue zu holen, daß er fast die Opernkarten für den nächsten Abend vergaß.

Überraschend, wie schnell man sich einig wurde, ein Saisonbetrieb immerhin, und nur Maître und Küchenchef wurden ganzjährig bezahlt. Aber Herr Weber, Meer und Bergen gleichermaßen zugetan, hatte, wie er versicherte, ohnehin vor, einige Zeit zwischen beidem zu pendeln und für den nächsten Winter bereits Angebote aus Tirol. Nach einer kurzen Bedenkzeit kam die briefliche Zusage mit Zeugnissen seiner bisherigen Arbeitgeber, renommierte Häuser allesamt, eines davon in Kiel.

Jakob kannte den Chef, die Auskunft klang vorzüglich, genauso vorzüglich, wie der junge Weber nun seinen Dienst versah, beliebt bei Gästen und Personal und ganz besonders bei Claire, die ihn geradezu vergötterte, weil seine kantige Blondheit an Jung-Siegfried erinnerte, ihr Idol aus dem illustrierten Prachtband »Deutsche Helden-sagen«, den sie zum elften Geburtstag bekommen hatte. Keine Frage, daß sie ihm gleich damit um den Hals gefallen war, »wie Siegfried, bestimmt sind Sie genauso mutig«, und er hatte »hoffentlich« gesagt, »ich muß es sein, wenn man es von mir verlangt«, eine ernsthafte Antwort, auch das gefiel ihr. Von da an saß sie während der ruhigen Nach-mittagsstunden häufig in der Rezeption, erzählte, was sie erlebt hatte und erleben wollte, was sie freute und be-drückte und daß sie als Missionarin in den Urwald gehen würde, nicht unbedingt wegen Jesus, sondern um den Ne-gern Lesen und Schreiben beizubringen. Ein Geheimnis, nur er dürfe es wissen, worauf sie im Gegenzug zu hören bekam, weshalb ihr Held sich Nibelungenmut wünschte, nämlich um Deutschland zu retten. Retten, ein Wort im Strahlenkranz. Für Claire hatte es seit jeher etwas mit der See zu tun, Rettung aus Seenot. Sie stellte sich ein Schiff vor, mit flatternder Fahne schwarzweißrot, und vorn am Bug sie und er.

»Aus den Klauen der Verräter«, sagte Weber, aber auch das müsse ein Geheimnis bleiben.

»Ich schwöre es«, Claires feierliches Gelöbnis, niemand erfuhr, um welche seltsamen Sonnen die Gespräche kreisten. Kinderkram, befand Jakob, der im Vorbeigehen etwas von dem Urwaldprojekt gehört und mit Weber darüber gelächelt hatte, und warum sollte sie sich nicht mit ihm unterhalten. Paulina Neelke indessen kniff die Lippen zusammen, wenn sie an der Rezeption vorüber ins Büro rauschte. »Mich braucht man nicht zu melden, junger Mann«, hatte sie ihn beim ersten Mal angeherrscht, was Herrn Weber nicht davon abhielt, ihr immer wieder den Weg zu verstellen, eine private Fehde, aus der Jakob sich amüsiert heraushielt. »Das«, sagte er, als Paulina von ihm forderte, den Schnösel auf ihre Rechte hinzuweisen, »schaffst du allein.«

Der tüchtige junge Weber also, meinte Sophia, könne die Festgäste in Empfang nehmen und Jakob auch nach dem Geburtstagsausflug noch seine Verbeugung machen, allenfalls ein bißchen tiefer.

Ihr Spott ärgerte ihn, »du weißt doch, wie wichtig diese Leute für uns sind«.

»Wichtiger als ich?« fragte sie. »Als wir beide?«

Es erinnerte ihn an Maleens Quengeleien, was wiederum Sophia kränkte, nein, sie sei nicht Maleen und das Hotel ihr genauso wichtig wie ihm. Aber es gebe Prioritäten, und wenn man erst einmal anfange, sie beiseite zu schieben …

An dieser Stelle hatte sie gestockt und das Thema vorläufig ruhen lassen. Nicht mehr von Belang, so schien es, bis gestern, als beim Mittagessen der Geburtstag zur Sprache gekommen war und die abendliche Feier im Familienkreis. Justus stand ins Haus mit einigen Freunden aus Hamburg, Paulina Neelke selbstverständlich, auch Mette

164

Petersen, etablierte Großmutter inzwischen, und Claire verkündete, daß sie und Michel diesmal erst mit den Erwachsenen zu Bett gehen würden, von ihr aus morgens um drei.

»Ach Kindchen, was du dir so denkst«, Hedels gewohnte Reaktion, nicht mehr als ein Räuspern, und Sophia sagte, daß sie bestimmt nicht so lange durchhalten würde nach der langen Wanderung, das Stichwort zu einem Disput, dessen Schärfe Jakob immer noch nicht verstand. Aber das war gestern und sollte heute vergessen sein.

Er beugte sich über ihr abweisendes Gesicht, »dein Geburtstag, sei wieder friedlich«, und ließ, um wenigstens diesem Teil des Rituals Genüge zu tun, seine Hand von der Korallenkette über ihren Rücken wandern.

Sophia richtete sich auf. Sie nahm das Buch von ihrem Nachttisch und griff zwischen die Seiten.

»Das«, sagte sie, »ist gestern mit der Post gekommen.«

Ein weißer Briefbogen, große, schwarze Buchstaben: *Wir brauchen keine Juden auf unserer Insel. Geh nach Palästina.*

Der erste Brief vor dem zweiten, dem dritten, den vielen, die noch kommen werden. Der erste Schub, und eines Tages wird sie gehen.

Noch nicht jetzt, noch nicht bald, noch liegt nichts davon in der Luft. Aber ihre Verstörung sprang auf Jakob über, und die Worte, mit denen er die Panik in ihren Augen vertreiben wollte, galten auch ihm selbst, die Beschwichtigungen und Versicherungen, daß man nicht im Mittelalter lebe und nicht in einem polnischen Dorf und niemand sie vertreiben könne, schon gar nicht, solange er da sei, und weine nicht, Sophia, fürchte dich nicht, das sind nur diese

Nazis, kleine Kläffer, laß sie reden und Briefe schreiben, was kann es uns anhaben, ich liebe dich, ich pfeife auf den Damm und gehe mit dir ans Meer, und mitten im Schmerz und im Trost der Sturz in die Besinnungslosigkeit der Lust, gut, daß die Kinder schon aus dem Haus gegangen waren und nicht hörten, wie sie die Welt um sich herum vergaßen.

Nur Hedel, auf dem Weg von der Küche zur Abstellkammer, vernahm den Zweiklang, die dunklen und die hellen Töne. Sie wußte nicht viel von der Liebe. Ein paar Nächte mit ihrem David Vinzelberg vor dem Krieg, ein paar noch nach seiner Rückkehr, solange die Krankheit es zuließ, kümmerlich alles in allem, aber genug, um zu erkennen, was sich dort drinnen ereignete. Daß sie stehenblieb, geschah weder mit noch ohne ihren Willen. Sie lehnte am Türstock, wurde von der Woge mitgetragen und verkroch sich nach Sophias letztem Aufschrei hinten in der Kammer, um ihre Sehnsucht nach etwas anderem als Claires magerem Kinderkörper hinauszuweinen, voller Verwunderung über sich selbst, eigentlich, dachte sie, habe ich es doch gut.

Hedel, fünfundvierzig, nicht mehr ganz so füllig wie in der Behrenstraße, adrett gekleidet und frisiert, der Familie wegen, Jakobs Schwester, Sophias Schwägerin, Tante von Claire und Michel, und plötzlich reichte es nicht mehr. Aus der Schachtel mit ihren kargen Reliquien nahm sie die Fotografie, die Dr. Vinzelberg ins Feld begleitet hatte: das blonde Mädchen mit der schmalen Taille, dem Spitzenkragen, geringelte Fransen über der Stirn. Sie stand vor dem Spiegel, das Bild in der Hand, und versuchte, sich wiederzufinden, vergeblich. Und so kühlte sie ihr Gesicht und deckte den Geburtstagstisch, wie die Gewohnheit es verlangte, Blumen, dreißig Kerzen, ein weißüberpuderter englischer Kuchen mit kandierten Früchten und Sophias Namenszug aus rosa Zuckerglasur. Kuchenbacken, Hedels einzige Leidenschaft, spottete Jakob in gutmütiger Gedankenlosigkeit. Die Spuren ihres Aufruhrs waren schon verwischt.

»Geht ihr nun doch nach Süderup?« fragte sie beim Frühstück.

Sophia schüttelte den Kopf, nein, diesmal nicht.

»Wirklich?« fragte Jakob.

»Wirklich«, sagte sie, »du würdest es tun, das reicht«, und brachte die Einweihung hinter sich, den Empfang der Gäste, Pastor Nielsens Predigt, die Reden und Glückwunschadressen hoher und höchster Stellen, ein feierlicher Akt, der allerdings etwas aus der Fasson geriet. Käpt'n Carl nämlich, hundertjährig mittlerweile und jenseits aller Konventionen, hatte, als ein Vertreter des Freistaates Bayern vom Triumph menschlicher Kraft über die Gewalt des Meeres schwadronierte, seinen Protest in die Luft gekräht. Der Kerl solle aufhören mit dem Gedöns, in dem Triumph würde man eines Tages noch ersaufen. Er ließ sich, vom Beifall der Dammgegner befeuert, immer fröhlichere Zwischenrufe einfallen, so daß die Veranstaltung vorzeitig ins Volksfesthafte abzudriften drohte. Doch da die letzten Redner auf der Liste zum Glück nicht erschienen waren, konnte der heitere Teil ohnehin etwas früher beginnen, das buntkostümierte Treiben mit Geistern, Walfängern, Seeräubern und was die Überlieferung sonst noch zu bieten hatte. Auch Michel und Claire waren dabei, als Zwerg und grüngewandete Nixe im Gefolge des

Meeresgottes Eke Nekepen und seiner eifersüchtigen Gemahlin Ran.

Sophia stand zwischen Jakob und Hedel, klatschte Beifall, winkte, grüßte, plauderte, Frau Nümann im weißen Seidenkostüm, liebenswürdig und auf gewohnte Weise distanziert. Niemand merkte, was sie an diesem Tag verloren hatte.

Die Insel war für sie schon fast eine Heimat, Grothum vor allem, das sich während des Sommers spreizte und blähte, im Herbst aber wieder überschaubar wurde mit seiner putzigen Mischung aus alten Friesenhäusern und türmchenbestückten Villen der Kaiserzeit. Sie kannte die Straßen und Gesichter, kannte die Dünen und die Heide rundherum, das Meer, die Farben der Sonnenuntergänge, den Geschmack von Ost- und Westwind. Eine warme schützende Hülle, nun war sie zerplatzt und abgefallen.

Auf dem Heimweg, Jakob widmete sich noch irgendwelchen Herren von Gewicht, und Hedel war schon früher aufgebrochen, ging plötzlich Michel neber ihr her, ein ernster Zwerg mit weißem Wattebart.

»Ich dachte, ihr feiert noch eine Weile«, sagte sie.

Er griff nach ihrer Hand. »Bist du traurig?«

Wie kommst du darauf, wollte sie fragen, wußte aber, daß er nicht zu täuschen war, und nickte, ja, sie habe einen schlimmen Brief bekommen.

Michel, ihr Sohn anstelle eigener Kinder, und gut vielleicht, daß sie ausblieben und man ihnen das Leben ersparte. Auch um Michel wurde sie die Angst nicht los, so klein, wie er noch war trotz seiner zehn Jahre und ohne jede Spur von jungenhafter Robustheit, eine Zielscheibe eigentlich für grausame Spiele. Aber nichts, versicherte der Lehrer, sei davon zu bemerken, im Gegenteil, seine Mitschüler rissen sich geradezu darum, ihm Gefälligkeiten zu erweisen, merkwürdig, äußerst merkwürdig. Ein kleiner Prinz, dachte Sophia, das war es wohl.

»Wer hat den Brief geschrieben?« fragte er.

»Ich weiß es nicht«, sagte sie. »Es steht kein Name darunter.«

Er forschte weiter in ihrem Gesicht. »Du bleibst doch bei uns?«

»Aber wie kommst du denn darauf?« rief sie jetzt doch noch. »Bei uns, das sind wir doch alle, ich auch. Natürlich bleibe ich da, was denn sonst.«

»Versprichst du es mir?« fragte Michel und malte, sobald er wieder bei seinen Farben war, den Strand und das Meer und weit hinten auf dem blauen Wasser die Rückenansicht einer Gestalt im langen wehenden Gewand.

Ob das Jesus sei, wollte Claire wissen.

Michel schüttelte den Kopf, »eine Frau«, wußte aber selbst nicht, warum er sie übers Wasser wandeln ließ. Erst viel später, bei seinem Abschied vom Meer, hörte er über die Zeit hinweg Sophias Stimme, »dort hinten im Westen liegt England, ein großer Sprung, und man wäre da«.

»Wieder so ein trauriges Bild«, sagte Hedel bekümmert, als er es auf Sophias Geburtstagstisch legen wollte, im Wohnzimmer, wo sie mit Mette Petersen Kaffee trank, und gab ihm ein Stück Kuchen mit auf den Weg, den er, um sie nicht zu kränken, später im Mülleimer verschwinden ließ. Er mochte nichts Süßes, so unvorstellbar für Hedel, daß sie trotzdem immer wieder versuchte, ihn damit aufzuheitern.

Mette Petersen hatte die Beine hochgelegt, ihrer

Krampfadern wegen, die längeres Stehen zur Tortur machten, der Grund, weshalb Hedel mit ihr vorzeitig ins Bellevue gegangen war. Sie hatten sich angefreundet im Laufe der Jahre, die Tante, die Großmutter, und verbrachten, seitdem die Kinder eigene Wege gingen, manche gemeinsame Stunde beim Kurkonzert oder mit ihren jeweiligen Geschichten, in denen der französische Musikmensch sich immer wieder davonmachte, Dr. Vinzelberg immer wieder litt und starb. Es glich sich aus im großen und ganzen, und wenn Mette Petersen eine Reihe durchaus vergnüglicher Hamburger Jahre zu bieten hatte und dazu noch Maleen, von der auch wieder Briefe kamen, so war es bei Hedel die Heirat und der gute eheliche Name, dessen Wert nur jemand ermessen konnte, der ihn nicht besaß. Das jedenfalls behauptete Mette Petersen, die ganz entgegen ihrer sonstigen Stacheligkeit das Bedürfnis spürte, dieser Freundin einen Bonus zu schenken. Hedel überließ ihr dafür das weite Feld der Krankheiten, mit viel Geduld, denn nicht nur die Krampfadern machten Mette Petersen zu schaffen, »und kaum zu glauben«, sagte sie, über die schmerzenden Waden streichend, »dieser Käpt'n Carl, hundert, und noch so gut zu Wege, und ich mit meinen sechzig muß wohl bald meinen Laden verkaufen«.

»Ach«, sagte Hedel, »wirklich?«, etwas atemlos, denn sie hörte zum ersten Mal davon, ausgerechnet an diesem Tag, der sie hellhörig gemacht hatte. Verkaufsfräulein in einem Laden, ihr verschütteter Traum, eingetauscht gegen das Phantom eines Konfirmationskleides, jetzt, nach Jahrzehnten schoß er plötzlich wieder ans Licht, sie sah sich in der Strandbadstraße stehen, zwischen Souvenirs, Bademützen, Eimern, Schaufeln, Thermosflaschen, kein schöner Laden, aber das konnte man ändern. »Der Laden«, sagte sie, »der wäre was für mich.«

»Ach!« sagte Mette Petersen nun ihrerseits, »das kostet Geld«, denn bei aller Liebe, verschenken konnte sie nichts. Aber Hedel hatte Geld, die Dollars von Jakob, nur ein Bruchteil davon verbraucht und der Rest angelegt, gute Papiere, die sich verkaufen ließen. Dies jedoch behielt sie vorerst für sich. Es würde ohnehin nichts daraus werden. Andererseits, schon einmal hatte sie alle Vorbehalte übersprungen.

Sophias Geburtstag, seltsam, wenn man bedenkt, was alles in diesen Stunden geschah oder zu geschehen begann, in und außerhalb der Familie Nümann. Obwohl, was hieß hier außerhalb, selbst die Eröffnung des Dammes setzte Signale, die jeden auf der Insel betrafen, für kaum Denkbares allerdings, so undenkbar wie ein Flug zu den Sternen. Die Strömung werde sich durch den Damm verändern, sagten die einen, die Sturmfluten höher auflaufen, Katastrophen wie nie zuvor die Insel heimsuchen, während andere nur die schnelle Verbindung zum Festland sahen, neue Gäste, neuer Wohlstand. Man glaubte dies und behauptete das, doch was immer es war, Gutes, Schlechtes, Spinöses: Vierzehnstöckige Hochhäuser am Strand von Grothum kamen nicht vor in den Spekulationen, auch keine Autozüge und verstopfte Straßen. Allenfalls Käpt'n Carl mit seinen wasserhellen Augen hatte sich den künftigen Realitäten genähert, damals vor Schlachter Larsens Laden, als er für Grothum so viele Schornsteine prophezeite wie in Berlin.

Beim Geburtstagsessen gab Jakob diese Szene zum besten, lachend, alle lachten darüber, wer ahnt schon, wie nahe ein Jux von heute der Wirklichkeit von morgen sein kann. Überhaupt ein vergnügtes Fest, bis weit nach Mitternacht, nur die Kinder schliefen schon vorher ein, Claire zuerst, müde von der Aufregung, in das ihr Geburtstagsgeschenk, ein Lied, sie versetzt hatte: »Geh aus, mein Herz und suche Freud«, fünfzehn Strophen, etwas lang eigentlich für alle Beteiligten. Aber Claire lernte ohne jede Mühe, und die Zuhörer hätten auch noch mehr hingenommen. Es sah so drollig aus, wie sie, an ein Tischchen gelehnt, in feierlichem Wechsel mal die rechte, dann die linke Hand hob und senkte und dazu den Mund weit aufriß, ganz nach Art jener Sängerin, zu deren Liederabend im Ballsaal sie sich eingeschlichen hatte, und eine hübsche Stimme hatte sie auch, sehr hübsch sogar. Glockenrein, nannte es Mette Petersen mit Tränen in den Augen, unterdrückte aber die Bemerkung, daß diese Gabe von der Mutter stamme, ihrer unglückseligen Maleen, die, nachdem der Sektenmensch sie verlassen hatte, zusehen mußte, wie sie durchkam im fernen Köln. »Glockenrein«, sagte Mette Petersen also, und man stimmte ihr zu.

Auch Sophia schien den Abend zu genießen, das Verdienst ihres Bruders, der auf dem so wunderbar verkürzten Reiseweg eingetroffen war und der kichernden Paulina gerade zeigte, wie man einen Handkuß anbringt, »nur nicht zieren, Verehrteste, so was mußt du erlebt haben als erfahrene Frau«, dies im breitesten Hamburger Platt, was ihr ganz besonders gut an dem smarten Justus behagte.

»Warum regst du dich auf«, hatte er, den Brief in der Hand, zu Sophia gesagt, »wir wissen doch Bescheid, ganz egal, ob du es schwarz auf weiß hast oder nicht, und es wird noch schwärzer kommen. Aber keine Sorge, in den

Brunnen lassen wir uns nicht schmeißen, wir nicht.« Sie hatte keine Ahnung, wie er es verhindern wollte gegebenenfalls, und fühlte sich dennoch getröstet, mehr zumindest als am Morgen. Es war wohl der Ton, der sie verband, die gleiche Sprache, die gleiche Furcht. »Aber dich liebe ich«, sagte sie zu Jakob ganz unvermittelt, und er fragte erstaunt, was das Aber zu bedeuten habe.

Im übrigen aß man vorzüglich, Weinsuppe, Salm-Mayonnaise, Holsteiner Brathuhn, alles vom Hotel, und nur die Rote Grütze Paulina Neelkes Werk. »Rote Grütze«, sagte sie, »muß hausgemacht sein und nicht von irgendeinem windigen Küchenchef.«

Käpt'n Carls Wanderungen durch die Kaiserstraße endeten bald nach der Einweihung, aus heiterem Himmel, man hatte ihn schon für unsterblich gehalten. Nicht weit von Schlachter Larsens Laden fiel er aus seinem schier endlosen Leben direkt in die Legende hinein, einer, der nicht nur Stürme riechen konnte. Bereits beim Beerdigungskaffee mit Zuckerkuchen und Bürgermeisterkringeln begannen die Geschichten sein Grab zu überwuchern, und auch noch zwei Jahre später, im Herbst 1929, schienen die Ereignisse ihm recht zu geben. Wieder war im Januar ein schwerer Sturm über die Insel gegangen, und so, wie das Jahr angefangen hatte, endete es auch, böse.

Es war im Oktober, daß die New Yorker Börse zusammenbrach, ein Beben, dessen Folgen sich zunächst nur interessant lesen ließen: Banken- und Firmenbankrotte, verfallende Aktienkurse, Millionäre, die zu Bettlern wurden, Zeitungslektüre, mehr nicht. Alles weit weg, dachte man am anderen Ende der Welt. »Aber weit weg gibt es nicht mehr, und wenn Amerika die Auslandskredite kündigt, sind wir genauso dran«, konnte Justus Adler seinem Schwager Jakob gerade noch klarmachen, da war die Katastrophe schon da. Konkurse allenthalben, Entlassungen, Not, die Übel der letzten Jahre, jetzt aber wie ein Flächenbrand, der sich anschickte, die ohnehin marode Republik in Trümmer zu legen, und als die Grothumer Bankfiliale eines Morgens ihre Schalter nicht mehr öffnete, begriff man auch auf der Insel, was das Wort Weltwirtschaftskrise bedeutete.

Paulina Neelke, in ihrer Sorge um Geld und Sicherheit, fing wieder an, von der starken Hand zu reden, »wir brauchen eine starke Hand, sonst schlagen sich die Leute mit den letzten Broten gegenseitig die Köpfe ein«, und funkelte vor Zorn, als Jakob Vernunft dagegensetzen wollte. Vernunft, leeres Gewäsch, das könne er denen da oben erzählen und nicht einer alten Frau, der sie nun schon zum zweiten Mal an die letzten Groschen wollten, und ihm selbst sei ja wohl auch das Hemd näher als der Rock.

»Oder etwa nicht?« fragte sie, die Augen streng wie eh und je, nur ohne den früheren Glanz, so wie sie überhaupt manches an Kraft und Stattlichkeit eingebüßt hatte mit den Jahren, vierundsiebzig inzwischen, und das, sagte sie, sei kein Pappenstiel und ihre Beerdigung würde sie gern noch selbst bezahlen.

Jakob wich ihrem Blick aus. Denn selbstverständlich war er den Ratschlägen des gewitzten Justus gefolgt und hatte, um die Reste seines Vermögens vor eventuellen Bankpleiten zu bewahren, noch rechtzeitig alle Wertpapiere abgestoßen, die Konten gekündigt und das Geld in seinem Hotelsafe deponiert, zur Verzweiflung des Hamburger Direktors, der um Einsicht flehte. »Seien Sie doch vernünftig, wenn das jeder so macht, kommt es bestimmt zum Eklat«, eine Prognose, die sich bald darauf bestätigte, und Jakob hätte es wohl kaum verhindern können in dem Meer von Unvernunft. Aber vielleicht lag es doch an ihm und seinesgleichen, daß die starke Hand schließlich machen konnte, was sie wollte. Nicht mehr lange, und er wird es spüren.

Zunächst jedoch kam er mit heilem Geld davon, und fraglich, ob er die nächsten Jahre sonst überstanden hätte, schwierige Jahre auch für das Bellevue und seine Klientel, mit der Schonzeit war es vorbei.

»Heute reich, morgen bleich«, faßte Dr. Hederhoff die Lage zusammen, als er, diesmal nicht allein erstaunlicherweise, im Juni eintraf, um, so seine Worte, die letzten Penunzen auf den Kopf zu hauen.

Seltsam, diese Ausdrucksweise, seltsamer noch die Exaltiertheit, mit der er lachend und gestikulierend durchs Restaurant hüpfte, weit entfernt von der Wehmut des einsamen Essers im Berliner blauen Salon. Seit Jahren war er als Stammgast auf die Insel gekommen, immer im Juni und September, eingehüllt in Melancholie und dankbar, wenn er abends in der Bar seine Gedanken vor Jakob ausbreiten konnte, meistens zum Thema Wünsche und Wirklichkeit und wie die Last der Tradition das Leben erstickte. Beinahe eine Freundschaft, die sie inzwischen verband, und um so peinlicher, daß er es plötzlich darauf anzulegen schien, sich vor aller Augen lächerlich zu machen.

»Wie ein Zinshahn«, meinte der Maître bestürzt und reservierte den letzten Tisch in der Fensterreihe für ihn und seinen Begleiter, einen sehr jungen Mann, den er bei der

Ankunft ohne jede Verlegenheit als Rafael präsentiert hatte, »Rafael, lieber Nümann, und ist er nicht hübsch?«

Was für eine Frage. Obwohl, hübsch war er wirklich,
schmalhüftig und grazil, mit sanft gewellten Haaren und
der Transparenz eines nazarenischen Jünglings, daher auch
der etwas bizarre Name, wie Dr. Hederhoff am nächsten
Morgen verlauten ließ, als es ihm gelang, Jakob in der Halle abzufangen. Denn diesen Jungen, sagte er, der eigentlich
in einen goldenen Rahmen gehöre, könne man doch nicht
Hermann nennen.

»Rafael.« Er ließ die Silben auf der Zunge zergehen.
»Perfekt, nicht wahr?«

»Gewiß«, murmelte Jakob, schon mit einem Bein im
Büro, was Dr. Hederhoff zu amüsieren schien. »Weglau-
fen, Nümann, nützt nichts. Ich bin glücklich, verstehen Sie
das? Nein, natürlich verstehen Sie es nicht, aber wissen
sollen Sie es trotzdem«, und er teilte ihm sodann den Kon-
kurs seiner Fabriken mit, ebenfalls voller Heiterkeit, die
Bank, strahlte er, habe ihm sämtliche Kredite gekündigt,
das sei ja so üblich zur Zeit, und nun sei er die Last endlich
los und könne mit Rafael die letzten Penunzen auf den
Kopf hauen.

Es klang geradezu ausgelassen, und Jakob, erschrocken
über die Hektik in den Augen, die fahrigen Gesten und
wie die Zunge fortwährend aus dem Mund und über die
Lippen zuckte, hätte ihn fast ins Büro geholt, »kommen
Sie, wir trinken ein Glas, und Sie erzählen mir, was los ist«.
Aber er fragte nur, ob man vielleicht im kleinen Salon für
ihn decken solle, mit der leisen Bitte um Diskretion, was
zu neuerlichem Gelächter führte.

»Ins Séparée, Sie wollen mich ins Séparée sperren?

Nein, mein Lieber, damit ist es vorbei, keine Tarnkappe mehr.« Er hatte plötzlich Tränen in den Augen. »Tarnkappe, wissen Sie überhaupt, wie das ist? Die Hölle, mein Lieber, die Hölle.«

Er wird verrückt, dachte Jakob und sah mit Entsetzen, wie Dr. Hederhoff die Arme ausbreitete. »Jetzt bin ich trunken, aber nicht vom Wein«, rief er in die zum Glück noch leere Halle und schritt davon, leichtfüßig wie nie zuvor.

»Der Mann ist total plemplem«, sagte der junge Weber hinter seinem Rezeptionspult.

»Halten Sie gefälligst die Klappe«, fuhr Jakob ihn an und ging ins Büro zu Sophia, die ihn leidlich beruhigen konnte. Es stimmte ja, Dr. Hederhoff war schon immer auf dünnem Seil gegangen, kein Wunder, daß er unter den momentanen Erschütterungen ins Taumeln geriet, und ohnehin würde er bald wieder nach Hause fahren.

Der Taumel dauerte vier Tage, qualvoll für den Maître, und ein Segen geradezu die Leere im Restaurant. So konnte er für Freiraum um den Tisch herum sorgen, und niemand erfuhr, was Dr. Hederhoff seinem meist stummen Freund beim Champagner mitzuteilen hatte. Dennoch, man schüttelte die Köpfe und rümpfte die Nase, dazu Bemerkungen eindeutiger Art, und trotz der kostspieligen Menüs hätte der Maître, wäre es nach ihm gegangen, das Paar schnellstens entfernt. Aber Jakob plädierte für Schonung, und dann, am vierten Tag, kam ohnehin das Ende.

Gleich nach dem Mittagessen wurde Rafaels überraschende Abreise angekündigt. Eine familiäre Angelegenheit, erklärte Dr. Hederhoff. Er ließ ihn in aller Eile zum nächsten Zug bringen und saß am Abend so einsam wie früher im Restaurant, eingehüllt in Melancholie. Das Essen berührte er kaum, orderte jedoch eine zweite Flasche Burgunder und schickte den Kellner zu Jakob, um ihn an seinen Tisch zu bitten.

»Mein Abschied«, sagte er. »Würden Sie die letzte Flasche mit mir teilen?«

Ein unmögliches Ansinnen nach dem Skandal. Jakob suchte nach Ausreden, aber es war so viel Verlassenheit in dem Gesicht, daß er blieb.

Dr. Hederhoff ließ die Gläser füllen. »Ich weiß, es ist Ihnen peinlich vor dem ehrenwerten Publikum. Danke, daß Sie sich trotzdem zu mir setzen. Sie sind ein Freund.«

»Wenn ich das bin«, sagte Jakob, »dann tun Sie bitte so etwas nie wieder.«

»Bestimmt nicht.« Dr. Hederhoff, ein verqueres Lächeln um den Mund, trank ihm zu. »Leben Sie glücklich.« Danach schwieg er. Auch Jakob schwieg und fragte sich, warum er hier saß.

In der Nacht fuhr er aus dem Schlaf. Kurz nach zwei, doch es wurde schon hell, die Junitage endeten spät und begannen früh hier oben im Norden. Er dämmerte vor sich hin, wechselnde Bilder im Kopf, da kam Dr. Hederhoffs Gesicht auf ihn zu, das verquere Lächeln, »bestimmt nicht«, hörte er ihn, »die letzte Flasche«, »leben Sie glücklich.« Und dann noch: »Mein Abschied.«

Sophia bewegte sich im Schlaf. Jakob stand auf, leise, um sie nicht zu wecken, griff nach dem Generalschlüssel und ging in den ersten Stock.

Ein makelloses Zimmer, jedes Stück an seinem Platz, die Hose glattgestrichen über der Stuhllehne, die Unterwäsche säuberlich zusammengelegt, vier Paar Schuhe in Reih und Glied. Dr. Hederhoff schien zu schlafen, die Hände auf der Brust, als habe er sie noch falten wollen. Aus dem Mund kam ein stoßweises, kurzes Röcheln, aber das Gesicht war friedlich. Jakob rüttelte an der Schulter, rief ihn beim Namen, dann fiel sein Blick auf den Briefbogen neben der Bettlampe, *Bitte laßt mich sterben*, jedes Wort dreimal unterstrichen. Davor das leere Tablettenröhrchen, das Glas mit dem weißen Bodensatz, und wie in einem Film sah er ihn das Zimmer betreten, sich auskleiden, seine Sachen glätten und ordnen. Fünf Schritte zum Bad, die Tabletten klicken ins Glas, das Wasser färbt sich milchig. Er blickt in den Spiegel, er trinkt, und nun noch die Botschaft: Laßt mich sterben.

Warum diese Ordnung? Ruhe nach dem Chaos? Der Versuch, Zeit zu gewinnen? Angst vor dem Absprung?

Aber dann ist er gesprungen, dachte Jakob, drehte sich um und ging, und gut, daß Sophia da war, ihre Wärme, ihr Atem an seiner Schulter und daß er sie fragen konnte.

»Ist es richtig, was ich tue?«

»Ich weiß es nicht«, sagte sie. »Ich muß ihn sehen«, und noch einmal der Weg über Treppen und Flure, der Schlüssel in der Tür, das schrecklich aufgeräumte Zimmer. Dr. Hederhoff war tot.

Gegen Mittag schlug das Stubenmädchen Alarm. Man rief die Polizei, alles nahm seinen Lauf, und da sich kein Geld bei ihm fand und niemand den Toten holen und beerdigen wollte, bekam er ein Grab in Grothum. Die Kosten übernahm Jakob, zur Verwunderung des Maître, der zwar wußte, daß die Rechnung offengeblieben war, aber nichts von Dr. Hederhoffs Hinterlassenschaft.

Sie war am Tag nach seinem Tod eingetroffen, ein graues

Paket mit falschem Absender, innen Holzwolle, das Kästchen, der Brief: Lieber Nümann, nun haben Sie mich gefunden, abholen lassen und, so hoffe ich, mit ein paar guten
Gedanken begleitet. Verzeihen Sie die Turbulenzen bei
meinem Abschiedsfest und daß ich, um Rafael nicht ganz
mittellos gehen zu lassen, vorerst die Zeche prellen mußte.
Ich schicke Ihnen meine Uhr, per Post, sonst würden sich
die Gläubiger darüber hermachen. Der Erlös deckt alle
Unkosten. Noch lieber wäre es mir freilich, wenn Sie sie
behalten und tragen würden, zum Gedenken an den Ihnen
bis zuletzt so verbundenen Karl Philipp Hederhoff.

Es war die Uhr seines Großvaters, Gold, Brillanten, Ru-
bine, »schon als Kind«, hörte er ihn sagen, »ist mir einge-
bleut worden, was es heißt, sie einmal zu besitzen«. Eine
Totenuhr. Jakob legte sie in den Safe, zusammen mit dem
Brief. Erst vor dem nächsten Krieg wird sie wieder den
Besitzer wechseln. Aber das ist eine andere Geschichte.

Äußerst unangenehm im übrigen, so ein Hotelsuizid,
und trotz aller Teilnahme konnte Jakob nicht umhin, dem
Toten neben guten Gedanken auch einige bittere hinter-
herzuschicken. Freundschaft gut und schön, aber warum
mußte er ausgerechnet das Bellevue mit seinem ebenso
traurigen wie sensationellen Ende kompromittieren. Ein
gefundenes Fressen für die Zeitungen, dieses Konglomerat
aus Reichtum, Pleite, verbotener Liebe und dem armseli-
gen Abgang im Hotelzimmer. Sogar die unbezahlte Rechnung war nach draußen gedrungen, über welche Kanäle
auch immer, und vergeblich beteuerte Jakob, daß er seinem
langjährigen Stammgast die Kosten erlassen habe. Im Gegenteil, eins der Berliner Sensationsblätter sorgte mit dem
Aufmacher »Inselhotelier deckt homosexuellen Selbst-

mörder, warum wohl?« für noch mehr Peinlichkeit, vielleicht sogar für noch mehr Absagen in dieser ohnehin absagenreichen Saison 1930, die Jakob zum ersten Mal zwang, das Personal zu reduzieren, so unauffällig wie möglich, das Renommee des Hauses durfte nicht leiden. Die dritte Etage wurde geschlossen, ein Teil der Stubenmädchen, Kellner, Hilfskräfte entlassen, wer blieb, mußte zusätzliche Arbeiten verrichten. Man tat es ohne Murren, vorerst noch, die Not machte geduldig.

Daß auch die Suppenküche im Pastorat, das Gegenteil von Luxus, auf der Strecke blieb, lag allerdings nicht an Jakobs Rotstift, obwohl das, was er »Sophias gefräßiges Steckenpferd« nannte, ins Visier seines Spareifers geraten war. Sparfimmel, sagte sie ihrerseits und wollte nicht aufgeben, stimmte ihm aber zu in gewisser Weise. Die Suppenküche uferte aus, genau wie das Elend. Statt der zwanzig Bedürftigen des Anfangs hielten nun schon mehr als doppelt so viele die Teller hin, eine ständig wachsende Zahl.

Pastor Nielsen hob die Hände, nein, kein höherer Zuschuß von der Kirche, woher nehmen und nicht stehlen, und um Christi willen, liebe Frau Nümann, lassen Sie uns nicht im Stich, die armen Menschen brauchen Ihre Hilfe. Und so versuchte Sophia, den Inhalt der Töpfe aufzublähen, Knochen statt Fleisch, viel Wasser, Rüben, Graupen, immer wieder Graupen, mit dem Ergebnis, daß ein Teil der Empfänger zu meutern begann, vorweg der großmäulige Rabuske, Vater jener Lisa, die Claire samt Hotel und Familie ins Meer gewünscht und Sophia damit zu dem Suppenabenteuer getrieben hatte. Von Anfang an dabei, immer mit einem Henkelmann, um auch die Seinen zu versorgen, schimpfte er nun laut über das Abwaschwasser, ließ sich auch von Pastor Nielsen, der tagtäglich voller Angst und Gottvertrauen neben Sophia Posten bezog, nicht besänftigen und wurde schließlich Jakobs Erfüllungsgehilfe. Denn als sie eines Mittags die Fassung verlor und in den Krawall hineinrief, niemand sei gezwungen, herzukommen, schüttete er ihr die Suppe vor die Füße und schrie, sie solle ihren Judenfraß alleine fressen.

Es folgte eine schreckliche Stille. Alle Augen hingen an Sophia, betreten, gespannt, schadenfroh, je nachdem. Pastor Nielsen legte ihr den Arm um die Schulter, mit dem anderen wies er Rabuske die Tür, der seinerseits die Fäuste ballte. Aber das nahm sie schon nicht mehr wahr. Sie ließ die Kelle aus der Hand fallen und drehte ihrer Wohltätigkeit für immer den Rücken.

Ein Eklat, der durch sämtliche Münder ging, mehr gut- als böswillige, zur Ehre der Insel sei es gesagt. Es nützte nur nichts. Auch, daß einige Männer sich vor Pastor Nielsen gestellt und Rabuske angeblich halbtot geprügelt hatten, gab weder den Hungrigen ihre Suppe zurück noch Sophia die verlorene Würde. »Man hat mir meine Würde genommen«, sagte sie, lange Zeit unerreichbar für Jakobs Argumente wie auch alles andere, womit er sie sonst zu trösten versucht hatte, wenn wieder ein anonymer Brief gekommen war. Erst Hedel gelang es, die Erstarrung zu lösen.

Es war morgens beim Frühstück, nur sie beide saßen noch am Tisch, Sophia in sich hineinstarrend und Hedel im Kampf mit sich selbst, reden oder lieber schweigen. Ein Konflikt, der schon mehrere Tage dauerte. Doch nun überwand sie sich und kam auf den Punkt, die Würde nämlich, und ob die von Sophia besser sei als ihre eigene.

Bessere Würde, was für ein Wort. »Wie soll ich das verstehen?« fragte Sophia, und Hedel, ganz ohne Häme und immer noch etwas ängstlich in der Nähe ihrer Schwägerin, sagte, daß sie ja auch eine Würde besitze, aber auf die wäre es nie angekommen, schon gar nicht in den Berliner Jahren, Dienstmädchen und Würde, da lachten ja die Hühner, und sie hätte sich auch nie groß Gedanken deswegen gemacht, und vielleicht sei ihre Würde ja auch weniger wert als die von Sophia. »Aber eigentlich«, versuchte sie die Dinge zu verdeutlichen, »ist Würde doch so was Ähnliches wie Seele«, und die Seele, habe Pastor Nielsen gesagt, sei bei allen Menschen gleich, kam dann jedoch aus dem Konzept und schwieg.

»O Gott«, sagte Sophia, »was für ein Unsinn«, sah, wie Hedel hastig den Tisch abzudecken begann, und nahm ihr das Tablett aus der Hand. »Verzeih«, sagte sie, »es war nur der Schreck. Weil du recht hast. Ich mache zuviel her von mir selbst und habe kein Anrecht darauf, nicht mehr als du, wahrscheinlich sogar weniger.«

Hedel wischte ein paar Krümel von der Decke. »Ich kann nicht mal richtig schreiben.«

»Du bist gut und klug«, sagte Sophia. »Und ich werde mir deine Worte merken«, ein Gespräch, das Folgen hatte. Gut und klug, dachte Hedel, gut und klug, und holte sich das Geld für den Laden, ihre fünftausend Mark, die sie brauchte, um ihn zu kaufen und die nächsten Jahre zu überstehen, denn auf florierende Geschäfte konnte man im Moment kaum hoffen.

Nun doch noch, und unter Aufbietung von allem, was

sie an Mut besaß, weil es gegen Jakob ging, der ihre Papiere rechtzeitig veräußert und das Geld in den Safe gelegt hatte. Dort sollte es, so seine Reaktion auf ihren ersten Versuch bald nach dem Gespräch mit Mette Petersen, einstweilen bleiben, zum Wohl des Hotels. »Auch du lebst davon, die Zeiten sind schlecht, wir brauchen Reserven, und ausgerechnet jetzt ein Laden. Schließlich sind wir eine Familie, sei froh, daß ich die Papiere gerettet habe.«

Seine Beredsamkeit, sein Appell an ihre Loyalität, seine Macht, alles, was sie vorbringen wollte zugunsten des Ladens, war auseinandergefallen. Nun suchte sie ihre Argumente zusammen und wagte die nächste Runde.

Jakob saß an seinem Schreibtisch, allein, Sophia war im Haus unterwegs. Er wollte nicht gestört werden, erst recht nicht mit dieser leidigen Sache. »Später«, sagte er. »Nein, jetzt«, sagte Hedel und blieb. Lästig, diese neue Beharrlichkeit, obwohl so neu auch wieder nicht. Aber der Streit um Joseph Nümanns Sparbuch lag weit zurück.

»Das Geld gehört mir«, sagte sie, fast die gleichen Worte wie vor siebzehn Jahren, »und ich habe doch auch ein Recht, nicht nur du mit deinem Hotel«, was er einsah, nur nicht zugeben konnte, nicht in diesem Sommer und schon gar nicht an diesem Tag, der eine Steuerforderung gebracht hatte und schon wieder ein paar Absagen. Er hätte es ihr erklären sollen, um Aufschub bitten, schließlich liebte sie ihn. Doch statt dessen schob er den Stuhl zurück und blickte, die Arme vor der Brust verschränkt, von seiner Höhe auf sie herunter, ein eleganter Herr im grauen Zweireiher, an die vierzig, gutaussehend, das Gesicht noch jung, dieses freundliche Gesicht, und das war er ja auch, freundlich und hilfsbereit, solange es sich in seine Pläne fügte.

»Ist es wirklich dein Geld?« hörte sie ihn fragen und spürte, wie sich etwas Schmerzhaftes in ihr zusammenzog und wieder löste, der Moment, in dem sie Jakob, den Brudersohn, verlor.

»Wirklich dein Geld?« wiederholte er und stellte klar, daß die Dollars für Dr. Vinzelberg bestimmt gewesen wären und nicht für ihren Sparstrumpf und daß er es nicht rechtens fände, wie sie sich verhalten habe und auch jetzt verhalte, noch dazu ihm gegenüber, der ihr immer beigestanden hätte, und wo sie wohl geblieben wäre ohne ihn.

Widerwärtig, er schämte sich und redete dennoch weiter, als hinge sein Leben an den paar Tausendern, bis Hedel ebenfalls ihre Rechnung präsentierte. »Ich habe dich gewindelt und gefüttert, dich gehegt und gepflegt und deinetwegen das Leben verpaßt, und nun willst du mir auch noch mein Geld wegnehmen«, und, als sie fertig war, zu weinen begann, ihr verzweifeltes Schluchzen, das den Putz von den Wänden blättern ließ, die Farbe vom Schrank und das Büro zur Küche im Gesindehaus machte.

Jakob, von der Erinnerung überwältigt, wollte sie in den Arm nehmen und die letzte Stunde streichen. Aber Hedel wandte sich ab. »Ach Jakob«, sagte sie, »was du dir so denkst.«

Nichts Dramatisches mehr, keine Vorwürfe, kein Lamento. Schon einen Monat später war Hedel in der Strandbadstraße zu Hause, zwei kleine Stuben hinter dem Laden, die Küche mit einer Klöntür zum Garten und oben im ersten Stock Mette Petersen, der sie die Beine wickelte und Trost spendete, wenn Maleen trotz ihrer Jammerbriefe aus Köln sich weigerte, auf die Insel zurückzukommen.

Das Geld, das nach dem Ladenkauf übriggeblieben war,

lag in einem der Gästesafes, »wegen der Selbständigkeit und weil es seine Richtigkeit haben soll«, was Jakob nochmals in Rage versetzt hatte. Ob sie ihn für einen Dieb und Betrüger halte, wollte er wissen, brachte ihr aber bald danach einen zweiten Teppich für die fußkalte Stube und ließ sich mit Kaffee und Kringeln bewirten, an dem runden Tisch, der noch aus der Vinzelbergschen Wohnung stammte. Das Kaffeegeschirr hatte Paulina Neelke ihr geschenkt, ein friesisches Muster, blau und weiß wie einst die angeschlagene Kanne im Gesindehaus.

»Brauchst du noch irgend etwas?« fragte Jakob.

Hedel schüttelte den Kopf. Sophia hatte sie reichlich mit Hausrat versorgt, auch die Gardinen gekauft und sogar zwei blühende Topfrosen fürs Fensterbrett.

»Hübsch bei dir.« Er suchte ihren Blick. »Ist jetzt wieder Frieden?«

Sie lächelte, Frieden, warum nicht, und erklärte sich bereit, nun, da der Umzug überstanden war und der Laden frisch gestrichen, bis zu seiner Eröffnung im nächsten Frühling wieder für die Familie zu kochen, schon der Kinder wegen, schließlich wuchsen sie noch.

Ein bißchen hektisch dies alles und atemlos im Bemühen um Eintracht, doch ganz ließ der Riß sich nicht verdecken. Die Augen, dachte Jakob, während er am Meer entlang nach Hause ging, es sind ihre Augen. Etwas darin, das ihm gehört hatte, war verschwunden, und er spürte, wie ein inneres Frösteln in ihm hochkroch, Trauer, Angst, wie manchmal an einem offenen Grab. Aber vielleicht lag es nur an der Trostlosigkeit dieses Sommers, dem Dauerregen, der einen Großteil der Gäste vorzeitig vertrieb. Schon jetzt, Ende August, hielt es kaum jemand länger als drei Tage aus. Der Damm machte es so leicht, die Insel zu erreichen. Aber ebenso leicht konnte man sie wieder verlassen.

Am ersten Oktober müssen wir schließen, dachte Jakob. Er blieb stehen und blickte auf die grauschwarze Dünung, Westwind, der schottische Peter, hoffentlich wurde kein Sturm daraus. Ein einsamer Wanderer dümpelte über den Strand, der Horizont, flammend sonst von Sonnenuntergängen, fiel bleiern ins Meer.

»Machen wir jetzt auch noch Pleite?« hatte Claire gestern beim Abendbrot gefragt, mit so sachlichem Interesse, daß er aufbrauste, »dummes Zeug, rede nicht solchen Blödsinn«, und, überempfindlich neuerdings, hatte er sich wortlos abgewandt. Claire war plötzlich in die Höhe geschossen, die Beine viel zu lang für den staksigen Kinderkörper, doch es würde sich bald ändern. Ihr Gesicht hatte schon die Form gefunden, Maleens Gesicht, aber wach und bewußt, nichts von einer Nixe, und vorbei die Zeit, in der sie die Vaterwelt vorbehaltlos zu ihrer gemacht hatte. Andere Wichtigkeiten waren an die Stelle des Hotels gerückt, vor allem seit sie und Michel über den Damm zum Festland fuhren in das große neue Gebäude, das, zur einen Hälfte Lyzeum, zur anderen Gymnasium, nun auch den Inselkindern das Internat ersparte.

Die Fahrt dauerte dreißig Minuten, keine Affäre an sich, nur daß Michel häufig allein nach Hause kam, Claire dagegen, wenn es ihr gefiel, den nächsten oder übernächsten Zug benutzte, um in der Zwischenzeit Freundinnen zu besuchen oder sich die Stadt anzusehen, den Markt, die Schaufenster, die Bilder vor dem Kino. Mit fast dreizehn, lautete ihre Begründung, müsse man wissen, was es alles gebe in der Welt, und nichts konnte sie davon abbringen, weder Sophias Argumente noch Hedels Weigerung, das Mittagessen warmzuhalten. Jakob, der von »noch nicht mal dreizehn« sprach, hatte mehrmals Posten vor der Schule bezogen, um sie abzufangen. Aber Claire entschwand durch Nebenausgänge und versicherte, als er mit dem Internat drohte, daß sie sich niemals einsperren ließe. Man glaubte ihr, kein Ausweg also aus dem Dilemma, es sei denn die Rückkehr auf die Inselschule, absurd bei soviel Begabung, Lust am Lernen, Ehrgeiz, Eifer und was die Lehrer sonst noch ins Zeugnis schrieben. Gleich zu Beginn hatte sie eine Klasse übersprungen, sogar das Betragen wurde gelobt, »was bitte«, sagte Sophia, »wollen wir mehr. Sie ist hoffentlich zu klug, um in die Irre zu laufen, und in Ketten kann man sie nicht legen«. Nein, das nicht, aber wo waren die Grenzen? Und was mußte man tun für ein Kind und was für sich selbst? »Ein Klavier«, hatte sie auf ihren letzten Wunschzettel geschrieben, »zu Weihnachten und zum Geburtstag für die nächsten fünf Jahre.« So ein dringlicher Wunsch, aber unerfüllbar. Kein Klavier im Haus, nie wieder.

Ich kann es nicht, dachte Jakob und sah einer einbeinigen Möwe zu, die zwischen den angeschwemmten Muscheln nach Nahrung suchte, vergeblich, sobald sie etwas gefunden hatte, schoß eine andere heran und entriß es ihr, ein böses Spiel, aber vielleicht war das zu menschlich gesehen. Er schlug den Mantelkragen hoch, es regnete wieder, der Wind blies schärfer. Eine Art Priel versperrte den Weg, der weiche Boden unter seinen Füßen brach ein, Wasser sickerte in die Schuhe, und als er sich von der Flutkante entfernte, trieb ihm der Wind den scharfen Sand ins

Gesicht. Man sollte nicht zum Meer gehen an solchen Tagen, dachte er und holte sich Trost bei den erleuchteten Fenstern oben auf der Düne, mein Hotel, ich habe es gebaut, ich habe es geschafft und werde es weiter schaffen, und dann kommt Michel und dann Michels Sohn.

Schon wieder ein wunder Punkt, Michel, der seine Bilder im Kopf hatte, sonst nichts, weder das Hotel noch die Schule, und nur dank Claires Hilfe das erste Jahr im Gymnasium überstanden hatte. »Ein Künstler«, sagte Sophia mit ihrem ewigen Verständnis, Künstler, was hieß das schon, auch als Hotelier konnte man malen, im Winter oder zwischendurch. Aber Kinder ändern sich, dachte Jakob. Eines Tages weiß er, was es bedeutet, das Bellevue, und beschloß, ihm schon für die nächste Saison eine Pagenlivree zu beschaffen. Je eher, je besser, und es würde ihm gefallen, mußte ihm gefallen, dessen war er sich so sicher, wie einst Joseph Nümann gewußt hatte, daß sein Sohn Tischlermeister werden sollte.

Hastig stapfte er durch den Sand, um es Michel mitzuteilen, aber Michel, der bei Sophia im Wohnzimmer saß, hob nicht einmal den Kopf von seinem Malblock. Vor kurzem hatte er begonnen, statt bunter Phantasien Alltäglichkeiten wie Krüge, Becher, Löffel aufs Papier zu bringen, den Faltenwurf der Decke oder einen angeschnittenen Apfel. Diesmal war es die Teekanne, deren Linien und Mustern er nachspürte, so vertieft offenbar, daß er bei Jakobs Worten nicht einmal den Kopf hob.

»Eine Pagenlivree«, wiederholte Jakob. »Schneider Hassing soll sie dir anmessen, und in den Sommerferien geht es dann los. Jeden Tag ein paar Stunden in der Halle, glaub mir, das macht Spaß.«

Michel sah Sophia an. Sie lächelte. Er lächelte auch, der Versuch eines Lächelns, nahm seinen Block und die Stifte und ging aus dem Zimmer.

»Warum tust du das?« sagte Sophia zornig zu Jakob. »Willst du ihn zerstören?«

»Und du?« fragte er. »Meinst du, ich weiß nicht, was euer Lächeln bedeutet? Laß den da reden, heißt es, wir tun sowieso, was wir wollen.«

»Unsinn«, sagte sie. »Ich will ihm nur Mut machen, damit er dir widerspricht, so wie du deinem Vater widersprochen hast.«

»Mein Vater hatte kein Hotel für mich.« Immer dieser Streit um Michel, der Streit um das Hotel. Er wartete darauf, daß sie »Michel braucht kein Hotel« sagen würde, aber es kam eine neue Variante. »Du machst einen Moloch aus deinem Bellevue, begreif das endlich«, und etwas in ihrem Gesicht erinnerte ihn an Hedel. »Wie eine Fremde«, sagte er, was sie noch mehr aufbrachte. »Ich bin deine Frau, und wenn du als nächstes fragst, ob ich dich liebe, ja, schon, aber nicht den Mann, der seinen Sohn in Rot und Gold zum Opferstein schleppen will.«

»Gott, dieses Pathos«, sagte er. »Aber weißt du denn, was er in fünf oder zehn Jahren denkt? Hör wenigstens auf, ihn in seinen Flausen zu bestärken. Ich habe nur diesen einen Sohn.«

»Darum solltest du Geduld mit ihm haben«, sagte sie, und Jakob, um seinen Ärger auszuatmen, ging noch einmal durch den nassen Nebel, weit über das Ende der Plattform hinaus, wo keine Laterne mehr die Dunkelheit brach, kein helles Fenster, und die Nacht Himmel und Erde ineinanderfallen ließ. Er hörte, wie die Brandung ans Ufer schlug.

Käpt'n Carl würde Unheil riechen, aber Unheil, dachte er, lag jederzeit in der Luft, es nicht zulassen, darauf kommt es an. Sophia hatte recht, man brauchte Geduld, sie hatte fast immer recht, was wäre ohne sie. Er drehte sich um und ging zurück zum Hotel, zurück zu Sophia. Oder erst Sophia und dann das Hotel? Wortklaubereien, noch muß er sich nicht entscheiden.

Das Unheil, das schließlich kam, hätte niemand vorausahnen können, nicht einmal Käpt'n Carl, dessen Prophetien ohnehin mehr ins Allgemeine gegangen waren, und schon gar nicht Jakob mit seiner Weigerung, Gerede und anonyme Briefe ernst zu nehmen. »Hitler, eine Bedrohung?« spottete er selbst dann noch, als die Nationalsozialisten immer mehr Beifall im Volk fanden, »doch nicht dieser wildgewordene Anstreicher.« Augenwischerei für Justus, der nur noch braun sah und mit immer neuen schaurigen Details unter seiner jüdischen Verwandtschaft Angst und Schrecken verbreitete.

Auch beim neunzigsten Geburtstag des Familienpatriarchen, zu dem sich die weitverzweigte Sippe im Atlantic eingefunden hatte, verdarb er den um festliche Stimmung bemühten Essern das Vergnügen an Lachspastete und gefüllten Rehmedaillons, so daß die Runde an seinem Tisch immer kleiner wurde, wieder ein Zeichen, sagte er, für die allgemeine Fahrlässigkeit. Man brauche doch nur »Mein Kampf« zu lesen, dort stehe alles schwarz auf weiß, und wer blindlings in das Desaster hineinstolpere, solle sich später nicht wundern.

»Selbst Maulhelden wie Hitler müssen das Recht beachten«, sagte Jakob mit besorgtem Blick auf Sophia, »und die

Roten schreien im übrigen genauso laut. Mein gefeuerter Barkellner hat öffentlich geschworen, daß er mir kapitalistischem Ausbeuter nach dem Sieg des Proletariats die Kehle durchschneiden will. Soll man das alles für bare Münze nehmen?«, worüber Justus nur lachen konnte. Angst vor den Roten? Die kämen hierzulande nie zum Zuge. »Vaterlandslose Gesellen, wer will denn so was, da bläst Hitler doch einen ganz anderen Marsch«, und Jakob, um ein Ende zu machen, nahm Sophias Arm. Er hatte Musik gehört, in einem der Säle wurde getanzt.

Derselbe Raum wie vor neun Jahren, und wieder ein Slowfox. Er sah Sophia an, sie lächelte, wahrscheinlich dachte sie das gleiche wie er. Sie hatten oft zusammen getanzt inzwischen, aber immer im Ballsaal des Bellevue, Gastgeber und Gastgeberin, ausgesetzt den Blicken der Gäste, und nie das Gefühl von Intimität. Er strich über ihren Rücken, die Seide war glatt und weich, ein malvenfarbenes Kleid, eng bis zu den Hüften, dann die Fülle des Glockenrocks und im Haar glitzernder Straß. Ihr dunkles Haar mit der weißen Strähne.

»Du bist wunderschön«, sagte er.

Sophia legte den Kopf zurück, er küßte sie, »ist es das, was du damals wolltest?«

Sie nickte. »Aber vielleicht hättest du doch eine andere nehmen sollen, nicht mich mit diesen Schwierigkeiten.«

»Wäre es dir lieber?« fragte er und hörte Sophias etwas vage Antwort: »Dir etwa?«

»Niemals!« Jakob rief es so laut, daß man sich nach ihnen umdrehte, »niemals!«

Und dann, kurz vor der Reichstagswahl am 14. September 1930, man muß es nennen, das Datum, man muß es sich merken, kurz vor diesem Menetekel also kam es zum ersten großen Nazitreffen auf der Insel. »Der Sturm bricht los«, verkündeten die Plakate mit dem Hakenkreuz. Sturm, ein bedrohliches Wort zwischen Nord- und Südspitze, und seltsam, nur wenige erschraken.

Bisher waren Hitlers Gefolgsleute, andernorts längst ein Thema, im Hintergrund geblieben, auch noch in diesem Sommer. Man wußte, daß es sie gab, hatte aber weder in den Straßen noch am Strand ihre Uniformen oder Flaggen gesichtet, wohl auch, weil über alle Parteigrenzen hinweg Einigkeit zumindest darin bestand, ausländische und jüdische Gäste nicht zu verärgern. Doch nun, angesichts der Wahl, gab es keine Schonfristen mehr. Ein SA-Trupp, vom Festland zur Verstärkung angerückt, war in festem Schritt, mit Gesang und flatternden Fahnen zu Quedens Festsaal marschiert, und kaum zu fassen, wer sich ihnen dort außer den auf eine Wende hoffenden Arbeitslosen braun und martialisch zugesellte. Nicht nur der schon seit langem einschlägig bekannte Schlachter Larsen, sondern auch eine Reihe durchaus honoriger Geschäftsleute und Logierhausbesitzer, Einheimische zum großen Teil, bedächtige Friesen, kaum anfällig normalerweise für Rattenfängereien, und sogar der Apotheker unter ihnen. Sonst peinlich aufs Dekorum bedacht, stand er nun, Schaftstiefel an den Beinen und einen Sturmriemen unterm Kinn, neben dem großmäuligen Rabuske, und den hätte er doch sonst nicht mal mit der Feuerzange angefaßt, sagte Paulina Neelke. Denn auch sie, obwohl schlecht zu Fuß, hatte sich ebenfalls auf den Weg zu Quedens Festsaal gemacht, teils aus Neugier, hauptsächlich jedoch, weil sie in Hitler, von dem man viel in der Zeitung las, trotz mancher Bedenken

die starke Hand vermutete und sich einen Eindruck ver-
schaffen wollte. Ein Eindruck, der sie bewog, am nächsten
Morgen in aller Frühe bei Jakob telefonisch um Hilfe zu
rufen.

So jedenfalls klang es. Womöglich ein Herzanfall, dachte er und nahm sich nicht die Zeit, sein Rührei aufzuessen.

Aber Paulina saß in ihrer Stube beim Frühstück. Sem-
mel, Butter, Marmelade, dazu noch Heringe mit Zwiebel-
ringen, allzu schlecht konnte es ihr nicht gehen.

»Komm her«, sagte sie, »iß einen Happen. Die Heringe
sind frisch eingelegt.«

Ob sie ihn deswegen geholt hätte, fragte er verärgert. Sie
schüttelte den Kopf, goß Kaffee ein, »Unsinn, natürlich
nicht«, und fing von der Versammlung an. Halb Grothum
sei dagewesen, der Saal proppevoll, kaum zu glauben, was
Jakob erst recht aufbrachte.

»Hauptsache, es hat dir Spaß gemacht.« Er wollte ge-
hen, doch sie lief hinter ihm her, von wegen Spaß, es sei ihr
um den Eindruck zu tun gewesen und den habe sie jetzt
und würde kein Stück Brot von den Halunken nehmen.
Dieser Kerl auf der Rednertribüne, die gleiche Sorte wie
Schlachter Larsen, andere schlechtmachen, aber in der
Wurst mehr Schwarten und Wasser als Fleisch, und die
Juden …

»Sei still«, sagte Jakob.

»›Und die Juden‹, hat er krakeelt, ›sind alle Verbrecher,
die soll man ins Meer schmeißen, dann können sie nach
Palästina schwimmen, dann sind wir das Pack los.‹«

Sie machte eine Pause, um nach Luft zu ringen, das lag
am Herzen. »Und die Leute haben gelacht«, sagte sie mühsam. »Nicht alle. Aber viele.«

»Laß man, Paulina.« Jakob brachte sie zu ihrem Stuhl zurück. »Du darfst dich nicht aufregen.«

»Nicht alle«, wiederholte sie und berichtete von Gemurmel und Zwischenrufen, allen voran der kleine rothaarige Fiete Post, Briefträger seit Kriegsende, ein frommer Mensch und Samariter, der bei seiner täglichen Tour nebenher noch Alten und Kranken zur Seite stand, und, da er gleichzeitig Zeugnis gab von Gott und den Propheten, immer hinter der Zeit herrannte. Und ausgerechnet dieser Fiete Post, gewiß nicht mehr der Stärkste, war aufgesprungen und hatte bebend vor Empörung »die Verbrecher seid ihr« gebrüllt, »Gott wird euch strafen«, »zur Hölle mit euch Mördern«.

»Wie Jesaja«, sagte Paulina Neelke. »Und dann ist Rabuske gekommen und hat ihn rausgeschafft, und weißt du, wer das Kommando hatte?« Sie richtete sich auf und sah Jakob an, zornigen Triumph in den Augen. »Dein junger Weber. Flott und adrett in seiner Uniform, geschniegelt und gebügelt wie immer. Aber Fiete Post hat tüchtig was in die Rippen gekriegt, und die Briefe hat der Kujon bestimmt auch geschrieben.«

Geh nach Palästina, große schwarze Buchstaben. Nun wußte er, wer sich in sein Haus geschlichen hatte samt dem Unflat, und was immer man tat, der Unflat würde bleiben, auf der Lauer liegen, wieder zuschlagen.

»Was soll ich tun?« fragte er Paulina Neelke, die einen schnellen Schnitt empfahl, rausschmeißen, zum Teufel mit dem Kerl, und die Nazis kämen schon nicht an die Macht, da sei Gott vor.

»Da sei Gott vor«, sagte auch Pastor Nielsen, so beschwörend wie sonst nur von der Kanzel herab. Jakob hatte

195

auf dem Weg zum Hotel kehrtgemacht und bei ihm geklingelt, zu früh am Morgen eigentlich, aber in Gedanken fragte er ständig Sophia um Rat, ausgerechnet sie, die nichts wissen durfte, und vielleicht fand sich Zuspruch im Pfarrhaus.

Doch Pastor Nielsen, noch im Schlafrock und völlig aus der Form gebracht von den Ereignissen, schien selbst Trost zu benötigen.

»Ein voller Saal«, sagte er. »Friesen, Christen, Kirchgänger und ein voller Saal. Wahrhaftig, die Braunen verstehen es, das Volk zu betören. Den Reichen wird Schutz vor den Kommunisten versprochen, den Armen das Ende der Ausbeutung, den Bürgern Ruhe und Ordnung, den Arbeitslosen Arbeit und Brot, jedem das Seine und allen zusammen ein neues starkes Deutschland. Rattenfänger, Nümann, gefährlich, höchst gefährlich, möge der Herr sich erbarmen, aber wir wissen es, seine Wege sind unerforschlich für uns simple Seelen. Erst der Krieg, nun womöglich dies, nein, da sei Gott vor.«

Er schwieg, zuckte mit den Schultern und ließ Jakob ratlos nach Hause gehen, ins Bellevue, wo sich das Problem jedoch löste, vorerst zumindest. Der junge Weber nämlich forderte, ehe noch ein Wort gewechselt wurde, seine Entlassung, sofort, da er nach Kiel müsse, um dort wichtige Aufgaben für die Partei zu übernehmen, Herr Nümann wisse wohl Bescheid inzwischen. Höflich gesetzte, unverschämte Worte, »nun ja«, murmelte Jakob, »wie Sie meinen«, schämte sich seiner Feigheit und wagte trotzdem nicht, die Maske von dem ihm gestern noch so angenehmen Gesicht zu reißen. Es war auch überflüssig, der junge Weber besorgte es selbst. »Sie sollten mir alles Gute wünschen«, sagte er, »vielleicht kann ich Ihnen ja noch nützlich sein nach unserem Sieg«, wogegen Jakob nun doch ein deutliches »ich hoffe nicht« setzte, zu seiner Erleichterung. als habe er mit diesem Quentchen Mut die Zukunft gerettet.

Im übrigen war es ein Fehlschluß, anzunehmen, daß man, was in Quedens Festsaal geschehen war, an Sophia vorbeilotsen konnte. Die Inselzeitung brachte es ins Haus, vier Spalten über Ordnung und Disziplin der SA, den mitreißenden Redner, die begeisterte Zustimmung des Publikums, und darunter ein Foto mit dem jungen Weber – nein, es ließ sich nicht verbergen.

Jakob versuchte, die Sache herunterzuspielen. Weber, dieses Nichts, würde verschwinden, der ganze Zirkus in Vergessenheit geraten, und tat sein Bestes, um wenigstens die Details der Rede von ihr fernzuhalten. Aber genau dies las sie schon am nächsten Tag in dem empörten Bericht eines Hamburger Blattes. Die übelsten Passagen wurden zitiert und zerpflückt, mit der Frage am Ende, ob man als anständiger Mensch einen Ort, wo dergleichen Exzesse Beifall fänden, noch besuchen dürfe. Nein, so das Fazit, man darf es nicht, meidet die Insel.

Sophia brachte die Zeitung mit ins Büro. »Wußtest du das?«

Jakob nickte verärgert. »Die üblichen Nazitiraden. Und ein Aufruf zum Boykott macht auch nichts besser«, das falsche Wort, er hätte es gern zurückgenommen, aber gesagt war gesagt.

Sophia faltete die Zeitung zusammen. »Ist das alles, was dir einfällt? Keine Sorge, die anständigen Menschen werden sich durch solche Lappalien den Spaß in deinem Bellevue nicht verderben lassen.«

Jakob erschrak über die Kälte. »Rede nicht so mit mir«, sagte er. »Was dich trifft, trifft auch mich.«

Ihr Blick ging an ihm vorbei. »Vielleicht. Wir wollen nicht mehr davon sprechen«, und kein Zweifel, was es bedeutete: Wir verstehen uns nicht mehr, du mich nicht, ich dich nicht.

Das ist nicht wahr, wollte er protestieren, und wenn, dann nur in diesem einen Punkt, und was uns verbindet, zählt das denn nicht? Aber ihr starres Gesicht ließ die Worte verkümmern. Eines Tages wird die Politik durch deine Tür treten, hatte Justus gesagt. Nun war es soweit.

»Laß es nicht zwischen uns kommen«, murmelte er hilflos, und Sophia ging um die beiden Schreibtische herum und legte die Stirn an seinen Kopf, dorthin, wo die Haare anfingen, dünner zu werden. »Schon gut«, sagte sie.

Um die Mittagszeit erschien der junge Weber in der Wohnung, geleitet von Claire und Michel, die aus der Schule kamen, ausnahmsweise mit demselben Zug.

»Herr Weber ist da«, verkündete Claire und zog ihn ins Zimmer.

Er stand an der Tür, den Mantel überm Arm, etwas verlegen immerhin.

»Wascht euch die Hände«, sagte Jakob zu den Kindern so barsch, daß selbst Claire wortlos gehorchte.

Der junge Weber legte sein Schlüsselbund auf den Tisch. »Ich will mich verabschieden und Ihnen sagen, daß ich gegen Sie persönlich nichts habe, im Gegenteil. Aber ich bin wie ein Soldat, es läßt sich nicht ändern.«

Er wollte Sophia die Hand geben, »vielleicht kann ich Ihnen wirklich einmal behilflich sein«, und Sophia, statt zuzugreifen, spuckte auf die glatte weiße Haut.

»Ach!« sagte er, den nassen Fleck betrachtend, erst erstaunt, dann angewidert, und sicher war es ein Fehler, daß sie die Haltung verloren hatte, ausgerechnet jetzt, da er sich halbwegs entschuldigen wollte, wofür immer, und auch das Hilfsangebot sollte man nicht unterschätzen. Aber sie habe, erklärte Sophia, es nicht ausgehalten, sei sogar froh über ihre Reaktion und wolle lieber die Folgen tragen, als vor so einem Menschen zu kuschen. Große Worte, aber in ihren Augen lag Angst.

»Wo ist er?« rief Claire, als sie wieder ins Zimmer kam. »Was hat er gewollt?«

»Die Schlüssel bringen«, sagte Jakob.

»Warum?« fragte sie, zunächst noch arglos, stürmte dann aber zur Rezeption, wo Weber den Chauffeur Schewendiek gerade vergeblich drängte, ihn an den Bahnhof zu fahren. Herr Nümann habe keinen solchen Auftrag erteilt und ohne Auftrag kein Auto, ließ Schewendiek, ein alter Sozi, schadenfroh vernehmen, und so ein strammer Nazi könne seinen Koffer ja wohl selbst durch die Kaiserstraße tragen.

»Er ist kein Nazi, Herr Schewendiek«, rief Claire empört. »Das ist gelogen.«

Von wegen, sagte Schewendiek. Der und kein Nazi! SA-Mann sei er, jetzt wisse man es, und immer vorneweg in Quedens Festsaal, sogar wenn es ans Prügeln gehe.

»Nein«, sagte Claire.

»Doch«, sagte Schewendiek, und zögernd wandte sie sich Weber zu, ihr Freund und Vertrauter, dessen Geheimnisse sie kannte, die Trauer um Deutschlands verlorene Ehre, den Haß auf die Verräter, die Sehnsucht, diese Schande gutzumachen, ein blonder Held, rein und edel wie Siegfried.

»Ist das wahr?« fragte sie.

»Nun ja«, murmelte er.

»In brauner Uniform? Mit Lisa Rabuskes Vater?«

Er nickte widerwillig.

»Der Sophia beschimpft hat? Und Fiete Post verprügelt?«

»Jetzt hör aber auf«, sagte er, »ich bin dir doch keine Rechenschaft schuldig«, und Claire, während sie sich von ihm entfernte, schien alle Leichtfüßigkeit verloren zu haben. Sie warf sich auf ihr Bett und weinte herzzerreißend wie zu Kleinkinderzeiten über die zerbrochene Liebe, tröstete sich jedoch bald darauf mit einer neuen Freundin, Inga Moorheede, Tochter des Zahnarztes, die in dieselbe Klasse ging, eine hübsche Stimme besaß und sogar ein Klavier. Um Claire, meinte Sophia, müsse man sich keine Sorgen machen. Sie habe die Fähigkeit, Kummer abzuschütteln und würde leichter durchs Leben kommen als Michel. Michel Maler, wie man ihn gelegentlich schon nannte, den sie liebte und beschützen wollte und trotzdem verließ.

Bei der Reichstagswahl bald nach diesen Ereignissen wurde Hitlers Partei die zweitstärkste im Land. Auf der Insel bekam er sogar die meisten aller Stimmen, der Anfang vom Ende, auch für Jakob und Sophia.

Vier Jahre noch, die ihnen blieben, nicht ganz vier Jahre, mit guten und schlechten Stunden, wie es so ist, wenn man zusammen aufwacht und einschläft und nichts weiß von dem, was bevorsteht. Möglich, daß sie sich sonst mehr Zeit füreinander genommen hätten, um wie am Anfang durch Straßen zu schlendern, schöne Dinge nach Hause zu tragen, mit Freunden zu essen und zu reden, und abends die

Oper, gemeinsame Freuden, die ihnen im Alltag entglitten waren. Oder Italien, nach Rom reisen, nach Florenz und Venedig. Irgendwann werden wir fahren, hatten sie gesagt, immer wieder irgendwann, bis auch dies verstummte im fliegenden Wechsel von Saison zu Saison, und dazu die nicht endende Wirtschaftskrise, der Zwang zum strengen Kalkulieren, und überhaupt, wäre Jakob fähig gewesen, sein Hotel auf den zweiten Platz zu verweisen, hätte es weder die Frist noch die Trennung gegeben. Wozu noch darüber reden, alles kam, wie es kommen mußte nach dem Auftakt in Quedens Festsaal.

Wenn Jakob auf diese letzten Jahre zurückblickte, sah er graues Wasser und graue Wolken, falsche Bilder, nur der Frühling jagte noch einmal mit Nebel, Regen und beißenden Winden die Gäste aufs Festland zurück. Doch auch die kommenden schönen Sommer schlugen kaum zu Buche angesichts der vielen leeren Betten, der hohen Steuern und eines Staates, der nichts mehr gab, nur erbarmungslos zugriff. Die Zimmerpreise rutschten ins Bodenlose, kein Wunder, daß Jakobs Himmel grau blieb, trotz Sonne und rotgrünviolettem Horizont, wenn sie nach den langen warmen Tagen unterging. Laut klagen freilich durfte er nicht, der reiche Nümann dort oben auf der Düne. Jeder wußte, daß sein Bellevue leidlich besetzt war, gute Gäste, keine Stullenleute. Selbst die Dauerkrise hatte noch einigen Wohlstand übriggelassen, und auch die Künstler kamen wieder, Filmleute aus den Potsdamer Ufa-Ateliers, berühmte Namen, die ihrerseits Gäste anlockten. Man amüsierte sich laut und unbekümmert, durchtanzte die Nächte, trank reichlich den mittleren, bisweilen sogar den teuren Wein. Trotzdem, das halbe Hotel stand leer, ein Zuschußunternehmen, die Reste der Erbschaft schmolzen dahin. Sophias Vermögen blieb unangetastet, aber wie lange noch bei der immerwährenden Flaute. Jakob dachte es nur, sagte es noch nicht.

Sparen statt dessen, wo immer das Haus es vertrug, und jede zusätzliche Ausgabe betrachtete er als Unglück, der zweite Frack des Maître beispielsweise, der ersetzt werden mußte, speckig und angegraut, wie er war. Unwürdig, nannte es der Maître, sich so den Gästen zu präsentieren, und Sophia riet Jakob mit ärgerlichem Spott, doch das rote Wämslein zu streichen, die Pagenlivree, ohnehin vergeudetes Geld.

»Ich will es nicht«, hatte Michel ihn gewarnt, Michel Maler, der mit Zeichenblock, Stiften und Tuschkasten über die Insel strich und kaum Zeit fand für Claires Lektionen in Latein, Algebra und anderen Seltsamkeiten. Doch Jakob mit seiner fixen Idee hatte zum Ferienbeginn bei Schneider Hassing die goldbetreßte Jacke in Auftrag gegeben, samt Hosen und Käppi. Umsonst, daß Sophia dagegen anrannte. Dies hier sei seine Sache, sagte er hoffnungsvoll, denn Michel, hoch aufgeschossen inzwischen, doch weiterhin ohne jede Robustheit, schien sich zu fügen. Er hatte die Livree anprobiert, sie nach Hause getragen, sich auch noch von Jakob hineinknöpfen und in der Halle postieren lassen, stumm, ohne weiteren Widerspruch.

Dort aber, gegenüber der Rezeption, blieb er stehen, stundenlang auf demselben Fleck, steif und mit abgespreizten Armen wie in Meister Hassings Werkstatt, hörte nichts, sah nichts, bewegte sich nicht. Das Pagendenkmal, spottete ein Gast nach dem mißglückten Versuch, ihm irgendwelche Reaktionen zu entlocken, so daß Jakob in sei-

202

ner Erbitterung den renitenten Sohn endgültig zur Vernunft bringen wollte, auf eben die Methode, zu der schon Joseph Nümann vergeblich gegriffen hatte. Und wie einst Hedel warf sich jetzt Claire dazwischen und nutzte Jakobs Verblüffung, um Michel hinter ihrer Zimmertür in Sicherheit zu bringen. Dort hockte er bis zum Abend, die Knie angezogen und das Gesicht auf den verschränkten Armen, ein Anblick, der auch Jakob in Schrecken versetzte.

»Du mußt nachgeben«, sagte Sophia. »Wenn du ihn jetzt brichst, wäre es womöglich für immer«, und hin- und hergerissen zwischen Einsicht und Enttäuschung suchte er Frieden mit seinem Sohn, ich will doch dein Bestes, das alte Lied.

Michel nickte. »Ich weiß«, sagte er und sah ihn an, so traurig, daß Jakob es kaum aushielt. Nachgeben, Zurückstecken, du hast recht, Sophia, ich stecke zurück, Michel soll seinem eigenen Weg folgen, nicht meinem. Versprechen, die nachts gegeben und vom Tag überrollt wurden.

Schwierige Jahre. »Es geht vorbei«, trösteten sie sich gegenseitig in den guten Stunden, »die Kinder werden größer, die Zeiten besser, nicht mehr lange, und wir lachen darüber. Und irgendwann fahren wir nach Rom, Florenz, Venedig, wir beide, irgendwann.« Und plötzlich war die Frist abgelaufen.

Es geschah beim Biikebrennen im Februar 1934, daß ihre Welt zusammenfiel, dem nächtlichen Feuerfest, wie es seit Menschengedenken auf der Insel gefeiert wurde, einstmals, um den heidnischen Göttern zu opfern, und jetzt, weil es immer so gewesen war. Im Kreis der Nachbarn stand man um die Flammen herum, ein Klönschnack hier und da, gemeinsame Lieder, Reden über Tradition und

Brauchtum, Ehrensache, daran teilzunehmen. Auch Nümanns waren Jahr für Jahr unter den Klängen der Feuerwehrkapelle zu dem mächtigen Holzstoß in den Dünen gezogen, hatten erst dem Bürgermeister gelauscht, dann dem Vorsitzenden des Friesenvereins, hatten gesungen, bei klarem Himmel nach anderen Feuern am Horizont gesucht und hinterher in Quedens Festsaal das gegessen, was an diesem Abend Bürgerpflicht war, Grünkohl mit Kochwurst, Schweinebacke und süßen Bratkartoffeln. Schließlich war man hier zu Hause.

Doch nun, ein Jahr nach Hitlers Machtergreifung, galt auch das nicht mehr. Zu Hause, was hieß das noch an einem Ort, der, so sagte Sophia, sie ausgespuckt hatte seit jenem Januar 1933, als über Nacht Hakenkreuzfahnen in den Fenstern hingen, Sozis, Kommunisten, ja sogar der fromme Fiete Post aus ihren Wohnungen geholt und verprügelt wurden, Schlachter Larsen ein Schild an seine Tür nagelte: *Kein Verkauf an Juden*, und die Friseuse ihr einen Platz in dem Salon verweigerte.

Einzelfälle, vorerst noch, und die Zustimmung nicht allzugroß. Obwohl es kaum Juden in Grothum gab, war Larsens Kundschaft, wie Paulina Neelke meldete, sogar geschrumpft, während das Geschäft von Samuel Schmul weiterhin florierte. »Wird schon nicht so schlimm werden, und auswandern kann man ja immer noch«, hatte er ihr im Vertrauen gesagt. Doch dann, bei dem ersten Boykottaufruf im April, als SA-Leute die Kunden vor seiner Ladentür vertreiben wollten, verlor er plötzlich den Verstand. Mit einem Feuerhaken aus der Eisenwarenecke drang er unter lauten Verfluchungen auf die Kerle ein, wurde verhaftet, verschwand, kam nicht wieder, und gleich darauf fand Jakob frühmorgens neben dem Hotelportal die Schmiererei *Hier wohnt ein Judenweib*, in Wasserfarbe wenigstens, schnell zu entfernen.

Trotzdem, es sprach sich herum, zur Schadenfreude hier und dort. Daneben aber wurde Empörung laut, denn noch blieben nicht alle stumm. Man schäme sich, erklärte Pastor Nielsen im Auftrag der Gemeinde und des evangelischen Frauenbundes, man hoffe, Sophia bald wiederzusehen. In seiner Sonntagspredigt ließ er Protest anklingen und fragte sogar nach Samuel Schmuls Verbleib, ungestraft erstaunlicherweise, von einer Warnung abgesehen. Überhaupt schien es ruhiger zu werden. Fiete Post durfte wieder Briefe austragen, braune Rüpeleien unterblieben, diese oder jene Hakenkreuzfahne wurde gegen Schwarzweißrot ausgewechselt. Saisonbeginn, wer schon wollte andersdenkende oder ausländische Gäste verschrecken. Selbst Schlachtermeister Larsens Schild verschwand, nur auf Zeit allerdings, der nächste Winter kam schnell.

Sophia hatte längst aufgehört, sich im Ort zu zeigen. Sie ging nicht mehr in die Kirche, nicht zum Einkaufen, nirgendwohin, und was das Biikebrennen betraf, kein Gedanke daran, sich den Blicken dort auszusetzen. Auch Michel wollte zu Hause bleiben, bei Sophia und ihrem Unglück, so war er.

Claire dagegen sträubte sich gegen die Katastrophenstimmung. Sie liebte das Außergewöhnliche dieser Nacht, die Flammen, das Getümmel, die Spannung, warum sich verkriechen. Wegen der Pöbeleien von ein paar hergelaufenen Saufbolden? Sophia, erklärte sie, sei so deutsch und evangelisch wie alle anderen auf der Insel und ihre Nase nicht größer als die des neuen Nazibürgermeisters von

205

Grothum, der dazu noch Matuszczschewsky hieß, was also war zu befürchten.

Durchaus schlüssig, und auch, daß sie die in Umlauf gebrachte Redensart, ein im Kuhstall geborenes Schwein bleibe ein Schwein, mit der Frage vom Tisch fegte, ob das deutsche Reich etwa ein Kuhstall sei, zeugte von logischem Denken. Nur wußte sie noch nicht, wie wenig wert diese Gabe war, wenn der Staat eine neue Logik verordnete. »Claire ist scharfsinnig, manchmal aber zu unbekümmert«, hatte man schon früher einmal in ihr Zeugnis geschrieben, Vermerk eines Klassenlehrers, der Scharfsinn nur in Fragen der Mathematik schätzte.

»Ich gehe zur Biike«, verkündete sie also beim Nachmittagstee und verneinte im voraus die Frage, die Jakob auf den Lippen lag: Nein, nicht allein, Inga Moorheede würde mitkommen, was der Wahrheit entsprach, nur daß Inga Moorheede schon während der letzten Rede wieder nach Hause ging, Claire aber blieb, sie blieb immer bis zum letzten Moment. Sie war fast sechzehn und neugieriger denn je auf das, was das Leben zu bieten hatte.

Es war Lisa Rabuske, die ihr an diesem Abend einiges davon zeigte, ihre Feindin aus der Grothumer Volksschule mit dem gräßlichen Vater, schon deshalb unberührbar. Claires Hochmut. Sie wußte kaum etwas von Jakobs Kindheit im Gesindehaus. Er hatte wenig Neigung, seine Vergangenheit auszubreiten. Allenfalls, daß Hedel dies oder jenes hervorholte, Joseph Nümanns frommen Eifer, Male Schumms Abwaschtrog, die angeschlagene Kaffeekanne, den kleinen Bruder, der von einer Badewanne träumte. Geschichten, weit entfernt von Claires Bellevue, und wenn Lisa Rabuske ihr auf der Straße begegnete, warf sie den Kopf zurück, ich bin Claire Nümann, und wer bist du? Nun bekam sie die Quittung.

Es war schon spät, die Nacht stiller geworden und dunkler. Claire hatte sich noch einmal an das verglühende Feuer gestellt, als jemand gegen ihre Schulter stieß, so heftig, daß es sie fast umgeworfen hätte, und eine Stimme, lange nicht gehört, doch unvergessen, sagte: »Wirste wohl nich rempeln«, auf sächsisch.

So fing es an. Sie standen sich gegenüber, Nümanns und Rabuskes Tochter, die Reiche, die Arme, und ungerecht, daß die Reiche, brauner Pelz am Mantelkragen und auf dem dunklen Haar, auch noch hübscher war, reich, verwöhnt, hübsch, die Verkörperung von allem, was die andere nie sein würde. Claire Nümann, bislang unangreifbar dort oben auf der Düne, aber jetzt nicht mehr.

»Ich rempele nicht«, sagte sie, warf den Kopf zurück in gewohnter Weise, wollte sich abwenden, und Lisa Rabuske, endlich war es soweit, spuckte ihr »Judenzicke!« vor die Füße.

Claire fuhr herum. Sie hob die Hand, ein schneller Schlag in Lisas Gesicht, so daß die Nase zu bluten begann. Keine Besonderheit, Lisa Rabuske, mit Steckrüben großgeworden, bekam beim geringsten Anlaß Nasenbluten, verstand es aber, zuzupacken. Sie war größer als Claire, Arbeit gewohnt, auch firm in Rangeleien jeder Art. Ein ungleicher Kampf, gut, daß Maurermeister Claaßen Claire befreien konnte.

Zerkratzt, mit einer klaffenden Wunde auf der Stirn, traf sie zu Hause ein, mußte von Dr. Scheepe gesäubert, genäht, verbunden werden und bekam gerade ein Serum gegen Wundstarrkrampf, als Rabuske erschien, in Uniform, um Genugtuung für seine Tochter zu verlangen. Nasenbluten, das sei Körperverletzung.

»Wollen Sie die Wunden meiner Tochter sehen?« fragte Jakob. »Der Arzt kann sie Ihnen vorführen«, wurde jedoch belehrt, daß Claire als erste zugeschlagen habe, ganz grundlos außerdem, denn Judenzicke sei keine Beleidigung, wenn es den Tatsachen entspreche.

»Das tut es nicht«, zwang Jakob sich, die Sache richtigzustellen, »Claires leibliche Mutter ist, wie nennt man das, so arisch wie Sie«, worauf Rabuske verächtlich »Ist doch schnuppe« sagte, »bei der Mischpoke hier im Haus«, und überhaupt könne er ja gleich noch mal mit ein paar Kameraden wiederkommen und das Mädchen fragen, warum sie so tückisch auf die Tochter von einem Parteigenossen sei, und ob man das etwa wolle. Breitbeinig stand er da mit seinen blankgeputzten Schaftstiefeln, die Hände auf dem Rücken, und schüttelte den Kopf, nein, bestimmt nicht, das wolle keiner und von ihm aus könne man den Klumpatsch auch gemütlich regeln.

»Den Glumbatsch ooch gemietlich räächeln«, sagte er mit vorgeschobenem Unterkiefer, lächelte sogar dabei, und Jakob spürte, wie ihm eine Starre in die Glieder kroch und der Mund trocken wurde.

Geld also, es ging um Geld, Schmerzensgeld, sagte Rabuske, schließlich habe die Nase von seiner Lisa geblutet, da wären schon ein paar anständige Scheine fällig, drei Hunderter vielleicht, und Jakob gab sie ihm.

Ein Streit beim Biikebrennen, Auslöser dessen, was ohnehin auf seine Stunde wartete.

»Sie werden dich zerstören«, sagte Sophia. »Dich, die Kinder, und ich bin schuld.«

208

Jakob öffnete die Balkontür. »Wie kann man von Schuld reden.«

»Ich bin da«, sagte Sophia. »Das ist es.«

Jakob nahm ihren Arm und zog sie auf den Balkon, Mitternacht, der Himmel klar, am Horizont blinkte noch ein Feuer. »Hier wohnen wir, hier haben wir uns in den Sand gerammt, und niemand kann uns etwas tun.«

Sie machte sich los, »hör auf mit den Phrasen«. Und dann, ohne jede Vorwarnung: »Ich will weg, laß uns gehen, weg von hier.«

»Wohin?« fragte Jakob verständnislos.

»Amerika«, sagte sie. »Justus hat das Geld noch rechtzeitig in Sicherheit gebracht, du bist erst vierzig, wir können neu anfangen und brauchen keine Angst mehr zu haben, und die Kinder …«

»Und das Hotel?« unterbrach er sie.

»Ach, das Hotel.« Plötzlich fing sie an zu weinen, selten, daß es geschah, wasserfest, keine Heulsuse, die sich durchs Leben jammert, hatte Paulina Neelke auf Anhieb erkannt. Doch jetzt weinte sie die halbe Nacht in die Kissen hinein, wollte nichts mehr sagen, nichts mehr hören, so als wüßte sie schon, wohin dieser Abend führen würde.

Es ist nur der Schock, dachte Jakob. Ein Wahnwitz, Amerika, fern wie der Mond. Alles stehen- und liegenlassen, das Haus, die Halle mit der Mahagonitäfelung, die feuervergoldeten Lüster im Restaurant, nie mehr der Blick von der Düne übers Meer. Er glaubte, den Schmerz zu spüren, lieber tot, aber Sophia war immer vernünftig gewesen und würde es wieder werden.

»Vernunft?« fragte Justus. »Was nennst du Vernunft? Wie das Kaninchen auf die Schlange starren? Darauf warten, daß sie dich frißt?«

Er war Sophia zu Hilfe gekommen, mit dem Auto über den Damm, und was drei Tage zuvor noch wie eine Beiläufigkeit erschienen war, ein flüchtiger Gedanke aus dem Affekt, lag jetzt schwer und unverrückbar im Raum: Amerika.

»Du also hast ihr diesen Floh ins Ohr gesetzt«, sagte Jakob, aber von Flöhen, ereiferte sich Justus, von Grillen, Flausen, Marotten oder wie immer er es zu nennen beliebe in seiner Blindheit, könne die Rede wohl nicht sein, wenn es darum gehe, Leib und Leben zu retten. Übertrieben? Hitler ein Maulheld? Vielleicht wisse Jakob ja wirklich nicht, wie diese Amokläufer unter den Sozis und Kommunisten gewütet hätten. Ihm dagegen sei es präsent, und selbst wenn man, was er nicht glaube, vor den Juden haltmache, sie nicht genauso erschlage, aus Fenstern werfe, zu Tode quäle, so reiche es schon, als Mensch vierter Klasse zu gelten, Untermensch, Nichtmensch, den jedermann öffentlich verunglimpfen dürfe. Und falls Jakob seiner Frau dies zumuten wolle, sei es Sache des Bruders, sie in Sicherheit zu bringen.

»Man kann doch noch warten«, sagte Jakob, und Justus wollte wissen, worauf in aller Welt, und führte die SA-Männer an, die vor seiner Kanzlei alle Mandanten notierten, die sich noch zu ihm wagten. »Warten, daß sie mich mitnehmen? Jeder von uns, der kein Brett vor dem Kopf hat, packt jetzt die Koffer.«

»Jakob ist nicht blind«, sagte Sophia. Sie lehnte an der Tür in einem grauen, hochgeschlossenen Kleid, das ihr die

210

Farbe nahm. »Er hat auch kein Brett vor dem Kopf. Er ist nur keiner von uns.«

»Vielleicht«, sagte Jakob. »Aber du gehörst zu mir, seit elf Jahren schon. Sollen wir in Panik und nur auf Verdacht alles verschleudern? Und über kurz oder lang wird das Pack zum Teufel gejagt, und ich bin mein Hotel für immer los?«

»Dein Hotel«, schlug Justus ihm um die Ohren, »ist nur aus Stein«, als sei das, was Jakob Vergangenheit, Gegenwart, Zukunft bedeutete, nicht einmal eine Überlegung wert, bis endlich Sophia für ihn sprach, mit Argumenten, die er kaum noch zu äußern wagte, Sophia, die alles von ihm wußte, alles verstand, nur nützte es nichts, »denn ich«, sagte sie, »kann hier nicht leben, was sollen wir tun«.

Die endlose Diskussion, »komm mit«, sagte sie, »bleib hier«, sagte er, »ich bleibe«, sagte sie, »nein, ich gehe mit dir«, eine Wippe wechselnder Gefühle und Entschlüsse.

Hedel, die auch nach dieser Saison wieder die Küche übernommen hatte, ergriff, ihres Dr. Vinzelberg gedenkend, unbesehen Sophias Partei, ganz gegen die eigenen Interessen. Der Laden kümmerte wie alles auf der Insel weiter vor sich hin, kaum ein Auskommen ohne den Winter bei Jakob, und sie würde sich noch wundern, meinte er gekränkt, wenn plötzlich andere Leute dort oben im Hotel säßen. Aber Hedel blieb fest, Sophia sei in Not und Not habe Vorrang, während Mette Petersen, nachdem sie ihr das Geheimnis entlockt hatte, sich vehement auf Jakobs Seite schlug mit der Begründung, die Frau müsse sich nach dem Mann richten und den Kopf werde man Sophia schon nicht abreißen. Sie habe lange auf Samt gesessen, nun könne es mal härter werden, wenn auch, doch das sagte sie nur zu sich selbst, gewiß nicht so hart wie für die unglückselige Maleen.

Alles gut gemeint, mehr oder minder jedenfalls, und gänzlich ohne Belang. Erst aus der Kirchenstraße kam brauchbarer Rat.

Eigentlich hatte man Paulina Neelke schonen wollen, krank, wie sie war. Nichts Schmerzhaftes, aber eine Schwäche, die mehr und mehr von ihrem Körper Besitz ergriff, wohl auch, weil sie seit dem Herbst fast nur noch im Bett lag, kerzengerade, die Nachtjacke aus warmem Parchent bis zum Hals geschlossen, und vor sich die Bibel.

»Bewegung, Bewegung«, versuchte Dr. Scheepe sie in Gang zu bringen, ein Sohn des früheren Badearztes, den man, weil er als kleiner Junge seinen Vater bei Krankenbesuchen begleitet hatte, immer noch Lütt Dokter nannte, »aufstehen, sonst schläft das Herz ein«. Aber Paulina winkte ab, »geht nun zu Ende, fünfundsiebzig ist genug, das steht schon geschrieben«, wobei sie mit dem Zeigefinger auf den schwarzledernen Einband der Bibel klopfte.

Ihre verbliebene Kraft nämlich nutzte sie, um die Propheten zu studieren, auch die Psalmen und das Hohelied, nickend, kopfschüttelnd, immer voller Staunen. »Kaum zu glauben, was da drinsteht«, sagte sie zu dem alten Pastor Nielsen, der gekommen war, um geistlichen Trost zu bringen, »für alle etwas, Gutes und Böses, kann sich jeder holen, was gerade gebraucht wird«, worüber er sich trotz manch eigener Zweifel nun doch erregen mußte, sogar von Lästerung sprach und ihr riet, die Zunge zu hüten, so nahe dem Ende und der Gnade bedürftig. Alles nichts für Paulina, weder die Rüge noch die Drohung. Der Mensch, sagte sie, sei gut und sei böse, und für beides müsse es Worte geben, ein richtiges Menschenbuch, die Bibel, »mach mal die Augen auf, Paster, und such mir was Passendes raus für die Beerdigung«.

»Ich bin im Ruhestand«, sagte er etwas pikiert, versprach aber, es trotzdem zu tun.

Jakob erschien meistens zur Teestunde, um sie wenigstens dann aus dem Bett zu holen. Auch Sophia verließ ihr zuliebe das Haus, und selbstverständlich, daß Paulina Neelke der Konflikt nicht entgehen konnte. Warum Jakob so herumzahne, wollte sie wissen, ob Sophia krank sei, aber selbst Mette Petersen gab keine Auskunft, und Paulinas Großnichte Ingeline Thomsen, die, von der Familie zur Pflege abgestellt, ihr mit andauernder Nölerei auf die Nerven ging, wußte ohnehin nichts. Nur Hedel hatte Erbarmen mit ihrer wachsender Unruhe. Sie brachte jeden Mittag das Essen, leichte, bekömmliche Kost, auch dem Gaumen angenehmer als Ingeline Thomsens Kocherei. Bei ihr, behauptete Paulina Neelke, schmecke alles wie Pappkartons schob eines Mittags aber auch Hedels Hühnerfrikassee beiseite und schwor, nie wieder etwas zu sich zu nehmen, wenn man sie weiterhin für dumm verkaufe. So kam die Wahrheit ans Licht, ein Segen, wie sich herausstellen sollte, denn Paulina atmete auf. »Zieht man los«, sagte sie, »im Grab ist man sowieso allein«, und wies, statt zu lamentieren, einen Weg aus dem Dilemma: Handeln und Abwarten, drüben und hier, ein Jahr lang vielleicht oder zwei, und dann, je nach den Zuständen im Land, entweder Jakob nach Amerika oder Sophia zurück auf die Insel.

Es war nichts Überraschendes, beide hatten es wieder und wieder erwogen, jeder für sich und in Angst vor Mißverständnissen. Nun war es ausgesprochen, ein Vorschlag, eine Möglichkeit, und Paulina, allen Flausen ferner denn je, bereitete dem rücksichtsvollen Zögern ein Ende. »Macht kein Gedöns«, sagte sie zu Jakob, »sondern das Beste daraus«, in Erinnerung auch an die Jahre mit ihrem Mann, dem Kapitän auf großer Fahrt, seinem Kommen und Gehen, schließlich zum letzten Mal. So sei es gewesen, sagte sie, und man habe es hingenommen, und darauf käme es an im Leben, Hinnehmen und das Beste daraus machen.

Die Stimme, dünn und blechern geworden mit der Zeit, hatte zu zittern begonnen, und schon bei den letzten Worten liefen ihr Tränen übers Gesicht.

»Ach, Paulina«, sagte Jakob und legte die Stirn auf ihre große knochige Hand, »bleib noch da«, die erste Vertraulichkeit in all den Jahren.

Sie strich ihm über den Kopf. »Laß man, der Tod kennt seine Zeit, ich habe schon mit Hanne Leich geredet und Tischler Möller, ist alles abgemacht, und du sollst hinter dem Sarg gehen.«

Der Tod kam im April, während ein pfeifender Ostwind Regenschauer durch die Straße peitschte. »Wär' nicht schlimm, bei solchem Schietwetter zu verschwinden«, hatte man sie murmeln hören. Aber Hedels mildgewürztes Kalbsragout schmeckte ihr noch, auch die in Wein geschmorten Äpfel.

»Das war gut, nun will ich schlafen«, sagte sie, als Hedel ihr zum Abschied über die Hand strich. Zwei Stunden später wollte Ingeline Thomsen nach ihr sehen, da war keine Wärme mehr im Körper. Herzversagen, schrieb Doktor Scheepe auf den Totenschein.

Die alte Sieversen, Hanne Leich, erschien, um ihre Arbeit so zu tun, wie es mit Paulina besprochen war, und

214

Tischler Möller hielt den Sarg bereit. Als Jakob kam, lag Paulina schon in der Stube, das Gesicht zum Fenster, an dem sie so oft gestanden hatte, um den Menschen auf der Straße und den Wolken am Himmel zuzusehen. Sie trug das schwarze Sonntagskleid. Der Wind, der durch alle Ritzen drang, ließ die Kerzen flackern. Erst auf dem Weg zurück ins Bellevue fiel ihm ein, daß das Haus in der Kirchenstraße jetzt ihm gehörte.

Drei Tage später brachte man sie zu ihrem Grab, auf dem alten Friedhof hinter der Kirche, wo nur noch Platz fand, wer schon Eltern und Großeltern hier in der Erde hatte. Das Wetter war umgeschlagen, ein blauer Frühlingstag, mild und windstill, mit gleißender Morgensonne auf den schwarzen Gestalten, die aus allen Orten zwischen Ost- und Westseite, Nord- und Südspitze gekommen waren, Paulina Neelke zu Ehren. Pastor Nielsen, noch einmal in seinem abgetragenen Talar, erhob ihre letzten Worte zum Leitmotiv seiner Predigt: »Das war gut, jetzt will ich schlafen.« Ein Satz wie aus der Bibel, sagte er, symbolhaft für das Leben und Sterben dieser Frau, und Jakob, während seine drei Schaufeln Erde auf den Sarg fielen, sah ihr altes, tränennasses Gesicht und fragte sich, ob diese Deutung statthaft sei. Was würde sie dazu sagen, dachte er, »macht kein Gedöns« vielleicht, oder gar einen Hinweis geben auf das Kalbsragout.

Im Zug von der Kirche zum Grab hatte er sich nach vorn gedrängt, hinter den Sarg, mit mißmutiger Billigung der Verwandtschaft. Aber schließlich kam er, wie man wußte, für alle Kosten auf, sogar für die Bewirtung der Leidtragenden oben im Bellevue.

»Gut, daß wenigstens die Jüdsche zu Hause geblieben

ist«, murrte Niels Söncksen, nur aus Groll eigentlich, weil er sich mit zunehmendem Alter mehr und mehr in den Gedanken verbiß, Nümann habe ihn bei dem Dünengeschäft übers Ohr gehauen. Auch die Zustimmung hielt sich in Grenzen, Jakobs Frau, fand man, hätte doch dazugehört, schon um Paulinas willen. Aber allein, daß solche Worte fallen durften, rechtfertigte ihre Abwesenheit.

»Ich kann es nicht«, hatte sie, schon den schwarzen Hut in der Hand, gesagt. »Erzähle ihnen, daß ich krank bin, Paulina würde es verstehen.« Und das war es wohl, krank an der Seele, Zeit, zu gehen, und je eher, je besser angesichts der Qual des Nichtmehr und Nochnicht.

Ihr Bruder Justus, hektisch, als säße ihm der Teufel im Nacken, hatte den Weg längst geebnet, kein schwieriger Weg im übrigen, man fuhr nicht ins Leere. Einflußreiche Verwandte warteten in New York und anderswo, hatten auch schon Verbindungen geknüpft, um ihm die Zulassung als Anwalt zu erleichtern, und, das Wichtigste, Sophias und sein Vermögen lagen auf amerikanischen Konten. Nur die Visa zur Einreise fehlten noch, Besuchsvisa vorsichtshalber, obwohl Juden auch die Emigration erlaubt war. Aber Willkür und Schikanen lauerten überall, besser, sie nicht herauszufordern, und wenn man erst drüben sei, meinte Justus, käme das Bleiberecht auf Dauer sozusagen von selbst.

»Auf Dauer!« empörte sich Jakob. »Du tust, als ob das schon sicher wäre«, doch Justus hörte weder ihm noch Sophia zu. Er geriet außer Atem beim Thema Amerika, ein Wort jagte das andere, und jedes signalisierte, was unabänderlich näherrückte, den Abschied. »Ein Jahr«, sagte sie,

»nur ein Jahr«, und der Atlantik schien immer größer zu werden.

Tagsüber war die Trennung schon fast vollzogen. Seitdem eines der Mädchen ihr bei einer Zimmerkontrolle »Sie haben mir einen Dreck zu befehlen« ins Gesicht gesagt hatte, war Sophia nicht mehr durch die oberen Etagen gegangen. Vorbei die Suche nach Streifen in Badewannen und Staub unter den Betten, auch kein Blick in die Rezeption, die Küche, das Restaurant. Allenfalls an ihren Schreibtisch setzte sie sich gelegentlich, lustlos und immer weniger bereit, mit Jakob über das Hotel zu sprechen. »Ich kann dir nicht mehr raten«, sagte sie, »ich bin ja schon nicht mehr vorhanden.« Was ließ sich darauf erwidern. Ein Schlagbaum, der zwischen ihnen hing, nur in den Nächten war der Weg noch offen, und sie liebten sich wie nie zuvor, als könne Lust gespeichert werden für hungrige Zeiten.

Anfang Juni klingelte im Büro das Telefon, gerade, als Jakob Paulina Neelkes Haus vermietet hatte, nach langem Zögern, schwer vorstellbar, daß fremde Leute zwischen diesen Wänden wohnen sollten. Der junge Lehrer Boy Meinerts von der Grothumer Mittelschule und seine Frau schienen indessen unter dieses Dach zu passen, er groß, breit und bedächtig, sie dagegen leichtfüßig und fix mit der Zunge, die Richtige für Paulinas Klöntür. Jakob hatte nur die Stube leergeräumt. Den restlichen Hausrat, meinte er, könnten sie behalten oder wegschaffen, was beide erschrocken von sich wiesen, so schöne alte Sachen und wegschaffen. »Das würde Paulina Neelke gefallen«, sagte Jakob, worauf Boy Meinerts nach einigem Herumdrucksen gestand, daß er Parteimitglied sei, gezwungenermaßen, man habe auf ihn eingeredet, und einfach ablehnen, jeder wisse doch, wohin es führe, aber vielleicht würde Herr Nümann ihn nun nicht mehr haben wollen, und das könne er verstehen.

Ein ehrliches Gesicht, ehrlich und schuldbewußt, »lassen Sie man«, sagte Jakob, er wisse sehr wohl, was gelegentlich vonnöten sei, um zurechtzukommen. Man sah sich an und nickte, eine gute Basis für den Mietvertrag, und nun meldete sich Justus am Telefon. »Das Visum muß abgeholt werden«, sagte er, es war soweit.

Noch einmal im Auto nach Hamburg, morgens mit dem ersten Güterzug über den Damm und weiter durch den Frühsommer, vorbei an Kuhweiden, Pferdekoppeln, halbhohen Kornfeldern, den grünen Hecken und einsamen Gehöften. Jakob fuhr die Strecke wie im Schlaf, so oft waren sie in letzter Zeit schon bei Justus gewesen, um Silber und Porzellan, die kostbaren alten Uhren, Stiche, chinesische Vasen, Teppiche und was sonst er noch gesammelt hatte, vom Neuen Wall ins Bellevue zu transportieren, damit es dort auf bessere Zeiten warten konnte oder andernfalls auf Jakobs Übersiedlung nach Amerika. Der Rest blieb in der Wohnung zurück, denn bei allem Pessimismus, vielleicht war Hitler doch nicht unsterblich.

Für die Reise mußten wenige Koffer genügen, unverfängliches Urlaubsgepäck, und ganz zum Schluß hatte Justus noch darauf bestanden, daß Sophia ihr Haus am Mittelweg, eine Hinterlassenschaft des ersten Ehemannes, pro forma Jakob überschrieb. Gedrängte Termine also, der Notar, und auch die Passage auf der »Manhattan« mußte gebucht werden. Kein deutsches, sondern ein amerikanisches Schiff, noch eine Vorsichtsmaßnahme. Sogar den Umweg über Southampton nahm Justus dafür in Kauf, und daß er und Sophia getrennt an Bord gehen wollten, gehörte ebenfalls zu dem, was Jakob Verfolgungswahn nannte. Aber es war nicht mehr seine Sache, er sah nur zu.

»Wenn ich Du wäre«, sagte Sophia, die Kabinenkarte in der Hand, »würde ich mich nicht allein übers Meer segeln lassen«, und Jakob, statt »wenn ich Du wäre, würde ich bei mir bleiben« dagegenzuhalten, verstummte. Drei Wochen dauerte es noch bis zur Abreise, schwierig genug. Und auch Claire und Michel mußten endlich eingeweiht werden.

Seltsam, daß sie bisher nichts bemerkt hatten, so hellhörig, wie beide sonst sein konnten. Aber sie gingen immer mehr ihre eigenen Wege, Michel mit seiner Malerei, ermutigt und gefördert von Herrn Hübener, dem Zeichenlehrer am Gymnasium, und Claire verbrachte die Nachmittage fast immer bei Inga Moorheede in der Elisabethstraße. »Ich gehe zu Inga«, die übliche Antwort, wenn nach ihrem Wohin gefragt wurde, und falls man wissen wollte, was sie dort machten, sagte Claire allenfalls »irgendwas«.

Auch Ingas Mutter hatte Sophia nicht viel mehr entlokken können. Frau Moorheede hielt sich meistens in der Praxis auf, um dort, wenn ihr Mann resolut zu Bohrer oder Zange griff, die Hand des Patienten zu halten, mit so liebevoller Ruhe, daß man Dr. Moorheede trotz seiner Robustheit der Konkurrenz vorzog. Die Mädchen, sagte sie, seien groß genug, die wüßten schon, was sie zu tun hätten, lernen vermutlich. Diffuse Auskünfte, nicht ganz stimmig, Frau Moorheede war Claires Verbündete.

Sophia hatte darauf bestanden, den Kindern die bevorstehende Trennung möglichst bis zum letzten Moment zu verschweigen, vor allem Michels wegen, der, als sie schließlich davon anfing, gleich wieder in die Grube fiel.

Schon zum zweiten Mal kam ihm die Mutter abhanden, und das Gefühl schutzloser Verlassenheit schlug über ihm zusammen, als sei er nicht fünfzehn, sondern wieder vier Jahre alt. Selbst seine Stimme, längst über den Bruch hinaus, klang hoch und kindlich, »bleib hier, bitte bleib hier«, und dann, die letzte Hoffnung, »nimm mich mit«.

Michel in Amerika, warum eigentlich nicht. Ein anderes Land, ein Leben fern vom Vater mit seinem Hotel, es wäre besser gewesen. Sogar Claire drängte darauf, ihn gehen zu lassen, »weshalb kann er nicht ein Jahr bei Sophia sein«. Aber allein Jakobs Argument zählte, »ich will meinen Sohn behalten«, als wüßte er jetzt schon, daß die ewige Beschwörung, ein Jahr, nur ein Jahr, so wenig galt wie alle Redensarten, Trost für den Augenblick, mehr nicht.

»Wenn du selbst einmal Kinder hast, wirst du mich begreifen«, sagte er und fügte, erschrocken über Claires feindseliges Kopfschütteln, noch hinzu, daß er doch kein Unmensch sei. Aber sie ließ ihn stehen.

Michel ging umher wie im Schlaf, tief in sich verschlossen, unerreichbar auch für Sophia.

»Laß ihn doch endlich in Ruhe«, sagte Claire, die ihre Flucht verstand, aber nicht verzieh, »was soll das noch«, mühsam dies alles, und fast eine Erlösung, als der Tag gekommen war.

Schon am Abend davor fuhren sie nach Hamburg, um die letzte Nacht bei Justus zu verbringen, in der kahlen Wohnung, die nicht mehr seine Spuren trug. Stumm saßen sie am Eßtisch, Brot und Wurst blieben liegen, der Tee wurde kalt.

»Ein Glas Wein zum Abschied?« fragte Justus. »Wein ist besser als Weinen.«

Sophia warf die Serviette hin und verließ das Zimmer.
»Warum redest du solchen Unsinn«, fuhr Jakob ihn an.

»Unsinn?« Justus lachte höhnisch. »Wo ist hier der Unsinn? Komm, betrink dich mit mir. Ich habe noch einen guten Burgunder im Keller, den Rest kannst du einpacken. Komisch, so einfach zu verschwinden, wie? Bye, bye, das war's, bedient euch bitte. Weißt du, daß sie mich neulich aus meinem Puff rausgeschmissen haben? Zum tiefsten Bedauern der Madame, aber rausgeschmissen, weil irgendein Rassemensch es nicht mit derselben Hure treiben wollte wie ich. Natürlich hat die Alte Angst, kann man ja verstehen. Wenn ich bloß wüßte, wer hier wahnsinnig ist.«

Sophia schien zu schlafen, als Jakob sich neben sie legte. Er streckte die Hand nach ihr aus und zog sie wieder zurück, wozu noch, die Zeit ließ sich nicht halten.

Am nächsten Tag gingen sie eine Stunde vor Justus aus dem Haus. Die »Manhattan« wartete am Roßhafen. Jakob parkte den Wagen, winkte einem Träger, der Steward zeigte ihnen die Kabine. Sie saßen nebeneinander, hilflose Worte, noch einmal »ein Jahr, nur ein Jahr«, die letzte Umarmung, Sirenen heulten, »Anchors away« spielte das Bordorchester, die »Manhattan« glitt davon. Sophia stand an der Reling und streckte die Hände aus. Ihre Lippen bewegten sich, doch was immer sie ihm noch sagen wollte, ging im Lärm unter.

»Und ich«, erzählte Claire Jahre später, wenn die Geschichte der Nümanns repetiert wurde, »ich habe endlich mein Klavier bekommen.«

Das Klavier hatte Jakob noch am selben Tag gekauft, gleich nach der Rückkehr in die Wohnung am Neuen Wall.

Es war zu spät für den Inselzug, und ohnehin mußte noch einiges verpackt werden, Anzüge, Akten, der alte Burgunder.

»Trink ihn auf unsere armen Seelen«, hatte Justus gesagt. Die Worte hingen noch im Raum, und, erdrückt von der Leere rundherum, war Jakob auf die Straße gelaufen, zum Jungfernstieg, in den warmen, geschäftigen Nachmittag hinein. Die Fahnen am Alsterufer schlugen im Wind, Segel glitten über das Wasser, Ruderboote, zwei kleine weiße Dampfer. In diesem Strudel von Verlorenheit hatte er das Klavier gesehen und gekauft, ohne nachzudenken, vielleicht als Opfergabe für jene Mächte, die ihm nach so vielen Verlusten wenigstens Claire lassen sollten. Ein Aufruhr der Gefühle, sogar Michel profitierte davon, Michel Maler, der nach den Jahren mit Stiften und Tusche eine Staffelei brauchte, es aber abgelehnt hatte, sich das nötige Geld durch ehrliche Sonntagsarbeit im Hotel zu verdienen, »für so was habe ich keine Zeit«. Arrogant, nannte es Jakob, ganz so, als sei nicht auch ihm die Zeit zu schade gewesen für Beschäftigungen, die sein Vater ihm zuweisen wollte.

Keine Staffelei also, nicht zu Weihnachten, nicht zum Geburtstag. Doch jetzt, in den Turbulenzen dieses Abends, hatte er, über alle Schatten springend, sich schon nach dem Geschäft in der Fehlandstraße durchgefragt. Es war schwer zu finden zwischen den schmalen Häusern. Zweimal hastete er daran vorbei, ein Wettlauf mit dem Ladenschluß um Michels willen, der ihn wieder ansehen sollte wie ein Sohn den Vater. Alles umsonst. Die Tür war bereits verschlossen, und in der Nüchternheit des nächsten Morgens kaufte er statt der Staffelei einen Fotoapparat, eine Leica sogar, weit höher im Wert und vielleicht geeignet, Michels Interessen in andere Kanäle zu lenken. Uneinsichtigkeit der Väter, hätte Sophia gesagt, die sich irgendwo auf dem Atlantik immer weiter von ihm entfernte.

Das Klavier wurde schon drei Tage später geliefert, wie Jakob es gefordert hatte. Mittags, als Claire nach Hause kam, stand es in ihrem Zimmer, poliertes Nußbaumholz mit gedrechselten Beinen, ihr jahrelanger Wunsch, nun war es da.

»Es gehört dir«, sagte Jakob.

Sie warf die Schultasche hin, öffnete den Deckel und ließ einen Finger über die Tonleiter hüpfen.

»Freust du dich?« fragte er.

Sie antwortete nicht gleich. Dann drehte sie sich um, den Glanz im Gesicht, der ihn seit eh und je entzückt hatte, lief auf ihn zu und umarmte ihn so zärtlich wie früher als kleines Mädchen.

»Nun mußt du wohl auch darauf spielen lernen«, murmelte er etwas mühsam, das größte Opfer überhaupt, dieser Satz, und sie, den Kopf noch an seiner Schulter, fragte: »Hat Michel die Staffelei bekommen?«

Claire und ihr Bruder, man hätte damit rechnen müssen. Sie hatte ihn durch die Schule geboxt, verteidigt, beschützt, kaum denkbar, daß sein Wunsch auf der Strecke bleiben durfte.

»Er kriegt eine Leica«, sagte Jakob. »Es kann nicht alles nach seinem Kopf gehen. Er macht sowieso nur noch, was er will.«

»Ich mache auch, was ich will«, sagte Claire, kein kleines Mädchen, sondern fast erwachsen unter ihrem bunten

Sommerkleid, nicht mehr lange und die letzten Fäden des Kokons würden abfallen.

Sie ging ans Klavier, ein paar leise Töne, dann der Akkord, Chopin, irgend etwas von Chopin, und Jakob, Raum und Zeit verlierend, war in Mette Petersens Stube, sah Maleens huschende Hände, das Spiel ihres Körpers unter der dünnen Bluse.

»Was soll das?« fragte er. »Wo hast du das gelernt?«

»Bei Inga Moorheede«, sagte sie. »Da konnte ich üben.«

»Wofür?« fragte er. »Willst du Clara Schumann werden?« und war erleichtert, daß sie darüber lachte. Sie wollte nur singen und sich selbst auf dem Klavier begleiten, sang ihm auch gleich ein Lied von Brahms vor, glockenrein, hätte Mette Petersen vermutlich wieder gesagt, und vor einem Jahr wäre es noch das richtige Wort gewesen. Doch inzwischen hatte sie sich verändert, und auch die Stimme war erwachsen geworden.

»Nimmst du etwa Unterricht?« fragte Jakob und wurde, als sie erzählte, daß der Musiklehrer ihr etwas Atemtechnik beigebracht habe, ärgerlich. »Warum weiß ich das alles nicht?«

Claire fing an, sich mit dem Klavierhocker im Kreis zu drehen, drei-, viermal. »Was weißt du schon von uns?« Sie klappte den Deckel zu, »laß das Klavier wieder abholen, ich brauche es nicht halb so dringend wie Michel die Staffelei.« Dann stand sie auf, lächelte und legte noch einmal die Arme um ihn. »Ich möchte es gern behalten. Du bist doch kein Unmensch.«

So kam Michel doch noch zu seiner Staffelei. »Es geht ihm besser«, schrieb Jakob an Sophia, »und Claire hat jetzt ein Klavier.«

Es war die Zeit der Briefe, er an sie und sie an ihn, Seiten voller Leidenschaft. Sehnsucht nach Nähe und Klagen über das große Wasser, das zwischen ihnen lag, dreitausendfünfhundert Seemeilen von Ufer zu Ufer. Und immer noch und immer wieder: ein Jahr, nur ein Jahr.

Zunächst die Liebe, und dann, etwas zwiespältiger freilich, Berichte aus dem Alltag auf der Insel und in New York, wo Sophia an Land gegangen war und erst einmal bei Verwandten gewohnt hatte, sich inzwischen aber mit Justus ein Apartment nahe beim Central Park teilte, achtzehnter Stock und nicht einmal teuer, weil auch dies den Verwandten gehörte, lauter nette Menschen und New York ein wundervoller Ort, sprühend, glanzvoll, interessant, und Justus bereits mitten im Studium für das amerikanische Examen.

So etwa klang es vom anderen Ende der Welt, eine Spur zu begeistert, fand Jakob, es wäre ihm lieber gewesen, wenn Sehnsucht und Trennungsschmerz auch die Stadt grau verfärbt hätten. Aber New York leuchtete von Brief zu Brief heller, weit mehr als die Insel, die nicht nur, weil es Herbst wurde und Winter, im Nebel versank, und was es an Interessantem zu vermelden gab, eignete sich nicht für Sophia.

Die Saison zum Beispiel, die sich weit besser als vermutet entwickelt hatte. Viele der früheren Gäste waren wiederaufgetaucht und neue hinzugekommen, das große Geld schien sich unter Hitlers Regime schnell zu erholen. Die dritte Etage war wieder geöffnet, das Personal ergänzt worden, und während der toten Monate wollte Jakob eine Reihe von Zimmern in Suiten umwandeln. Seitdem Hitlers wichtigster Minister ein Sommerhaus auf der Insel besaß, wurde sie zum Ziel von allen möglichen Zelebritäten, und überhaupt, es ging aufwärts in Deutschland, auch Grothum mußte sich darauf einstellen, aber konnte man das etwa Sophia erzählen?

Was den Aufschwung betraf, so waren es nicht Jakobs Worte, sondern die von Bürgermeister Matuszczschewsky, dessen zungenbrecherischer, anfangs nicht nur von Claire verspotteter Name sich schon bald zu Matten verkürzt hatte, Matten Meester. Er war aus Berlin zugewandert oder vielmehr geschickt worden, ein Parteimensch, aber umgänglich, mütterlicherseits sogar friesischer Herkunft und bei den Einheimischen auch deshalb beliebt, weil er sich bereitwillig den Gepflogenheiten anpaßte, etwa im Gebrauch des Du. Vor allem aber verstand er es, staatliche Zuschüsse auf die Insel zu ziehen und überhaupt den Betrieb anzukurbeln. Auch die Modernisierung des kleinen Flugplatzes hatte er durchgesetzt, nordöstlich von Grothum auf der hohen Geest, und mit Elan der geplanten Stationierung von Militär auf der Insel zugestimmt. Fortschritt, jedermann profitierte davon, und Schwarzseher wie einst Käpt'n Carl wagten schon längst nicht mehr, den Mund aufzumachen.

Matten Meester war im Bellevue erschienen, um sich die Folgen der letzten Oktoberstürme anzusehen, orkanartige Unwetter von fürchterlicher Wucht. Die Promenade war zerstört, die Musikmuschel auf der Plattform, das Geländer, die Treppe, und der Strand bis zu den Befestigungen weggespült worden. Ein Wunder beinahe, daß Jakobs Mauer, abgesehen von geringen Schäden, auch diesmal standgehalten hatte.

»Deutsche Wertarbeit«, sagte Matten Meester, während

er sich im Büro mit einem Cognac aufwärmte, »und das bißchen Schiet bringen wir gleich mit in Ordnung, Nümann, du hast ja auch eine Menge für Grothum gemacht, weiß ich doch.«

Er hob das Glas, ließ sich ein zweites Mal einschenken und fragte: »Wann kommt denn deine Frau wieder zurück aus Amerika?«

Jakob hatte darauf gewartet. Seit langem war Sophia schon überfällig, und Gerüchte finsterster Art waberten über die Insel, bis zu der Vermutung, daß man sie in Übersee oder womöglich schon vorher unter die Erde gebracht habe. Dummes Zeug, nicht ernst zu nehmen, doch das Problem Sophia war auch ohne das schon peinlich genug. Selbst Wohlmeinende scheuten sich, Jakob Fragen nach ihrem Verbleib zu stellen, und nur der fromme Fiete Post ließ sich nicht beirren. Statt ihre Briefe an der Rezeption abzugeben, bestand er darauf, Jakob jeden einzelnen persönlich zu überbringen, um gleichzeitig nicht nur sein Mitgefühl, sondern vor allem auch seinen Zorn auf die Schuldigen an Sophias Abwesenheit auszudrücken: »Der Antichrist, Herr Nümann, das ist der Antichrist, aber die Gottlosen müssen in ihr eigenes Netz fallen, und der Herr wird sie in die untersten Örter verdammen«, lebensgefährliche Reden, so daß Jakob wünschte, Fiete Post würde lieber schweigen.

»Keine Ahnung, wann sie wiederkommt«, versuchte er Matten Meesters Frage auszuweichen. »Eigentlich wollte sie nur sechs Wochen bleiben.«

»Und sie hat ja auch nur ein Besuchsvisum«, sagte Matten Meester, »genau wie der schlaue Herr Bruder, der noch dazu das ganze schöne Geld aus dem Land geschafft hat.

Meinst du, das wissen wir nicht? Und wo sie ist? Und daß du sie nicht um die Ecke gebracht hast?«

Er nahm einen dritten Cognac und fiel vom Berliner Dialekt ins Plattdeutsche, ebenfalls eine Fähigkeit, die man an ihm schätzte. »Ick wüll di mal wat vertellen«, diese gemütliche Sprache, »ich will dir mal was sagen, Nümann, nicht von Amts wegen und nicht als Parteimitglied, sondern von Mann zu Mann und weil ich schließlich auch eine Frau habe: Laß sie in Amerika, ist besser für sie, kannst du mir glauben, und ist besser für dich. Du hast ein schönes Hotel und verstehst was vom Geschäft. Es geht aufwärts in Deutschland, darauf müssen wir uns hier einstellen, da brauch' ich einen wie dich, mit Pfiff und nicht so 'n Piefke, wie wir Berliner sagen.«

»Und ich brauche meine Frau«, sagte Jakob, was Matten Meester verstand, »klar, ich brauche meine auch. Aber ob dann noch irgendwer bei dir wohnen will, mit einer Jüdin im Geschäft? Und können wir in Grothum uns das leisten, das beste Haus am Platz und die Betten leer?« Er hielt Jakob sein Glas hin, »einen zum Abgewöhnen, und tut mir ja leid, Nümann, persönlich, meine ich, aber laß sie man in Amerika, die Zeit geht drüber weg, meine erste ist gestorben, damit mußte ich auch zurechtkommen«. Alles auf Platt, »dor mööt ick ook mit torechtkoomen«, und er riet Jakob noch, endlich eine Fahne auf dem Dach zu hissen, der Minister wünsche sich die Insel sozusagen durchgeflaggt, und die Fahne am Haus zeige schließlich, daß man treu zu Adolf stehe, wär' ja wohl auch klar in Grothum, lewer doot as Slav und so.

Ein bißchen viel geredet, das machte der Cognac, aber er hatte recht. Von der Nord- bis zur Südspitze stand man zum Führer oder tat wenigstens so, keine Aufsässigkeiten mehr, auch der Nachfolger von Pastor Nielsen schloß ihn in seine sonntäglichen Fürbitten ein. Jeder wollte leben, möglichst besser als bisher, und die Arbeit fing gerade wieder an, sich zu lohnen. Hoteliers, Geschäftsleute, Handwerker, alle waren durchweg dieser Meinung, ebenso wie Sophias ehemalige Kunden aus der Suppenküche, Rabuske zum Beispiel, der jetzt dem Reinigungstrupp auf dem Flugplatz vorstand und ganz ordentlich sein sollte.

Aber nochmals, kein Thema für die Briefe an Sophia. Wenn es so aussieht auf der Insel, würde sie fragen, weshalb läßt du nicht alles stehen und liegen und kommst zu mir? Und wie in aller Welt, wenn er ihr sein Gespräch mit Matten Meester schilderte, sollte sie begreifen, daß er noch daran dachte, Suiten einzurichten? Unsinnig, er wußte es selbst, wozu der Aufwand. Andererseits, warum nicht. Die Weltgeschichte war voller Seltsamkeiten, und immer noch konnten die Dinge sich von einem Tag zum nächsten wenden. Weitermachen also, Stillstand bedeutete Rückschritt, und da Sophia dergleichen nicht hören durfte, mußte er Seite um Seite mit Worten füllen über das, was so schön gewesen war und schön sein könnte, wenn alles anders wäre, als es war.

Aber Worte machten nicht satt, nur immer hungriger, unerträglich für einen, der an Sättigung gewöhnt war. Und so begann er nach dem zu suchen, was er lediglich für eine Sache des Körpers hielt, strikt getrennt vom Gefühl, das allein Sophia gehörte.

Eine Selbsttäuschung. Schon früher war er, anders als Justus, der es vorzog, sich mittels Geld möglichen Komplikationen zu entziehen, bei der käuflichen Liebe am eigenen Unbehagen gescheitert. Widerwärtig, die hastige Prozedur nach und vor einem anderen. Und obwohl es ihm in der Zeit zwischen Maleen und Sophia durchaus gefallen hatte, beim Tanztee oder an einer Bar Frauen aufzuspüren, die das gleiche wollten wie er, kurz Affären im gegenseitigen Konsens, verlor er jetzt auch daran den Geschmack, wahrscheinlich, weil seine Leib-Seele-Theorie das beiderseitige Vergnügen gefrieren ließ. Es war nur noch peinlich, morgens neben dem fremden Atem wach zu werden, und lästig außerdem, deswegen extra nach Hamburg zu fahren. Er fing an, mit einem Zimmermädchen zu liebäugeln, gegen jedes Prinzip und obwohl so etwas Ärger bringen konnte, lief aber zum Glück noch rechtzeitig Hanna in die Arme, Frau Deenekind, Michels Mathematiklehrerin.

Es passierte vor den Osterzeugnissen, als sie mit ihm Michels schulisches Desaster erörterte, ganz anders, als er erwartet hatte, schon deshalb, weil sie so abweisend aussah, kerzengerade und das Haar straff zurückgekämmt über dem schmalen, etwas sauertöpfischen Gesicht. Die Stimme indessen, weich und behutsam, hatte ihm von Anfang an gefallen.

Ein Künstler, ihr Sohn, sagte sie, man wisse es. Herr Hübener habe ihn sogar genial genannt und manches Zugeständnis in der Benotung erreichen können, bei ihr jedenfalls und noch einigen Kollegen, aber jetzt herrsche ja ein anderer Geist.

Sie stockte, ein unsicherer Blick, »rede ich mich um Kopf und Kragen?«

Jakob schüttelte den Kopf. »Bei mir nicht. Ich bin ein geprügelter Hund.«

Das also war es, der andere Geist, womit sie den neuen Direktor meinte, einen Mann der Partei, von ehernen Grundsätzen, der sich nicht scheute, bei Schulfeiern in SA-Uniform aufzutreten, dem Kollegium einen makellosen deutschen Gruß abverlangte und seine Schüler als junge Soldaten des Führers sah. Jemand wie Michel hatte unter solcher Herrschaft wenig zu erhoffen, und auch der Nachfolger des ebenfalls geschaßten Zeichenlehrers Hübener brachte weder ihm noch seinem Talent irgendwelche Wertschätzung entgegen. Nicht unbedingt zu Jakobs Mißfallen. Herr Hübener, fand er, hatte Michel im Übermaß mit moderner Malerei gefüttert, blaue Pferde, aufgelöste Gesichter, eine in Kuben, Striche, Farben zerfallende Welt, bedeutende Kunst sicherlich, aber wohl nicht das Richtige, um ihn aus seinen Phantastereien herauszuholen.

»Na ja«, hatte Claire gesagt, »so reden die Alten immer«, und Frau Deenekind, obwohl sie kaum jünger als Jakob war, meinte, vielleicht sei gerade das die Realität, er möge doch an die Schlachtfelder des Krieges denken, was denn da noch ganz geblieben sei, und gerade er könne doch nicht in dasselbe Horn blasen wie diese Leute.

Herr Hübener nämlich war mit ganz ähnlichen Argumenten davongejagt worden, als Verderber der Jugend, und der für ihn eingesetzte Herr Koblitz, ein Verfechter des Glatten, Schönen und Gesunden, hatte in der Zensurenkonferenz Michels Produkte entartet genannt, Schmierereien vom nationalsozialistischen Standpunkt aus, was Jakob trotz aller Vorbehalte zur Solidarität mit seinem Sohn aufrief: Traurige Bilder, nicht glatt und nicht schön, gewiß auch kein Abklatsch der Wirklichkeit, aber doch nicht geschmiert.

»Im Dritten Reich darf man nicht mehr traurig sein«, sagte Frau Deenekind. »Die Schüler hatten den Auftrag, eine Mutter mit Kind zu malen. Michels Gestalten, behauptet Herr Koblitz, sehen wie Wasserleichen aus, eine Beleidigung des deutschen Menschenbildes, und Michel, das ist das Problem, weigert sich, es anders zu machen, weil er nicht lügen will.«

»Ja«, sagte Jakob, »so ist er«, nicht ganz sicher, ob man stolz darauf sein oder es bedauern sollte.

Frau Deenekind nickte, »ein außergewöhnlicher Junge, doch jetzt wird er sitzenbleiben. Der Direktor hat jede Nachsicht untersagt, und auch die jüdische Stiefmutter spielt eine Rolle. Aber meine Lateinkollegin und ich wollen versuchen, ihn durch die nächsten beiden Jahre bis zur mittleren Reife zu bringen.«

Sorge um Michel, der Anfang dieser nicht ganz kühlen Beziehung.

»Sie sind auch nicht sehr fröhlich«, sagte Jakob, als Frau Deenekind ihn an die Tür brachte, und sie lächelte zum ersten Mal. »Es gibt wenig Gründe zur Fröhlichkeit. Aber schön, daß wir offen reden konnten«, sagte sie, zuckte jedoch zurück, als er von einer Fortsetzung sprach, so sei es nicht gemeint.

Ganz nett, dachte Jakob, nur zu etepetete und ein bißchen zickig, schade. Eine Woche später aber rief sie an und fragte, ob er nicht doch eine Tasse Tee bei ihr trinken wolle.

Sie wohnte im ehemaligen Elternhaus, seit zwanzig Jahren allein zwischen Plüsch und schnörkeligem Mahagoni. Zwei Brüder waren gefallen, ihr Mann ebenfalls, und selbstverständlich mußte man etepetete sein als Lehrerin unter den Augen der kleinen Stadt. Jetzt vergaß sie es kurzfristig, schon bei dem Anruf war die Kruste abgefallen. Vielleicht wollte sie wieder einmal Grund haben zur Fröhlichkeit, und fraglich nur, ob Jakob ihn ihr gab.

Am Anfang gewiß, wenn sie mit dem Daimler nach Kiel fuhren und dort in der Anonymität die Nacht verbrachten, manchmal auch den nächsten Tag irgendwo am Wasser, in Schilksee oder Laboe, endlich wieder eine Frau, mit der er nicht nur schlafen, sondern auch reden konnte, und seltsam, daß sie ihm streng erschienen war damals im Lehrerzimmer.

»Schön mit dir«, sagte er nach einem solchen Tag und wußte, daß dies nicht sein durfte, dies alles nicht, die Freude, sie wiederzusehen, das Glücksgefühl in ihrer Gegenwart.

Frau Deenekind, Hanna, wie er sie nannte in den Wochen zwischen Frühling und Sommer, verstand es. Freundschaft vielleicht, hoffte sie noch. Für Freundschaft jedoch war es zu schön gewesen, und so ging sie in ihr leeres Haus zurück. Jakob behalf sich wieder mit den Briefen an Sophia, leidlich guten Gewissens alles in allem. Nur kam, wenn er sich in seine Sehnsucht vertiefte, manchmal das andere Gesicht dazwischen als Zeichen, daß der Körper sich nicht isolieren ließ.

Unmöglich, auf Dauer in diesem Zwiespalt zu leben. Komm her, wollte er Sophia sagen, komm doch zurück. Aber auch das war unmöglich bei den Zuständen im Land. Nichts hatte sich verändert in diesem Jahr. Sophia wußte es und wartete auf ihn. Doch statt die Abreise vorzubereiten, plante er Diners bei Kerzenlicht und Kammermusik und Bälle wie zur Kaiserzeit mit Quadrillen und einem Tanzmeister in großer Gala. Die Suiten, alle von ausgesuchter Eleganz, waren sehr begehrt, auch von Parteigrößen und hohen Militärs, und wenn sie kamen, wehte das Hakenkreuz über dem Haus. Michel hatte laut dagegen revoltiert, »die prügeln uns, und du hängst ihre Fahne auf«. Aber was sollte er tun. Michel war nicht das Maß aller Dinge, mit denen man sich hier arrangieren mußte, auch nicht Sophia an ihrem Central Park.

Ich liebe dich, schrieb er in dem nächsten Brief, der an die New Yorker Verwandten adressiert, von Hamburg abging, wie üblich, wenn Brisantes mitzuteilen war, ich liebe dich, aber begreife bitte, daß ich mitten in der Saison keine Zeit habe, etwas zu unternehmen. Im Herbst, falls bis dahin nicht noch ein Wunder geschieht, fange ich an, nach einem Pächter zu suchen. Die Pacht muß dann auf dem Konto warten, bis wir eines Tages vielleicht doch wieder zurückkommen. Momentan sieht es kaum danach aus. Hitler sitzt fester im Sattel denn je, und ich hoffe nur, es geht nicht alles verloren. Sie sind ja nicht gerade zimperlich mit Leuten, die ihnen den Rücken kehren wollen.

Ein Brief voller Einschränkungen. Hinter jeder Zeile stand, was er ihr eigentlich sagen wollte, ich möchte bleiben, und daß etwas anderes als bleiben gar nicht mehr möglich war, wurde ihm schließlich von Matten Meester eröffnet.

Der Herbst war schön gewesen wie seit langem nicht, ein Tag so schön wie der andere, der richtige Himmel, um eventuellen Pächtern den Blick von der Düne vorzuführen. Nur daß in diesem goldenen September die Nürnberger Gesetze erlassen wurden, Judengesetze, Rassengesetze, und jede Hoffnung auf Sophias Rückkehr sich damit endgültig zerschlug. Nun sind wir für Deutschland wirklich keine Menschen mehr, schrieb sie. Du dürftest mich nicht mehr heiraten, nicht einmal unter einem Dach mit mir wohnen, Rassenschande, überleg es dir gut, ob du eine wie mich noch haben willst.

Ich will dich, antwortete Jakob, ich komme zu dir, und nahm Kontakt zu einem Makler auf. Es regnete, als endlich die erste Besichtigung stattfand, Regen, Nebel, beißender Ostwind. Das sei ja hier der reine Nordpol, meinte der Interessent, ein mißgelaunter, grobschlächtiger Mensch aus Magdeburg. Was hat der in meiner Halle zu suchen, dachte Jakob, und qualvoll, mit anzusehen, wie er durch das Hotel strich, auf Mängel lauernd, mit denen sich gegebenenfalls der Preis drücken ließ. »Das muß man in Betracht ziehen, falls es zu Verhandlungen kommt«, murrte er, »hier ist nicht alles Gold, was glänzt. Und dieser Aufwand für eine Insel! In dem Ballsaal könnte ja der Kaiser tanzen.«

»Sie kriegen das Hotel ohnehin nicht«, sagte Jakob und war froh, ihn wieder los zu sein.

In der Nacht hatte er kaum Schlaf gefunden, verfolgt von der Chimäre, wie der aufgedunsene Magdeburger statt seiner die Gäste begrüßte, Wein einkaufte, mit dem Küchenchef das Menü für die Woche besprach. Er riß die Balkontür auf und lehnte sich an die Brüstung, um den Wind zu spüren. Es war kälter geworden, steigendes Wasser, die Brandung schlug auf den Strand. Ich kann hier nicht weg, dachte er, und ließ die Augen über die Fassade wandern, ein tröstliches Bild im Sommer, wenn die Fenster blitzten, helle Fenster, volles Haus. Jetzt war es dunkel, der letzte Gast abgereist, auch die Fahne endlich vom Dach verschwunden, die verdammte Fahne. »Ich schmeiße sie in die Mülltonne«, hatte Michel in Gegenwart des Maître gesagt, der ihm über den Mund gefahren war, »sei still, willst du dich unglücklich machen?« Der Maître, noch einer, der vermutlich nicht schlafen konnte. Er ging auf die fünfundsechzig zu, ungewiß, ob ein neuer Pächter ihn behalten würde, und auch Hedels Zukunft war nicht gesichert. Der Laden schien anzulaufen, was aber, wenn das Alter kam oder eine Krankheit wie bei Mette Petersen, die seit längerem mit der Leber herumlaborierte. Jakob beschloß, die Miete von Sophias Haus am Mittelweg Hedel und dem Maître zu überschreiben, möglichst bald, denn zwei weitere Interessenten standen ins Haus und irgendeinem mußte er das Hotel ja geben, das Hotel, die Düne, alles, was bisher sein Leben ausgemacht hatte.

Ich kann es nicht, ich kann es nicht, der Stachel hinter jedem Gedanken, und dann, nach einer zweiten und dritten Nacht wie dieser, kam Matten Meester zu ihm ins Büro, Bürgermeister Martin, wie er neuerdings hieß, seitdem man das fremdländische Matusczschewsky eingedeutscht hatte. Wieder eingedeutscht, wie die örtliche Presse zu vermelden wußte, denn der gute alte Name sei dem Großvater, seinerzeit Bergmann im oberschlesischen Revier, von den dortigen Chauvinisten nachweislich genommen worden. Wie dem auch sei, Grothum hatte keine Einwände, schon deshalb, weil Martin im Plattdeutschen zu Matten mutierte, und so hieß er ja bereits. Nun saß er Jakob gegenüber und legte seine Mütze auf den Tisch, entschlossen, ihn davor zu bewahren, blindlings ins offene Messer zu laufen.

Nicht aus purer Menschenfreundlichkeit allerdings, obwohl Sympathien für Jakob sicherlich mitspielten, auch

Widerwille gegen Schüsse aus dem Hinterhalt. Im Zentrum aber standen andere Gefühle, Liebe zu seiner Frau und Furcht vor Gott, dessen Kirche er den Rücken gekehrt hatte leichtfertigerweise, aus Parteiraison und um ein bißchen Karriere zu machen, in Grothum wenigstens. Nun kam es über ihn: Die Frau war krank, zum Tode womöglich, und Matten Meester, ausgeschlossen von den Sakramenten, wollte auf eigene Faust Buße tun. Gott gnädig stimmen durch eine gute Tat, das war es, was er erhoffte, mit Jakob als Nutznießer.

Im Bellevue war er gegen Abend aufgetaucht, unter amtlichem Vorwand. In der nächsten Saison nämlich sollte eine Veranstaltung der Partei mit Theater- und Filmschaffenden auf der Insel stattfinden, und dafür, sagte er, sei der Ballsaal doch gerade richtig. Er nahm ihn auch gleich in Augenschein, und sogar der Maître mußte geholt werden, um sich fachmännisch zu äußern. Eine längere Prozedur, erst später, beim Cognac, kam er auf den wahren Grund seines Besuchs zu sprechen. »Schiet wat, Ballsaal, willst du wirklich das Hotel verpachten?«

Woher er das schon wieder wisse, fragte Jakob. Von dem Makler etwa?

Matten Meester öffnete die Tür, sah sich in der Rezeption um, setzte sich wieder.

»Sei vorsichtig«, sagte er. »Die haben dir eine Laus ins Fell gesetzt, und was heute passiert, wissen sie morgen. Die wissen alles, sogar was du dir so denkst. Du denkst, du kannst mit den Kindern einfach zu deiner Jüdin nach Amerika fahren und dein Hotel und das Geld warten hier auf euch. Weißt du, was du bist? Ein Idiot.«

Der Maître, nur er war eingeweiht, der Maître also ein

237

Spitzel, und niemals mehr würde Jakob auf ein Schiff kommen, sie würden ihn schon vorher holen, ihm die Kinder wegnehmen, das Hotel, alles. Mit einem Staatsfeind machte man kurzen Prozeß, »und falls du das heil überstehst«, sagte Matten Meester, »dann nur mit der nackten Haut«.

Er griff nach seiner Mütze, die gleiche, wie sie Käpt'n Carl so lange durch Grothum getragen hatte, und starrte auf den goldenen Anker. »Irgendeiner will dich ins offene Messer laufen lassen.«

»Wer?« fragte Jakob. »Warum?« Doch Matten Meester gab keine weiteren Auskünfte, nur noch eine Warnung, bevor er ging: »Mach mir eine Kalkulation für den Ballsaal und halte den Mund, sonst geht es mir schlecht und dir noch viel schlechter.«

»Ich bin ratlos und verzweifelt«, schrieb Jakob an Sophia, ein Brief, der über Hamburg lief und das Gespräch mit Matten Meester wiedergab. Ich habe zu lange gewartet, nun ist es zu spät, es geht nicht um mich, es geht um die Kinder. Ich bin sicher, daß der junge Weber dahintersteckt, Webers Rache. Er sitzt jetzt in der Kieler Gauleitung, und vielleicht wäre alles anders gelaufen, wenn Du ihn damals nicht angespuckt hättest. Falls ich das Land wenigstens noch vorübergehend verlassen darf, könnten wir uns in Frankreich oder Italien treffen, aber selbst das glaube ich nicht, und er kündigte noch einen zweiten Brief direkt aus Grothum an, für die Zensur, zu seiner und Matten Meesters Sicherheit.

Es sei das Hotel, war darin zu lesen, das Hotel, die Insel, und erst jetzt sei ihm klar geworden, daß er sich weder von dem einen noch dem anderen trennen könne. Für die Zensur, wie gesagt. Doch Sophia ließ sich nicht täuschen.

Wir werden uns nirgendwo mehr treffen, schrieb sie, weder hier noch sonstwo. Ich will keinen Mann für manchmal, ich brauche einen, der mit mir lebt. Du hast gute Gründe, nicht nach Amerika zu kommen. Aber von Anfang an hattest Du Gründe, und das Hotel stand immer an erster Stelle für Dich. Ich frage mich, ob irgendein Ding auf der Welt es wert ist, die Liebe dafür fallenzulassen. Aber vielleicht gibt es ja keine Liebe für immer und ewig, nur eine auf Zeit, und dann geht es weiter. Ich hoffe, auch für mich. Ich will nicht wieder so lange trauern.

Sophias letzter Brief. Sie sollte recht behalten, es ging weiter, viel zu schnell eigentlich. Jakob blieb keine Zeit zu trauern, denn nach der langen Misere begann für die Inselbewohner ein neuer Aufschwung, ein Aufschwung besonderer Art, unheimlich geradezu, immerhin waren die Folgen des letzten Krieges noch überall gegenwärtig.

Aber nur wenige schien es zu bedrücken, daß ausgerechnet die Vorbereitungen auf den nächsten der Not ein Ende machten. Die meisten, und sei es nur, weil der Nachbar es tat, applaudierten, als an der Nord- und Südspitze, im Dünenland, auf den leeren, stillen Heideflächen und dort, wo von altersher die Vögel ihre Brutstätten hatten, das große Bauen einsetzte. Keine Hotels, nichts für den Fremdenverkehr, sondern Marine- und Luftwaffenstützpunkte, Befestigungen, Bunker, Arsenale, Kasernen, Wohnungen, Baracken, Depots und alles, was man sonst noch zur Versorgung von Soldaten und ihrer Waffen benötigte. Riesige Kraken rund um die kleinen reetgedeckten Dörfer, und alles in so rasender Eile, als sollte morgen schon geschossen werden. Aufrüstung, der große Boom. Maurermeister Claaßen mußte Arbeiter vom Festland holen, bei Hedel gingen sogar die letzten windfesten Hüte über den Ladentisch, es gab Aufträge, es gab Geld, wer fragte schon nach dem Warum und Wozu, wenn es Sterntaler regnete.

Die Zimmervermieter allerdings blickten mürrisch auf die laute Betriebsamkeit, nichts für gute Gäste, und die Trupps von Kraft-durch-Freude-Urlaubern, die statt dessen herangeschafft wurden, ließen mancherlei Wünsche offen in puncto Lebensart, Verzehr und Trinkgeld. Aber niemand wagte, an der Klöntür darüber zu nörgeln. Es ging nicht um das Wohl der Vermieter, auch nicht um zerstörte Heide- und Dünentäler oder brütende Enten, Kiebitze, Strandläufer. Es ging, so dröhnte es allenthalben, um Deutschland.

Die Bewohner des Bellevue, auch jetzt noch dem Alltag entrückt, spürten kaum etwas von den Veränderungen. Unversehrt, als habe die Zeit sich nicht bewegt, lagen die Dünen im Morgen- und Abendlicht, kein Lastwagen, kein kreischender Preßlufthammer störte den Wechselgesang von Ebbe und Flut. Die immer häufiger auftauchenden Stukas und Me 109 erinnerten zwar daran, daß der kleine Flugplatz, ehemals Matten Meesters Stolz, inzwischen anderen Zwecken als der Annehmlichkeit betuchter Gäste diente. Aber ihre Piloten schlugen möglichst weite Bögen um das Haus, Tribut an eine hochrangige Klientel, die sich hier wohl fühlte, Konstrukteure, Architekten, Militärs, Parteigrößen. Häufig, wenn ihre Obliegenheiten längere Aufenthalte nötig machten, holten sie auch die Familien nach, ein neuer Gästekreis neben dem üblichen, so daß

Jakob kaum Zeit zum Ausatmen blieb, schon gar nicht für Melancholien. Mit den Briefen, die er noch im Winter an Sophia geschrieben hatte, verzweifelte Briefe, auf die keine Antwort kam, war es vorbei, verstummt auch das kreisende Zwiegespräch in seinem Kopf, die Beteuerungen und Schuldzuweisungen, und nachts, neben ihrem leeren Kissen, deckte der Schlaf die Gedanken zu. Nur manchmal, mitten im Trubel, wenn er Gäste empfing oder Verhandlungen führte, traf ihn ein schmerzhaftes Entsetzen, ganz kurz nur und gleich wieder von Geschäftigkeiten überrollt.

Es war ein Glück, daß Claire ihm seit ihrem Abitur kurz vor Ostern so bereitwillig zur Hand ging, gerade in dieser turbulenten Saison 1936, denn auch der Maître, dem man nicht mehr trauen, aber ebensowenig kündigen durfte angesichts dessen, was er verraten konnte, war immer noch im Haus. Dieses oder jenes, Michels Beschimpfung der Fahne zum Beispiel, hatte er offensichtlich nicht gemeldet, undenkbar, ihn zu provozieren, schon Argwohn konnte gefährlich werden. Jakob versuchte, sich die gewohnte Mischung aus Wohlwollen und Respekt abzuzwingen, wenn er mit ihm den Lauf der Geschäfte und der Welt erörterte, ließ aber, statt das Regime zu kritisieren, immer häufiger Zustimmung einfließen, »Wer hätte geahnt, daß der Führer uns so schnell wieder auf die Beine bringt«, oder »Besser als jetzt hat das Bellevue noch nie dagestanden, da kann man der Regierung nur dankbar sein«, in der Art etwa, und schob sicherheitshalber noch Geld hinterher, einen Bonus hier, einen Bonus da, vor allem aber das Versprechen, ihm auch bei nachlassenden Kräften eine Bleibe im Haus zu geben.

»Das haben Sie doch wirklich verdient«, sagte er, worauf der Maître zu weinen begann. Er weinte leicht in letzter Zeit, ein Hinweis darauf, daß die Kräfte tatsächlich nachließen, und womöglich, dachte Jakob, hat er alles nur aus Angst vor dem Alter getan.

Lange könne man ihn nicht mehr im Restaurant beschäftigen, meinte Claire, für die er nach wie vor »Onkel Maître« war, ein Relikt aus Kindertagen, als sie vor ihm ihre tiefsten Knickse gemacht hatte, um dann mittels Luftsprung einen Kuß irgendwo zwischen Kinn und Stirn anzubringen. Claire, sein Liebling von Anfang an. »Nicht so schnell, meine Kleine«, mahnte er auch jetzt noch, immer in Sorge um ihr Wohlergehen, und erst kürzlich hatte er ihr das Versprechen abgenommen, Hitler nie mehr einen Scharlatan zu nennen, niemals und nirgendwo, »und dabei«, sagte sie, »hat er schon wieder geweint«.

»Bist du noch bei Verstand«, rief Jakob, »solche Reden zu führen? Wer weiß denn, ob ihm nicht nur die Tränen, sondern auch die Worte davonlaufen.«

»Es ist doch der Maître«, protestierte Claire, nahm aber die Warnung ernst. Sie verstand es, die Gefahren der Zeit einzuschätzen und klug mit ihnen umzugehen. »Klug wie die Schlangen«, sagte sie und war, bis das Abitur sie davon befreite, in BDM-Uniform durch Grothum marschiert, zuletzt als Führerin einer Singschar, alles nur, weil Michel sich als völlig ungeeignet für die Hitlerjugend erwiesen hatte, ein Schandfleck seiner Schule, wie der Direktor an Jakob schrieb.

Um den Schaden auszugleichen, hatte sie sogar angefangen, selbstgebastelte Verse auf den Führer an die örtliche Zeitung zu schicken, wo dergleichen gern gedruckt wurde, und auch ihre Aufsätze zu Themen wie »Nordisches Erbe in der Dichtung des Novalis« konnten einiges vom rechten Geist der Nümanns vermitteln. Das Glanzstück aber kam beim Abitur. In einer Analyse der Schillerschen Helden gelang es ihr, Wilhelm Tell und Johanna, ja selbst Don Carlos, Wallenstein und die unglückselige Elisabeth von England so eindeutig als Träger nationalsozialistischen Gedankenguts auszumachen, daß Michel hoffentlich bis zur mittleren Reife davon zehren konnte.

»Noch ein Jahr, dann hast du es auch hinter dir«, sagte sie, während er zusah, wie ihre Schulbücher nach den letzten Prüfungsarbeiten im untersten Kommodenfach verschwanden. »Wir bringen dich schon durch.«

Er hob langsam die Schultern und ließ sie wieder fallen, seine Art, mitzuteilen, daß es ihm egal sei, Anlaß für Frau Deenekind, die sich zweimal in der Woche mit seinen mathematischen Defiziten befaßte, immer wieder am Sinn ihres Tuns zu zweifeln. Claire hingegen nahm es hin wie alles von ihm, duldsam und voller Sorge, wohin es mit seinen fragwürdigen Bildern führen sollte, Vogelmenschen, Menschenvögel, gierige Möwenaugen in Räumen aus Wasser, Sand, Wolken. Auch Claire wußte nicht immer genau, was davon zu halten war. Aber Michel, das wußte sie, würde ein großer Maler werden, wenn man ihn nur ließ.

Den Sprung in die Untersekunda hatte er diesmal geschafft, keine Fünfer mehr in den Hauptfächern, ein Ungenügend jedoch im Kunstunterricht, Herrn Koblitz' Geschoß, aber eigentlich war es Michels Schuld. Denn nach dem Verbot, sich am freien Zeichnen und Malen zu beteiligen, hatte er, statt Dürers Hasen und gotische Faltenwürfe zu kopieren, wort- und bewegungslos aus dem Fenster gestarrt, Verweigerung also, die Fünf verdient, und er persönlich, versicherte Herr Koblitz, werde bei der Reichskunstkammer dafür sorgen, daß man ihn und seine Schmierereien in keiner Akademie durch die Tür lasse.

Ein noch ziemlich junger Mann, dieser Koblitz, ein Künstler sozusagen, der auf der Straße seinen Schal flattern ließ und nach der Schule Leinwände mit blonden, muskulösen Bauern und Fischern bedeckte. Zwei dieser Werke, erzählte man, sollten im Münchner Haus der deutschen Kunst ausgestellt werden, möglich, daß es stimmte.

Er selbst war keineswegs blond, auch nicht besonders ansehnlich, verstand es aber, die Mädchen zu beeindrukken. Nicht wenige aus Claires Klasse hingen an seinen Lippen, wenn er ihnen das Heldische an einer romanischen Basilika oder die deutsche Seelentiefe des Isenheimer Altars nahebrachte, mit leuchtenden, allerdings braunen Augen, die des öfteren, wie Claire bemerkt hatte, an ihr entlangwanderten, voller Wohlgefallen, manchmal sogar komplizenhaft zwinkernd. Der Versuch jedoch, dieses widerwärtige Interesse für Michel nutzbar zu machen, war gescheitert, auf furchtbare Art, »rabuskisch«, sagte Claire weinend vor Wut zu Inga Moorheede, »rabuskisch, nur noch viel schlimmer«.

Sie hatte ihn in der Woche vor dem Abitur angesprochen, während der Pause, und selbstverständlich hatte er Zeit, »immer, Claire, wenn Sie so hübsch lächeln«, erkaltete aber von einem Moment zum anderen und wollte wissen, warum er ihrem Bruder helfen solle.

Es war im Zeichensaal, ein großer heller Raum mit Tischen und Pulten, an den Wänden Schülerarbeiten nach Herrn Koblitz' Gusto. Er trug noch den weißen Künstlerkittel voll bunter Kleckereien, sein Markenzeichen, obwohl er im Unterricht kaum mit Farben hantierte. Michel, dachte Claire, hätte das nicht nötig, und ekelhaft, ausgerechnet diesen Menschen um Hilfe bitten zu müssen.

»Ich habe solche Angst um ihn«, sagte sie trotzdem, ein verzweifelter Vorstoß, irgendein Echo mußte doch kommen.

»Nun ja«, sagte er, »berechtigte Angst. Lebenstüchtig ist er ja nicht, überhaupt nicht, würde ich meinen, im Tierreich jedenfalls hätte so was keine Chance.«

»Wir sind nicht im Tierreich«, fuhr sie ihn an.

Herr Koblitz lächelte amüsiert. »Wir brauchen starke gesunde Menschen. Solche wie Sie.«

Claire merkte, wie der Zorn in ihr hochstieg, dieser Zorn, der sie vergessen ließ, was man durfte und was nicht. Aber Herr Koblitz, schon unterwegs zur Tür, schnitt ihr das Wort ab.

»Ich habe auch Angst, nur in anderer Richtung, nämlich, daß Menschen mit so kranker Phantasie unser Volk vergiften. Ein für allemal, mit mir brauchen Sie nicht zu rechnen«, und Claire, weil sie nicht zurückschlagen durfte, hob zehn Jahre ihre Wut für ihn auf. Der Krieg war vorbei, da kam er ihr entgegen, eine Krücke unter jedem Arm. »Claire!« rief er, »Fräulein Nümann!« Und Claire, auf das leere, hochgesteckte Hosenbein starrend, sagte: »Wie ich sehe, sind Sie nicht mehr ganz lebenstüchtig. Unser Volk, haben Sie mir doch einmal erzählt, braucht starke, gesunde Menschen«, ging weiter und schämte sich. Rache für Michel, wozu noch.

Doch der Krieg, dem auch das Bein des Herrn Koblitz zum Opfer fallen wird, läßt sich noch Zeit. Es herrscht

245

Frieden im Land, nachts blitzen die Fenster vom Bellevue über die See, und Claire hat sich an Sophias Schreibtisch gesetzt, erstaunlicherweise, denn zunächst war vom Medizinstudium in Kiel die Rede gewesen, gemeinsam mit Inga Moorheede. »Wir wollen«, hatte Claire gesagt, »etwas Vernünftiges tun.«

Den wirklichen Grund allerdings behielt sie für sich, Dr. Torben Scheepe nämlich, der demnächst die Praxis seines immer noch Lütt Dokter genannten Vaters übernehmen sollte und ihr über einen vereiterten Daumennagel nähergekommen. Eine schnell entflammte Liebe, nicht von Dauer, momentan aber groß genug, um Claire für die Medizin zu erwärmen, und Kranken zu helfen, ließ sie Jakob wissen, käme ihr sinnvoller vor, als reiche Leute mit Hummer und altem Burgunder zu füttern.

Ob sie etwa wie die Kommunisten Luxus und Eleganz aus der Welt schaffen wolle, empörte er sich. Jeder gehöre an seinen Platz und sie an diesen hier, wogegen Claire erst recht protestierte. Sie denke nicht daran, Michels Kronprinzenrolle zu übernehmen, und kam, als er anklagend rief, wozu er das Hotel dann wohl gebaut habe, auf den Kern der Dinge: »Für dich selbstverständlich. Du hast es gewollt, du hast es geschafft, reicht das nicht? Man muß doch nicht gleich eine Dynastie gründen.«

Da stand sie, ließ die Augen funkeln, lächelte im nächsten Moment aber schon wieder, und Jakob, immer in der schwächeren Position ihr gegenüber, nahm mit Unbehagen wahr, wie das sichere Gefühl, im Recht zu sein, dahinschwand.

»Du wirst Leichen sezieren müssen«, sagte er, so schockiert von der Vorstellung, daß er unwillkürlich nach ihrer

246

Hand griff. »Aber es ist dein Leben«, fügte er schnell hinzu, und dann, statt in Kiel nach einem Zimmer zu suchen, hatte sie sich plötzlich bereit erklärt, bei ihm zu bleiben, vorerst, unter gewissen Bedingungen, »ich will Sängerin werden«. Ein bißchen holterdipolter, der Umschwung, für Jakob zumindest. Er wußte zwar, daß sie gut und gerne sang, in der Schule, im Inselchor, und selbstredend war er beim Abschlußzeremoniell in der Aula der stolze Vater gewesen, als sie, die beste Abiturientin ihres Jahrgangs, auch noch soviel Beifall für ihre Lieder von Brahms und Schubert erhalten hatte. Aber daß sie die Lieder und den Beifall für weitaus wichtiger hielt als sämtliche Einser im Zeugnis, davon wußte er nichts.

Öffentlich singen, ein Glück jedesmal, sie brannte darauf, wagte jedoch nicht, es zu zeigen, schon gar nicht, daß sie manchmal von der Bühne träumte, unsinnigerweise, gegen jede Vernunft. Auch der Musiklehrer, ein gescheiterter Dirigent, der sich in die Sicherheit des Schuldienstes gerettet hatte, konnte nicht oft genug vor den Fährnissen der freien Wildbahn warnen: Sängerinnen gebe es wie Sand am Meer, viele gute, sogar sehr gute darunter, aber das nütze überhaupt nichts, man brauche Glück, Beziehungen, den richtigen Menschen im richtigen Moment, und wenn Fräulein Müller ein Techtelmechtel mit dem Intendanten habe, würde selbstverständlich sie engagiert, auch wenn Fräulein Schmidt sehr viel besser sei. »Singen Sie Gott und sich selbst zur Freude«, pflegte er zu sagen, »das ist vernünftiger.«

Sie sah es ein, Medizin, ein Diktat der Vernunft, von Torben Scheepe abgesehen. Doch nun war der richtige Mensch im richtigen Moment gekommen, nämlich Mathilde Meisner-Beck, die Dresdener Sopranistin, gefeiert als Aida, Salomé, Marschallin und unvergleichliche Bayreuther Isolde.

Früher jedenfalls, bis zum Ende der vorjährigen Theatersaison. Danach hatte sich, wie in den Feuilletons zu lesen war, der Vorhang endgültig für sie gesenkt, aus Altersgründen, ein ungalantes Wort, weshalb von Empfindlichkeiten gegen die aggressive Stadtluft gesprochen wurde, eine vermehrte Neigung zu Husten und Stimmbandkatarrh. Und da, was allerdings nicht in der Zeitung stand, auch ihre Beine, die ein erhebliches Gewicht zu tragen hatten, die Strapazen langer Opernakte nicht mehr durchstehen konnten, wollte sie sich fortan auf Liederabende beschränken. »Liederabende, dazu ein wenig Gesangspädagogik, so enden wir alten Schlachtrösser«, sagte sie zu Claire, später, nach vielen Stunden des Lehrens und Lernens in ihrem Wohnzimmer mit dem Blick zum Watt. Denn um Stimme und Körper zu festigen, hatte Frau Meisner-Beck ein Haus in Ekhum erworben, so waren sie am Ostersonntag zusammengekommen.

Der richtige Mensch im richtigen Moment, und nur ein Zufall, daß sie sich getroffen hatten, denn Claire stand an Stelle des erkrankten Tenors auf der Empore der kleinen weißen Kirche mit dem roten Turm, vor deren Altar einst die Ekhumer Seefahrer Gott um guten Wind und glückliche Heimkehr angefleht hatten. Sie sang drei Strophen eines Osterchorals, sehr schlicht in der Melodik, simpel wie ein Pfannekuchen, meinte Frau Meisner-Beck, die unten im Gestühl gesessen hatte, aber Claires junger Sopran habe ein Praliné daraus gemacht.

Sie liebte es, sich etwas überdreht auszudrücken, kein

Wunder nach dreißig Theaterjahren, zeigte sonst aber viel zupackende Direktheit. Und so war sie gleich nach dem Segen auf den Platz vor der Kirche gestürmt, um den Pastor, der dort zum Händeschütteln bereitstand, nach dem Mädchen mit der göttlichen Stimme zu fragen, ein Ärgernis für ihn. Göttlich, sagte er, sei der Herr, gab aber Claire, die gerade aus dem Seiteneingang trat, ein Zeichen.

Sie standen sich gegenüber, die alte, von ihrem lila Cape umwehte Primadonna und die junge Claire. Es war ein glasklarer Frühlingstag, oben im Turm läuteten die Glokken, an den verkrüppelten Ulmen rund um den Kirchplatz zauste der Wind. Frau Meisner-Beck hielt ihren breitkrempigen Hut mit beiden Händen fest, »ich muß mir ein Kopftuch umbinden«, sagte sie, »wie ein Marktweib, und Liebchen, du singst engelhaft, ich werde dir zeigen, was man mit solchem Material anfangen kann«.

Jakob war wenig erbaut, als sie am nächsten Tag ins Bellevue rauschte, um ihm klarzumachen, daß die Stimme seiner Tochter nicht nur für Küche und Kirche geschaffen sei. Verärgert legte er ihr nahe, Claire keine weiteren Flöhe ins Ohr zu setzen, »ein für allemal, wenn ich bitten darf«, worauf sie, die Rechte gen Himmel erhoben, »mein Herr!« rief, »mein Herr, solche Flöhe können die Welt verändern«, und ihn sodann wissen ließ, daß der Unterricht nicht viel kosten solle, sie notfalls aber auch gratis mit dem Mädchen arbeiten würde, denn es schreie zum Himmel, so ein Talent verdorren zu lassen, bloß weil der Vater nicht über seinen Hotelrand blicken könne.

Ihr Cape hinter sich herziehend, schritt sie davon, und Jakob fragte sich, ob es denn wahr sein könne, nach Michel nun auch noch Claire. Medizin, er hätte es hingenommen,

249

die Hoffnung im Hinterkopf, daß sie bald genug haben würde von Leichen, Blut und eitrigen Gebresten. Die Bedrohung durch diese lila Megäre jedoch war von ernsterer Art. Gefährlich, schlafende Hunde zu wecken.

Aber sie waren geweckt, und Claire hatte ihm ihre Bedingungen gestellt: Arbeit während der Saison bis drei Uhr nachmittags, genügend Geld für Kleidung und Gesangsstunden, und da der Unterricht nicht unterbrochen werden durfte, wollte sie im Winter Frau Meisner-Beck nach Dresden folgen.

»Geld!« sagte Jakob. »Als Lehrling! Was stellst du dir vor? Und dann noch Dresden! Aber ich habe ja keine Macht mehr über euch.«

»Hatte dein Vater Macht über dich?« fragte sie.

»Ich bin Kellner geworden«, sagte er. »Das war etwas Vernünftiges.«

»Und später hast du in die Suppe gehustet.« Sie stellte sich hinter seinen Stuhl und legte ihm die Arme um die Schultern, Sophias Geste, wenn sie Auseinandersetzungen den Stachel nehmen wollte. »Jeder Anfang ist ein Risiko. Und ich bin kein Lehrling, ich bin deine rechte Hand.«

»Ach, Kindchen, was du dir so denkst«, sagte er in Hedels Tonfall, sollte dann aber mit Erstaunen merken, daß sie tatsächlich keine Lehrzeit mehr brauchte, vielleicht weil Erinnerungen wach wurden an ihre frühen Streifzüge durchs Hotel, damals, als sie ihn beim Umgang mit den Gästen und dem Personal beobachtet hatte, Sophia oben in den Etagen, Herrn Weber an der Rezeption, den Maître und seine Kellner zwischen Küche und Restaurant. Was immer sie tat, es sah aus, als ob sie einer alten Gewohnheit folgte, umsichtig, schnell, präzise, bis nachmittags das andere Programm begann, in dem Torben Scheepe kaum noch vorkam.

»Liebchen«, hatte Frau Meisner-Beck den Unterricht eröffnet, »wenn du nicht fleißig bist, ist dein schönes Material wenig wert. Dann reicht es vielleicht für die Pamina in Quakenbrück, aber nie und nimmer für Berlin oder Dresden, und eigentlich kannst du dann gleich in eurem hübschen Hotel bleiben und den Gästen etwas vorträllern.«

Claire war mit dem Zug von Grothum nach Ekhum gefahren, durch einen Wolkenbruch gelaufen und mit Teepunsch gewärmt worden, »kalte Kehle singt nicht gern«, sagte Frau Meisner-Beck. Unvergeßlich, dieser erste Besuch in ihrem Haus, das blau-weiße Zimmer mit dem Flügel, Theaterzettel an den Wänden, ein großes Porträt als Isolde, und draußen Möwen, Enten, Austernfischer auf dem grauen Watt. Claire hatte noch nie etwas von Quakenbrück gehört. Aber wo immer es lag, wie immer es aussah, sie war entschlossen, diesen Ort nie zu betreten.

Es regnete nicht mehr, als sie wieder nach Grothum kam. Das Pflaster vor dem Bahnhof glänzte noch, aber der Wind hatte die Wolken nach Süden getrieben, dunkle Türme über dem Festland, vom Feuer der untergehenden Sonne durchglüht.

Dramatisch, dachte Claire, hochdramatisch, ein Wort, das ihr auf den Lippen brannte, seitdem Frau Meisner-Beck nach eingehender Prüfung der hohen und tiefen, lauten und leisen Töne, der Lage, des Volumens und worauf es sonst noch ankam jeden Zweifel beiseite schob: »Dein Stimmumfang ist gewaltig, Liebchen, du hast das Zeug zur

Hochdramatischen. Was daraus wird, steht in den Sternen, aber angelegt ist es, und auf in den Kampf.«

Hochdramatisch, Wagner also, Verdi, Richard Strauß, deren Arien Claire im Radio gehört und heimlich nachgesungen hatte, und nun würde sie damit auf der Bühne stehen, als Gilda, Senta, Salomé, und alle Welt durfte es wissen. Sie wollte zu Inga Moorheede gehen, machte aber einen Umweg in die Strandbadstraße, um auch Hedel etwas von ihrem ersten Jubel abzugeben, Hedel und Mette Petersen, die nach einem Schlaganfall hilflos im Sessel saß und so stürmische Attacken kaum mehr ertrug.

Vom Turm der Inselkirche schlug es sieben. Hedel war noch mit dem letzten Kunden beschäftigt, ein milchgesichtiger Matrose, der sich nur zögernd zu einem der kleinen Leuchttürme aus goldfarbenem Blech entschließen konnte, niedliche Gebilde mit roten Fensterchen, hinter denen ein batteriebetriebenes Licht blinkte. »Das Wahrzeichen für glückliche Heimkehr«, redete sie ihm zu, »da freut sich ihre Mutter bestimmt«, ein gutes Argument offenbar. Der Handel jedenfalls kam zustande, gerade noch rechtzeitig, bevor Claire mit ihren Wortkaskaden hereinstürzte, Sängerin, hochdramatisch, Frau Meisner-Beck, Isolde, und so ein Glück hat man nur einmal.

»Ach, Kindchen, ist es denn real?« fragte Hedel ängstlich, ließ sich aber beruhigen, »denn bis jetzt«, sagte Claire, »habe ich mich niemals anstrengen müssen, und wenn ich wirklich zu arbeiten anfange, dann …«

Sie hielt das Ende offen, so viele Möglichkeiten, und lief, weil Hedel sie nicht mehr zu Mette Petersen lassen wollte, gleich weiter, um mit Inga Moorheede ihre Luftschlösser zu bauen.

Aber warum Luftschlösser. Hedel, noch immer etwas atemlos, sah sie über die Straße hüpfen und wollte an ihr Glück glauben, so hübsch, wie Claire war, hübsch, klug, liebevoll, und der Unterricht bei der Frau, die eine Sängerin aus ihr machen wollte, kostete wahrlich genug, zwölf Mark die Stunde, das verdiente ein Stubenmädchen nicht mal in einer Woche.

Hastig räumte sie den Laden auf, Zeit für Mette Petersens Abendbrot, konnte es sich aber nicht versagen, schnell noch die Tageseinnahmen zu zählen, »Kasse machen«, diese neuerdings so erfreuliche Tätigkeit. Vor allem Souvenirs gingen blendend bei den Soldaten und Arbeitern vom Festland, die Leuchttürme etwa, die es in allen Größen gab, die Muschelketten und Muschelkästchen, die Tassen, Vasen, Aschenbecher mit friesischem Dekor, die Segelschiffe namens Grothum, Noerum, Süderup, oder, der Schlager schlechthin, possierliche Seehunde, auf deren Rücken das Inselwappen prangte. Unnützes Zeug, Hedel genierte sich jedesmal, Loblieder darauf anzustimmen, tat es aber dennoch mit überraschendem Erfolg, vermutlich, weil ihre runde, rosige Wärme an die Mütter und Tanten zu Hause erinnerte. Im nächsten Jahr sollten reell belegte Brötchen das Sortiment erweitern, hübsch verpackt in kleine bunte Stoffbeutel, die sie während der Winterwochen nähen wollte. So etwas gefiel den Leuten, zog ihnen nicht nutzlos Geld aus den Taschen und brachte trotzdem Gewinn.

Es stehe fest, sagte Mette Petersen, wenn sie die täglichen Berichte vernahm, daß Hedel die geborene Ge-

schäftsfrau sei, viel geeigneter für so einen Laden als sie
selbst seinerzeit. Ihr Talent wären Kleider gewesen, Kleider und Hüte, und damals, nach dem Verschwinden des
französischen Musikmenschen, hätte sie in Hamburg bleiben sollen, ein kleines Textilgeschäft mit Schneiderei, dann
wäre wohl alles anders gekommen, anders und besser, auch
für Maleen, und sie müßte nicht von morgens bis abends
allein im Sessel sitzen und mit dem Besenstiel wummern,
wenn sie Hilfe brauche, und keiner würde kommen.

Es stimmte nicht, Hedel kam immer, ließ sie aber reden,
was sonst blieb ihr noch. Die Worte tropften von den
Lippen, endlose Monologe, meistens in die Luft hinein,
seitdem sie ihre Tage an dem kleinen Stubenfenster
verbringen mußte und nichts sah als Wolken, Dächer und
den Hintergarten mit Krüppelbäumen und verwilderten
Blumenbeeten.

Das Unglück war im Frühjahr über sie hereingebro-
chen, nach einem kurzen Aufenthalt bei Maleen, die jäh-
lings von dem Wunsch besessen schien, der von allerlei
Mißbefindlichkeiten geplagten Mutter in ihrer Kölner
Wohnung ein wohlumsorgtes, friedvolles Alter zu berei-
ten. Hedel kam es seltsam vor, so rar, wie diese Tochter sich
bisher gemacht hatte, kein einziger Besuch, alle heiligen
Zeiten ein Brief, und auf einmal die reine Liebe. Aber so
vieles hatte sich verändert, weshalb nicht Maleen, nun, da
auch in ihrem Haus dank Hitler, wie sie schrieb, endlich
die Sonne schien. Ihr zweiter Mann, ein Bankmensch, der
lange arbeitslos gewesen war, saß wieder in seiner alten
Schalterhalle, ein guter Posten, gutes Geld, und als er sich
ebenfalls sehr warmherzig äußerte, beschloß Mette Petersen, das Zusammenleben wenigstens auszuprobieren.

»Wenn es mir nicht gefällt«, sagte sie, »kann ich ja wiederkommen«, und so geschah es. Schon nach kurzer Zeit war sie wieder dagewesen, verstört, wie vor den Kopf geschlagen, fand man allgemein, selbst Hedel wußte nicht, warum.

Nur Jakob kannte den Grund, eine wahrhaft haarsträubende Geschichte, die sie ihm unter dem Siegel vollkommener Verschwiegenheit anvertraut hatte, den Versuch nämlich von Tochter und Schwiegersohn, sie für geistesschwach zu erklären, auf hinterhältigste Weise, teuflisch geradezu, ein teuflischer Plan: Erst der freundliche Empfang, Gemütlichkeit und Wohlbehagen, acht Tage später jedoch die Forderung, im Ausgleich für Wohnrecht und Pflege Maleen das Haus in der Strandbadstraße zu überschreiben, und dann, nach dem entschiedenen »Meins bleibt meins, ihr kriegt es noch früh genug«, die Hölle.

»Der Kerl braucht Geld«, sagte Mette Petersen. »Ich habe mich gleich gewundert, ein kleiner Bankmensch und alles vom Feinsten, poliert und mit Goldrand, wovon wohl. Der sitzt in der Bredouille und geht über Leichen, und Maleen macht wieder mit, genau wie damals bei dem Sektenkerl.«

Es hatte mit dem Pflaumenmus angefangen. Eine volle Kruke, behauptete Maleen, habe ihre Mutter heimlich leergegessen, die infamste Lüge, ausgerechnet Pflaumenmus. Aber sie wisse ja auch nicht mehr, sagte der Schwiegersohn, wie sie unlängst in der Stadt umhergeirrt sei ohne Sinn und Verstand, und für ihn gebe es gar keinen Zweifel an ihren geistigen Defekten. Man ließ sie nicht mehr aus dem Haus, schob ihr alles mögliche in die Schuhe, zerschlagenes Geschirr, verschwundene Gegenstände, um schließlich, die Krönung des ganzen, ein unglaubliches Sammelsurium unter ihrer Matratze hervorzuholen, vom schmierigen Putzlappen bis zu Maleens Spitzenbluse, worauf ein Arzt konsultiert werden sollte.

Doch dazu kam es nicht mehr. Der praktischen Mette Petersen war es während Maleens Abwesenheit gelungen, mittels Hammer und Feile das Türschloß zu sprengen, und nun saß sie gänzlich aufgelöst bei Jakob, um ihrerseits Maßnahmen zu ergreifen, aus und vorbei, nichts würden diese Teufel von ihr bekommen, keinen Stein, keine Mark. Ein Testament also, mit Jakobs Hilfe, darum ging es.

»Enterben«, schluchzte sie, »die einzige Tochter, und jetzt kriegt alles die Mission.«

Jakob ordnete die Papiere auf seinem Schreibtisch. »Warum die Mission?« fragte er, als der Tumult sich gelegt hatte. »Was hast du davon, wenn die Neger bekehrt werden?«

Sie weinte schon wieder, auch vor Ratlosigkeit. »Du und die Kinder, ihr habt doch genug, und wer sonst?«

»Vielleicht jemand«, sagte Jakob und riß eine alte Rechnung in immer kleinere Fetzen, »der dir Gutes getan hat und zu dir steht«, wodurch sie auf Hedel kam, ganz von selbst, es lag ja nahe und war sogar tröstlich. Ein schneller Entschluß. Jakob half ihr, ihn zu Papier zu bringen, begleitete sie auch gleich zum Anwalt, Doktor Kurz am Luisenplatz, damit er die in geistiger Klarheit gegebene Unterschrift bezeugen konnte. »Und der Schlag soll mich treffen«, sagte sie, »wenn nur ein Wort davon geändert wird.«

Doch der Schlag traf sie ohnehin. Er fuhr in die Beine, ein wenig auch in den Kopf, so fiel das Testament durch die Löcher ihrer Erinnerungen. Und weil Jakob sich an sein Versprechen hielt, hörte niemand etwas von Maleens Enterbung, nicht einmal Hedel, die nun, nachdem sie jahrelang Mette Petersens Beine gewickelt hatte, ganz und gar für sie sorgte, ihr das Essen bereitete, sie wusch und anzog und wieder zu Bett brachte, immer in Angst um den Laden. Man nimmt ihn mir weg, wenn sie tot ist, dachte sie und bekam Herzklopfen, sobald oben mit dem Besenstiel Alarm gegeben wurde.

Auch jetzt hämmerte er wieder auf die Dielen, laut und ungeduldig, es war schon spät. Hedel deponierte die Geldkassette im Küchenschrank. Dann richtete sie das Abendessen her, Suppe, warme Milch, Brot und ein Stück Blutwurst von Schlachter Larsen, die, so hieß es, gut sei für Kranke und Schwache.

Mette Petersen saß aufrecht in dem mit braunem Samt bezogenen Ohrenbackensessel, ein Erbstück von Dr. Vinzelberg, bekömmlicher für den Rücken als die gestreckte Lage im Bett. Sie war mager geworden und großäugig, Augen, so schien es, aus denen schon der Tod blickte. Aber das Essen schmeckte noch, abends vor allem, wenn Hedel sich in Ruhe bei ihr niederließ. »Endlich«, sagte sie jedesmal, »nun nimm dir man Zeit«, während alle anderen, auch Jakob und Claire, erst recht aber die Nachbarinnen mit ihrem Kuchen und Klöntürgerede, bald vertrieben wurden von dem unverhohlenen Überdruß am Leben, das sie ausgeschlossen hatte, auf diesem Umweg teilzunehmen.

Nur Michel sollte bleiben. Er kam jeden Tag, meistens um die Mittagsstunde, griff nach der schlaffen Hand seiner Großmutter und folgte schweigend ihren Wanderungen durch die Vergangenheit, Weißt-du-noch-Geschichten von bunten Kitteln und Samthöschen, von Märchenstunden im Winter und den langen Sommertagen am Meer, wenn er Muscheln in den Sand gelegt hatte, schöne Muster, und schön, ihm dabei zuzusehen, und ob er sich daran erinnere.

»Doch«, sagte er dann, »ja, Großmutter Mette«, weil es sie freute.

Auch heute war es so gewesen, zur gewohnten Stunde, am Abend aber aus ihrem Gedächtnis gefallen. Wo Michel denn bliebe, fragte sie, warum er nicht käme, ob er etwa krank sei, tot womöglich, beim Baden ertrunken, und geriet in solche Verzweiflung, daß Hedel ihn holen ließ.

»Gut, daß du da bist«, sagte Mette Petersen, »es ist alles sehr dringend«, vergaß jedoch gleich, was so dringend sein sollte. Stumm, den Blick irgendwo im Unsichtbaren, saß sie da, auch Michel schien ihr abhanden gekommen, so verging die Zeit.

»Deine Mutter war schön«, sagte sie plötzlich. »Weißt du es noch?« Dann begann sie zu lachen, mit weit aufgerissenem Mund und leeren Augen, fiel ohne Übergang in lautes Schluchzen und schlief ebenso unvermittelt ein.

Michel blieb bei ihr, immer noch die Hand in seiner, bis Hedel in die Stube kam.

»Sie stirbt«, sagte er.

»Noch nicht.« Hedel hob sie aus dem Sessel. »Geh nur, ich will sie zu Bett bringen.«

Er sah den eingesunkenen Körper, die kleinen, zuckenden Schritte, mit denen sie ins Schlafzimmer taumelte, und malte, als er wieder zu Hause war, eine schrecklich verzerrte alte Frau, die, von Schemen umkreist, dem Tod zuwinkt. Pervers für einen Jungen wie ihn, erregte sich Ja-

kob, und warum er keine vernünftigen Bilder malen könne, das Meer, die Dünen, das Watt, und Cézanne mit seinen
schönen Landschaften, ob das etwa keine große Kunst sei.

Michel stand am Fenster, ein feuchter Tag, die Scheiben
beschlagen. »Ich bin nicht Cézanne«, sagte er, »und meine
Großmutter stirbt nicht schön.«

Mette Petersen starb Ende August, bald nachdem sie
erklärt hatte, es sei ihr viel besser im Kopf und in den Glie-
dern, gleichzeitig aber darum bat, das Totenhemd wieder
einmal durchzuwaschen, feines Leinen, vom langen Liegen schon etwas vergilbt. Hedel steckte es in Seifenlauge
und ließ dann den Wind hindurchgehen, so daß es abends
auf Mette Petersens Schoß lag, weiß, ohne jedes Fältchen.
Sie strich über die Biesen, »ordentlich genäht, da muß man
sich nicht schämen«, lächelte Hedel zu und sagte: »Du bist
der einzige gute Mensch, den ich im Leben getroffen
habe.« Am nächsten Morgen konnte sie nicht mehr sprechen, drei Tage noch, dann war es vorbei.

Hedel schloß ihr die Augen. Sie schickte zu Doktor
Scheepe und nahm, als das Nötige getan war, den großen
braunen Umschlag aus der obersten Kommodenschubla-
de. Testament, stand darauf, Jakob Nümann geben, er soll
alles regeln. Mette Petersens sorgfältige feste Schrift. Hedel sah sie an und weinte, aus Trauer um die Freundin und
aus Angst vor der Zukunft, grundlose Angst, aber das
wußte sie noch nicht.

»Ein friedlicher Tod«, sagten die Alten auf der Insel, in
Erinnerung an Mette Kattuns stürmische Jahre, die Flucht
nach Hamburg, die unrühmliche Heimkehr mit der Tochter im Schlepptau, »Ende gut, alles gut.« Doch so friedlich
sollte es nicht bleiben, denn nun kam Maleen.

Hedel hatte ein Telegramm aufgegeben, an Frau Madeleine Mollenkötter, ein Name, der Fiete Post seltsam vorkam, trotz seiner langen Briefträgerjahre. Neuerdings tat er Dienst am Schalter, eifrig und durchaus geschickt, aber mit so viel frommer Redseligkeit, daß er sich womöglich noch um Kopf und Kragen bringen würde.

»Mollenkötter?« vergewisserte er sich kopfschüttelnd, »heißt sie jetzt so? Na ja, gibt ja noch mehr auf der Welt als immer bloß Hansen. Und Mette Petersen ist nun auch tot. Hat sein Gutes. Wer weiß, was der Herr noch über uns kommen läßt, dauernd Flugzeuge am Himmel und keine Gottesfurcht mehr unter den Menschen, aber er übet Gewalt mit seinem Arm und zerstreut, die hoffärtig sind, und Maleen Musik kriegt das Telegramm noch heute ins Haus, da kann sie morgen schon dasein.«

Aber sie ließ sich Zeit und erschien erst am Tag vor der Beerdigung, zusammen mit ihrem Mann, der sich sogleich als neuer Hausbesitzer zu erkennen gab.

»Mollenkötter« stellte er sich vor, ohne jede Rücksicht auf Hedels Gespräch mit einer Kundin. »Dauert es noch lange?«

Hedel antwortete nicht. Sie fuhr fort, die Vorzüge des neuen Inselführers anzupreisen, hängte dann aber das Schild »Wegen Trauerfall geschlossen« hinter die Schaufensterscheibe, offerierte auch Tee und Butterbrote, und selbstverständlich könnten sie beide hier im Haus schlafen.

»Genau das ist unsere Absicht«, sagte Mette Petersens Schwiegersohn etwas süffisant. Schließlich gehöre das Haus jetzt ihnen, und falls sie Frau Vinzelberg sei, wünsche er zu wissen, warum man nichts von Frau Petersens Erkrankung erfahren habe.

Ein glattgebügelter, fleckenloser Herr, dieser Mollenkötter mit seinem schwarzen Anzug, der leicht rheinisch
gefärbten Sprechweise und Augen, die bereits den Wert
des Ladens zu taxieren schienen. Er wird ihn mir nicht
lassen, dachte Hedel.

»Frau Petersen«, sagte sie also, »wollte es so, und das
Testament liegt bei Jakob Nümann. Nach der Beerdigung
wird er es öffnen, und vorher gehört Ihnen das Haus noch
nicht.«

»Wieso ein Testament?« fragte Maleen, ihre ersten Worte seit der Ankunft. Auch sie trug Trauer, sogar einen
Schleier am Hut, der, als er jetzt zurückgeschlagen wurde,
ein erstaunlich junges Gesicht freigab. »Wieso ein Testament? Und warum Jakob?«

»Da hätten Sie Ihre Mutter fragen müssen«, sagte Hedel, nicht länger verwundert, daß Mette Petersen der
Schlag getroffen hatte, und verschloß, bevor sie Maleen
und den Mann in die obere Wohnung ließ, ungeachtet der
Proteste sämtliche Schränke und Schubladen.

Jakob traf Maleen erst bei der Kaffeetafel, die er Mette
Petersen zu Ehren im großen Salon ausgerichtet hatte, mit
Zuckerkuchen und Bürgermeisterkringeln, wie es der
Brauch verlangte, wenn die Nachkommen der Walfänger
und Kapitäne sich bei solchen Anlässen zusammenfanden,
ohne Preußen, Schlesier, Rheinländer und was sonst noch
ihre Insel zu okkupieren begann. Nur der Pastor machte
eine Ausnahme und Matten Meester mit seiner blassen,
seit Jahren vor sich hinmickernden Frau, zu der jedesmal
verstohlene Blicke wanderten, wenn bei einer Beerdigung
für den nächsten Toten aus der Gemeinde gebetet wurde.

Jakob sah, daß Maleen die Tafel verließ, stand ebenfalls

auf und folgte ihr, eine kurze Begegnung ohne irgendwelche Emotionen, wie rundherum enttäuscht registriert wurde. »Ich hoffe, es geht dir gut«, sagte er, erschrocken allenfalls über das glatte, kaum vom Leben berührte Gesicht, worauf Maleen nickte, danke, sehr gut, und sich in die Halle begab, wo die Kinder warteten.

Auf dem Friedhof waren sie ihr ausgewichen, und auch jetzt standen sie nur deshalb in der Rezeption, weil Jakob es so wollte, denn warum eigentlich, hatte Claire gefragt, habe die Frau ein Recht darauf, sie zu sehen, vierzehn Jahre nicht mal eine Weihnachtskarte und plötzlich ein Recht. Doch nun warteten sie, und die Tür öffnete sich, und was immer Maleen so emphatisch auf sie zutrieb, mit offenen Armen und einer Art Jubelruf, es war der Moment, in dem Michel sich umdrehte und ging.

»Was hat er denn?« fragte Maleen erstaunt, und Claires helle, empörte Stimme sprach vom Klosterstern, der ihm wohl wieder eingefallen wäre.

»Ach ja?« sagte Maleen. »Aber er könnte doch wenigstens höflich sein, schließlich bin ich seine Mutter.«

»Er hatte Sophia«, sagte Claire, und Maleen konterte: »Ich weiß, diese Jüdin«, und das war es auch schon.

Der endgültige Eklat kam in Jakobs Büro, wo Mette Petersens letzter Wille, für Hedel das Haus, für Maleen nur der Pflichtteil, zu lautstarken, teils unflätigen Protesten des Mollenkötter führte, gipfelnd in der Bemerkung, dies alles wäre nicht passiert, wenn man die Alte rechtzeitig entmündigt hätte.

»O Gott«, sagte Hedel, »und die Erde über ihr ist noch frisch.« Aber es war die Stunde des Zorns, nicht des Gedenkens.

Maleen stand steinern neben ihrem Mann. Erst als zwei Kellner ihn aus der Tür drängten, sagte sie zu Jakob: »Du hast es mal wieder geschafft.«

Die Tür schlug zu, es war so still, als sei ein voller Saal plötzlich leer geworden. Jakob stand auf, ging zum Schrank und griff nach der Cognacflasche. Er füllte die Gläser, »viel Glück mit deinem Haus«.

Hedel schüttelte den Kopf. »Es ist nicht meins, es gehört der Tochter, und unrecht Gut gedeiht nicht«, worauf Jakob endlich die Kölner Geschichte ans Licht holte, in allen Facetten, so schlimm, daß Hedel die Erbschaft nicht länger verweigerte. Ein wenig zweifelte sie noch daran, ob das, was Mette Petersen ins Unglück getrieben hatte, für sie zum Glück werden dürfe. Aber das Glück trug sie wie ein bunter Ballon über alle Bedenken hinweg, und Jakob, um ein übriges zu tun, versprach ihr eine zinslose Hypothek, das Geld für Maleens Pflichtteil.

Hedel nahm es an, »wenn ich sterbe, kriegen die Kinder das Haus«, sagte sie.

Jakob lachte. »Erst mal kriegst du es, und vielleicht ziehe ich eines Tages bei dir ein, man kann nie wissen«, Worte, an die er noch denken sollte.

Im großen Salon stand schon das Sauerfleisch auf der Tafel, Sauerfleisch mit Bratkartoffeln, Bier und Köm, der Schluß von Mette Petersens Abschiedsschmaus, wobei die Leidtragenden, auch das gehörte dazu, längst vergessen hatten, aus welchem Anlaß man hier so vorzüglich aß und trank. Es war laut geworden, eine schwere, betrunkene Fröhlichkeit, Sodom und Gomorrha, lallte Fiete Post, während seine Frau ihn nach draußen bugsierte, gerade noch rechtzeitig, bevor der Alkohol ihm vollends den Verstand nahm. Überhaupt fand nun der allgemeine Aufbruch statt, zu Jakobs Erleichterung, das Haus war voll, in Kürze begann im Restaurant das Abendessen, und gut, daß dieser Tag sich dem Ende näherte. Er warf einen Blick auf die gedeckten Tische, sprach mit dem Maître und wollte auch noch die neu eingetroffenen Gäste begrüßen. Doch dann, wie manchmal in letzter Zeit, trieb ihn der Überdruß an dem Stimmengewirr, den wechselnden Gesichtern und dem eigenen Lächeln ans Meer.

Der Abend war warm, heiße Tage, milde Nächte, nicht nur das Bellevue, ganz Grothum hatte in dieser Saison von der Sonne profitiert. Trotz der militärischen Sperrgebiete waren wieder mehr Gäste auf die Insel gekommen, gute Gäste, kein Vergleich mit den Flauten der vergangenen Jahre. Es gehe aufwärts unter Hitler, meinten jetzt auch die Vermieter und stellten bereitwillig Radios in die Aufenthaltsräume, wenn aus Berlin die Triumphe der deutschen Olympiakämpfer übertragen wurden oder der Führer eine seiner langen und lauten Reden hielt, ohne große Resonanz freilich an sonnigen Tagen. Bei schlechtem Wetter hingegen wagte kaum jemand, aus der Reihe zu tanzen. Also versammelte man sich einträchtig am Volksempfänger, trank Tee oder Pharisäer, nickte zustimmend und hütete sich vor Kritik. Erst kürzlich war ein Gast des Hotels Dünenblick verhaftet worden, nur weil er sich mit dem halblaut gemurmelten »Hört das denn niemals auf« entfernt hatte, dergleichen sorgte für Ordnung.

»So 'n Döskopp«, schimpfte Matten Meester, der unten bei der Flutkante aufgetaucht war und sich mit der Bemerkung, daß man sowieso was besprechen müsse, Jakob angeschlossen hatte. »Hätten die sich den Kerl denn nicht ebensogut später auf dem Festland greifen können? Da zerkubert man sich, um ein Renommee für die Insel zu schaffen, und dann werden die Gäste verschreckt. Sogar Abreisen hat es gegeben, idiotisch, oder was meinst du?«

»Bei mir ist keiner abgereist«, sagte Jakob mürrisch. Er hatte die Dämmerung gesucht, das sanfte Rollen der Brandung, die Stille am Strand, nicht dieses Berliner Mundwerk mit den plattdeutschen Einschüben. »Überhaupt, warum fragst du mich?«

»Ich frage doch nicht.« Matten Meester sah ihn erstaunt an. »Ist bloß eine Redensart. Was du meinst, weiß ich sowieso, seine Meinung kann jeder haben, Hauptsache, man läßt sie nicht raus wie dieser Idiot oder Fiete Post«, worauf er, der halbe Weg nach Diekum lag schon hinter ihnen, wieder von Sophia anfing, Sophia in New York, dem Zentrum der Hitlerhetze, kein Wunder bei den vielen Juden dort, und zwei Jahre sei sie jetzt weg, Zeit, daß Jakob sich endlich scheiden lasse.

Es war keine Überraschung. Schon lange hatte Jakob darauf gewartet, sogar selbst mit dem Gedanken an eine Scheidung gespielt, ihn aber nie zu Ende denken können, trotz der zwei Jahre und obwohl die Wunde, so schien es, sich zu schließen begann.

Kein Blitz also aus blauem Himmel, der ihn traf. Dennoch fuhr er zusammen, »und nun komm mal zu dir«, sagte Matten Meester. »Was soll der Schiet, du bist nicht mehr siebzehn, es muß doch drüber geredet werden. Die da oben tun das nämlich und drehen dir einen Strick draus, wenn du noch lange rummärst.«

»Wer sind die da oben?« fragte Jakob. »Was wollen die

denn? Sie ist verschwunden, schreibt nicht mehr, läßt nichts von sich hören«, und eben das sei es ja, unterbrach ihn Matten Meester, diese Warterei ins Blaue hinein müsse einem doch zu denken geben. Worauf er warte, sei ja wohl klar, auf andere Zeiten natürlich, Zeiten, in denen die Juden zurückkommen könnten, und er wolle ihn nur warnen, denn die fackelten nicht lange, und wenn sie ihn erst mal so auf dem Kieker hätten wie Fiete Post, dann würden sie ihn eines Tages auch holen.

»Fiete Post? Wieso Fiete Post?« fragte Jakob.

»Hab' ich was von Fiete Post gesagt?« fragte Matten Meester, hob ein paar Steine auf und warf sie ins Wasser. »Laß dich scheiden, Nümann, such dir eine neue Frau, mit fünfundvierzig kann man es doch nicht bloß durch die Rippen schwitzen. Du gehst ja schon wie ein Alter, und wie wär's, wenn du jetzt einen ausgibst.«

Da stand er mit seiner Käpt'n-Carl-Mütze, treuherzig oder auch nicht, wer konnte das wissen, schlug Jakob auf die Schulter und steuerte die Treppe an, die über die Dünen zum »Eke Nekepen« führte, wo man Rührei mit Krabben bekam, eingelegte Heringe und andere handfeste Spezialitäten. Sie aßen Sandschollen, braungebraten, triefend vor Fett. Man brauchte einige Klare, um damit fertig zu werden, und Jakob, das Glas in der Hand, sagte: »Du hast dich geirrt, ich werde erst dreiundvierzig.«

Auf dem Heimweg am Strand entlang torkelte Matten Meester laut singend neben ihm her. »Märkische Heide«, sang er, »märkischer Sand«, und dann »Brüder, zur Sonne, zur Freiheit«, das alte Sozi-Lied. Jakob, der ein Stück größer war als er, hielt ihm den Mund zu, so kamen sie sicher nach Hause.

Am nächsten Morgen ging Jakob zur Post, um die Briefe aus dem Schließfach zu holen. Die kleine, heruntergekommene Halle war leer, es roch feucht und faulig, Schimmel schlug durch die Ölfarbe. Seit Jahren wurde von einem Neubau geredet. Niemand hatte mehr daran geglaubt, doch demnächst, so wurde erzählt, sollte auch dieser Schandfleck beseitigt werden.

Fiete Post saß an seinem Schalter, den Kopf mit dem schütteren roten Haar über ein Formular gebeugt.

»Bist du allein?« fragte Jakob und schob ihm einen Umschlag zu.

»Da fehlt die Adresse«, sagte Fiete Post.

»Da ist Geld für dich drin«, sagte Jakob, »falls du plötzlich mal weg mußt, und hör mit den Propheten und der Strafe Gottes auf, die sind hinter dir her, und du weißt doch, was das bedeutet.«

»Man muß Zeugnis geben«, murmelte Fiete Post, wurde aber blaß unter den Sommersprossen. »Noch was?« fragte er laut, denn Tischler Möller kam herein, »geht in Ordnung, Herr Nümann.«

Eine Minute, länger hatte es nicht gedauert. Draußen vor der Tür schloß Jakob die Augen, Westwind, frische, salzige Luft. Er atmete tief ein und aus, bevor er weiterging, zu Rechtsanwalt Kurz am Luisenplatz, so leichten Herzens, als habe er sich freigekauft.

Nicht ganz, wie sich herausstellen sollte. Die Fahrt an die dänische Grenze, beinahe ein Heldenstück, aber nur beinahe.

Im Oktober nämlich, das Bellevue war gerade geschlossen worden, stand Fiete Post im Büro, völlig außer sich von einem Anruf stammelnd: Irgend jemand hatte angeru-

fen, »paß auf, morgen holen sie dich«, knöselig, kaum zu
verstehen, und alles vielleicht nur ein Witz, aber was, wenn
der Knöselmensch es ernst meinte.

»Es ist kein Witz.« Jakob ging ans Fenster, eine neblige
Nacht, und niemand, beteuerte Fiete Post, wisse, daß er
hier sei, auch nicht die Frau, die helfe beim Kartoffelnbud-
deln in Ekhum, und ob Jakob ihn in die Nähe von Flensburg bringen könne, da habe er Verwandtschaft und kenne
die Gegend und käme vielleicht über die Grenze nach Dänemark, und er habe solche Angst.

Ich auch, dachte Jakob. Er glaubte, den Maître zu hören,
seine Schritte draußen auf dem Flur. Aber der Maître war
Ende September zusammengebrochen und lag seitdem im
Husumer Krankenhaus, zum Glück, müßte man sagen.

»Bloß bis Flensburg.« Fiete Post, schon für die Reise
gerüstet, eine dicke Joppe, feste Stiefel, die Pudelmütze
über den Ohren, sah aus wie ein altes, verzweifeltes Kind.
»Gott wird uns sicher geleiten«, flehte er.

»Du hättest den Mund halten sollen«, sagte Jakob, holte
warme Decken und brachte ihn in die Garage. Zwei Kellner wohnten noch im Haus, und auch den frühmorgens
anrückenden Reinemachefrauen entging so leicht nichts.

Es war schon spät. Viel Zeit blieb nicht mehr. Der Per-
sonenzug früh um sieben transportierte auch Autos, nur
nach Vorbestellung, aber gegen ein ordentliches Trinkgeld
fand sich immer noch Platz auf den angekoppelten flachen
Güterwagen. Fiete Post könnte im Kofferraum liegen,
dachte er, es dauert nicht lange bis zum Festland, es ließe
sich machen, wenn ich nur will, aber ich will nicht, ich
habe ihn vergeblich gewarnt, warum jetzt mein Leben ris-
kieren. Ich bin nicht auf der Insel geblieben, um für Fiete

Post zu sterben. Ich habe die Düne und das Hotel, und wenn sie ihn finden, ist alles aus und vorbei, aber vielleicht ja auch nicht, vielleicht geht es gut, wer wird ihn in meinem Auto suchen, und wenn ich nein sage, holen sie ihn, und Sophia habe ich hängenlassen, und Fiete Post schicke ich ins Verderben, bin ich etwa deshalb hiergeblieben. Ein Mühlrad im Kopf, es drehte sich und rauschte in den Schlaf hinein, und früh um fünf stand er auf und bestellte einen Platz für den Daimler.

Nein, kein Heldenstück, nur wer scheitert, wird ein Held. Niemand am Bahnhof warf einen Blick in Jakobs Auto, auf die Laderampe fahren, herunterfahren, weiterfahren, das war es. Irgendwo zwischen den Wiesen kroch Fiete Post vom Kofferraum auf den Sitz, südlich von Flensburg stieg er aus, und nichts geschah. »Gott wird diese Tat belohnen«, versprach er zum Abschied.

Hoffentlich, dachte Jakob. Alles war wie ein Uhrwerk abgelaufen, zu glatt beinahe, wer konnte wissen, was dahinter steckte, und auch Fiete Post mußte noch durchkommen.

»Wohin denn mal wieder so eilig?« hatte der Mann am Grothumer Bahnhof wissen wollen. Jakob hatte ihm etwas von Kiel erzählt, also fuhr er nach Kiel. Er nahm ein Zimmer in dem neuen Hotel an der Förde, unterhielt sich ausführlich mit dem Direktor, fragte nach einem guten Schneider, bestellte zwei Anzüge, besuchte die Oper, ein ganzes Geflecht von Alibis. Was den Gotteslohn betraf, auch der lief ihm über den Weg, und die Sorge um Fiete Post erledigte sich über kurz oder lang ebenfalls. Fiete sei da, wo er hinwollte, flüsterte seine Frau ihm zu, ein gutes Ende.

Die Scheidung wurde noch vor Weihnachten ausgesprochen und Sophia amtlich übermittelt, ohne prozessualen
Aufwand, das übliche in Fällen dieser Art. »Wie eine
orientalische Verstoßung«, entrüstete sich Rechtsanwalt
Kurz, der die Formalitäten erledigt hatte, »das dreht einem
den juristischen Magen um, aber Ihre Frau ist ja Gott sei
Dank in Sicherheit«, erschrak vor der eigenen Courage
und bat Jakob, ihn nicht zu zitieren.

»Man hat mich gezwungen«, sagte Jakob und schrieb
das gleiche an Sophia. Ein erzwungener Schritt, nicht länger vermeidbar, vielleicht sogar in ihrem Sinn, wenn er be-
denke, daß sie keinen seiner Briefe beantwortet habe. Er
hoffe, daß es ihr gutgehe und die Dinge sich noch einmal
wenden würden, und was auch geschehe, das Haus am
Mittelweg bleibe ihr Eigentum. Aber selbst das war für
den Wind.

Claire warf den Brief in einen Dresdener Postkasten. Sie
war über Weihnachten nach Hause gekommen, zum ersten
Mal seit ihrem Aufbruch in die Fremde. Unmöglich, bis
Silvester zu bleiben, erklärte sie Torben Scheepe, nahezu
immun gegen sein beharrliches »Du gehörst doch zu mir«,
mit dem er sie festhalten wollte. »Denn dieses Lied«, hatte
Frau Meisner-Beck ihr eingeschärft, »klingt zwar süß und
wärmt die Seele, aber wenn du etwas werden willst,
brauchst du einen Mann, der hingeht, wo du bist«, und so
ein Mann war Dr. Scheepe, Inselarzt in der dritten Generation, keinesfalls. Er verstand weder, daß sie Gesang stu-
dierte, noch, daß es in Dresden geschah, und erst recht
nicht die frühe Abreise, nur weil Claire, wie er sich ausdrückte, als Füllmaterial in der Traviata herumstehen wollte. Folglich kam es zum Bruch, endgültig, auch etwas

schmerzhaft, aber bei weitem nicht so sehr wie der Gedanke, ihren mit Hilfe von Frau Meisner-Beck eroberten Platz in der Opernhaus-Komparserie wieder zu verlieren.

Ein Glücksfall, vielfach beneidet, auch deshalb, weil jeder Abend eine runde Mark einbrachte. Für Claire indessen zählte nur die Bühne, immer dabeizusein, immer wieder Traviata, Freischütz, Rosenkavalier, bis sich jeder Ton, jede Nuance der Schritte und Gesten im Gedächtnis verankert hatten und man begriff, was eine Figur lebendig werden ließ. »Hinsehen und nachahmen, so lernt jedes Kind«, sagte Frau Meisner-Beck beifällig, wenn Claire, vorerst nur summend, ihr eine elegant leidende Violetta oder das schüchterne Lamm Agathe darbot, »du hast Talent, Liebchen, verplempere dich nicht«.

Nichts verplempern, keine Umwege machen und eines Tages die Violetta singen, in Dresden, nicht in Quakenbrück. Ich will es, dachte Claire, bereit, alles dafür hinzugeben, und überzeugt, daß jeder Verzicht ihr so leichtfallen würde wie der auf Torben Scheepe.

Nur Michel war schwierig, Michel mit seiner ewigen mittleren Reife, und alleine, sagte er, sei es für ihn nicht zu schaffen, hilf mir, du hast mir doch immer geholfen.

Sie saßen in seinem Zimmer, Stapel neuer Bilder lagen herum, überall Skizzen, Zeichnungen, getuschte Impressionen.

»Male nicht soviel«, sagte Claire. »Lernen ist jetzt wichtiger.«

Michel schüttelte den Kopf, das kenne er schon, so würden alle reden.

»Du bist ein Egoist«, fuhr sie ihn an, ganz ohne die gewohnte Duldsamkeit. »Der große Künstler, und die

Drecksarbeit können andere erledigen. Es ist deine Sache, nimm dich zusammen.«

Er senkte den Kopf, »jetzt läßt du mich doch im Stich«, der alte klagende Kinderton.

»Hör auf, so herumzupiepen«, rief sie, »du willst mich erpressen«, aber es stimmte nicht, so war er nicht. Michel war anders. Er braucht mich, dachte sie, fing an zu weinen vor Ratlosigkeit und fuhr dennoch nach Dresden zurück, in ihre eigene Geschichte.

Jakob begleitete sie zum Bahnhof, in aller Friedlichkeit, kein Vergleich mit dem zähneknirschenden Abschied im Herbst, als er nur ihre Rückkehr im Sinn gehabt hatte. Doch jetzt sollten auch ihre Hoffnungen sich erfüllen.

»Glaub mir, das möchte ich«, sagte er, während der Zug heranrollte, »daß du dein Ziel erreichst«, in dem neuen weichen Ton, der sie am letzten Abend dazu gebracht hatte, ihm das Dresdener Dorado vorzuführen, mitsamt Violetta in ihrer betörenden Morbidität. Verwirrend für einen Vater, er konnte nicht umhin, ihr eine Warnung mit auf den Weg zu geben, mühsam bei dem heiklen Thema. »Du bist sehr hübsch«, sagte er, »und ziemlich erwachsen geworden«, meinte erotisch damit, sinnlich, verführerisch, Eigenschaften, die er an Frauen schätzte, für seine Tochter jedoch bedrohlich fand, und erschrak erst recht über ihre Theorien hinsichtlich Liebe und Karriere. Aber wie auch immer, sie sollte glücklich sein.

»Es war schön mit dir.« Claire griff, bevor sie einstieg, noch einmal nach seiner Hand, was Jakob zu Tränen rührte peinlicherweise. Wie der Maître, dachte er, obwohl der Maître sich jenseits der Tränen befand, auf dem neuen Grothumer Friedhof nämlich, gestorben, beerdigt und sogar betrauert, zumindest im Gedenken an frühere Zeiten.

Der Wind biß in die feuchte Haut unter den Augen. Es war kälter als sonst am Jahresende, Minusgrade, Türme aus gefrorenem Schaum säumten den Strand, die Flut trieb Eisschollen ans Ufer und schob sie übereinander. Jakob schlug den Mantelkragen hoch und ging vom Bahnhof in die Kaiserstraße, mit ausgreifenden, federnden Schritten wie seit langem nicht mehr. »Man sieht, daß Sie sich wohl gefühlt haben«, sagte Frau Moorheede, die aus Schlachter Larsens Laden kam. »Claire bringt Leben ins Haus. Aber trösten Sie sich, unsere Inga fährt auch schon wieder nach Kiel zurück.«

»Ach ja, Kiel.« Jakob zog die Konsonanten über Gebühr in die Länge. »Kiel ist eine hübsche Stadt, Kiel gefällt mir.« Er spürte Frau Moorheedes verwunderten Blick und verabschiedete sich, um gegenüber bei Helmers eine Bernsteinkette zu kaufen, für Claire, wie die Frau des Juweliers annahm, »so eine reizende Tochter, und ich würde Ihnen zu dieser hier raten, die paßt zu einem jungen Mädchen«.

»Man bleibt nicht immer jung, Frau Helmers«, sagte Jakob irritiert. Denn die Kette war nicht für Claire und Claire nicht der Grund seines Wohlbefindens, und wenn er ihr so leichten Herzens Glück in Dresden wünschte, dann deshalb, weil auch er eine Art Glück gefunden hatte. Nicht das sogenannte große. Aber schließlich, Matten Meester sah es ganz richtig, war er keine siebzehn mehr. Schon weniger genügte, um ihn mit der Erwähnung von Kiel für einige Sekunden aus der Balance zu bringen.

Eine Frau also, eine Frau aus Kiel, Fiete Posts Gotteslohn oder, um es nüchterner auszudrücken, ein Zufall von

273

ähnlicher Merkwürdigkeit wie jener, der einst durch Herrn Kreienkamps Sturz die Nümannsche Geschichte in Gang gesetzt hatte. Obwohl man nicht übertreiben sollte. Denn Ähnlichkeit bestand allenfalls darin, wie die Begegnung mit Agnes Offergeld zustande kam. Was jedoch daraus folgte, Jakobs dritte Ehe, blieb ohne Ausläufer in die Zukunft hinein, kein Fluß, nur ein stehendes Gewässer, und auch sonst bewegte sich alles im Normalen, angenehm, mit festem Grund und glatter Oberfläche. Der Glanz des Anfangs hielt nicht lange. Aber bevor man es bemerkte, war alles schon vorbei.

Sie war ihm an dem Kieler Alibitag, als er nach der Oper ins Hotel zurückkam, entgegengefallen, von der sechsten Treppenstufe direkt in seine Arme. Sie stolperte, er fing sie auf, Fräulein Offergeld von der Rezeption, die, wie er erfuhr, längst zu Hause sein sollte. Doch die Frau des Nachtportiers hatte ein Kind bekommen, ausgerechnet heute abend, da war sie eingesprungen, eingesprungen und gestolpert, so zeitgenau, als führe eine gerade Linie von der Flutkante über die dänische Grenze hierher. »Such dir eine neue Frau«, hatte Matten Meester gesagt. Nun war sie da.

Möglich, daß es nur auf diese Weise geschehen konnte, zufällig, ein passender Zufall, gleichermaßen gut für das Herz wie das Hotel. Und wenn er sie anfangs kaum wahrgenommen hatte, plötzlich gefiel sie ihm, die helle Stimme, die fast schüchterne Zurückhaltung bei aller geschäftsmäßigen Routine, das Mädchenhafte in ihrem Gesicht. Und so war sie, ein Mädchen von fünfunddreißig, selbständig im Beruf, zu Hause die gehorsame Tochter.

»Ich bin eine alte Jungfer«, sagte sie abwehrend, als Jakob zu schnell vorpreschen wollte, »von der Sorte, denen man die Männer weggeschossen hat«, sprang aber bald über Einwände und Prüderien hinweg, auch das gefiel ihm. Es war Winter, nichts für unbehauste Liebe. Sie hatten sich in Cafés und Restaurants getroffen oder heimlich in seinem Zimmer, unangemessen in der Tat. Doch dann fand sich ein Hotel bei Glücksburg, hübsch am Wasser gelegen, der Besitzer diskret, und die Bernsteinkette von Helmers wurde zum Verlobungsgeschenk.

»Ich möchte dich heiraten«, sagte er. »Ich glaube, daß wir gut zusammenleben können. Aber ich habe meine Vergangenheit, die läßt sich nicht so leicht vergessen.«

Es war klar, was er meinte. Sie wußte es, kannte auch den Namen. Erinnerungen, sagte sie, täten ihr nicht weh, darauf könnte man bauen.

Die Hochzeit wurde in Kiel gefeiert, wieder eine Trauung, wieder am Altar, Agnes zuliebe, die sich wünschte, als weiße Braut in die Nikolaikirche einzuziehen, mit Brautjungfern und blumenstreuenden Mädchen. Die Orgel intonierte »So nimm denn meine Hände«, und Jakob, zum dritten Mal einer Predigt über Treue bis in den Tod ausgesetzt, versuchte, das Rosenkavalier-Finale aus dem Kopf zu bekommen. Agnes neben ihm weinte. Er nahm ihre Hand.

Diesmal war es Claire, die zum Abschluß oben auf der Empore von der Liebe sang, »Still wie die Nacht, tief wie das Meer«, zu gefühlvoll, obwohl Frau Meisner-Beck ihr Mäßigung angeraten hatte, »beherrsche dich, Liebchen, da jaulen ja die Hunde, und wen interessiert deine Affäre mit diesem mittelmäßigen Tenor«. Aber die Hochzeitsgesellschaft lauschte ergriffen, außer Michel, der, nach seinem Urteil gefragt, »röhrender Hirsch« murmelte, nicht auf

Claires Stimme gemünzt, sondern ein Kürzel für Triviales jeder Couleur.

Auch sein Geschenk rechnete er zu dieser Kategorie, ein Ölgemälde, das er am Hochzeitsmorgen in Jakobs Kieler Hotelzimmer gestellt hatte. »Du kannst ruhig hinsehen«, sagte er. »Es ist nicht pervers.«

Jakob, vor dem Spiegel mit seiner Krawatte beschäftigt, drehte sich um, erwartete Ärger und sah sein Bellevue, wirklichkeitsgetreu bis in alle Einzelheiten, aber eine Flut gleißender Lichtreflexe ließ es über die Realität hinausschweben. *Jakobs Traum* stand auf einer silbernen Platte unten am Rahmen.

Das schönste Geschenk, die größte Freude, Michel, der vernünftig wurde, wer konnte wissen, welche Möglichkeiten die Zukunft noch barg für ihn und seinen Sohn. Auch das ging ihm durch den Kopf, fließende Gedanken neben dem, was eigentlich zu bedenken war an diesem Tag im März 1937.

Um noch einmal von der Zukunft zu sprechen, auf die Jakob so große Hoffnungen setzte: Sie ließ sich nicht von der Insel trennen, und auf der Insel wurde zunächst einmal weitergebaut. Neue Schneisen fraßen sich in die Landschaft, noch mehr Fliegerhorste mit Start- und Landebahnen, Werften, Treibstofflager, Bunker, Kasernen. Man wußte es und wollte es nicht wissen. Man sah die nächsten Sommer, nicht den nächsten Krieg. Nur Michel Maler, der starrsinnige Träumer, fing an, sich gegen die Zukunft zu wappnen.

Ein langsamer Prozeß, viele kleine Schritte, der erste schon in diesem Frühjahr, als Herr Koblitz Michels Abschlußzeugnis wertlos machte. »Michael Nümann«, konnte man unter der Rubrik ›weitere Beurteilung‹ lesen, »besitzt ein bemerkenswertes Zeichentalent. Aber da er diese Begabung für entartete Machwerke mißbraucht, sich keiner Belehrung zugänglich zeigt und somit zu erkennen gibt, daß er die Aufgaben, die einem nationalsozialistischen Künstler gestellt sind, nicht erfüllen will, mußte ein ›Ungenügend‹ im Fach Kunsterziehung erteilt werden. Der Schüler sollte von jeder Förderung ausgeschlossen werden.«

Das Kollegium sei dagegen gewesen, flüsterte Frau Deenekind ihm draußen auf dem Flur hastig und verhuscht zu. Fast alle, einschließlich des Direktors. Aber Herr Koblitz habe sich nicht bremsen lassen, sogar Maßnahmen angedroht, und man wisse ja, was das bedeute.

»Sicher findest du trotzdem einen Platz«, versuchte sie ihm Mut zuzusprechen, »bei deiner Begabung«, leerer Trost. Keine Kunstschule oder Akademie, Michel wußte es, konnte ihn noch aufnehmen. Er fuhr auf die Insel zurück, vorbei an den hellgrünen Wiesen, dem changierenden Pastell des Watts, und stellte sich vor, daß alles ganz anders wäre: Ein anderer Zug, ein anderes Land, irgendein Land, in dem er seine Bilder malen durfte. Aber es war, wie es war. Niemand half ihm. Er mußte sich selber helfen.

So jedenfalls klang es, als Jakob versuchte, ihm die Niederlage erträglicher zu machen, wenn auch auf seine Weise und in seinem Sinn: Nutzlos, verlorenen Chancen hinterherzuweinen, und noch sei ja nichts verloren, ein kleiner Umweg, ein paar Jahre, was sei das schon, und er solle das Hotelfach erlernen, gründlich, von der Pike auf, danach könne man weitersehen, so oder so. »Erfahrungen sam-

meln«, sagte er, »praktisch arbeiten, praktisch denken lernen, das nützt dir mehr, als herumzutrauern, und eventuell
siehst du hinterher alles mit neuen Augen.«

Michel schüttelte den Kopf, »ich trauere nicht herum, ich
will weitermalen, ich muß mir selber helfen«, wahrhaftig
unbelehrbar, so daß Jakob ihm noch ein Jahr zugestand, um
auf die Füße zu kommen, ein Jahr und nicht mehr. »Male
etwas Vernünftiges«, sagte er, »vielleicht hilft dir das weiter.
Und wenn du es nicht anders haben willst, kannst du später
ja Koffer tragen. Hausdiener werden immer gebraucht.«

Und so fing er noch einmal von vorn an, bei dem Glit-
zern der Brandung, dem Flügelschlag einer Möwe, den
Konturen der Kieselsteine, den Farben von Geest und
Watt. Sein Malzeug auf dem Rücken, streifte er über die
Insel, geriet von der Stille eines Heidetals in das Getöse der
Baumaschinen, kam an Kasernen vorbei, gesperrten Strän-
den, verwüsteten Dünentälern. Er sah Soldaten durch den
Sand robben, duckte sich unter Tiefffliegern, wurde von
Militärposten verjagt und begann, nach dem Warum zu
fragen, warum dieses Tamtam, wozu?

Die Antwort fand sich irgendwann im August. Nach
einem Morgen am Diekumer Deich hatte er die Dünen
überquert, später Vormittag, der Strand bunt und lebendig. Sommerbilder, seit Jahren vertraut. Nur ein Schnell-
boot fegte über das Wasser, nichts Ungewöhnliches mehr,
beinahe schon das Übliche, aber plötzlich war es wie ein
Zeichen an der Wand. »Die machen Krieg«, verkündete er
beim Mittagessen.

Sie saßen an dem runden Tisch, zu viert, auch Claire war
wieder auf die Insel gekommen, um während der Saison
teils an ihrer Stimme zu arbeiten und teils im Bellevue. Das

aber mit gebremstem Eifer seit dem Einzug der neuen Frau, der tüchtigen, schnellen Agnes, Jakobs rechte Hand, hotelerfahren, wachsam und penibel auf so angenehm konziliante Weise und auch noch darauf bedacht, die Familie zusammenzuhalten. Es lag an ihr, daß man sich mittags regelmäßig versammelte, bei einer Mahlzeit, die sie trotz des Hochbetriebs am liebsten eigenhändig zubereitete. Diesmal war es der Kieler »Große Hans«, ein mächtiger Kloß aus eingeweichtem Weißbrot, Eiern, Schmalz, Zucker, Rosinen, der, im Wasserbad gegart und mit gekochtem buntem Speck sowie Backpflaumen serviert, durchaus Anklang fand. Und nun, mitten im Genuß, Michels schwarze Drohung.

»Ach wo.« Agnes schnitt noch einmal dicke Scheiben von dem Kloß. »Komm, laß es dir lieber schmecken«, typisch für sie, Unannehmlichkeiten abzuwehren. Nur keine Störung der Harmonie, es sollte hell bleiben, heiter, bei Tisch und auch sonst. »Ich glaube, du hast recht«, behauptete Claire, sei ihr am häufigsten gebrauchter Satz. Doch in diesem Fall widersprach sie, »Krieg, Unsinn, wer will denn so was?«

»Hitler, wer sonst«, ein direkter Angriff von Michel, denn seine jetzige Stiefmutter verabscheute zwar die braunen Rabauken, hielt dem Führer aber einiges für seinen Kampf gegen den Versailler Vertrag zugute und wollte im übrigen die Dinge positiv sehen. »Hitler will Krieg, und damit ihr es wißt, ich mache nicht mit.«

»Du würdest es wohl müssen«, sagte Jakob, »also male den Teufel nicht an die Wand«, worauf Michel ihn daran erinnerte, daß er seinerzeit ebenfalls zu Hause geblieben sei, in aller Gemütlichkeit.

279

Es lag auf der Hand, ein Teil der Familiengeschichte, kein Geheimnis bisher. Doch die Familie hatte sich geändert. Der Vater von Agnes war pensionierter Marineoffizier, da bekam manches einen anderen Klang. Jakob jedenfalls wies Michels Unterstellung zurück, insbesondere das Gerede von der Gemütlichkeit, »ich hatte Asthma, sei froh, daß dir so etwas erspart bleibt«.

»Ach so«, sagte Michel eher erstaunt als aufsässig, »deshalb soll ich wohl dankbar den Heldentod sterben«, und, als Agnes mehr Respekt für ihren Mann erbat: »Er ist auch mein Vater, falls man das vergessen hat.«

»Hör auf«, rief Claire, »du bist doch sonst nicht so.«

Jakob legte seine Gabel hin. »Er wird auch nicht noch einmal so sein, nicht, solange er die Füße unter meinen Tisch steckt«, ein Wort zuviel, vielleicht auch das richtige zur richtigen Zeit, man wird sehen.

Es war still geworden, nur eine von Justus' Uhren auf der Kommode fing an zu schlagen, Zeit, wieder an die Arbeit zu gehen.

Michel sprang auf. »Ich weiß, ich esse hier das Gnadenbrot«, sagte er und ließ sich mehrere Tage lang nicht mehr am Tisch blicken.

Das sei doch nichts Dramatisches, versuchte Claire ihn zu beruhigen, unten in der Rezeption, ihrem Revier, seitdem Sophias Platz von Agnes beansprucht wurde. »Unsere neue Chefin«, mokierte sie sich nicht ohne Groll und ertrug die Arroganz mancher Gäste, die ewig gleichen Fragen, Ansprüche, Beschwerden nur deshalb in Gelassenheit, weil nachmittags Frau Meisner-Beck auf sie wartete.

»Ich habe auch meinen Ärger«, sagte sie und schob

Michel, wie sonst auch, die Hälfte ihres Trinkgeldes zu. Geld von Claire, zum letzten Mal, bevor er selbst genug verdiente, nicht als Kofferträger, sondern mit der Malerei.

Der erste Auftrag wurde von Agnes vermittelt, ausgerechnet sie, deren Namen er möglichst vermied, auch das Du.

Eines Abends klopfte sie an seine Tür, höflich wie ein Besuch. Michel warf eine Decke über die Staffelei. Er sah, wie sie errötete, geriet ebenfalls in Verlegenheit und sagte, er mache es immer so, wenn etwas erst halbfertig sei. Das stimmte nicht, er tat es nur bei ihr, aber sie nickte, ja das könne man verstehen, und was er davon halte, ein Bild zu verkaufen.

Lächerlich, diese Frage, als müsse er nur mit dem Finger schnippen, ich, Michel Nümann, verkaufe ein Bild. Doch es gab einen Interessenten, einen Herrn aus Weederup, der schon dreimal gekommen war, um sich das große Gemälde vom Bellevue in der Halle anzusehen. Funkelnd hätte er es genannt, sagte sie, und luftig, und er wollte ihn bitten, sein Haus zu malen.

»Nein«, sagte Michel, »das sind nicht meine richtigen Bilder«, was Agnes ebenfalls verstand. Sie ließ die Augen durch das Zimmer wandern, über Farben und Pinsel, Skizzenbücher, Zeichenpapier, über die Bilder, die an den Wänden lehnten, und sprach dann vom Geld, es würde Geld einbringen, womöglich weitere Aufträge, »und mit Geld ist man unabhängig, ich habe lange bei meinen Eltern gewohnt, ich weiß es«. Sie legte eine Visitenkarte auf den Tisch. »Du kannst gar keine schlechten Bilder malen. Hin und wieder eins verkaufen und Zeit für die anderen haben, das wäre doch etwas«, und ob es ihr um Michel ging oder um die Harmonie im Haus, ist nicht wichtig. Wichtig ist der Entschluß, zu dem sie ihm verhalf.

Das Haus lag am Rand der Heide, neuerbaut im pseudofriesischen Stil, weißgetüncht, ausladend nach allen Seiten, das Reetdach mit den vielen Gauben wie eine Karnevalsmütze. Mühsam, so etwas ins Funkeln zu bringen, dachte Michel und forderte hundert Mark, zuviel vielleicht oder zuwenig, er kannte sich nicht aus mit Preisen.

»Etwas happig für einen Anfänger«, sagte der Besitzer. »Wie wäre es mit achtzig?«

Michel starrte aus dem Fenster, über die Heide, die sich zu verfärben begann. »Wenn ich ein Anfänger bin, warum wollen Sie mich dann haben«, fragte er, und kein Nachteil, daß es ihm den Ruf der Arroganz einbrachte.

Das Bild des Weederuper Hauses, maßstabgetreu, ein lichtumspülter Koloß, führte zu zwei weiteren Aufträgen. Meine röhrenden Hirsche, lästerte Michel, ein Irrtum vermutlich im Hinblick auf ihren künftigen Marktwert, aber das lag noch in der Ferne. Ohnehin verschwand das Licht, Winterpause, Häuserpause, Zeit für das, was er die richtigen Bilder nannte. Und dann, im Sommer, fing das Spiel mit den Dünen an, dem Meer, der Heide, dem Watt, schöne schwebende Landschaften, von denen man einmal sagen wird, daß sie den Duft der Insel verströmen. Er aber wollte sich mit ihnen die Freiheit finanzieren.

Michel und seine Pläne, niemand erfuhr etwas davon, nicht einmal Claire. Wissen hätte Gefahr bedeutet, hörte man später zur Rechtfertigung, und die Bilder aus diesem Jahr, die richtigen, nicht die schönen, spiegeln seine hellsichtige Angst: Menschen zwischen treibenden Eisschollen, im Sand begraben, von gierigen Vogelaugen belauert.

Claire wußte wieder einmal nicht, was sie davon halten sollte. Ihre Ausbildung ging ins dritte Jahr, Stimmübungen, Atemtechnik, Lieder von Schubert, Schumann und Brahms, auch Arien, wenn sie die Stimme nicht zu sehr strapazierten, und Frau Meisner-Beck geriet ins Schwärmen: »Ein göttlicher Sopran, Liebchen, wenn du auf ihn aufpaßt, kannst du irgendwann alles singen, von deiner Violetta bis zur Isolde.« Fast täglich gab sie ihr Unterricht, sprach von einem Engagement vielleicht schon im übernächsten Winter, was hatte Claires Welt mit Michels brüchigen Visionen zu tun. »Kopfgespenster«, sagte sie, »du verrennst dich«, und sie versuchte, ihm klarzumachen, daß seine richtigen Bilder die Landschaften waren, mit Vogelschwärmen, die nicht nach irgendeiner gräßlichen Beute gierten, sondern in zauberischen Formationen über dem Watt schwebten.

»Wenn du meinst.« Michel zuckte mit den Schultern und malte weiter seine schönen, gut verkäuflichen Aquarelle, mit mehr Hingabe, als er sich eingestehen wollte. Sie hingen bei Hedel und an den Wänden des Bellevue, in schmalen Silberrahmen, daneben der Preis. »Mein Sohn«, sagte Jakob, wenn ein Käufer etwas über den Künstler erfahren wollte, »ja, er ist noch jung, gerade neunzehn, nein, eine Akademie besucht er nicht, warum, was kann er dort noch lernen«, und jedes Wort verströmte seinen Stolz. Nicht darauf, daß Michel Geld verdienen konnte, auf festerem Boden stand, kein Tagträumer mehr war und Spintisierer, an dessen Bilder man nicht ohne Schauder denken konnte. »Geh deinen Weg«, hätte er ihm gern gesagt, »ich habe keine Angst mehr um dich.« Aber die gläserne Sprachlosigkeit stand noch zwischen ihnen.

Im übrigen gab es noch einen anderen Grund für den selbstlosen Stolz, mit dem er seinen ältesten Sohn von allen Hotelpflichten entband: Das Kind, das im Mai zur Welt gekommen war, ein neuer Erbe und Nachfolger vielleicht an Michels Stelle, Hoffnungen, die viele alteingesessene Grothumer mit ihm teilten, eine kleine Sensation von Klöntür zu Klöntür. Ohnedies ein beliebtes Thema, Jakob Nümann, sein Geld, seine Frauen, sein Bellevue auf der Düne, und beklagenswert, daß die Kinder so aus dem Rahmen fielen, Künstler, ungeeignet für das Hotel. Es würde in fremde Hände kommen, wieder etwas Fremdes auf der Insel, die mehr und mehr ihr Gesicht verlor. Die Einwohnerzahlen stiegen unaufhörlich, nichts blieb, wie es war. An die Nümanns hatte man sich gewöhnt, und der neue Sohn, so hoffte man, stand für das Gewohnte. Agnes jedenfalls schien dafür zu bürgen, Kielerin, der Vater kaiserlicher Korvettenkapitän, es paßte ins Bild.

Die Frauen der Honoratioren hatten sie sogleich in ihre winterliche Kaffeerunde aufgenommen, und da sich gegen abend auch die Männer einfinden mußten, zählte Jakob plötzlich zu dem, was er den Grothumer Klüngel nannte. Nicht, daß es ihn freute. Lieber ging er, eine Flasche Wein unter dem Arm, in Paulinas Haus, zu dem jungen Lehrer Meinerts, mit dem sich offen reden ließ, Gespräche ohne ein Blatt vor dem Mund wie früher zu Justus' und Sophias Zeiten. Aber Agnes genoß die Geselligkeit, warum sie ihr vergällen, und es war ja auch hübsch, wie alle gerannt kamen nach Ankunft des Kindes, mit Häubchen, Jäckchen, Strampelhöschen und Töpfen voll kräftigender Wochenbettsuppe.

Die Geburt war ohne Komplikationen verlaufen, vier

Stunden, mehr nicht, »und das bei so 'ner alten Frau«, strahlte die Hebamme. Ingeline Thomsen, Paulina Neelkes griesgrämige, aber äußerst gewissenhafte Großnichte, versorgte Mutter und Kind, und das Schlafzimmer mit seiner Blumenpracht rund um die spitzenbesetzte Wöchnerin glich, spottete Claire, einer Kapelle, »wie aufgebahrt«, sagte sie, was Michel zu Zeichnungen inspirierte, die er gleich wieder zerriß.

Ein niedliches Kind, der kleine, etwas zu kleine Matthias, knapp fünf Pfund beim ersten Wiegen. Doch das, meinte der alte Dr. Scheepe, sei eher günstig im Fall einer Spätgebärenden, Wärmflaschen ins Körbchen, Heizstrahler auf den Wickeltisch und trinken lassen, immer wieder trinken lassen, dann würde der Junge schon werden. Noch einmal entzückte Jakob sich an den Miniaturen der Finger und Zehen, dem Blick aus leerer Tiefe, den winzigen Nasenlöchern, nicht mit der gleichen Sorglosigkeit wie vor zwanzig Jahren, aber der gleichen Hoffnung: jetzt noch ich, und dann du.

Der Name, von Agnes vorgeschlagen, hatte ihm sofort behagt. Drei weiche, zärtliche Silben, schön, an dem Kinderbett zu stehen und sie vor sich hinzusagen, Matthias, Matthias Nümann. Doch ausgerechnet um ihn, diesen Namen, kam es am Abend nach der Taufe zum Streit. Eine Albernheit im Grunde, hochgradig albern sogar, und der Streit so sinnlos und überflüssig, jedes Wort verpulvert. Aber wie konnten sie es wissen.

Der Abend nach der Taufe, Jakob und Agnes saßen bei einem Glas Wein. Der letzte Gast war gegangen, das Fest zu Ende. Sie ließen es noch einmal an sich vorüberziehen, die volle Kirche, die Predigt, Claire mit dem Kind am

Taufbecken, das Essen, die Reden, und wie reizend der kleine, schon etwas pausbäckige Matthias in seinem blaubebänderten Taufkleid ausgesehen hatte.

»Seine Füße sind verhältnismäßig lang«, sagte Agnes. »Ein Zeichen, daß er einmal groß wird, und vielleicht«, sie lachte, »vielleicht hat er ja nicht nur den Namen von Matthias Wiemann.«

Matthias Wiemann, der schöne sanfte Held des deutschen Films, ihr Idol. Und so, ganz nebenbei, erfuhr Jakob, wer der geheime Pate seines Sohnes war.

»Das hättest du mir sagen müssen«, rief er in einem Anfall irrationalen Aberglaubens. »Ich hätte es nie erlaubt.«

Sie lächelte immer noch, »warum nicht«, als sei ihr unbekannt, was sie jetzt noch einmal zu hören bekam: daß es genug Künstler in der Familie gebe und Matthias in das Hotel hineinwachsen solle, unbehelligt von Flausen und dummen Ideen.

»Wieso hat das etwas mit dem Namen zu tun?« wollte sie wissen, und Jakob, da ihm keine vernünftige Antwort einfiel, verbot ihr, dem Jungen jemals etwas von diesem Wiemann zu erzählen.

Albern in der Tat, bar jeder Logik. Aber es lag nicht nur daran, daß Agnes ihr manchmal schon ermüdendes »Ich glaube, du hast recht« vergaß.

»Ich verstehe nicht, was in dir vorgeht«, sagte sie. »Aber damit du es weißt, er ist ebensogut mein Sohn, und ich lasse nicht zu, daß du jetzt schon über seine Zukunft entscheidest und ihn wie Michel in eine Zwangsjacke steckst, und wenn er Schauspieler werden will, soll er es werden«, ein Streit wie ein Flächenbrand, der die Taufe verdarb und noch mehr, auch wenn er wieder gelöscht werden konnte und zugedeckt.

Die glatte Decke der Harmonie. Müßig, danach zu fragen, ob sie auf Dauer gehalten hätte, müßig wie der Streit um die Zukunft des Kindes. Es hat keine Zukunft. Der Krieg, der näher rückt von Tag zu Tag, wird sie ihm stehlen.

»Es gibt Krieg«, sagte auch Jakob im Frühjahr 1939, keine neue Erkenntnis, schon lange waren er und sein Freund Meinerts sich darin einig gewesen, was die Besetzung Österreichs, die Annexion des Sudetenlandes, das Geschrei vom Volk ohne Raum zu bedeuten hatten. Wir sind groß, tönte es aus dem Radio, wir werden noch größer werden, und jetzt, nach dem Einmarsch in die Tschechoslowakei, konnte man den Kopf erst recht nicht mehr in den Sand stecken. Michel war inzwischen gemustert worden, Zeit also, die Dinge auch am Familientisch endlich beim Namen zu nennen.

»Ach wirklich?« murmelte Michel, und Agnes, den kleinen Matthias auf dem Schoß, fragte erschrocken: »Was heißt das für uns?«

»Das heißt«, sagte Jakob, »daß man die Insel für Gäste sperrt und die Hotels beschlagnahmt, genau wie im vorigen Krieg. Vielleicht wird hier gekämpft, warum nicht, umsonst hat man uns doch nicht zur Festung gemacht. Und Steckrüben wird es wohl auch wieder geben.«

»Um Gottes willen.« Sie hielt Matthias schnell noch einen Löffel mit Kartoffelbrei und Soße vor den Mund. »Nein, das glaube ich nicht. Der Führer weiß, was er tut.«

Worauf man Gift nehmen könne, sagte Michel. Er ließ seine Schüssel vor dem Gesicht des Bruders klimpern, der vergnügt patschend den Löffel traf und so das Gespräch in eine andere Richtung lenkte.

Eine Stunde später ließ Jakob den Daimler verladen, um sie und das Kind nach Kiel zu bringen, wie immer im April, wenn ihre Mutter Geburtstag hatte. Die erste Reise für Matthias. Ties nannte er sich neuerdings, oder Tiesi, eine Abkürzung, die bereits allgemein übernommen wurde. An diesem Tag lernte er »Auto« sagen, Tiesi Auto, ein kluges Kind offenbar, prall und rosig, mit kleinen Speckringen an den Handgelenken. Jakob trennte sich ungern von ihm.

Es war schon dunkel, als er wieder auf die Insel zurückkam, das Bellevue kaum beleuchtet. Noch eine Woche bis Saisonbeginn, die letzte Gelegenheit vielleicht, vorzubeugen für den Kriegsfall. Militär im Haus, ob Freund oder Feind, war gefährlich, und wenigstens Justus Adlers Eigentum, die chinesischen Vasen, die Uhren, das Silber, das Meißner Porzellan mußten vor Schaden bewahrt werden.

Die gleiche Prozedur wie in Hamburg, einladen, ausladen, jetzt mit Michels Hilfe. Sie schafften die Kisten in Hedels Dachkammer, wo so Kostbares kaum zu vermuten war und sich notfalls auch noch anderes in Sicherheit bringen ließ.

»Aber vielleicht passiert ja gar nichts«, sagte er zu Michel, der einen verstaubten Schrank geöffnet hatte, Mette Petersens Vergangenheit, Kleider, Wäsche, die letzten Stoffreste aus der Hamburger Fabrik.

»Hier könnten meine Bilder liegen.« Er vermied es, Jakob anzusehen. »Gestern ist der Einberufungsbefehl gekommen. Und ich werde kein Soldat.«

Das Pagendenkmal. Ich werde kein Page, ich arbeite

nicht im Hotel, ich male, was ich will, ich kenne meinen Weg. Auch diesmal, Jakob wußte es, würde er sich nicht beugen, wohin immer es führen mochte.

Michel hatte angefangen, den Schrank leer zu räumen. Er blickte erst auf, als Jakob von Fiete Post sprach, Fiete Post, der abhanden gekommen und nicht wieder aufgetaucht war, er sei wohl ins Watt gegangen, wurde vermutet.

»Er ist in Dänemark«, sagte Jakob. »Ich habe ihn an die Grenze gefahren. Ich kenne die Stelle, ich kann dich dort hinbringen.«

Michel schüttelte den Kopf, »wovon redest du überhaupt«. Er warf einen Hut auf den Fußboden, weißes Stroh mit roten Rosen, Maleen hatte ihn getragen. »Und erzähl mir nichts mehr von Fiete Post. Wer etwas weiß, kann etwas verraten. Bleib bei Matthias.«

»Du bist genauso mein Sohn«, sagte Jakob. »Fahnenflucht, das ist kein Pappenstiel«, aber es war nutzlos, gegen Michel anzureden. Seine Hand fuhr über den Schrank, »ein guter Platz für meine Bilder«, dann schwieg er.

Später kam Jakob noch einmal zu ihm ins Zimmer und legte ein Kästchen auf den Tisch. Es war die Uhr von Dr. Hederhoff. Michel nahm sie in die Hand, »viel zu kostbar«. »Nimm sie mit«, sagte Jakob, »sie wird dir weiterhelfen im Notfall.«

Michel machte einen Schritt auf ihn zu. Sie umarmten sich. Am nächsten Morgen war er nicht mehr da.

Jakob wartete einige Tage. Dann fragte er Matten Meester um Rat. Sein Sohn sei nach Hamburg gefahren und bis jetzt nicht zurückgekommen, was sollte man tun.

»Abwarten«, sagte Matten Meester. »Die jungen Kerle machen ihre Zicken.«

Nach einer Woche erschien die Polizei. Michel war am Bahnhof gesehen worden, danach hatte sich seine Spur offenbar verloren. Es folgten Befragungen, eine Hausdurchsuchung, die Konten wurden überprüft, Michels Name auf die Fahndungslisten gesetzt, alles ohne Ergebnis. Die Aufregung, die über die Insel geschwappt war, beruhigte sich allmählich und gerann zu einem neuen Kapitel der Nümann-Geschichte, kommentiert in allen Tonlagen, Empörung, Verständnis, geheimer Beifall. Das Ende blieb offen. Irgendwann, hieß es, würde er wiederkommen, und auch Claire sagte es jeden Tag, Michel kommt wieder, die gleiche Beschwörung wie vor Jahren, als er aus Hamburg zurückgeholt werden mußte.

Sie war diesmal erst im Mai eingetroffen und wollte früher als sonst wieder aufs Festland fahren. Das erste Engagement, nicht Dresden, wie sie gehofft hatte, sondern Oldenburg, aber das Oldenburgische Staatstheater, befand Frau Meisner-Beck, sei ein hervorragendes Haus, gerade richtig, um sich in Ehren durchs Repertoire zu singen, und Dresden laufe nicht davon.

Ihre erste Partie, die Fiordiligi in Cosi fan tutte, wurde in dem Ekhumer Haus am Watt einstudiert, unter der Last von Angst und Hoffnung. Frau Meisner-Beck belauerte jeden Ton, »atmen, Liebchen, du knöselst schon wieder, denke an Mozart und nicht an Michel. Wenn ich meine Gefühle an die Stimme gelassen hätte, säße ich heute noch in Quakenbrück«, und so versuchte Claire, die Angst wegzusingen, und rief bei jedem Mittagessen »Michel kommt wieder« über den Tisch, bis Agnes meinte, daß es nun doch genügen sollte.

»Stört es dich?« fragte Claire.

Agnes zögerte, »nein, nicht direkt, nur müssen wir ja nicht unentwegt davon reden, immerhin ist er …« Sie brach den Satz ab, und Jakob, mit den Gedanken seiner Frau leidlich vertraut, sagte: »Lieber ein Deserteur als ein toter Sohn.« Aber erst Ende Juli erfuhr man, daß Michel wirklich noch am Leben war und wo er sich befand.

Der Brief war an Frau Meisner-Beck gerichtet, etwas Geplauder, herzliche Grüße von Maria, und dann die Nachschrift: »Sagen Sie Ihrer Violetta, daß es mir und S. gut geht.« Gewißheit kurz vor der großen Zäsur. Bald darauf fuhr Claire nach Oldenburg. Mitte August begannen die Proben. Bei der Premiere im September war schon Krieg.

Krieg für die nächsten sechs Jahre, endlos, solange er währte, begrenzter in der Erinnerung und nur ein kurzes Kapitel in dieser Geschichte. Denn was soll man noch sagen. Es ist soviel darüber geredet worden und längst nicht genug. Aber es verschlägt einem die Sprache, wenn man bedenkt, wie wenig sie vermag. Kein Leid, keine Verluste, weder Not noch Tod werden einen neuen Krieg verhindern, geschweige denn Worte. Und was die Insel anbelangt, so blieb der Schaden gering, nichts Gravierendes, schnell zu beheben, es wird sich zeigen. Die Toten freilich kamen nicht zurück, die meisten von ihnen nicht einmal auf ihren heimatlichen Friedhof. Matrosen und Flieger von den Stützpunkten fanden dort ein Grab, Namenlose, die das Meer angeschwemmt hatte, hingerichtete Deserteure, abgestürzte feindliche Piloten. Der junge Lehrer Meinerts jedoch und Torben Scheepe, die Söhne von Schlachter Larsen und Maurermeister Claaßen, Inga

Moorheedes Bruder und all die anderen, die Petersens, Broersens, Jensens, Carlsens und Boysens vermoderten irgendwo in der weiten Welt. Man trauerte um sie, dann gab es Gedenktage, bald auch wieder Zapfenstreiche und immer die nächste Saison, und wenn es anders sein könnte, wäre es längst anders geworden.

Auch Jakob konnte seine Toten nicht begraben, Agnes und den kleinen Matthias. Sie blieben in Kiel, unter den Trümmern eines Hauses, das in der Nacht zum 8. April 1941 über ihnen zusammengestürzt war.

Jakob gab Agnes die Schuld, lautlos, mit Toten rechtet man nicht, und es hatte ja auch ihr Leben gekostet. Trotzdem, er war gegen die Reise gewesen. Eine Torheit, so allein mit dem Kind, und vollgestopfte Züge statt des Daimlers, denn der Daimler gehörte ihm nicht mehr und auch das Hotel war beschlagnahmt worden mitsamt Inventar und er selbst dienstverpflichtet als Verwalter im eigenen Haus. Seine gewohnte Arbeit im Grunde, eine Art Hotelbetrieb, nur unter militärischem Vorzeichen und die Gäste mit Schulterklappen und Befehlsgewalt.

Seit Kriegsbeginn nämlich befand sich nicht nur die Kommandantur in seinem Bellevue, sondern auch das Casino für die Inseloffiziere, und die Herren stellten ihre Ansprüche gelegentlich in Tönen, die Jakob sich normalerweise verbeten hätte. Aber das war der Krieg, und wenigstens konnte er in der Wohnung bleiben und das Haus überwachen, ein ständiger Kampf gegen Verlotterung, obwohl die Übergriffe sich in Grenzen hielten. Größtenteils benahm man sich zivilisiert, mit Ausnahme einiger Rabauken, die das, was sie haben wollten, notfalls aus den Wänden rissen, und überhaupt, Soldatenstiefel hinterließen

Spuren. Gut jedenfalls, daß noch Zeit geblieben war, Silber und Teppiche in Hedels Kammer zu retten, vor allem auch die wertvollen Lüster aus Kristall, beliebte Zielscheiben, wie er noch aus Herrn Riebecks Augusta wußte, für betrunkene Leutnants.

Eine Dienstverpflichtung also, die ihre Vorteile hatte, wenn auch mit Einschränkungen: der Zwang zur Anwesenheit etwa, die Urlaubsscheine, der Abmelde- und Rückmeldezirkus. Die Fahrt nach Kiel war nicht genehmigt worden, aus undurchsichtigen Gründen, Schikane vermutlich. Aber Agnes hatte sich nicht halten lassen. Ihre Mutter wurde siebzig, und Kiel lag doch nicht aus der Welt.

Am fünften April hatte er sie und das Kind zum Zug gebracht, ein naßkalter, stürmischer Morgen, über den Bahnsteig jaulte der Wind. Er hatte den Schal abgenommen und versucht, das Gesicht seines Sohnes damit zu schützen, vergeblich, »knatzt«, schrie Matthias in seinem drolligen Kauderwelsch, »Tiessi will nis Sßal, so Twatsch«, letzte Worte für die Erinnerung. Drei Tage später kam die Nachricht im Radio: englische Bomben auf Kiel, keine nennenswerten Verluste, die übliche Sprachregelung. Einige Häuser in der Dänischen Straße seien getroffen worden, hörte Jakob von der Stadtverwaltung. In der Dänischen Straße wohnten seine Schwiegereltern.

Es war Sonnabend. Aber erst am Montag erhielt er einen Urlaubsschein. Die Besichtigung der Verteidigungsanlagen durch Herren aus Berlin stand bevor, anschließend der obligate gesellige Abend, und der Inselkommandant, ein schon bejahrter Konteradmiral mit Kaiser-Wilhelm-Allüren, wies Jakob, als er zu ihm vorgedrungen

war, erst auf den Dienstweg hin und dann auf seine Pflichten: »Wir haben Krieg, Nümann, Sie werden gebraucht,
die Soldaten an der Front können auch nicht nach jedem
Luftangriff auf Urlaub fahren.« Und es spielte ja keine
Rolle mehr, ob er zwei Tage früher oder später vor dem
zerstörten Gemäuer stand, ein Haufen Holz und Steine,
und darunter sein Sohn. Auch seine Frau. Aber das war
erst der zweite Gedanke.

»Der Herr hat's gegeben, der Herr hat's genommen, der
Name des Herrn sei gelobt«, sagte der alte Pastor Nielsen
im Bemühen, Jakob Trost zu spenden, Hiobs Worte, die er
später bei der Trauerfeier ebenfalls an den Anfang stellte,
offenbar mit einer gewissen Halbherzigkeit.

Er hatte, als sein Nachfolger einberufen wurde, den abgewetzten Talar aus dem Schrank geholt, um wieder auf
die Kanzel zu steigen, unter großen inneren Konflikten,
wie er Jakob anvertraute, denn nun müßte er öffentlich für
Hitler und Konsorten beten und würde sie doch lieber
verfluchen. »Aber mir fehlt der Mut«, sagte er. »Ich bin ein
alter Mann und habe große Angst vor Schmerzen. Also
lüge ich, und schlimm, damit einst vor Gott treten zu müssen. Und wenn ich ehrlich sein soll, bei Hiob habe ich auch
meine Zweifel. Der Herr hat's genommen. Ich weiß nicht,
ist es wirklich immer der Herr? Aber das kann man heutzutage ja auch nicht laut sagen.«

Mit seiner und Matten Meesters Hilfe hatte Jakob eine
Grabstätte auf dem alten Friedhof bekommen, die nun
Blumen bedeckten, Kränze und Gebinde aus Osterglok-
ken und Narzissen. Ein langer Zug, der sich von der Kir-
che dorthin bewegte, fast eine Beerdigung, nur trauriger.
Jakob, Hedel und Claire zur Seite, nahm die Beileidsbe-

zeugungen hin, ohne zu merken, von wem sie kamen. Der Herr hat's gegeben, der Herr hat's genommen. Hitler, dachte er, darf sich die Hände reiben. Gott ist schuld.

Claire blieb nur wenige Tage. In Oldenburg stand die Othello-Premiere auf dem Programm. Sie sang die Desdemona, und Frau Meisner-Beck hatte ihr geschrieben, daß der Dresdener Intendant vermutlich im Theater sitzen würde. Er hatte sich schon ihre Mimi angehört, möglich, daß nun die Entscheidung fallen sollte. »Dresden!« versuchte sie Jakob die Abreise verständlich zu machen, »stell dir vor, Dresden. Aber im Juni fangen die Theaterferien an, dann komme ich, und du hast ja Hedel.«

Hedel, die nun wieder für ihn sorgen durfte, ein trauriger Anlaß, und trotzdem etwas wie Triumph, Jakob braucht mich. Außerdem ging es mit dem Laden dahin. Die belegten Brötchen in bunten Beuteln, ihr großer Erfolg kurz vor dem Krieg, waren nur noch Legende. Brot, Butter, Wurst, alles rationiert, selbst die albernen Leuchttürme und Schiffchen gab es nicht mehr, was sollte man verkaufen.

»Laß man, ich bin ja da«, hatte sie gesagt, der alte tröstliche Ton aus dem Gesindehaus, als er, in seine Trauer verschanzt, tagelang unansprechbar blieb, auch für den Feldwebel von der Verwaltung, der ihn für eine undichte Stelle im Dach interessieren wollte. Doch nicht Hedels sanfte Stimme holte ihn aus der Betäubung, sondern das verkohlte Parkett in der obersten Etage. Ein Schwelbrand, zu spät entdeckt, fast zu spät, aber noch stand es da, sein Bellevue auf der Düne, das er erhalten mußte für eine Zukunft, in der es wieder übers Meer glitzern durfte, und was immer geschehen war, das Haus würde bleiben, und er, Jakob Nümann, hatte es gebaut.

»Wenn Frieden ist«, sagte er am Abend zu der erstaunten Hedel, »werden wir aufstocken. So ein Flachdach macht immer Ärger, und nach jeder Flaute kommt ein Aufschwung, da brauchen wir Platz.«

Es dauerte noch vier Jahre bis zur Kapitulation, vier Jahre Kampf gegen den Verfall, Jakobs privater Krieg in dem großen, der Deutschland zerschlägt und die Welt verändern wird. Auch die Insel. Aber erst einmal geht der Krieg an ihr vorbei. Sie wird nicht erobert, sie wird übergeben.

Es war Mai, als die Engländer einzogen, die Zeit, in der man sich normalerweise für den Empfang der Sommergäste rüstete, und niemand konnte sich vorstellen, daß es jemals wieder so sein würde. Ein Heer von Flüchtlingen überschwemmte die Insel, Soldaten, befreite Zwangsarbeiter, dazu der Hunger und die Wohnungsnot, die zerstörten Strände und aufgelösten Ordnungen – wie sollte sich aus solchem Chaos wieder ein festes Gefüge bilden.

»Gott verdammt niemand mit Unrecht und trifft einen jeglichen nach seinem Tun«, verkündete Fiete Post mit feuriger Zunge, als habe er nach der glücklichen Heimkehr aus Dänemark kein anderes Ziel, als sich sogleich neue Feinde zu schaffen, und Matten Meester, aus dem Rathaus gejagt und ziellos über die Insel streifend, prophezeite, daß es mit dem Weltbad endgültig aus sei. »Walfänger«, sagte er zu Jakob, den er gelegentlich im Bellevue besuchte, um sich an einem Whisky oder Gin zu erfreuen, »wir können ja wieder Walfänger werden wie unsere Vorfahren«, etwas abwegig aus dem Mund eines geborenen Berliners. Aber er hatte längst angefangen, sich als Inselmensch zu fühlen,

296

und die Einheimischen zählten ihn schon beinahe zu ihresgleichen. Trotz der Amtsenthebung blieb es bei dem gewohnten Namen, während man um örtliche Parteigrößen wie Schlachter Larsen vorerst noch einen Bogen schlug. Weder Hoffahrt noch Schikanen ließen sich Matten Meesters nachsagen, nur Gutes, und seine Winke und Warnungen hatten neben Fiete Post auch noch andere vor der Gestapo gerettet. Außerdem war es ihm gelungen, die Sprengung der Kasernen zu verhindern, was den dort untergebrachten Flüchtlingen ebenso nützte wie den Grothumern, die sie sonst hätten aufnehmen müssen. Trotzdem, alle Nazibürgermeister mußten gehen, kein Pardon, und daß Matten Meester nicht auch noch verhaftet wurde, lag allein an Jakobs besonderer Nähe zur Besatzungsmacht. Denn nach dem Abzug der deutschen Stäbe hatte die englische Militärregierung das Bellevue übernommen, und er wohnte weiterhin dort.

Ein Wunder beinahe, daß er bleiben konnte, ein wunderbarer Zufall, vielleicht auch eine Kettenreaktion der Ereignisse: Die scheidende Sophia an der Reling des amerikanischen Schiffes, der verzweifelte Kauf von Claires Klavier mit allem, was sich daraus ergab, und nun hatte das Klavier mit das Bleiberecht gesichert, ein Gedankenspiel, das sich noch weitertreiben ließe, bis zu Maleen und dem französischen Musikmenschen und wer weiß wohin.

Claire war schon vor Monaten, nachdem Goebbels unter lautem Geschrei den totalen Krieg verkündet hatte und sämtliche Theater schließen mußten, auf die Insel gekommen, das Ende ihres Engagements an der Dresdener Oper, die Rettung wahrscheinlich. Ihre Wohnung lag nahe beim Theater, und alles rundherum war in der Nacht, als die

297

Bomben fielen, zu Schutt und Asche geworden. Auch Frau Meisner-Beck lebte nicht mehr. Sie hatte noch die Aida mit ihr einstudiert: Leb wohl, o Erde, Tal der Tränen. Niemals wieder, glaubte Claire, könnte sie die Aida singen, trotz Frau Meisner-Becks unermüdlich wiederholter Mahnung, Gefühle nicht Herr werden zu lassen über die Technik, »atmen, Liebchen, richtig atmen, wenn ich meine Gefühle gen Himmel gesungen hätte, säße ich heute noch in Quakenbrück«.

Quakenbrück, das Menetekel. Die Worte ihrer Lehrmeisterin im Ohr, Ratschläge, Kommandos, zornige Kritik und hingerissene Begeisterung, saß sie am Klavier, Stimmübungen, immer wieder Stimmübungen für bessere Zeiten. Sie wartete auf die Engländer, und als die Engländer endlich da waren, wollten sie ihr das Klavier wegnehmen.

Eigentlich sollte es schon längst bei Hedel stehen, in der Stube, die sie für Jakob und Claire hergerichtet hatte. Aber der Transport war an einem Wutanfall des Konteradmirals gescheitert. »Es geht um Sein oder Nichtsein unseres Volkes, nicht um dieses Ding«, hatte er gebrüllt, seine letzte militärische Maßnahme, bevor er die Stellung räumte, und da Claire sich weigerte, ihr Klaiver zurückzulassen, war auch Jakob in der Wohnung geblieben. Sie standen am Fenster, sahen einen englischen Panzer vorfahren, Lastwagen, mehrere Jeeps, horchten auf die Geräusche im Haus, die Schritte, die sich näherten. Dann wurde die Tür geöffnet, ein Offizier kam herein und forderte sie auf, aus der Wohnung zu verschwinden, in leidlichem Deutsch, was Jakob ermutigte, seine Dienste anzubieten, zunächst ohne Erfolg.

»Sie müssen bitte gehen«, sagte der Offizier mit verlegener Höflichkeit, nicht ganz passend zu dem Auftrag. Er war um die dreißig, groß, schlank, kultiviert, ganz so, wie es Jakob einst bei seinen Gästen geschätzt hatte. Das Gesicht, weich und völlig unkriegerisch, kam Claire vertraut vor. Sie kannte solche Gesichter, verlor die Angst und bat um das Klavier, »ich möchte das Klavier mitnehmen, gibt es eventuell einen Transport?«

Der Offizier lächelte nachsichtig, »ich glaube nicht«.

»Warum nicht?« fragte Claire und rief, als er daran erinnerte, daß Deutschland soeben den Krieg verloren hätte: »Auch die Musik?«

Ihre Vehemenz schien ihn zu verblüffen. Ob sie Klavierlehrerin sei, wollte er wissen, denn schließlich befand man sich fern jeder großstädtischen Kultur, und es war kaum zu erwarten, gleich einer Sängerin wie Claire Nümann zu begegnen.

»O Gott, nein«, sagte sie erschrocken. »Ich singe.«

»Und was bitte? Am Brunnen vor dem Tore?« Es klang amüsiert, und so nickte sie mit allem verfügbaren Hochmut: »Ja, an der Semper-Oper in Dresden, falls Sie wissen, was das ist.« Ein Geplänkel, das mit einer Arie der Tosca endete: Nur der Schönheit weiht' ich mein Leben. Claire sang, er saß am Klavier, George Fuller, Dirigent im zivilen Leben, jetzt Kulturoffizier auf der Insel. Der Krieg, der alles in Uniform steckte, was er bekam, machte es möglich, Jakob konnte bleiben.

Es war ein Glück, wenn auch kein reines, obwohl der englische Kommandant sich locker gab mit »How do you do« im Vorübergehen, gelegentlich sogar einem Päckchen Zigaretten, mehr wert auf dem schwarzen Markt als das halbe Monatsgehalt. Aber Jakobs Position war nach unten gerutscht, vom Verwalter zum Hausknecht, und dazu noch bei diesen netten Siegern, die unbekümmert sein Hotel ramponierten, warum auch nicht. »Hallo, uncle Jack«, riefen die jungen Soldaten, wenn sie in aller Unschuld Stühle oder Wandleuchter davontrugen, kleine Geschenke für ihre Sweethearts in den Flüchtlingsbaracken, und eines Tages, dachte er, verliere ich die Nerven, und was dann?

Mr. Fuller indessen, von dem er Hilfe erwartet hatte, verweigerte sich, »Stühle, Lampen, lauter Kleinigkeiten, ihr habt Schlimmeres gemacht«, unerbittlich im Urteil wie Fiete Post, obwohl er doch in der Wohnung aus- und einging, Claire auf dem Klavier begleitete und für das gemeinsame Abendessen englische Käse- oder Schinkensandwiches mitbrachte, milde Gaben, man brauchte sie dringend bei den Hungerrationen. Auch der Whisky, dem Matten Meester hinterherlief, stammte von ihm, alles zu Jakobs Mißbehagen. Mit der Tochter poussieren, dem Alten Schnaps spendieren, wann fand das ein Ende? »Ihr habt Schlimmeres gemacht – wen meinen Sie damit?« sagte er. »Ich habe Rußland nicht überfallen und kein KZ gebaut, und ich behaupte ja auch nicht, daß Sie meinen kleinen Sohn umgebracht haben.«

»Sie dürfen es behaupten«, sagte Mr. Fuller. »Ich habe gewollt, daß wir den Krieg gewinnen, die Bomben gehörten dazu, und jeder, der es gewollt hat, hat es auch getan. Aber glauben Sie nicht, daß es mich freut.«

»Würdest du es wieder wollen?« fragte Claire.

»Ja«, sagte er. »Das macht es noch schlimmer.«

Jakob stand auf. »Ich habe nicht mal gewollt, daß wir gewinnen. Ich habe dies alles gehaßt. Mein Sohn ist tot, meine Frau mußte fliehen …« Meine Frau. Immer wieder passierte es ihm. Die Ehe mit Sophia, so schien es, hatte eine Ewigkeit gedauert, die mit Agnes nur einen Tag.

»Zeit zum Schlafengehen«, sagte er. »Gute Nacht.«

Mr. Fuller erhob sich ebenfalls, machte aber keine Anstalten, sich zu entfernen.

»Gute Nacht«, wiederholte Jakob. »Sie sind doch privat hier, nehme ich an. Oder als Besatzungsoffizier?«

»Privat«, sagte Claire. »Und er hat recht, wir gehören dazu. Du bist hiergeblieben, du hast die Fahne gehißt und die Bonzen hofiert, und was habe ich alles gemacht. Für Michel, ich weiß. Aber das Warum ist nicht wichtig. Komm, setz dich wieder«, und es war ja auch nur Mr. Fuller, der ihn ärgerte, die Selbstverständlichkeit, mit der er Claires Zimmer betrat, ob es nun um die Musik ging oder um mehr.

Eifersucht des Vaters, lächerlich und überflüssig. Denn das, worum es mit George Fuller ging, viel oder wenig, wog für sie nicht besonders schwer, nicht so schwer jedenfalls wie das neue Engagement in Hamburg, wo ein Jahr nach dem Krieg die Proben für die Zauberflöte begannen, und Claire sang die Pamina.

Jakob brachte sie zum Bahnhof, immer wieder der Bahnhof, und jedesmal ein anderes Ziel. Er hatte ihre Salomé in Oldenburg gehört, die Tosca in Dresden, und selbstverständlich fuhr er auch nach Hamburg. Seine Tochter, die Sängerin. Das Publikum jubelte, noch war sie glücklich dabei.

»Du solltest heiraten«, sagte er, »einen Anker werfen«, und wußte schon, daß sie lachen würde, »erst muß ich einen Mann finden, der hingeht, wo ich hingehe, und du hast es doch genauso gemacht, Sophia laufenlassen, weil das Hotel wichtiger war.«

»Unsinn«, rief Jakob, aber Claire kannte die Wahrheit, »und um das Glück«, sagte sie, »geht es wohl nicht. Es geht um das, was man tun will und haben will, ganz gleich, wohin es führt. Wir sind alle so, du, Michel, ich. Eine komische Familie, aber keine Sorge, ich bin glücklich.«

Jakob hoffte, daß es so war und auch Michel ihn nicht nur beruhigen wollte mit den Briefen aus New York, tröstliche Briefe, es ging ihm gut, Sophia und Justus wohnten in der Nähe, seine Bilder wurden ausgestellt und verkauft. Die richtigen, hatte er geschrieben, hier darf man so malen. Ich träume oft von der Insel, und irgendwann komme ich zurück. Wir sehen uns wieder.

Michel, sein verlorener Sohn, der ihm Trost schickte und Carepakete mit Erdnußbutter, Schokolade und Fleischkonserven. Doch über Sophia, die ihn nach Amerika geholt und auf den Weg gebracht hatte, schwieg er sich aus. Jakob fragte, Michel gab keine Antwort, das alte Spiel. Erst Justus nannte ihm den Grund, in einem Nebensatz und um das zu tun, was Michel nicht wollte, ihn verletzen.

Justus kam im dritten Jahr nach dem Krieg. Es war das schlimmste bisher, mit Mangel an allem, Furcht vor dem Winter und Schwarzmarktbaronen, die sich in den bereits freigegebenen Hotels das Leben schmecken ließen. Das Bellevue stand weiterhin unter englischem Befehl, und Jakob, von einem neuen Kommandanten aus dem Haus gewiesen, war zu Hedel in die Strandbadstraße gezogen.

»Vielleicht wohne ich noch mal bei dir«, hatte er nach Mette Petersens Beerdigung gesagt, nun war es so, und es war auch egal. Weiter als bisher konnte das Hotel kaum herunterkommen, und die Mittel, etwas von dem alten Glanz zurückzuholen, fehlten ihm in jedem Fall, wenngleich Matten Meester schon wieder bessere Zeiten kommen sah. »Das Geld wird bald stabil«, versicherte er, »und dann geht die Post ab. Ganz Deutschland muß renoviert werden, da mach dir man keine Gedanken um den Klekkerkram von Bellevue.«

Justus war ohne Voranmeldung in der Strandbadstraße erschienen, dreizehn Jahre älter geworden, aber von der gleichen lässigen Eleganz wie damals am Neuen Wall. Jakob, der sich gerade damit befaßte, Hagebutten in Mus zu verwandeln, mußte sich die Schürze abbinden. Dann streckte er ihm die Hand entgegen, bekam aber nur einen Brief von Michel gereicht, »und es geht ihm gut«, sagte Justus, »er weiß, was er will, wir haben großen Respekt vor ihm, auch, weil er es vorgezogen hat, dieses Land zu verlassen«, und ja, Sophia sei gesund, sie habe nochmals geheiratet und lebe in besten Verhältnissen.

Nach Deutschland war er im Auftrag von Klienten gekommen, nur kurz, auch Hamburg war nicht vorgesehen, wozu, Verwandte gab es dort nicht mehr. Der Besuch auf der Insel galt seinen Sammlungen, den chinesischen Vasen, dem Silber, den Uhren, die in Hedels Bodenkammer standen und leise vor sich hin tickten. Jakob hatte sie Stück für Stück hierher getragen, sie jede Woche aufgezogen, das Holz, den Marmor, die goldenen Zieselierungen von Staub und Spinnweben befreit.

Er öffnete eine Kiste, »es ist alles vollzählig«, und Justus winkte ab. »Ich habe dich nie für einen Dieb gehalten. Könntest du dich noch um die Spedition kümmern? Selbstverständlich vergüte ich dir die Unkosten.«

Jakob legte den Deckel wieder auf die Kiste. Eine der Uhren begann zu schlagen, helle, silberne Töne. Um die Uhren tat es ihm leid. Um die Uhren, um Justus, um Sophia, die nun zum zweiten Mal für ihn gestorben war. »Ich werde nicht bezahlt«, sagte er, »ich tue es aus Freundschaft, auch wenn ich sie verloren habe.«

»Mach dir keine Gedanken, ganz Deutschland hat mich verloren«, sagte Justus, und erst, als Jakob wieder allein war, fiel ihm ein, daß sie den Mittelweg vergessen hatten, Sophias Haus, von dem nichts übriggeblieben war, nur noch ein Trümmergrundstück, über das schon Gras wuchs, Gebüsch und eine kleine Birke. Er lief zur Tür, um Justus zurückzurufen. Doch dann dachte er, daß es nicht seine Sache sei, und ging wieder zu Hedel und den Hagebutten, verhängnisvoll, wenn auch nur für ihn. Denn was, wird jeder Vernünftige fragen, hat Sophias Haus, das sie vor ihrer Flucht auf Jakobs Namen überschreiben ließ, was in aller Welt hat es mit dem Niedergang des Hotels zu tun. Aber man kann sich die Frage schenken. Es gibt keine verständliche Antwort. Jedes Gewissen spricht seine eigene Sprache.

Der Niedergang des Bellevue: Falls eine Überschrift benötigt würde für das letzte Kapitel der Geschichte, ließe sich darauf zurückgreifen, obwohl nichts dergleichen auch nur in der Luft lag, als das Hotel im Frühling 1951 wieder eröffnet wurde.

»Zwölf Jahre«, sagte einer der zahlreichen Festredner, »zwölf lange Jahre sind vergangen, seitdem der Krieg dieses schöne Haus zu Boden geworfen hat«, nur ein sprachlicher Lapsus glücklicherweise, denn schon die Renovierung schien Jakob, als die Engländer endlich abgezogen waren, kaum noch möglich. Alles mußte erneuert werden, Fassade, Parkett, Installationen, jedes Möbelstück, jeder Topf in der Küche. Seine Konten waren leer seit der Währungsreform, und selbst der Verkauf von Paulina Neelkes kleinem, ebenfalls heruntergekommenem Haus hätte ihn nicht vor Hypotheken bewahrt.

Ein Alptraum, die Verhandlungen bei der Bank, die Zahlen und Zinsen, die man ihm um die Ohren schlug, und lachhaft geradezu der Gedanke an ein viertes Stockwerk. Am Abend nach der letzten Unterredung war er nach Diekum gegangen und wieder zurück, der alte Weg zwischen Meer und Dünenkette, und dort oben stand sein Haus, das verkauft werden sollte. Verkaufen, von vorn anfangen, ein kleines Hotel vielleicht oder ein Restaurant, und alles war vergeblich gewesen, auch Sophia hatte er umsonst verloren. Und während die Bilder an ihm vorüberzogen, Sophia bei der ersten Begegnung, beim Tanzen im Atlantic, bei der Liebe, beim Streit, beim Abschied, sah er sie am Tisch des Notars sitzen. Den linken Arm aufgestützt, den Kopf in die Hand gelegt, so überschreibt sie ihm das Haus am Mittelweg, pro forma, sagt sie, nur pro forma, und möglich, daß sie nichts mehr davon wußte in ihrem fernen Amerika. Justus' Besuch lag zwei Jahre zurück. Wenn sie sich erinnerte, warum dann dieses Schweigen.

Einige Tage später kam Claire auf die Insel, aber nicht mehr zu ihm. Sie wohnte am Ekhumer Watt, Frau Meisner-Becks Haus, das sie von den Erben gekauft hatte, ein günstiger Preis, und ihr Vertrag mit der Hamburger Oper ließ Raum für Gastspiele. Außerdem befand sich in dem Haus nicht nur Frau Meisner-Becks Flügel, sondern, wenn man es glauben sollte, auch ihr guter, Claire auf Schritt und Tritt umwehender Geist. »Mit deinem Material wirst du eines Tages alles singen«, hatte sie vorausgesagt und recht behalten. Claire sang die Pamina wie die Isolde, sie sang überall, und ihre Stimme, schrieben die Kritiker, werde immer ausdrucksvoller. Warum sollte es nicht so bleiben, dachte Jakob, als er bei ihr seinen starken schwarzen Kaffee trank und sich bemühte, die eigenen Sorgen herunterzuspielen.

Claire saß ihm gegenüber, zierlich wie früher, alle Welt wunderte sich, woher sie die Kraft für so große Partien nahm. In ihrer Tasse war Pfefferminztee, auch das ein Tribut an die Stimme, kein Tee, kein Kaffee, kein Alkohol.

»Ein kleines Hotel!« sagte sie. »Was soll das, du bist siebenundfünfzig. Zieh in mein Haus, dann ist es nicht so leer, wenn ich komme«, dies mit einem Seufzer, denn der Mann, den sie letztendlich geheiratet hatte, ging nicht dorthin, wo sie hinging, sondern war ebenfalls Sänger. So selten indessen, wie Jakob glauben sollte, kreuzten die Wege sich nicht. Ein durchsichtiges Angebot. Seine schöne, berühmte Tochter, die meinte, ihn an die Hand nehmen zu müssen.

»Ich bin kein Altenteiler«, sagte er, vermutlich die Entscheidung.

Der Mittelweg, beste Hamburger Lage, war es richtig, war es falsch, das Grundstück zu verkaufen? Richtig, versuchte er sich einzureden, die einzige Lösung und nur eine Anleihe auf Zeit, rückzahlbar, sobald Sophia es verlangte. Ihr blieb das Geld, ihm das Bellevue, nichts Unrechtes eigentlich, und seltsam nur, wie strikt er die Aktion unter der Decke hielt. Das Geschäft wurde in Hamburg abgewickelt, auch die Beschaffung der noch erforderlichen Hypothek, weder Hedel noch Claire, niemand in Grothum erfuhr, auf welche Weise Jakob Nümann plötzlich zu Geld gekommen war. Aber die Nümann-Geschichte steckte voller Überraschungen. Man nahm es hin und wunderte sich allenfalls, daß nicht einmal Paulina Neelkes Haus verkauft werden mußte, um dem Hotel seinen früheren Glanz zurückzugeben.

Das neue alte Bellevue, schön wie am ersten Tag, ockerfarben, mit weißen Fenstern und Simsen. Drei Stockwerke nach wie vor, und auch die Halle, das rotweiße Restaurant, die hohen Spiegel im Ballsaal schienen unberührt von den Wechselfällen der vergangenen dreißig Jahre. Sophias Prägung, vielleicht wäre es besser gewesen, nicht darauf zu beharren. Denn nun sah sie ihm wieder über die Schulter, lächelnd, spöttisch, strafend, und jedesmal, wenn er Gäste von ehedem mit der Floskel begrüßte, sie sollten das Gefühl haben, nach Hause zu kommen, klang es ihm wie ein doppelter Ton im Ohr: seine Stimme und daneben ihre, »alles von meinem Geld«.

Diese Stimme, die er nicht los wurde. Sie sprach in seine Schlaflosigkeit hinein und in die Träume. Aber jeder nächtliche Entschluß, die Schuld zu löschen, scheiterte an den Überlegungen des nächsten Tages, den Rechnungen und neuen Ideen. Paulina Neelkes Haus zum Beispiel, das, als Lehrer Meinerts Witwe auszog, von oben bis unten instand gesetzt werden mußte: Zehn Jahre Frieden, die Insel florierte, was also lag bei dem wachsenden Bedarf an besseren Quartieren näher als ein Umbau, hübsche Gästezimmer, jedes mit Dusche und Zentralheizung, Investitionen, die sich von selbst bezahlten. Jedermann investierte, sogar Hedel, die, nachdem sie den Laden modernisiert und vermietet hatte, nun auch Mette Petersens ehemalige Stuben herrichten ließ, ebenfalls komfortabel, es lohnte sich bei der guten Lage, nur ein paar Schritte zum Strand. Sie blühte auf, lief von Geschäft zu Geschäft, um die richtigen Vorhänge, Bettbezüge, Tischdecken zu finden, und erwog sogar einen Anbau im Hintergarten, so, als sei es das Normalste von der Welt.

Es war wie eine Atemlosigkeit, die über den Damm auf die Insel kam, eine hektische Lust, mitzuschwimmen in dem Sog dessen, was sich Wirtschaftswunder zu nennen begann, den gemächlichen Gang der Dinge veränderte und auch das Gesicht der Kaiserstraße. Von Saison zu Saison neue Läden und Restaurants, wechselnde Inhaber, die niemand kannte, mehr Menschen, mehr Autos, mehr Lärm, »alles nicht so, wie es mal war«, schimpfte Matten Meester, obwohl er gerade eine »Altberliner Bierquelle« eröffnet hatte, mit Schmalzstullen, Bockwürsten, Bouletten und selbstverständlich Eisbein nebst Sauerkraut und Erbsenpüree. »Ich als Bürgermeister würde da mal durchgreifen.«

Aber er war kein Bürgermeister mehr, und was hieß das, durchgreifen. Man hatte lange genug im Dreck gelegen, nun ging es ums Geld. Die Besucherzahlen stiegen unaufhörlich, und für Ruhebedürftige gab es Reservate wie das Bellevue.

»Der exklusive Aufenthalt für exklusive Gäste«, versicherte ein Prospekt an der Rezeption, in zarten Farben, diskret wie das Haus. Jakob befiel Unbehagen, wenn er ihn sah. »So sehr ich Ihr Bellevue schätze, Grothum ist mir zu unruhig geworden«, hatte ein langjähriger Gast gesagt, einer von denen, die nach Weederup abwanderten, in das

308

neueröffnete Hotel, oder sich ein Haus am Rand der Heide bauten. Noch nichts, um sich Sorgen zu machen, aber irgend etwas schien sich anzuschleichen, und Unsinn, es mit Sophia in Verbindung zu bringen, der Schuld, die weiterhin offenstand und nun wohl offenbleiben mußte. Es war zu spät, der Termin verpaßt, und was machte es denn, niemand hatte eine Forderung gestellt. Wo kein Kläger ist, da ist kein Richter, dachte Jakob und fing wieder an, über die vierte Etage nachzudenken, aufstocken, mehr Zimmer, mehr Platz für meine Gäste. Aber die Akte wollte sich nicht schließen lassen. Sophia betrog man nicht, und als die Hochhäuser kamen, traf es ihn wie eine Strafe.

Verquere Gedanken. Denn daß die Blöcke mit den vielen Fenstern und Balkonen sich in seine Nähe fraßen, hatte nichts mit höheren Mächten zu tun, sondern war nur ein weiterer Schritt in den Veränderungen, die nun, zu Beginn der sechziger Jahre, die Gangart gewechselt hatten. Es wurde nicht mehr umgebaut, es wurde abgerissen, die vertrauten Bilder rund um die Kaiserstraße ausgetauscht, als steckten sie in einem Wechselrahmen. Schluß mit friesischen Reetdächern, mit Türmchen und Söllern der Gründerzeit, Beton statt dessen, grau, modern und vor allem hoch, viel Raum für Geschäfte, Hotels oder, ein magisches Wort, Apartments.

Um die erste Konstruktion dieser Art, das Werk von Düsseldorfer Investoren und Architekten, gab es noch Aufruhr, Stimmen dafür und dagegen, Leserbriefkriege, persönliche Fehden und Verunglimpfungen. »Fortschritt« riefen die einen, »Manhattanisierung der Insel« die anderen. Jakob stand auf der Seite des Fortschritts, und der Fortschritt siegte, ein Signal für alle, die schon auf der Lau-

309

er lagen. Die Post ging ab, um mit dem begeisterten Matten Meester zu sprechen. Jakob indessen bemerkte seinen Irrtum.

Für das Pilotprojekt in der Strandbadstraße nämlich, neun Stockwerke hoch, hatte auch Hedel Haus und Grund hergegeben, trotz aller Beschwörungen der Gegenpartei. Sie ging auf die Achtzig, die Treppen machten ihr Mühe, und Jakob hatte den Verkauf mit so kluger Hinhaltetaktik betrieben, daß die Baugesellschaft schließlich einen Phantasiepreis zahlen mußte, dazu noch eine schöne Wohnung im obersten Stock, gut für Hedel, auch gut für die Erben. Alles weit weg vom Bellevue, hatte Jakob geglaubt. Doch die Baumaschinen rückten weiter, quer durch die Innenstadt und an das Wasser heran, ein Wald von Kränen, aus dem vierzehnstöckige Kolosse krochen und über die Strandpromenade aufs Meer starrten. Wenn Jakob aus der Tür trat, schob sich eine graue Mauer zwischen ihn und den Himmel. Und dann standen die Kräne an seinem Haus, vor den Fenstern der Ostseite, von denen man bisher auf wehendes Gras geblickt hatte und Heckenrosen im Sommer. Eine ortseigene Wiese, viel wert und günstig verkauft, warum beklagte er sich, auch Grothum brauchte Geld. Neue Kureinrichtungen sollten entstehen, ein Meerwasser-Wellenbad, und wieder und wieder mußte aufgebaut werden, was die Sturmfluten zerstörten.

»Nun zerstört ihr mein Hotel«, schrie Jakob in der Bürgerversammlung, Grund für schadenfrohes Gelächter und Kopfschütteln. Der reiche Nümann mit seinem immerwährenden Glück. »Glück wie Nümann«, beinahe ein geflügeltes Wort, und dies bißchen Pech, was schadete es ihm. Den Blick zum Meer konnte man nicht verstellen, das

Geld würde weiterfließen, »so ein Pech hätte ich auch gern«, rief jemand von den Soencksens auf friesisch.

Doch darum ging es nicht, nicht um Geld, nicht um mehr oder weniger Gäste. Sie kamen trotz des Baulärms und der Kräne, und als die Häuser vor den Ostfenstern standen, kamen sie immer noch. Vierzehn Stockwerke in der Mitte, neun an jeder Seite, es störte sie nicht, und darum ging es. Denn Gäste, die weder Lärm noch Beton vor dem Himmel scheuten, waren nicht mehr exklusiv zu nennen, sowenig wie ein Hotel, das sie beherbergen mußte. Kein billiges Hotel, durchaus nicht. Aber billiger als zuvor in jedem Fall, die Zimmer, der Service, das Essen, der Wein. Billiger, weniger luxuriös, nichts mehr für Gäste der ersten Garnitur, die nun endgültig nach Weederup gingen oder ans Ekhumer Watt, in die neuen Hotels, Bars und Restaurants, wo man unbehelligt unter sich bleiben konnte. Geldleute, Künstler, Zeitungsmenschen samt Gefolge, die Reichen und die Schönen, und vielleicht waren ja auch sie nicht mehr die erste Garnitur, nicht das, was Portier Krause und der alte Maître einst darunter verstanden hatten.

Hochmütig, diese Gedanken, er wußte es, und Hochmut, hatte Paulina Neelke gern gesagt, kommt vor dem Fall. Was indessen sollte man tun gegen die nagende Bitternis, wenn sich abends in dem festlich gedeckten Restaurant Hemdsärmeligkeit breitmachte und die Frauen aussahen, als wollten sie zu Markte gehen. Ich bin von vorgestern, dachte Jakob, ein Fossil aus der fernen Grandhotel-Welt. Doch statt auf Matten Meester zu hören, der den Erlös vom Verkauf seiner »Bierquelle« in Apartments investiert hatte und ihm riet, sich ebenfalls der Gemütlichkeit zu widmen, begann er, ein Schwimmbad in Erwägung zu ziehen: Keine vierte Etage aufs Dach setzen, sondern einen Pool mit dem Blick über das Meer, in die Wolken und die Sonnenuntergänge. Alter, was hieß das. Sein Kopf funktionierte, auch die Beine und das andere. Im Haus fürchtete man die Allgegenwärtigkeit des Chefs wie vor vierzig Jahren, und immer noch sahen die Frauen hinter ihm her, wenn er aufrecht und maßgeschneidert durch die Halle ging, zumindest die nicht mehr ganz jungen. Ein Wunder der Natur, befand Dr. Scheepe, Blutdruck, Cholesterin, Herz, Leber, alles vorzüglich, nur solle er sich nicht übernehmen, schon über siebzig, und jedes Alter habe sein Tempo, worauf sich beide einverständlich in die Augen blickten. Denn Dr. Scheepe, Lütt Dokter, blieb nun, da sein Sohn Torben irgendwo in Rußland lag, ebenfalls in den Sielen hängen.

Nein, das Alter hatte nicht zur Debatte gestanden, noch nicht. Doch dann, gegen Ende des nächsten Sommers, die Pläne für das Schwimmbad warteten schon, verlor er plötzlich den Mut. Ein seltsamer Prozeß von heute auf morgen, wie ein Sprung über die ineinandergelaufenen Jahre hinweg, etwas, das er nicht begriff, nicht hinnehmen wollte, nicht wieder los wurde. Es war, als ob die Glieder sich schwerer bewegen ließen, nur auf Kommando statt von selbst, genau wie die Gedanken. »Ich habe keinen Dampf mehr«, versuchte er Dr. Scheepe das befremdliche Gefühl zu erklären, die Unlust, morgens aufzustehen, die Unlust am neuen Tag, am Neuen überhaupt, auch an dem Versuch, die erste Garnitur ins Bellevue zurückzuholen. Das Schwimmbad auf dem Dach wurde nicht gebaut, nicht in diesem, nicht im nächsten Jahr, und eines Nachts, als er glaubte, die Drehung der Erde zu spüren, begann er, den

Wert des Mittelweg-Grundstücks, Erlös, Teuerungsrate, Zinsen, zusammenzurechnen. Ich muß Ruhe finden, dachte er, ein langsames Nachgeben, das Alter kam durch den Kopf.

Der letzte, endgültig letzte Brief: Liebe Sophia, ich habe noch eine Schuld zu tilgen. Verzeih, daß ich erst jetzt damit komme. Wir sind beide alt geworden in den vierunddreißig Jahren nach unserer Trennung. Ich weiß nicht, wie lange mein Leben noch dauern wird. Es hat Gutes gebracht und Schlimmes. Das Schlimmste ist, daß ich dich verloren habe.

Er las, was er geschrieben hatte. Es klang sentimental. Trotzdem, sie sollte es wissen, und so faltete er das Blatt zusammen, legte den Scheck dazu und schrieb »Sophia« auf den Umschlag. Michel konnte den Brief mit nach New York nehmen, Michel, der schon im Flugzeug saß, um ihn zu besuchen.

Es war nicht das erste Mal. Immer, wenn seine Werke irgendwo in Europa ausgestellt wurden, kam er auf die Insel, ein renommierter Künstler offenbar, zu Jakobs Verwunderung. Aber Michel malte für anderer Leute Geschmack, nicht für den seines Vaters, und gut, daß er davon existieren konnte und zurechtkam mit der Welt. Jedenfalls schien es so, wenn er in Grothum aus dem Zug stieg, groß, schlaksig, ein grauhaariger, zerknitterter Junge, der winkte und ihn in die Arme nahm, vorsichtig und besorgt, als hätte nie eine Wand zwischen ihnen gestanden.

Diesmal wurde er von einer Zürcher Galerie erwartet, allerdings erst Anfang September, und daß er schon jetzt eintraf, lag an dem besonderen Datum: August 1968, Jakobs Geburtstag, der fünfundsiebzigste. Auch Claire wurde erwartet, und Hedel, sechsundachtzig bereits, zäh jedoch und gut zuwege, bestand darauf, eigenhändig Kuchen für die Kinder zu backen, so, wie sie sich auch nicht davon abbringen ließ, Jakob jeden Mittag ihre gesunde Hausmannskost vorzusetzen. Seit einem Jahr wohnte sie wieder bei ihm, angeblich, weil das Ungetüm in der Strandbadstraße ihr Angst machte, der neunte Stock, und sie ganz allein zwischen Himmel und Erde, in Wirklichkeit aber, um ein Auge auf ihn zu haben. Etwas zu ausgiebig, fand Jakob, dennoch, er nahm es hin. Hedel am Anfang, Hedel am Ende, vielleicht war es richtig so.

Claire hatte Michel vom Hamburger Flughafen abgeholt und brachte ihn mit nach Grothum, eine seltene Gelegenheit, daß Jakob ihn und sie gemeinsam in Empfang nehmen konnte. Seine vielbeschäftigte Tochter, von allen Opernhäusern begehrt und, so hoffte er, halbwegs zufrieden mit ihrem Leben, vielleicht sogar glücklich nach allerlei Hin und Her in der Liebe. Ihr zweiter Mann, endlich einer, der dieselben Wege wie sie ging, war auch ihr Begleiter am Klavier, so einfühlsam, daß die Kritik ihm nach jedem Liederabend ebenfalls Beifall zollte. Jakob gefiel er, Dennis, ein Engländer von der stillen Art, immer wachsam, der Puffer zwischen Claire und den Gefahren des Ruhms, und um so ärgerlicher ihr Auftritt in dem Grothumer Kursaal am Vorabend des Geburtstages. *Claire Nümann singt Brahms und Schubert* verkündeten die Plakate schon seit Wochen, und ob sie Grothum denn nötig hätte, fragte Jakob bei der Begrüßung. Es war sein Geburtstagsgeschenk. Aber das zeigte sich erst, als die Lichter im Kursaal schwächer wurden und Claire auf die Bühne kam.

Er saß in der vordersten Reihe zwischen Michel und Hedel, die, frisch frisiert und in einem neuen Kleid, der

Frau des Bürgermeisters erzählte, wie glockenrein ihre Nichte schon als kleines Mädchen »Geh aus mein Herz und suche Freud« gesungen hatte. Von überall her war man gekommen, sie zu hören, Claire Nümann, eine Tochter der Insel, wie die Zeitung schrieb. Sie stand neben dem Flügel, schlank und zierlich, dunkle Locken über Maleens Gesicht, kaum zu glauben, daß sie schon fünfzig war. Ich habe ihr doch erst gestern das Klavier gekauft, dachte Jakob, während der Beifall anschwoll und Claire nach vorn an die Rampe ging, um Ruhe bat und mitteilte, daß sie dieses Konzert ihrem Vater zum Geburtstag widme, Jakob Nümann, dem Erbauer des Bellevue über dem Meer, und die Einnahmen des Abends Grothum zufließen sollten für den Küstenschutz, damit man das Meer bändigen könne.

Beifall, Bravorufe, der Bürgermeister sprang auf, um Jakob die Hand zu schütteln. Eine hübsche Rede, eine großmütige Geste. Aber vielleicht hätte sie es lieber beim Anfang belassen sollen, ohne viele Worte über Küstenschutz und dergleichen. Der längst verblichene Käpt'n Carl jedenfalls mit seiner Nase für Katastrophen hätte den Kopf geschüttelt, auch dieser oder jener von den Alten, der noch wußte, daß man Eke Nekepen nicht reizen durfte, den Herrn des Meeres, und seine Frau, die wilde Ran. Götter von vorgestern, Scherzfiguren für Festzüge und friesisches Volkstheater. Aber in den alten Zeiten, als die Biikefeuer noch zu ihrer Besänftigung brannten, hätte man das, was bevorstand und kommen wird, vermutlich ihnen zugeschoben.

Schluß also, nichts mehr über diesen Abend, Claires Geschenk, Jakobs Glücksmomente, Hedels tränenreiche Rührung, nichts mehr über Schubert und Brahms. Die

Lieder sind gesungen, das Konzert ist vorüber. Es schlägt zwölf, Jakobs Geburtstag wird eingeläutet. Sie saßen bei ihm im Bellevue, Hedel, Michel, Claire und Dennis, ihr Mann, der, so hoffte Jakob, es auch bleiben würde. Ein warmer Wind kam durch das Fenster, die Nacht war klar, man hörte die Brandung und hörte sie nicht, eine immerwährende Begleitung wie das klopfende Herz.

»Und nächstes Jahr«, sagte er, »werde ich sechsundsiebzig.«

Michel hob sein Glas: »Auf das nächste Jahr.« Sie wußten, was er meinte: Im nächsten Jahr wohne ich hier. Michels endgültige Rückkehr, beiläufig mitgeteilt, ohne weitere Begründung. »Ich brauche das Licht«, hatte er gesagt, »und ein Haus in der Nähe vom Watt«, mehr nicht. Claire hatte noch am selben Tag mit der Suche nach einem der alten Ekhumer Kapitänshäuser begonnen, »ein Haus«, rief sie jedem bekannten Gesicht entgegen, »wir brauchen ein Haus«. Jakob war sicher, sie würde es finden.

Meine Tochter, dachte er, genau wie ich, und sagte, daß er ans Aufhören denke und vielleicht auch ein Haus in Ekhum brauche, vielleicht, nur vielleicht.

Die Gardine fing an zu flattern. Claire stand auf, um das Fenster zu schließen. »Komm zu uns«, sagte sie. »Und hör auf mit deinem Vielleicht. Alles geht einmal zu Ende. Wie lange kann ich noch singen? Fünf, sechs Jahre, dann ist Schluß mit meiner Isolde, wie damals bei Frau Meisner-Beck. Schluß, vorbei, Träume sind nicht für die Ewigkeit.«

»Mein Traum ist aus Stein«, sagte Jakob, dieses fadenscheinige Argument, als wüßte er nicht, daß jeder Kiesel am Strand, rundgeschliffen von Ebbe und Flut, irgendwann ein Fels gewesen war.

»Alles hat seine Zeit«, sagte Claire. »So ähnlich steht es schon in der Bibel. Aber ich weiß den Text nicht mehr.«

Prediger Salomo, drittes Kapitel: Ein Jegliches hat seine Zeit, und alles Vornehmen unter dem Himmel hat seine Stunde – das richtige Wort zum Ende der Geschichte, Jakobs Geschichte, die Geschichte des Bellevue. Denn als er Michel den Brief für Sophia geben wollte, war die Zeit abgelaufen.

»Nimm ihn mit«, sagte Jakob.

Michel schüttelte den Kopf. »Das kann ich nicht.«

»Warum nicht?« fragte Jakob.»

»Sophia lebt nicht mehr«, sagte Michel, und eigentlich hätte die Flut schon jetzt kommen können.

Sie kam im Herbst des nächsten Jahres, drei Sturmfluten hintereinander, der Angriff des Meeres auf das Bellevue. Die dritte Flut unterspülte die Mauer und drang vor bis zum Fundament. Der Kronleuchter stürzte herunter, ein breiter Riß in der Decke, die Gäste verließen das Haus. Es wurde geräumt und aufgegeben. Die Fledderer kamen, der Regen, der Wind, Möwen saßen in den leeren Fenstern. Das war einmal ein Hotel, sagten die Leute im Vorübergehen, und nur Jakobs verdämmernde Erinnerung sah noch das alte Bild. Sein letztes Wort klang wie Ewigkeit. Der Pastor, Zeuge dieses Moments, münzte es auf Gott. Aber Jakob Nümann meinte das Bellevue.